时 代 三 部 曲

春和景明

陈家桥

著

SPM 南方传媒 花城出版社

中国·广州

图书在版编目（CIP）数据

时代三部曲. 春和景明 / 陈家桥著. -- 广州：花城出版社，2022.7
ISBN 978-7-5360-9621-9

Ⅰ. ①时… Ⅱ. ①陈… Ⅲ. ①长篇小说－中国－当代 Ⅳ. ①I247.5

中国版本图书馆CIP数据核字(2022)第111702号

出 版 人：张 懿
责任编辑：黎 萍 蔡 宇
技术编辑：凌春梅
封面设计：吴丹娜

书　　名	时代三部曲：春和景明 SHI DAI SAN BU QU: CHUN HE JING MING	
出版发行	花城出版社 （广州市环市东路水荫路11号）	
经　　销	全国新华书店	
印　　刷	深圳市福圣印刷有限公司 （深圳市龙华区龙华街道龙苑大道联华工业区）	
开　　本	787毫米×1092毫米　16开	
印　　张	18.5　1插页	
字　　数	295,000字	
版　　次	2022年7月第1版　2022年7月第1次印刷	
定　　价	69.80元	

如发现印装质量问题，请直接与印刷厂联系调换。
购书热线：020 - 37604658　37602954
花城出版社网站：http://www.fcph.com.cn

目　录

上部　从六城去 / 1

第一卷　告别（上）
　　——于1956的告别 / 3

第二卷　告别（下）
　　——在纽约回忆于1956的告别 / 26

第三卷　演说
　　——在红番茄奖颁奖礼上的讲话 / 58

第四卷　来信
　　——女大夫写给牛乐的信件 / 64

第五卷　日记
　　——她的梦魇 / 91

第六卷　戏剧
　　——由牛乐导演的一只黄山猴的独幕剧 / 105

下部　到六城来 / 121

上部

从亢城去

★
☆
☆
☆
☆

第一卷　告别（上）
—— 于1956的告别

1

　　我不可能跟每一个人都搞一场告别仪式，那不符合实际，没有时间不说，别人也未必就乐意参加你这样一个活动。我不过是要出国而已。其实这样的告别在出国前两三个月就已经在进行了，一点波澜都没有。我想，我临走前去告别的那些人，假如他们知道我已经告别了一大圈，直到最后才找到他们来告别，他们是否觉得我不过是在临行之前，把最后一点时光给打发掉呢？我甚至猜想他们一定早就知道我要走的消息，并且知道我已经在外边告别了一圈。而现在轮到我来跟他们告别，或许他们在想，假如不是还有那么一小点时间，也许我就不再跟他们告别了。但是，我想这些都是可能的，你不可能阻止别人怎么去想这个问题。

　　再说，如果见了面，你开诚布公地跟他们讲开来，为什么轮到最后才跟他们告别，他们应该不会不领情，因为你应该会告诉他们，只会把最重要的人放在最后边告别，前边的那些人都是必须打发的人，留到临走前才去告别的人，显然是重要的人，或者可以说就是最重要的人。如果不是这样，又怎么可能临到快要走了，还要见一面，并且是这样急切？我想，把自己急切的状态调动起来并不困难，问题仅仅在于，你实在是自然要急切起来的，因为连你自己也十分明白，别人可能会做出这样的打算，以为你这么长时间都不来告别，也许你根本就没有把他们放在眼里，也许你根本就有可能不会去与别人告别，你就一走了之，可以看作是你根本就没有需要与他们告别的理由，因为你有你的考虑。假如这样，当然他们很有可能这样考虑，那么等到你去跟他们告别时，他们立刻就会沉入这样一种情境中，他们会发现他们终于还是盼到了你。也就是说，他们并不指望你绝对会跟他们见上一面，很有可能你不会见他们，因为出国的是你，而你总要见一大拨人，所以漏掉任何一个人都是可能的。我觉得不论怎样，也不论多晚，只要你铁定要跟这最后的几个人告别，那么只要一见上面，一切问题就都化解掉了。虽然他们有可能是急切的，他们完全有可能处在这样的情绪中，但是，见上面之后，又会很快从这种情绪中拔出来，因此，你跟他们的告别也就不是一厢情愿的事情。因为现在是你在发生这样一件事情，是你在告别，而不是别人，他们不过是参与到你的告别中来。虽然，我前边说过，我这不是在搞什么仪式，但是不搞仪式也并不意味着乱来，告别的氛围一定是有的，并且是累加的，因为他们完全，甚至绝对是有可能从不同的人那里听到你要出去的消息，因而他们虽然未必能看到你摆出那种告别的并非仪式化的举止，但他们仍然相信不搞仪式也并不意味着仪式就死掉了，就不存在了，说白了，我们还是在告别，并且这最后的几个人，我是单独分别地去告别的。因而这种告别就有了严肃起来的私人性。

不过，也难保别人不会乘着这个告别的机会来谈一下他的人生，或者说他对任何事情的看法。他当然有这个自由，并且在这样的处境下，他很有可能会处于告别的那种情绪本身，而引发他许多感触，会从和你的认识、相处、相交以及爱恨开始，一直引发出他对世间万物的看法。如果他不深入一点，或许他还会觉得他对这个告别不够重视呢。我知道，我必然要把一切都包括进去的，不然我也不会在临行前，不仅要跟这几个人见面，而且还要做好准备，假如他们有那么一点失控呢，比如他们突然反对什么，或者突然就把一切和你过去的有关的问题都作为烂账翻出来呢，你怎么办？我想这个我也考虑过，我是必须出国的。我虽然可以淡化这点，但在临行前，还要见他们，这本身也已经说明了一些问题，那就是我没有把他们当外人。说到根子上，我还是重视他们的。

2

跟我前妻裕芬告别的地点定在六城的1956茶餐厅，这个地点不是我定的，而是我们协商出来的。我起初定了几个见面地点，都遭到她的反对，这与我俩的关系有几分相似，因为在我们的婚姻生活中也是如此：凡是你坚持的东西，她都会反对，因为她总是认为凡是你十分固执地坚持的东西必然有让她觉得十分不必要的地方，因为她一直以为世界应该按照与她有关的方式去运转。如果你定一件事情，先入为主的话，她就会认为这个事情已经把她甩在外边了，那么她就要另起炉灶。她有这样一个特征在身上，我当然是知道的，不然我们也不会离婚。所以我定了几个见面地点，她都反对。之后，我就让她提几个地点。她最终是提了几个地点，不过从她所列的地点来看，她也没有什么逻辑可言，所以我还是庆幸自己跟她离了婚，不然你都不知道你的生活会跟她一起最终过成什么样子。

不过我窃喜的是，她始终是在见面地点上跟我纠缠，而没有与我纠缠是否有必要进行告别这件事情。裕芬就是这样的女人，她虽然容易跟你唱反调，但她只会在你已经唱起来的时候才会跟你唱反调，如果你还没有唱，你还没有调子，那她是不会拿你怎么样的。这就好比我跟她的婚姻，因为我们有了婚姻，所以我们才离婚。如果我们没有结婚，没有婚姻的话，那我和她，也许根本就不会分手，我们说不定反而会一直做那种很好的恋人呢。但我们的婚姻还是走到头了，离婚是没有办法的。现在我终于要和她告别，我要到外国去了，我想你也可以省事不少了吧，至少你前夫出去了，不那么刺你眼了。

但是，即使达成在1956见面，也还不是那么容易的事，因为她定的那个地点让我难以接受，但我又不便明目张胆地反对，如果我反对得过于强烈，她就会看出来我是在坚持不去这样的地方，那么她反倒要坚持了。原本她提出在一个广场上见一下，我真是感到好笑，但我恰恰没有在这个地点上提太多的反对意见，我怕打草惊蛇，让她误以为我跟广场很是过不去，那么她要坚持在广场上跟我告别，我就不好办了，所以我就绕了许多圈子，甚至搞了不少暗示，以便引着她最终提到了1956这么个地方。1956是一间茶餐厅，这个东西在东南亚和港台地区都风行，但在我们这个城市并不多。

叫1956，是因为那个地方本来是省供销社的老房子，甚至砖墙的拐角都还在，装修之后显出一种老派来。那么我们就去1956，裕芬是个只要定了的事就会去做的人，所以我们约好上午10点到1956见面，她比我先到。我觉得裕芬这点还是不错的。我在外边停好车子，在1956的门口，打她手机，她说她已经坐在730包间。还好，她没有傻到要在大堂里落座的地步。

我上了二楼才发现1956原来根本就没有大厅，都是那种带窗户的包间，因此我对裕芬的看法马上又恢复到婚姻中的样子了，我始终觉得裕芬很难做什么真正的改变，她是一个不会轻易为别人做改变的人。我进了730包间，她的包在座位上，但她人不在，也许是到卫生间去了。她这个人就是这样，也许她知道你要出国了，见这个面还是比较重要的，但她也不会因此就正襟危坐，跟你十分庄重地谈起来。我看她换了一个不错的皮包，她这人的品位还好。我要了杯茶，她位子上什么也没有。她终于从卫生间回来了，我觉得她是很认真地看了我一下，有那么一点怀疑我头脑是不是在发烧的意思。我可不想在这个地方、这种时候为了一个眼神的揣测而跟她争执起来，那样的话，真是太不值得了。

她坐下来之后，我问她要喝点什么，她说她已经点过了。我就奇怪我刚点的茶都上来了，怎么她点的东西还没有上来。她说她点的是咖啡。我不喜欢我前妻喝咖啡，在我们的婚姻生活中，我跟她表达过我的这个观点，我认为她的体质不适合喝咖啡。她曾坚持说喝咖啡跟身体没什么关系，倒是跟人的精神状态有关。关于精神我就不争论了，因为在我们吵架的时候，我们互相都铁定地认为，对方精神上有问题。所以听她说她点了咖啡，我就皱眉头。我觉得虽然把她约来告别，但也许并没有真正做好跟她面对面的准备。当然也可以一言不发。但是，我们已经离婚了，我们再来说三道四是不是有点不那么必要呢？

她的咖啡终于还是上来了，在这之前，我记得我们讨论的是天气，但即使是讨论天气，也不能绝对保证我们不会相互起反感，因为我已经不知道我们会因为什么而发火，以至于不能原谅对方。但这次我们讨论天气，没有引起争执，因为我们从眼前这个上午的天气很快就讲到了对阴天和晴天的印象。当然她只是客观地回答她对晴天阴天的看法都差不多，只看哪一天到底发生了什么事。我就不想往下讲了,因为只要你往下讲,就会有麻烦。我想问,那发生了的事情,是不是能让你记得,那一天是阴天或晴天?比如我们结婚那天是晴天还是阴天,比如我们离婚那天是晴天还是阴天,不过,我没有愚蠢地问这个问题。因为咖啡上来了,我们就把天气问题抛到一边去了,我们不如说点现实问题。她问我现在身体怎么样,感谢我的前妻裕芬在我出国之前还对我身体这么关心,我几乎想敞开胸膛告诉她,我身体还行,还不会立即死去,但至于我还能混多久,这要取决于我混得好坏啦。

　　出于对裕芬的尊敬,我必须回问她的身体怎么样,因为我还是十分了解我的前妻的,如果你忘了问她这个问题,那么她就会认为你没有把她放在心上。虽然我们离婚了,但关于放在心上与否的问题作为一种惯性,还是会横亘于我们的面前。在我问出这个问题之后。她居然说,还早呢。什么还早?我问。我一问出口就反悔了。她这话说得还不明白吗?她是说她离死还早,你看,我们不愧是曾经的夫妻,我们说话方式也差不多,那么我们就不要停在身体健康这个问题上了。她喝了口咖啡,认真地看着我。我是很害怕裕芬盯着我看的,因为在我印象中,即使她只是盯着你看,她也有可能突然爆发出一点问题来。我非常担心她把热咖啡泼到我脸上。于是我惭愧地回忆在我们的婚姻生活中,我到底做了多少对她不够好的事情,当然我没能回忆出来。这时我有点犯难了,因为我并不明白我为什么要跟她告别。当然仅仅是因为把她当成一个重要的人物,这是成立的。

　　走之前,见一下,但是见了面,我们能干什么?我这就有点难以坚持了,虽然我知道如果她发现我是出于必需的目的来见她,也许她反而不干了,她为什么要配合我呢?也许我有点情绪,因为我发现她浮在杯口上方的眼睛有那么一点温润,毕竟是我的前妻,在这告别时刻,我多少应该有点什么表现吧。于是我斗胆地跟她说,裕芬,这么多年了,我一直想告诉你,我其实对你没有意见,我没有意见,绝对没有。我这话有点没头没脑,她还以为我是说没有感情呢,原来我只是没有意见。裕芬这时说了,你对我没有意见,可我对你有。我说,你可以对我有,因为我不好。她说,不是这么说的,我不是那样的,我对你有意见,是因为我在乎你,你对我没意见,是因为你不在乎我。我马上听出她那种逻辑又要上来了,其实我很害怕这样的逻辑，但在这样的告别场合，又特别容易引起彼此这样的争论，但我该怎么办呢？我只能听她讲。她说，你并不在乎我，虽然你今天约我见面，跟我说东说西，但这不能说明你就在乎我。我觉得现在这时候谈在不在乎对方没什么意思，都是已经离婚的人了，还说什么在不在乎。于是我在对面沙发上冲她摆了摆手，我说，不说这个了。但是她突然就发起火来了，以至于她一激动，马上脸就红了，包往边上拿开了点，她声音加大了些，她说，你以为我不知道，你心里在笑，在说还要在乎你这样一个人，怎么样，我说对了吧？你什么也不在乎。她已经立刻上升到对我世界观进行批评、讨伐的地步。我点上烟，吸了起来。

3

1956的730包间的窗纸贴的是红蓝相间的杂花格子，我在跟我前妻进行有些缓慢但也不乏有点艰难意味的谈话时，我一直注意观察这样的纸格子。我知道，假如不从那些玻璃的缝隙去透视外面的天空，你就很难确定外边到底是怎样的天气，至于那种有点微红的纱巾一样的窗帘，现在有半幅是快要拉到窗子正中间的，在关于我们是否互相在乎的问题上，我们应该纠缠了足足半个钟头。毫无疑问，它会把我们带到一种忧伤的境地中，只是这种忧伤对于她和对于我是十分不同的，她在意的应该是我不够在乎她，我并没有真的把她放在心上，似乎她整个人生中，她都是这样考虑我的，因而她也还算是完整的，至少在关于她前夫这个问题上，在出国告别之际，令她再次无比确定地验证着这种在乎与否的问题。而对于我来说，也许我来跟她告别本身就有点忧伤的意味，而我只是并不把这个忧伤据为己有，我从不觉得像我前妻这样的人会真的影响到我，至于说到在乎与否，或者说忧伤与否，我关心的倒是这种情绪对于我们双方的影响，或者说是对包括婚姻以及离婚之后的全部生活所产生的那种况味。

我几乎并不把她当作影响我的一个源头，也许就在我快要离别的时候，跟我的前妻告别，而我却把这个忧伤再一次生产出来，并且笼罩在1956的730包间，我觉得这几乎是有点不人道的。但是，我前妻反而是固执的，只不过我前边说了，她的固执是建立在对方的基础上，假如你并没有对某种状况做出绝对的态度，她也就无所谓固执了，所以这样的告别，多少还是应该来得体面以及温和一些。我试图让场面愉快起来，于是就站起来，站到窗边。我本来是要打开窗户的，因为我想直接面向天空，至少能看到天空一角。当然，也许我有那么一点厌恶这个小小的空间。但是，就在这时，我的前妻好像突然意识到她必须有所作为，毕竟这是她前夫在出国前跟她的告别，因而她就有点偏激地说道，你早就应该把窗帘拉上。她这么一说，我刚刚准备抬起的手在空中没有办法动弹了，因为我要做出的动作跟她所预计的几乎是完全相反的，那么我还如何能打开窗户呢？如果这样做，是不是对我前妻形成很大的讽刺呢？但是，我马上就不理解了，我前妻凭什么就认为我是要拉上窗帘呢？说实在的，我并没有考虑到要把窗帘拉起来，因为窗外是天空，外边还有马路，对面的楼房隔着百米远，我并不相信拉上窗帘会有任何意义。

然而她是这样说的，她说我也许早就应该拉上窗帘。应该感谢她的是，她仍然使用了一种看起来复杂，但其实已经越过了批评，而成为一种宽容的语法，她说的是，因为你要走了，你要离开了，所以在我们见面的时候，你是可以拉上窗帘的。我的反应本来是巨大的，但我还是控制住了，我想我不应该马上就做出任何一个拉上或是拉开窗帘的动作，因为无论怎么做，都会意味深长。我前妻见我站那儿不动，她以为她猜中了我的心思会让我十分不快，于是她反倒缓和一些了。她说，随你便吧，你想怎样就怎样吧。当然这也是我前妻裕芬一贯的风格，只要她看出她已经正确了，那么她就可以妥协了。请注意这仍是她自己跟自己的妥协，她才不会去发现你已经有了什么变化呢。我能看到窗外往来的车辆以及人行道上的行人，但我还是打开了窗户，又拉上了窗帘。我做了个复合的举动，既执行了她的指令，尽管这指令是她以对我猜测的方式提供的，令我做出了我自己的选择，所以一方面窗户开了，另一方面那微红的窗帘也拉上了。

我再回到沙发上坐下时，我发现前妻的脸色比之前好看多了，她大约觉得我不仅执行了她的指令，同时还有自己的思考，并且她恰恰认为我打开窗户那一点，正是我对她本意的猜度和领会。不论她是怎样想，我能把窗户打开，这应该都表明我对她有那么一些心领神会，也就是说多年的婚姻生活多少还留下了一些有关性格上的遗产，你甚至可以说这是作为一个前妻留给我的精神遗产。虽然窗帘很透，但拉上窗帘还是不一样的，屋子里并不暗，但感觉上好像我们在速度上可以慢下来，我们做任何一件事情，只要你去做，其实你都拥有足够的时间。对于这场告别也一样，现在我们面对面，我们都可以把自己真实地坦露出来。我前妻说，你以后少喝茶。我想这不是什么新鲜意见，她以前就提醒过我，因为茶里含有不少有可能对人不利的物质，那么我是否要像她一样喝一点咖啡呢？她没有提这个。于是，我就有些愤恨地说，当然我是压制着的，尽量把语气调到阴晴之间。我说，我们不要记恨对方。恨？她问。我知道我这样来说话，其实已经是比较错误的了，我不应该对我们双方做任何判断，但我本来的意思是，我想表达我对我前妻的好感。然而，她却突然就有些发怒了，我想，凭本能她也应该感到我本也是愤慨的，所以她马上就十分坚决地回复我了。她说，我们之间不要谈什么爱恨，我们之间已经完了，你要是认为还没完，那是你自己的事。既然是告别，那就不仅是完。我想，告别本身应该是对我们之间完结与否的更进一步的声明和明确。不仅完结了，还要告别，就是说不仅什么都不要留下了，也可以说，都应该把存在也抹去了。

然而她却把问题抛到另一个角度上，并且在那个角度上是另外一个空间。在这个空间里，告别好像不是对完结生活的更深入的放弃，而是产生了另外的意味，好像告别不是对结束的结束，而成了一种开始，至少是态度的开始。我觉得我前妻她真有本事，她居然这样特殊地思维了一下，使我立刻撞进了另外一个时空。当然，我想，也许我是许久没有见我的前妻了，我对她那一套可能不那么熟悉了，那么我应该立刻适应她这一招数。于是，我说，完也好，没完也好，反正也就是这样了。可能我这句话不仅是对她的纵容，恐怕也是对她某些观点的支持，我前妻家庭出身优裕，只是脑筋有那么一点拐弯不易回头的特质，才使得她如此与众不同。

她见我这么说，应该是在考虑我进一步领会她的意思，而她从不觉得也许我也正在盘算着如何给她那么一点打击呢。她反而有点得意了。我说，要是我们有个孩子，我们可能不会这样。我想我头脑里一定是突然钻进了一个电灯的发明者，不然我怎么感到一下子有了巨大的闪光呢。好啦，这个话一出口，我才意识到有些话你不能说，你一说，你就踏上了高速的危险之路。她似乎不能确认我之前竟说了这么一句，于是她在一边回味确定的同时,却又马上哭了。我很少见我前妻哭,所以她来这么一下子,我觉得事情不好收拾了,她会在心里涌出多少画面?我难以想象她接下来会干些什么。我前妻哭着,没有立刻发作,而是在那儿揉眼睛。这时我才认真地看她,她还是那样,有她自己的美,穿着那种到膝盖的裙子,上边是衬衣,有一点庄重,但同时你能看出她不是一个难讲话、难接近的人。

她终于抬起头来说,都到今天了,你还讲这个?我知道她讲"今天"并不是说你要出国、你在告别了,而是说到了今天这样一个我被她认为已经能听懂她话的时候,却说出这样一个横亘于我们之间的基本现实,那就是我们当初并没有要一个孩子。我说,我们那时并没有讨论充分——我想从这个问题上溜过去,我不愿意在这个问题上按她的方式去进展。她说,是你不想要的,是你,是你。我觉得她说得也对,确实我们婚姻生活中,我不想要孩子。但前边我已经说了,我知道一旦我明确表示我希望要孩子,那么她反而会反对,所以我没有坚持过这个,那么她也就没有提。我们的生活就是这样,如果没人提一个事,那么这个事就很难发生。我看着她的脖颈。我知道,即使在我们恋爱的时候,我也没有真的对这脖颈以及下边的身体有过那种唯一的欲念,我只是把它当作无限存在方式中的一种,因而我从不敢保证我绝对忠诚于她,这也许是我婚姻态度的本质。

然而,在今天,我敢说,我在告别时,反而感觉到这脖颈以及下边的身体的意味来,并且我知道就是因为不要孩子,而她又没有采取那些长效措施,所以每次我们的性生活到最后时,总是要中断一下,戴上塑料。我想她应该懂得,我们不要孩子,仅仅是我们互相没有真的提出过这个问题。那么现在还提它干什么!

4

她坐在那里哭泣,因为她一直是处于哭泣的状态,我只能说只要你不是一个白痴,你就可以确定她是在哭,而不是处于别的状态中。尽管我有可能对这种哭泣得不到终止的状况有一点烦躁,但我又同时知道,我这是在跟她告别,并且这告别是我发出的。也就是说,告别的人是我,而她是被我请来告别的,所以我不可以打断她的哭泣。而且,关于孩子,这个话题也是我提出来的,她伤心了,我却没有止住这伤心的办法。你知道,我是焦急的。但是,我总归是她的前夫,我知道现在稍微对我有利的情况是,我不再是她的丈夫了,谢天谢地。如果我们没有离婚,而我们却要因为没有孩子的事情无休止地伤心下去,那么事情就更加不好收场了。我前妻裕芬虽是在哭泣,但她不仅是流泪,还把全部身体都参与这场有些特殊的哭泣中。首先是她的脸,以她眼睛为中心,顿时都凝聚为一种哭泣的模式,额头紧紧地绷着,脸因为眼睛的紧张,反而是无限地松懈了一般。但这种松懈仅仅在脸面,至于她的鼻子和嘴,出于对眼睛的配合,已经十分忙碌地进出各种稀稀拉拉的水分。我看见她不停地用手去触自己的脸,而她的整个身体,由于哭泣已经不能那么直直地坐正,略微有点前倾,靠向了茶几的桌面,而当她振动大一点时,你会发现她要向后靠一下,但比较惊险。

我这才仔细地看她的上身。由于这种前倾的姿势,我突然注意到她的胸部跟以前好像有所不同,一时我没有反应过来,因为在我们的爱情和婚姻生活中,我本来始终对我妻子的胸部都是十分看好的,只因为我们离婚,我才与这身体分开了。而现在我注意到我的前妻胸部仍然充满着一种乐观,也许这乐观她自己也没有觉察,当然我能看出来,她的身体本身没有那么挑剔,远远不像她留给我的那些精神遗产那样显出稀有性。以她的胸部为核心的身体,却在这个上午向我传达了也许跟她本人不那么一致的东西。当然为了阻止我的想入非非,我终于是要向她递餐巾纸,我让她把脸上的泪水擦掉,有话我们可以慢慢说。她接过我的纸巾,好像我既然提出了孩子的问题,她也表现了伤心,那么我就有必要无条件地接受她的这种伤心。而我却见她擦脸的手有点迟钝,她好像记起了什么,这对我多少是个威胁,因为我一直担心我的前妻会从头脑里突然蹦出一些怪念头。

我试图伸手去碰她的眼角,因为我发现即使她擦了几次,却仍然没能把她眼角的泪渍擦掉,我不能判断她是否还在流眼泪。但是,她应该是想起了什么。她突然对我说,你刚追我那时候,你可不像别人,你真是什么都做得出来。其实我最担心她跟我提历史,尤其害怕她提我们刚刚恋爱的那段,因为与别人可能略有不同的是,我们刚刚恋爱,就发生了那种事,可以说当时我看上她,很大程度上也在于那个阶段,她的身体对我十分具有吸引力，我不能说做爱以后，包括离婚以后，她的身体有了什么变化，但我一定给她留下印象是我在追求她时，并不仅仅是感情上的，她以前也说过，你总想着那个。是的，现在她又提起来了，我知道她现在提这个，也许并没有特殊的目的，但她毕竟讲了起来。因为这是由你引起来的，谁让你说到孩子呢，就好像没有孩子是由于她没跟你干那件事一样，然而事实上，她不是一直在配合你吗？她说，那时，你甚至拉我到钢厂沿墙小树林里。她说这句话时，看了我一下，我发现她哭得几乎有点变样了，身体有点抽动。

我很难阻止她这样说，于是我隔着茶几，把手伸过去，够着她的脸。这可是我们离婚以后，我第一次跟她有了具体的皮肤的接触。我碰了碰她的眼角。我说，你把这个地方擦一擦。但是她没有动。我前妻别过脸去，看着窗户。当然她一定发现窗帘是拉上的，而窗户却开着，这可能有点令人费解。但是，至少窗帘是拉上的，我前妻并没有擦掉眼角的泪渍，我只好狠狠地揩掉了她眼角上的泪渍。我发现她还在哭，所以眼角很快又潮了，我真是没有办法，不知怎样才能让她止住哭泣，但我又不能让她不哭。我想还是因为我提到了孩子。这时，我说，你知道即使真的要孩子，也希望你明白，我们没有孩子是因为别的原因并非被困难挡住了。我前妻说，我知道，其实容易得很。

这时她盯着我看，我想即使我再厚颜无耻，此刻我也必须思考一下她这么说指的是什么，难道她说的是性生活，或者说她是指当初的有可能的怀孕？我再次伸手，想清扫她的眼角，但这一次，她居然向前又倾斜了一些，我想她已经足够配合了。但是，我必须立刻把我自己的目的弄清楚，我要干什么？我是来告别的，这不是重逢，这是告别，应该很清楚，是对结束的结束，那么怎么会带进这样一种不清晰的景况中，我们要干什么？当然，我是把她的眼渍又给清理掉了。她略微振作了一点，对我说，要孩子不难，难的是你。我问她，这说的是什么？她说，还能是什么，这不明白吗？我当然不明白。她没有停止哭，只是稍稍好了些。我想应该让她停住。

于是我到对面沙发上。我没有坐下，而是欠着身子，我想拍拍她的背。我前妻低着头，好像她有点头疼，于是我只得坐下来。我让她把脸转过来,她没有转,于是我就伸过手帮她把脸向这边扭了扭。这时,不知为什么,她却突然一下子抖动了一阵,口里念念有词。我想也许她是在发泄,毕竟离婚之后,我们从没有深谈过。但是我怔在那儿没有动,姿势很难看。她似乎在颤抖,于是我没再碰她。忽然她抬起头,看见我侧着身,并且站直了一点儿。我身边就是窗户,这时她忽然把咖啡杯向我扔过来,我本能地让了一下,溅了些咖啡,但大部分的咖啡连同杯子在红纱窗帘上擦了一下,便从窗户飞了出去。我吓了一跳,这时她抿着嘴,好像特别舒展。我不明白她为什么这样,仅仅因为我过来擦她的脸,还是因为我停住了,没再安慰她?我把窗帘拉开些,朝窗户外边看。这时我看到一个穿着黄布褂的男人正在向上伸头,刚才的咖啡洒到他脸上、手上、身上,他还牵着一只猴子,他是个北方人。他见我从窗户伸出头,于是就哦了一声。我前妻马上听出来了,她这人就是这样,有事情,她从不逃避。她好像马上从我们关于没要孩子的忧伤中挣脱了出来,问我,砸到人了?我回过头,我说杯子碎了,洒了人一身。她没有往窗户这边来,仍坐在那儿。

5

按我前妻的安排,我得从1956那曲里拐弯的二楼下去,出1956大门,到庐江路的街上去,并且是要到我们落座的那个730包间的窗户下边的沿墙去找那个刚才被她甩出的咖啡杯子砸中的男子。我下去才发现其实几乎不算烫着,因为咖啡不热,况且在空中抛洒了一路,溅到他脸上的也不多。他是个牵着猴子的男人,不过我没有看见他的盆子,我不太在意他是否确实是个要饭的。我在跟他说话时,指望我的前妻裕芬能够从窗户伸出头来跟我传达她的最新指示,但是她像死了一样,并没有伸头。而且窗帘仍是拉着的,大约她是相信我可以把这件事情处理好。我对这个人说,你不要紧吧?如果不行,我给你点钱。你看我们完全不晓得你在外边。这时我突然想到也许可以把事情交给1956去处理,毕竟地方是他们的,我们只是在里边消费的人而已。但是,我想,要是让1956的人来处理,可能他们跟我有不同的办法,也不排除他们把事情简单化,把这个人撵走也是可以的。我听到这个人说,我不要你一百块钱,我要你一百块钱干什么呢?我几乎看不出他是什么态度，我当然是有点不高兴的，不过我并不担心他会讹我。说实在的，在1956里边跟我前妻已经熬了一两个钟头，现在能到沿墙下边透透气，算是不错的选择。

这个男人的猴子在地上蹲着，有时也直起身子，好像也没有领会它主人的意思。这个男人也不正面看我，只是在那儿抽烟。我问他，那你看，这样行吗？其实我也没提出什么办法，这样来问他，他倒是接话了，他说，什么事情也没有，你看呢？他这一说，我倒真不能把他当什么乞丐了。再说我之前也确实有点鲁莽，凭什么看见他有一只猴子就认为他一定会是个乞丐呢？我真不知怎么办，后来我按照我前妻裕芬的意思把他叫进了730包间。我本来是不可能同意这种臭招的，因为我这点常识还是有的，即便是咖啡杯误伤了人，也不至于把事情弄到这个份上，跟人家反倒过于客气了。但我前妻就是这种人，并且也是我约她到1956来，是我跟她挑了这个那个话题，是我跟她又想来电又想忧伤，又跟她提东提西，她才犯了这毛病。再说，她倒是能扔出杯子，她也能把人家给拾掇得没有意见。她说，你把人家喊上来，这人真不错，你给他一百块钱他都不要，人家还要猴呢，一百块钱看得淡，那也是不容易的。

我还真不好反驳我前妻，我想我已经在下边跟他谈过话了，多少也领教了这人的神神道道，现在我前妻拿个不一样的办法来，我还真是反对不了。当然之前，我们的那点儿事情，什么在不在乎，什么哭泣，什么离婚，什么有没有意见，还有提到什么要不要孩子，现在刚好都打断了。告别也因为她换了另外的角度也快要变味了，现在来个大转弯也好。于是我跑下去一趟，跟那个男人说，那你上来吃点东西，也算杯子没有白砸你。我这话一听还是有点火气的，可是这人也不计较，当然他也不扭捏，跟着我一起进了1956。在包间里，我前妻让这个人坐到我刚才的位子上，我坐在我前妻边上，这时那个猴子也坐到沙发上，跟我正对面。我妻子对那个男人说，你姓什么？真对不住你，我砸杯子对不住你。那男人说，我姓郑，我真不计较你们砸我。看来他是把我也算在内的。我倒不如看看这只猴子。猴子应该讲长得不难看，跟一般街上要饭带的那种猴子还真是不同。这猴子干净，毛色也纯正，眼睛水汪汪的，坐在那儿也很老实。我前妻看我手腕，问我几点了。我说，快十二点了。我前妻说，时间真快，都中午了。

　　然后她抬起脸，对那个人说，砸了你也不白砸，你就跟我们一起吃点东西，消消气。我奇怪我前妻跟我之前的口气差不多，也还是砸了不白砸的逻辑。那人也不气，他说，吃也行，反正要吃饭。不过我觉得这人气势上有点不对劲，多少应该客气点吧。咖啡杯又没有砸到头上，咖啡也没有全淋到头上，只是脸上溅到一点而已。前妻摁了铃，这时服务员过来了，他知道也许是要点餐，但同时他还把刚才扔出去的咖啡杯的碎片也拎了进来。我对服务员说，杯子钱记在账上。这服务员好像没有在意我的话，倒是把那杯子放在那只猴子的边上，我觉得他好像跟这个耍猴人更为密切似的。

　　我前妻点了吃的东西，点得很快。在等上餐时，这个老郑一直闷坐着，如果我们不讲话，他也不讲话。我前妻于是就像要讨好什么人似的，对这个人试探着说，郑师傅，你看，我们之前是吵架了，我们俩脾气都不好，所以把杯子扔了。老郑说，还好哦，没砸中小猴子。他边说边用手捏了捏那猴子的头。他摸了它一下，这猴子反而凶了凶，嚷了几声，并且露出它那细尖的牙齿。我寒了一下，心想，对人好，几乎没什么用处，这猴子也是，它主人摸它一下，它就装腔作势了。我前妻对猴子说，也是，也是，要是砸了这小家伙，我看它不比你好讲话。这时我就认真地看猴子。老实说，它身上也溅了咖啡，不过我马上不想再盯着它看，我想还好，也许老郑没有看见小猴也溅了咖啡。再说我前妻恐怕也没看出来，要是她看出来，她非嚷嚷不可，指不定她要对小猴做出抱歉的举动呢。很快，简餐就上来了，我问老郑，怎么样，吃不吃得惯？老郑没有正面回答，而是从简餐里找了几样硬东西给小猴子喂食了。

　　我和我前妻互相看了看，我觉得我意思还是明确的，应该把这个男的还有这猴子都他妈的撵出去，现在也太不成体统了，我是来跟我前妻告别的，可我却要面对一个耍猴的，还有一只似乎不算有趣的猴子，我觉得真是冤枉。但是，我前妻可能跟我分的时间有点长了，我对她的掌握多少有点问题了。吃得快差不多时，我前妻对这个耍猴的老郑说，实话跟你讲，不拿你当外人，看你跟我们也在一起吃喝，我就跟你讲大实话。老郑停下筷子先看了看猴子，又看着我们。他讲，你们俩也真是的，吵什么东西，你看看，猴子都比你们安静。我听这老郑口气真大，并且把猴子跟我们比较，他哪来的胆子呢？我真想抽他了。但是，他是我前妻请进1956来的，我只得忍着。我前妻说，跟你讲吧，这个人，她指了指我，又接着说，他来跟我告别，你先别问他告别干什么，到哪儿去，但他来告别，他还跟我讲那些话。

这老郑又不是傻瓜，他听明白了一些，于是他看看猴子后，终于很严肃地看着我。他问我，你既是来告别的，你就都依她不就行了？你依她，她还能怎么样？对吧，依她有什么不对，你都是来告别的人了，你还在乎个什么东西。我真不明白他都懂了些什么。我前妻也把她菜碟中的几粒花生米挑出来，她好像想直接喂那猴子，但她终于没有这样做，因为猴子这时不恰当地哈了口气，露出它尖利的牙齿，我前妻马上缩回手，她没有想到猴子的小眼睛跟其牙齿之间会有这么大的反差。但是，她也并非喜欢这猴子的眼睛，她只是依着对面这个男人那喂食的动作，心想：既然他能喂，为什么我不能呢？况且我还砸了杯子。

但是，我这时已经不担心这个老郑或是我前妻会发现猴子也被溅了咖啡的事了，因为我已经太厌恶了。我就知道，我前妻不仅仅固执、唱反调，我说过她这人会冒一些怪念头，而且目前这个局面也全在于她。于是我打了个嗝，向沙发里边让了让，并且点上烟。那个男人跟我前妻又讲了几句，反而是他安慰起她来，让她不要急，不要吵，干吗不平静一些呢？他们说话时，我看见我前妻还把她的花生米扒拉到这个男人的碟中，这个男人又去给猴子喂食，我已经厌恶得难以控制了。不过，我还是听见这个耍猴的对我前妻的一点忠告，以后脾气小一点儿！我前妻反倒没有发火，后来，我想，这个耍猴的和猴子应该是出去了。而那时，我闭着眼睛养神。

6

我打盹的时间一定不短，当然我一醒来，就向我的前妻表示了歉意。显然，在出国之前，我忙得太累了，我觉得前妻裕芬她应该能懂我，至少不会责怪我吧。我倒不是真的怕她指责我，我是怕她又要冒出什么怪念头。现在距离吃完中饭已经过去很长一会儿了，可以说作为告别，能弄到这个程度也算是不错了，你还能要怎样呢？但看着坐在我身边的前妻我又有点意犹未尽，说实话，我倒不觉得当初离婚乃至更之前的结婚对我们有什么特殊意义，现在告别时，才发现谁与谁都不可能永远知根知底，就像现在我又如何知道她是怎么想的，她又如何知道我要拉她的脸，这倒是不容怀疑的。她不高兴我拉她的脸，那我还能有什么举动？但我又以为这很好笑，既然离了婚，现在又是告别，难道对于这个曾经同床异梦了若干年的女人我还有什么图谋不成？这样想我反倒惊了一身冷汗，以为自己那种不受约束的糟糕的念想又跑出来了。

  我看了看手表。我前妻说，你真能眯觉，都这种时候了，你还打呼噜，硬是在沙发上靠着也能睡着。我说，真不好意思，我努力想醒着，但不知怎么我就是倦得很，再说我看你跟那猴子还有耍猴人玩得也不错，我想我就眯一会儿，没承想，一下子就睡过去了。我揉了揉眼睛，想掏烟来抽，发现烟盒子在桌上，原来那耍猴人吃了我的烟，烟缸里有不少烟屁股。这时我又想到了耍猴人和猴子，但我不便问我前妻，我想我总不至于跟我前妻一样，那么容易出现怪念头，我还是应该正常些才对。我前妻说，你也该醒醒了，你不是要走了吗？说一千道一万，你倒是拿点表现出来啊，你要让我们大家看到你的诚意。确实我也不知道她讲的诚意到底是什么意思。我问她，你要我干什么？我前妻喝了口水说，你别说那个耍猴人，人家可能比我们懂得多也看得开，你砸了人家，人家也没拿你怎样，还反过来尽是安慰你，我倒是觉得，人家还是很感动人的。我听出来我前妻这是在反思我们之前的行为。我说，真对不起，我倒想努力让你高兴，但我做得不够，或者说我真是不知道该怎么做。

  这时，外边起风了，因为窗子没关，而窗帘是拉上的，所以窗帘就被风掀了起来，有一角甚至被吹得带了出去，在窗外呼啦啦地作响。我于是走到窗边，这时我拉窗帘，在窗外边伸了头，看到那个耍猴人仍然站在路边树下，或许他之前是抬头看我窗户这边的，见我在弄窗帘，他倒是别过脸去了。但我吃惊不小，我以为这人和猴子应该早就走掉了才对，这么长时间，都下午三四点了，还守在路边，他这是干什么？同时我有点后悔之前没有强行把那一百块钱赔给他，留他吃饭，但这人还不走了呢。我悄悄对我前妻说，那人还在下边。我前妻一点也不吃惊，她冷漠地说，你管人家呢，人家要猴有耍猴的自由，凭什么你让人家走人家就走？我感到有点异常，但总结不出这个场面到底有什么玄机。我回到座位上，没有和她坐同一侧，而是回到之前对面的沙发上。沙发上有一小块潮渍，我起初以为是水，后来我闻到一点儿臊味，我反应过来，一定是那只猴子撒下来的。我向里挪了挪屁股。我对我前妻说，你真是好人，你待人总是不错，今天我也看到了，这么多年你没变，你无意中砸了个人，但你待人不错，真有你的。

我前妻晃着杯子，我发现她现在喝的是玫瑰花茶，香味很浓。她说，你都要走了，你就不能对我好点吗？我听我前妻这么说，心里马上就有点不对劲了，因为一定是我的什么话，让她以为我对她还是有那种温情，尽管这一点确实不假，但是把它拎出来讲，我还是十分尴尬。其实这时我不太愿意再在1956耗下去了，作为一场告别，这个局面好像与我理想中的有了很大的不同。但是我前妻又接着说，我们其实不必永远板着脸，我们又不是外人。我前妻自己站起来把窗户关上了。她在关窗时，也伸头向下边看了一下。我不确定她是否也看见了那个耍猴人，以及她是否跟耍猴人四目对视。她再坐回来时，她就说了，刚才你在打盹时，我就在想，要是当初我们要了孩子，现在孩子也十几岁了，多好！我知道她说这话时，心情不是酸楚的，相反，她洋溢着一种热情，尽管这热情有那么一点虚假。但是，她也还是顺着我的意思。不过虽然我今天来跟她告别，但是几年来，我对她确实十分不了解了，我们之间的共同点已经越来越少，以至于现在看来，我们完全是两个陌生的人。

7

并不是惰性在控制我，而是那种存于我和我前妻之间的不清晰，那种几乎可以说从我们认识第一天起就存在着的不清晰在缓慢又深刻地绑紧着我们。即使在我们结婚的时候，我们也并没能摆脱那种不清晰，只是那时我从不曾指望所谓的爱情能够解救我们。我在前边也说过了，在我最早和她恋爱时，与其说爱情在起作用，可能还不如说是身体。当我前妻提到我在和她结婚之前，几乎随时随地都在要求那件事情时，我就意识到我前妻对我的认识可能比我对她的认识要深刻得多。那么在这告别的时候，我前妻为什么不能够把这一点说得更明白些呢？我前妻终于对我十分决绝地说，不能依仗你，还是不能依仗你，依仗你，你永远什么都做不好。听出来，我前妻是在责怪我。而此时窗户也关上了，窗帘也拉上了，场合更加私密了，可我前妻要干什么？她问我，你不觉得你这么做太草率了吗？我问她，你指什么？怎么草率了？我来和你告别啊。

　　我前妻把我掐在烟灰缸里的烟头用水又浇了一下，我听到刺啦一声，像火星烫在皮肤上那样。她说，你跟我告别，饭也吃过了，尽管吃的是简餐，但是，你就不觉得我们缺少点什么？她问话时，眼神分外活跃，我想，也许她终究不会把自己当成陌生人，毕竟我们有过婚姻，但我并不能阻止她有可能的沉痛。我问她，你要我怎么做？当然，我担心她会提出什么完全不合逻辑的要求。她说，你就不能浪漫一点吗？我知道我真不该在之前跟她扯那么多，现在她反而上路子了。她说，告别，既然是告别，总该像点样子吧。我说，我是个没头绪的人，真没想过要怎么做，我不知道你指的是什么。这时我前妻笑了笑。她说，算啦，你来跟我告别，我就很开心啦，说真的，很开心。不好啦，我发现我前妻又要哭起来了，这可是我最不愿意见到的。之前就因为哭，惹我过去安慰她，她发火砸了杯子，现在又要开哭啦，我怎么办？我说，你别这样，这都是我的事，我是真心来告别的，就是告别，没别的。

　　我前妻这次没能真的哭起来，尽管她是拖着哭腔说话的，她说，告别就要有个告别的样子，我跟你可不一样，我不是无情的人！她忽然嗓门大了起来，并且站了起来。我有点不知所措。这时，我看见她向窗户去，她一边拉开窗帘，打开窗户，一边扭头对我又重复了一遍，我可不是个无情的人！好在，她没有批评我，只是说她自己。她对着窗外伸头，我还不知她要干什么，这时我听到她喊了一声，原来她在喊窗户下边的那个耍猴人。我几乎是跳过去的，因为我想阻止她跟那个耍猴人讲话。我觉得这太不体面了，一对前夫前妻在1956告别，为什么一定要牵扯外边的人，况且是个耍猴人？

　　我前妻返回沙发那儿，从包里拿出钱包。她返回窗边时，我注意到那个耍猴人正抬头等我前妻跟他交代什么。我这就阻止不了了，他们有他们的说法。我后悔之前不该打盹，他们俩那会儿没准交流了不少东西，现在她倒是对这个耍猴人讲起来了，并且我看见她向下边扔出了两张钞票。她说，你去买个蛋糕来。那个耍猴人问，要什么样的？她说，要带蜡烛的。蜡烛，好，我记住了，那人说。我前妻又说，多的钱是赔你的。我记得我之前赔这人钱他不要，怎么我前妻给他他就要呢？当然，她是说买了蛋糕之后，剩钱就赔给他了。我前妻往里让了让。事情发生得太快，我都来不及反应。这时外边那个耍猴人喊，什么蜡烛？这时我前妻反倒有点急躁了，她又伸出头，对那人说，红蜡烛，不要蛋糕上搭配的，要你从小店买，两根红蜡烛。我前妻这时不急着回沙发那儿，而是站在窗边。

  我在沙发上抽烟，感到头有点疼，事情终于变得让我很不愉快了，可我又无法反对。这时，我听到窗外有响动，好像来自窗外的小树，但是声音又没了。我看见我前妻向窗外勾着头，身体有一截也探了出去。我觉得她这么做有点危险，于是我就喊她不如回来吧，算啦，蛋糕也别买啦，搞这些东西干吗？不过我前妻已经听不进去我的话了，她还在向外探身子。这时我听到那个耍猴人发出一声怪叫，这有点惊悚的，但我也还是镇定地坐着。我前妻终于缩回身子，并且哦了一声。我向窗户那儿看，原来那只猴子的两只前爪和脑袋已经从窗台上挤了过来——猴子要进来了。

  果然我前妻让了让，猴子便已经坐在窗户上了。我前妻好像有点开心，她对那猴子做了个鬼脸，意思是表扬它挺能干的，居然就从下边爬到二楼来了。我前妻做了个手势，我很不理解她为什么这么做。但那猴子从窗台上跳下了。我前妻于是回到她的座位上，猴子站在木地板上。我低下头，用力地握了握拳头。我前妻喊了我一声，以请我集中精力。她说，老郑去帮我买蛋糕了，他这人真不错。你看，叫他买蛋糕，他干呢，但是，他这猴子，他又怕带上会很慢，所以猴子就进来了。她一边说一边向猴子发出一点喉咙里的怪声。我见猴子好像懂她，向我们这边走了几步。我前妻对我说，你快坐到这边来，让猴子还坐吃饭那儿。我只好挪屁股，站起来，到对面沙发和我前妻一起坐下。而那只猴子终于也跳上沙发，在我们对面坐下了。

8

坐了很久，我在考虑待会儿蛋糕要是买来了，我该如何和我的前妻在这告别场合吃起来呢。应该说事情已经不是我所主导的了，我一开始就担心这样，因为她确实是一个会不断冒出怪念头的人。但是，她也并非全不顾及我的存在，可以说她这也是在为我考虑，自然是我在跟她告别，而她不也是同样在跟我告别吗？如果我做得不够好，又如何能阻止我前妻按她的方式来组织一点活动呢？于是，我倒稍微平静了一些。但是，后来我听到在我们730包间的窗外下边的路上响起了口哨，一听就比较专业，起初声音不大，后来一下子就持续了。其实我倒也是敏感的，只不过这一次我的反应还是不及坐在我对面的那只猴子，我没有注意它是否比我更早听到外边的口哨，但它却一下子向窗台那儿窜过去，并且趴在窗台上，前边的两只爪子也抬起来，好像是在跟什么人打招呼的样子。

于是这次是我前妻过去了，她在窗边好像对猴子做了个动作，猴子于是往里缩了缩。这时我仍没有看出我前妻跟这猴子居然有一层熟稔，但是猴子也没有跳回来，它还在那儿张望。我前妻倒是跟底下的什么人讲了起来。她说，你别扔上来，你还是从大门那儿进来，扔上来蛋糕会散了架的。我知道应该是那个郑师傅把蛋糕买回来了。我本想伸头望一下，但在窗户边，已经有我前妻和猴子两位了，我觉得都伸头会让别人误以为1956都成什么体统了，我只好坐着。这时那只猴子和我前妻也都各自回了座位。三分钟左右，门被推开，一个小伙子拎着蛋糕进来了。我很诧异回来的不是老郑，而是这个小伙子。当然我前妻肯定比我明白。

那小伙子把蛋糕在桌上放好，对我前妻说，他回逍遥津了，让我买的送来。他一面从背包里又摸出一对红色的蜡烛来。我看这蜡烛也够粗的。

猴子自从蛋糕摆上桌子，就一直盯着蛋糕，好像这蛋糕是个特别重要的宝物似的。我有点看不惯它。我不明白为什么老郑不能去买蛋糕并送回来，而让这个小伙子买了送来。我前妻却一点也不疑心。怎么啦，这人和那人都是怎么回事啊？那个小伙子向猴子看了一眼，并且又吹了声口哨。猴子看了看这个小伙子，伸出两只前爪，在胸前扒拉几下子，好像在跟他打招呼。我听到这个小伙子喉咙里也咕哝了几下子，应该是在跟这个猴子对话，猴子于是别过脸去，专心地盯它的蛋糕。小伙子没有跟我多话，他跟我前妻说，我就在下边，我摩托车在下边。我不明白他为什么也要在1956的外墙下边，他要干什么。我这时倒想开口了，我觉得目前来看，我可能是自己把自己给搞被动了。我说，你帮老郑把猴子带走吧。那小伙子虽然听见我跟他讲话，但他显然并不当一回事，但是，他又必须有个态度，于是他就跟我前妻说，猴子还是在这儿，还是等老郑自己回来带走它，我就在下边。说完，这小伙子带上门出去了。

　　猴子还坐在沙发上，应该讲我比较失败，或者我前妻也比较失败。既然要弄一点告别的氛围，红蜡烛都有了，却为什么要留一只猴子呢？我前妻到窗边那儿去了一趟，她喊了我一声，你过来看，他车子没熄火。我走过去，看见那个小伙子正在弄头盔，他那辆摩托车很怪异，发动机声音时大时小，他就跨坐在上面。我发现这小伙子跟老郑可不一样，他只是坐那儿，你当然可以理解为他在等老郑，反正1956又不是我的，我又何必指责他待在外边的沿墙下？我前妻摇了摇头，回到沙发上。现在我们三个坐在桌子两边，一边是我和我前妻，一边是一只猴子。我解开了蛋糕的包装盒。应该讲包装得很烦琐，但我还是竭力掩饰我的烦躁，最后终于打开了。这小伙子买的还不错，蛋糕很大，可以说出乎意料的大。我本以为盒子大只是装饰，但想不到拆开来，却更大，因为它好像之前被摁束成一叠，现在打开中间的包装绳，却一下子叠成了三叠，鼓鼓囊囊的。我没用手去碰，而是去拿刀叉，它们绑在盒子的内面上。

　　那只猴子一直看着我，就在我拿刀叉想从外边还有一层保鲜膜的上端切开包装膜时，它却突然立了起来。我看了看它，没有在意。我前妻托着腮坐着，我又试了一下，这次我看见猴子的前爪向前扑了一下。我很气愤，不知它要干什么。于是我冷静了一下，又重复着向蛋糕倾斜过来。这一次，我的刀子就要划向外层薄膜了，不料猴子狂叫一声，露出了尖利的牙齿，它的牙床一片惨白。我感到太寒心了，猴子怎么这样，一个蛋糕而已。我前妻可能又要在喉咙里对猴子发出什么怪声了，我此时有点怒气了，心想买蛋糕的主意是我前妻出的，我还是看她自己怎么说吧。这时我前妻说，过会儿吧，它怕是不太适应。

　　我真不知道对这只猴子这么友善是干什么，于是我就想把那两根红蜡烛给掰开，把它们放在桌上，我掏出打火机想点上。但那猴子又向前伸爪子，我看它眼珠子很红，几乎跟红蜡烛一样，不过，我不想太在意这动物。我对我前妻看了一眼，然后我说，我把它点上了。我前妻说，点吧，多少还是告别啊。我点上蜡烛，屋子里顿时有了一种温馨感。没有风，烛光很稳定，蜡烛虽是红的，但烛光却洁白得要命。而那只猴子直立着，气鼓鼓，脑袋很强硬。不过，我想如果不是之前老郑带它上来跟我们一起吃了饭，我根本懒得理它。但是，它却这样盯着我们。现在我要去切蛋糕了，我想这只猴子是无法阻止我的。但是，我刚把刀子插向顶端，那只猴子突然伸出爪子，还有它的嘴，扑在我手上。我的刀子甩到了地上，一股奇特的灼痛感从手上传来，我看见我的手上被拉开一道口子，血淋淋的，而那猴子也因为这疯狂的举动而震惊，自己在沙发上哼哼唧唧，好像在等待我的回击。不过我没有回击，因为我知道我们还很陌生。在这场告别中，本来没有它的份。我的前妻这时应该是发火了，但我听不出来她是在对谁发火，是在对猴子，还是对我，或是对丢下猴子的老郑，还是对送蛋糕的小伙子，或者是对1956。她只是在那儿发火。我想她有她的道理，买蛋糕毕竟是她的主意，而现在似乎弄砸了。猴子并不示弱，仍然立在沙发上。

　　我看着手上的血，对我前妻说，它真凶。我想到也许告别就到这儿吧，事情很难玩下去了。猴子又撕又咬，我这是不是应该去打一针破伤风呢？毕竟出了不少血，但我没有张口讲这个，我并不好意思现在就提出把告别一事结束掉，这似乎不太礼貌吧。再说红蜡烛也还点着呢。我彻底放弃切蛋糕了，我捂着淌血的手。我前妻拍了拍我的背说，不要紧，不要紧，老郑回来，问问老郑这猴子有没有什么不对劲。我觉得现在已不是原来那么回事了，已经变味得差不多了。那只猴子见我妻子拍我的背，跟我讲个不停，它倒反而蹿出沙发，到那窗台上了。我觉得猴子恐怕失控了，它这是怎么了？不一会儿，那个骑摩托的小伙子又回到1956的730包间。他戴着头盔，只是把嘴鼻那块的挡风玻璃掀了上去。他见我满手是血，就对我前妻说，这猴子又犯事啦？不要紧，我拉他回逍遥津，我们那儿有药，一抹就好。我对那小伙子说，我还是去医院打一针吧。小伙子说，不要打针，猴子抓人多了去了，我们是埇桥的，我们那儿治抓伤的药用了千把年了,你不用怕,一抹就好。他说完就去拉猴子的耳朵,猴子叫了几声,但没有反抗。我看了看我前妻。我的意思是很抱歉,在1956,我们并没有尽兴。但是我前妻好像对这个小伙子的话深信不疑,她说,别讲了,还是听他的去逍遥津吧,上了药才对,不然感染起来麻烦不小,你还要出国呢。

第二卷　告别（下）
——在纽约回忆于1956的告别

1

我在纽约很快就有了许多朋友。其实只要你敞开怀抱，朋友自然就会围过来。还有就是，在纽约，你确实需要这样的朋友，因为他们往往跟你本来所想的不同。不过，我并非在表白我自己，我不过是想通过他们来了解美国，了解纽约，了解西方，所以我是抱着十分愉快的心情来结交这些人的。不过他们都是我以前的朋友的朋友，这些以前认识的朋友大都比我先到的纽约，可能他们也厌倦了一起走过来的那些人，不过他们还是埋怨我出国得太晚，在最热闹的20世纪80年代不来，在物质化的90年代不来，却过了千禧年新世纪才到美国来。我说这时来也没有什么不好啊。他们也没有什么特别好交代我的，因为我现在基本上也并不把这个纽约当作什么讲排场的地方，我上来就跟他们讲，纽约并不比北京强。他们只是笑，我并不理解他们为什么笑。

我有一个新认识的朋友叫作牛乐，我在纽约的幸福生活大概就是从和她认识开始的。我们是在几个文化人的一次小范围聚会中认识的，当时聚会的人在国内时就和我比较要好，他们并不是因为比我先到美国要照顾我才对我好的，而是因为他们普遍对纽约已经感到十分没劲，他们不过想帮助我尽快意识到这点，也许到纽约来是个错误。

在那个场合认识的牛乐，可想而知，多少也还是有点尴尬的。她也认为我到纽约太晚了，现在好多人不仅不喜欢纽约，也不喜欢伦敦和巴黎，那么为什么这么晚一定要到纽约来呢？我当初没有跟牛乐解释我对纽约的初次印象，我只是跟她开玩笑，我跟她说，这里的空气不一样，这里的海水不一样，也许其他都一样。牛乐虽然赔笑，但我看出来她在根子上也是厌恶别人这样来评价纽约和外部世界的区别的。那次聚会我们喝的是白酒，朋友的太太才从国内探亲回纽约，带了不少中国作料，我们一边吃着东西，一边喝酒。从牛乐的表现来看，她现在应该是单身。

我不太清楚在座的还有几位没带太太的男人跟她是什么关系，但我看出来他们都想撮合我跟牛乐。这点好意我可以理解，因为毕竟我才到纽约，又是一个人，而且我基本上也算来路不明，到纽约目的性不强，那么搞好生活也许不是一件特别坏的事。不过他们也都知道，对于现在包括美国在内的文化我有自己的一套看法。在座的有一位周先生好像现在仍是《侨报》控股的一方，有董事职位，他倒是说，《侨报》上可以请我谈谈现在的中西文化。我当场就没有给他好脸色，说别讲现在的媒体了，我最不信任的就是你们的媒体了。从CNN到半岛电视台，从《华尔街日报》到《联合早报》这些我都不喜欢。现在的媒体是没事找事的样子。当然这有点酒话，不过牛乐很是乐意我这样讲，大概她对媒体也有一肚子意见。我问牛乐在做什么工作。牛乐说她前几年在一家投行做顾问工作，现在已经半退了出来，因为金融让她讨厌。她说她现在投资了一家文化中心，就在长岛那边。我看她很闲的样子，于是我就问她可不可以抽时间一起聊。

聚会那天，后来来了一个诗人，我想这是那次聚会让我印象最深的地方，当然也正因为这个诗人的到来才使得气氛有那么一点怪异。他本来和我在未见面之前就互相知道，只是初次见面而已，但他一口咬定他曾经在北京见过我。千真万确的是，我不可能见过他。但是，他说他曾于2010年回北京，和我吃过饭，在座的还有谁谁谁。其余几个人就笑说，应该是老陈你自己记不住了，他说跟你吃过饭，那还能有错。这个诗人坐下来之后就谈论起现在的诗坛来，我本来是不想讲的，不过他兴致很高，并且每说到中国诗坛总要拍一下我的大腿，好像提醒我注意，因为我刚刚从国内到国外，而他已经在外面混了二十多年了。但是，他倒不是重点讲中国，他讲的是世界诗坛，他发表了几乎是宏观的演说。

牛乐在一旁小声地对我嘀咕，说他每见到一个新朋友，总要把这番话说一通的。于是我就耐心听。这个诗人不喝酒，但每当我们碰杯时，他都要很惋惜地说，喝酒误事，其实我们仍然不够理性。我不知道他说的理性指的是什么，是说个人的写作还是这个民族乃至整个人类的状态。他没有明示。他只吃很少的菜。他人很瘦，架着眼镜。他说话很少看牛乐，我觉得也许牛乐跟他从来就不来电，或者说他们不是一路子的人。其余几个朋友，反正大家都是弄文化的，而这个诗人似乎是个标志性的人物，人们就很难去打断他，他因而说得更加放开了。他对我很严肃地说，既然你来了，你就要有世界眼光，你不要再像以前那样，你要有世界知识。天哪！这个诗人居然说起了世界知识，可我只是想愉快地开始我的海外生活，我对知识本身是有乐趣的，但我不至于非要去求解世界知识吧。

这个诗人姓郑，或者我后边就叫他老郑了。老郑本来也是个不错的人，但为什么到纽约这二十多年，把他变成了这样？他回顾了他的生活。原来他这二十多年，不仅在纽约，其实还去了柏林、伦敦、斯德哥尔摩、塔什干、惠灵顿、新泽西、开普敦，他转了世界各地。因而他要讲世界知识了。后来我乘着酒兴还是打断了他的话，于是朋友们也都故意装作有醉态，其实不想让老郑讲下去。老郑还是停不住话头。后来，牛乐就到另一间房子去，那儿正在播放斯特拉文斯基的《火鸟》，她抽着烟，优雅地靠在窗台上。女主人本来跟她一起喝着茶，见我过来以后，女主人拍了拍我的肩，到外边去了。

我们看着外边海上的幽暗之光，牛乐这时说道，你倒是挺乐的啊，别跟那个混蛋讲个没完。我倒不觉得转过脸就去骂这个诗人有什么不对，但问题是我们为什么要为这么个朋友生气呢。她说，这家伙在乎的东西太没意思了，不过我还不知这个诗人他到底在乎些什么。虽然我才到纽约，但我感觉我也已经在这里待了二十年似的，我承认我对这种生活似乎很能适应，但同时，我又必须向牛乐承认，我只是在这个时候来纽约，在这个岁数来纽约我才这样的，要是以前来，即使是五年前来，我也不会是这个心态。牛乐叼着烟，伸出手在我胳膊上按了一下，我觉得牛乐她应该是懂我的。诗人还在外边谈话，听着的人，有些已经歪头发呆了，但他仍在讲个不停。有那么一刻，我很想过去叫他停住，但我没有这样无礼。后来牛乐实在是忍耐不住了，她跟我说她要先走，我说我可以送你。她又一次按我的胳膊，她说，别这样，他们几个还需要你呢，她说她会明天去我的住所看我。

2

  牛乐做了我的打字员，其实倒是她自己把自己往这个方向引的，因为我的英文不够好，加之我在国内就很少使用电脑，所以现在在美国无论是中文还是英文，要让我在电脑上处理东西我还是比较懒散的。牛乐自己主动跟我说，其实她是最早使用电脑的人，因为工作关系，她早在清华的时候就接触电脑。我告诉她我其实并非要在纽约还弄那些文字，因为在这儿，我本来可以什么也不干，我并不以为非得通过文字来处理这个世界与自我的关系。但牛乐还是坚持说，假如可能，你还是可以写点儿，因为这里没有什么多余的玩法，即使你不想弄，也不要紧，但假如你觉得有那么一点乐趣呢，反正她可以为我打字。我跟牛乐说我不接受苹果电脑，还是习惯Windows系统，牛乐就跟我说用不了多长时间，你就会只用苹果了。

  从牛乐第一次到我住处起，我就觉得牛乐一定是认为她遇到了一个也许在其他场合或者说圈子里从来不会遇见的人。我不知道我有什么可以吸引她的，但是她吸引我的，我倒清楚，可能主要是由于她那好看的身材以及从这个身体里那种对于一切都十分有距离的冷漠感。对，这种冷漠感对我是如此重要。我对牛乐说，虽然我并不接受屋子里要有个壁炉，对于这个西式的东西，我比较隔膜，但生活就是这样，一旦它出现在你屋子中，你会发现即使你讨厌它，但最终你还是要和它相处，因为这是秩序本身。是啊，这是秩序，我想我还没有向牛乐展示我孤独的那一面，当然如果我展示了那一面，我就无法和牛乐获得一种开始，因此我就必须都听她的。当然，我主要是在观察。

  我的判断是对的。在巨大的玻璃窗边，她脱光她的衣服，我发现她有一种特别的娇羞。我们亲吻着，进入了身体。她完事后，坐在床上，看着窗外。她说，也许你真不该来，你现在还来纽约，你不觉得这是个笑话吗？我说，也许吧。可是，你会懂的。在我们第一次做爱那天，我们没有谈更多。但是，我们到厨房去做了菜，应该说她的手艺还可以。牛乐没有结过婚，虽然追求者很多，其中也有现在的美国议员以及美国年轻人，但是牛乐始终没有结婚。我觉得牛乐能和我做爱，可能不为别的，只是要验证一下，我这个迟到者到底是个怎样的笑话。我们吃着东西，她问我平时爱不爱喝酒？我说很少喝。她又问我，假如你孤单到了顶点呢，你会做什么？我很严肃地跟牛乐说，我永远不会到最孤单的时候。

那天，是我们第一次做爱，当然也最平和，可能也是最稳定的一次性爱。还包括完事后的坐着、聊天、吃饭、看电视以及摆弄电脑，她有时也叹气，因为她的大量生活我差不多还是未知的，所以我也并不知晓该如何去向她表示我的好感。又过了几天，我们就比较密切了。可能是她认真地在书店里又找了我的书，看了一部分之后，她过来问我，你到底为什么来这么晚？我说，很晚吗？她说，是啊，真想不到，即使早一点点也好啊，可为什么，这时你才来？我想也许她了解了我前几年的一些公开生活，以至她有些偏执地质问我，为什么来这么晚？我说，说来话长，但是，我真的必须告诉你吗？牛乐说，其实你还可以写起来。写什么？我问。牛乐说，我只是不明白，为什么你不能写一点实实在在的东西呢？

可以说现在我还不充分了解牛乐，因而我很害怕我会犯上次那个姓郑的诗人的错误，向别人表达一种歇斯底里的世界知识观，同样，我也谨防这个牛乐，或许她也会在某种方式上犯下那个诗人的错误，毕竟我们仍是一对陌生的男女，尽管我们进入了性，也进入了日常生活，但是，谁能保证我们真的会贴得很近呢？牛乐说，你可以写一写啊。我不再追问她要我干什么。但是，她好像十分想追究的样子。于是我不得不告诉她，也许在五年以前，我就应该来纽约的，但在一次告别中，我出了点事情。她认真地听着，似乎马上就进入了状态。

我对她说，也许你没有必要听啊。她没有表情，仍在听着。我说，我现在只想在这儿很平淡地生活。平淡？她问。我说，是啊，很平淡地生活。平淡？我听到她重复了一遍。她说，我本来要去非洲的，我也可以在纽约一动不动，我可以的，有人为我做事，但是我想行动。我说，那你就行动。她问，那你呢，你为什么会在五年前，接着说吧，会在告别之后，却没有来？她这是在追问。我说，你真的愿意听吗？她点了点头，但猛地昂起头，走到窗边，看着远处的灯火。她的头发有点儿卷，T恤的领口处有一点水渍，她才洗过澡。在我趴在她身上时，她说，你有一点儿不一样。但那是指什么，现在她好像忽然地振奋了。她说，你讲吧，也许我可以把它记下来，记下来这就是你来纽约后的一个东西。我觉得她像发现了什么实验装置似的。我说，记不记都无所谓了。但是，如果你必须听，也许我可以谈一谈。

3

我跟牛乐说，就在那次我本来可以直接就来纽约的时候，发生了一点意外。意外？她问。我说，牛乐啊，可能也不仅仅是意外，许多事情反正只有发生了你才知道它必然是你个人的历史，是谁在决定不知道，但它必然要那样来发生。牛乐已经在录入了。她梳了个发髻。我知道从我们认识的第一眼起，她就认为她可以从我这些谈话中听出一点什么。其实我最早不过是觉得故事也许既可以埋在心底，也可以讲给有意思的人听，但最重要的恐怕在于你能否说好这个故事，至于这个故事本身，它已经作为历史存在于你个人的深处了。她用的是苹果电脑，就是那个咬了一口的缺端正朝向背光的桌面。

梳着发髻的牛乐，坐在我对面。我这才记起在之前几次的性生活中，我从没有很细心地抚弄过她的头发，而现在当我意识到她的头发有那种亲密的召唤时，我却陷入了往事，当然现在我已不必询问她是否真的考虑要为我记录下这个故事。然而，我又该如何尽快地对这个牛乐，表白我的那种心思？因为我们已经有了性生活，已经那样紧密地进入了身体。但是，真的，我还没有表白过，既没有说过爱，也没有表示过对她性感的姣好的身体的称赞，我只是行动过了。可是此时，我又觉着这一小段时间以来，我对牛乐其实是粗鲁的，但牛乐对我是好的。她在等我讲下去。我说，那一次我约了前妻在告别，告别的地点在1956。当然我可以解释一下，不过我不想纠缠。我说，就是那个茶餐厅叫1956，这个不重要。她用手指在额头上按了按，我记得当我趴在她身上，我的下巴也曾抵在她这额头上蹭来蹭去的。不过，我想即使换上另外一个男人，也许也是这样蹭着。但是，一切有区别吗？我看着牛乐的眼睛，她注意到我在看她，也许她不应该表现得那么主观。但牛乐也不是一般人，她有自己的全部历史，而现在只不过是我率先行动，跟她交代起我的故事而已。

我看见她的宽口T恤向肩边袒去，有时会露出那个乳罩的带子，其实我已经多次摘下过它,也看见它散在木地板上,有一次它甚至踩在我脚下。但是,我有点不平的是,我在此刻,觉着它从没有被我解开过,也没有被我动过,它完全属于它的主人,属于这个漂亮的纽约女人,那么之前我又是怎么做到的?我觉得我什么也没有克服,我就和牛乐相互进入了对方,但是我们之间一定缺乏什么,也许不是任何具体的东西,我们缺少的正是我们本来就缺少的。可是,这同样也无法追问,我也无法去复现我是怎样去看待那个白色的带子。我没有了那样的视角,况且在她第一次和我身体交合时,是她自己脱的衣服,我想一切不是过快,而是发生在某种必然性里。

她见我有点走神,调整了一下她的姿势,并且在外边就弄了弄她的T恤的下摆。她喝了口水,我注意看她,知道她在等我讲下去。我说,本来就是告别,当然你知道都已经结束的婚姻,结束的关系,结束的历史了,但我见了我前妻,不知为什么,也许是我前妻自己的原因,反正我们好像被打开了另一个空间,我陷进去了。牛乐在等我说,我没有接下去。她问,你陷进什么了?我说,也没别的,在告别她之前我完全没有想过,这样对已经结束的一个人的告别会有什么特殊性可言,仅仅是对结束的结束。牛乐在键盘上敲着,应该是在重复着这一行字,是对结束的结束。也许她对这句话有她的体会。我说,但我真的被她引导了。

现在,牛乐好像认为我这样讲一定有一个更大的东西在后边,好像我没有真的讲出来。但是,我不仅在口述,对她讲话,同时,我承认我有一点思考,因为我现在看那场告别,不仅是我个人的,好像跟我前妻,以及跟眼前的牛乐都更有关系一样,因而我就有点审慎了。但我不是一个要藏话的人,更何况牛乐坐在我对面,正在为我记录我的故事。我说,那一次,这么说吧,我也承认我们看起来是在告别,但一定是打开了一个新的场面,我好像应该是看到了一些有意思的东西。对谁有意思?牛乐问。我说,就是对我前妻吧,那时我们已经离婚许多年了,但是在1956的告别,本身竟然也像是重逢。重逢?牛乐问。我点上烟,牛乐也拿了一支,但她没有点上。

我看见牛乐的胸的上边的一点儿,白白的,我想在地球的某一个地点,她这身材,是人类所有平衡的一个结果,是大致必须长成这个样子,才具有最好的吸引力。这种大小、丰满和形状，以及那种触摸的手感，还有连在身体里的狂喜与悲哀，在你干她的时候，你必然只能体会到这样。但是，我似乎又走神了，我得把自己拽回来。我说，我倒是发现，我跟我前妻当时为了在不在乎以及为何没要孩子上好像有了一点分歧。在告别时有了这点分歧，还是表明了我们并没有完全真正地分离，也许，我还是看到了一种可能，那就是我们仍然并没有绝对要拒绝对方。牛乐说，是啊，不然你们也不可能要来一场告别。我觉得牛乐这样的推断也许并没有意义。

　　不过，那场告别到今天，也已经过去了五年，我知道我现在忠实的只是现在的自己，我不可能做到绝对忠实于五年前的自己，除非我能绝对地把握住五年前的那个自己。我说，不管怎么说，在我意识到我们谈论起我们的某种隐秘时，我可能考虑过，应该马上结束这场告别。我当时多次想过，应该马上离开1956，当时的那个730包间。牛乐问，730包间？我点了点头。她也许在电脑上对730做了个记号。我没有伸头去看，我在吸烟，烟雾蓝蓝的，绕在她面前。我说，可我并没能走开，结束，对于我们的生活，已经太多了，我们总在结束这个、结束那个，而那时我也这样想，何必要对自己的前妻这样不恭敬呢？你要跟她告别，她就来了，但是她有什么错吗？不就是说了一些伤感的话吗，你就要马上结束这场告别？

　　于是我又做不出来，我就只好耗在那儿了。牛乐问，你确定，那时，在告别时，你们有伤感？她问得很有针对性，我承认牛乐对于那些细小的部分具有十分敏锐的领悟和辨别力，这是难以逃脱的。我知道我不仅是在讲述这个故事，同时历史已经被打开了，成为在纽约讲述的一个场合。牛乐试图站在那个场合的入口。我说，不仅是伤感吧，也许是忧伤。到底怎么回事？牛乐问。我说，反正我前妻那会儿确实有些忧伤，我当时就感觉到了，所以我没法冒犯她。甚至我想我应该安慰她，于是我在1956，去扳她的脸，我希望她知道，世界并不允许她绝对地感受到她是伤心的。什么意思？牛乐问。我说，我当时就是希望她不要以为全世界她是被划归在忧伤的一派，她应该也属于欢乐的一派，应该说她还没有必要只感受到伤心，并且那只是她前夫出国而已，一场很平常甚至可以说很平庸的告别而已。牛乐问，很平庸？她笑了笑，我看见她一绺头发散下来，耷拉在脸上。不知为什么，我真想马上又把她按在身下，我觉得有一种内心的暴力，想使自己在房子里猛烈地碰撞，然而就压在这牛乐的身体上，当然只要接触这身体，也许我就可以是温和的。可是，我知道此刻我不会，我不必去尝试这子虚乌有的障碍，因为只要你停下讲述，只要你乘着喝水或是随便什么举动，你都可以马上和她倒下去，干那种事情。但问题是，你考虑过没有，牛乐会怎么看？并且是在你讲述那个告别故事的时候。

我掐了烟，喝了口水。我接着说，因此，我就陷进去了，其实前妻虽然引导了我，进入那个她的情境，是我设想的情境，她符合了那个情境而已。但同时，我进入了这种本来并非必要的武断的认知上。我觉得我不必把告别当成它本来的那个意义，于是我可能在扳她脸时，有那么一点温柔的一触，但我也并不确定是不是这个动作才引发她发作，扔了杯子，也引出了后边一连串的反应。我看见牛乐在认真地记着。我说，当然，后来，就不仅仅是我们个人的事，历史在那个动作之后好像马上爆炸了，它具有了另外的形式。一切都源于一只猴子。猴子？牛乐问。我说，是啊，就是她扔了杯子，溅到了楼外的人，并且那人有一只猴子，而猴子后来到了我们的1956。猴子不仅来，而且还坐在我们对面，像个真正的对手或者说观察者那样参与了我们的告别。她飞快地记着，从她的表情上看，我觉得她应该是很开心的，因为她无法马上领略其中的意味。但她知道这不是一般的故事，这告别的场合，在入口处，就有了奇异的历史感，并且说不定是不完全像讲述者所自以为的那样。我说，后来就是这只猴子抓破了我的手，因而我跟我前妻之间，好像就有了那么一点微妙了，因为当时我说我要去打一针破伤风，但我前妻并没有太过鼓励我去打针，所以我就没法立即脱身。同样，我仍然害怕她会疑心我是出于尽快结束告别的念头，才会去打针的，也许我前妻并没有真的在意我被一只猴子抓伤是一件多么危险的事。

牛乐有时也托着腮，好像她必须弄明白，那么，你就这样对猴子，有了什么不一样的看法，毕竟那只是一只猴子。我说，说到我和我前妻的微妙，那现在来看，也确实主要是因为我，而不是因为她。因为我一直在想，为什么告别会被打开了另外一个视角，而呈现了别样的空间？在那个空间里，应该可以发生别的可能，包括你可以对你前妻讲讲另外一个你们生活的模式，包括你也可以谈谈为什么你要出国，或者说作为曾经的婚姻当事人，你是怎么回味你们的失败婚姻的；当然，我并没真的能在那个空间里跟她谈论什么，我只是在意有了这个有可能的空间，因而，即使不能脱身，你也必须对猴子有那么一点处理吧。我说，猴子抓伤我，是因为我当时在切那块由我前妻建议并委托那个被她溅了咖啡的郑师傅去买，但郑师傅有事又委托骑摩托车的小伙子为我们买来的蛋糕，而那只猴子也警告过我，不要动那蛋糕，但当时我还是准备切蛋糕，因此它就抓了我的手。牛乐说，也许它并不是在意你们吃蛋糕，可能它也并非就喜欢吃蛋糕。我说，可是，它抓伤了我，而且我前妻还让人买了蜡烛，她要的是那样一种告别，一种不完全是草率，不完全是忽略形式，不完全是阉割掉情调的告别，所以她甚至在之前都关上了粉红色的纱布窗帘。

　　牛乐在飞快地记录着。我说，所以既然被抓伤，那么，我就不能不干预这个告别中的1956了，我想我总要做点什么吧。牛乐的手指在唇上碰了碰，我想她应该听得出来，我并不是一个一定要惊心动魄的人，但我的无所谓并非绝对的，我只是在我认为应该有动作的时候动作。我说，我向服务员要了一根绳子。绳子，什么绳子？牛乐问。我说，就是很一般的绳子。当时，我就是想应该让猴子老实点。牛乐问，你准备干吗？我说，我要了绳子，我前妻马上就明白了，她有了一点不快，因为她看出我要捆住那只猴子，她在问我是否有这个必要，要把一只猴子捆起来？因为我们并没有完全地争执，一切都还是微妙的，我们的告别也太拘泥于一只猴子的表现了？我们能无动于衷吗？再说我手上的伤口还在淌血。于是，我就把猴子捆住了。制服它并不难，虽然它有一点抵抗，但我马上压住它了，我手上有伤，所以我必须十分果断地压制住这只猴子。它被我挤在沙发脚上，四肢瘫开来，背朝上。我捆得快，但足够结实，我想必须让它不能动弹，至少是不能灵活地行动，当然它仍可以观察这个1956，只是它不应该具有行动能力，不然我捆它干什么？牛乐说，你把它压住时，其实你应该捆得很快吧，那种时候，容不得你多想，再说你前妻还睁眼看着你呢。我说，我倒不太记得她当时是什么反应，反正咬伤的是我，而点上红烛，也是为了她，为了告别中的她，她总不至于反对我捆上一只猴子吧。

4

我和牛乐到长岛位于一个旧社区的侨报报社去喝东西，那天我们并不知道郑先生也会去。起初我是带着对周平的谢意过去的，因为前几次聚会，周平为我介绍了不少人，虽然有些人我之前并不认识，但是他们并没有因为是周平介绍的就对我有什么好意。后来我才明白原来周平在纽约并不完全是受大家喜欢的。当然，牛乐也很看不上周平，她是一个对媒体有独特观点的人。不过，我记得第一次见周平，我就批评了媒体，但是没过多长时间，我对周平另眼相看了。我发现虽然周平办报，但他恰恰是少有的有观点的人。我尤其喜欢《侨报》上的文化版块，它跟国内的那些副刊很不同，它几乎不登那些有意见的东西，而只讲述每个人愿意讲出来的事情。我看了几期他拿给我的报纸，我在我那个住宅区的一个熟人那里也时时拿报纸看，我觉得《侨报》确实有不同之处。

我本来和牛乐要到世贸那边去，虽然那里的纪念馆会让人觉着闹心，但我们要去找的那个艺术家恰恰把他的工作室开在那儿，不过我们没有找到，他到底特律制作模型去了。牛乐说这人就是这样，他现在也不用手机，他叫黄占。黄占在工作室的秘书那里给牛乐留了条子，商谈的是关于在牛乐的文化中心办那个展览的事情。听牛乐跟我讲起，这个展览在牛乐那里只是预展，后边要送到威尼斯去。牛乐跟我讲过黄占这个作品系列的主旨，但我觉得黄占这几年的艺术态度好像有了变化。我是不便在黄占的艺术系列上表明什么态度的，因为我既不熟悉，也不晓得他们在美国的生存法则，尤其是对于这些纽约的前卫艺术圈。好在，我跟黄占还没有见过面，但想必他已经知道我到了纽约，他也没有托牛乐给我口信。我想牛乐也一定没有跟黄占说我的事。

由于没找到黄占，我们才转而来到侨报报社，这是我的主意。一是我要来谢周平，另外，周平之前几次在聚会里也跟我说过，他想在文化版那里给我写个稿子，我不太想麻烦他，因为对于《侨报》来说，介绍我到纽约不是必需的，况且我在第一次见他时还批评过媒体，而在那之后的一周，《侨报》还是上了一条我赴美的消息，我是不是有点感情用事呢？但这些我都没跟周平讲。周平已经在报社的那间办公室里等我们，他没有想到我是和牛乐一起来的。他很快掩饰了他的意外,并且他觉得牛乐跟我一起来让他大概明白了牛乐和我走得很近,其实他倒不便马上提要上我稿子的事了。牛乐仍然不那么客气,我担心他们之间也许曾发生过一点什么。周平跟我讲《侨报》现在的资金情况,由于他自己还投了一部分钱到华尔街那边的电子版,所以《侨报》这边主要还靠几个华人社团的资金在支持。

  我们说话时,我一直没有想到郑先生就坐在隔壁的一间屋子里,那间屋子一直有一个办事小姐在出入。后来郑先生从那里走出来,我有点吃惊,但郑先生却一改阴沉的脸色,好像这一次他有重要的话要讲。而牛乐对他很不客气。她让办公室的人为她冲了杯咖啡,我觉得她对这里似乎很熟悉,后来我才知道直至现在她还有资金投在《侨报》里,至少是她名下的。郑先生给我拿了几本欧洲的杂志,我翻了翻,没有什么意思。郑先生却嚷嚷开了,他又拍了我的大腿。因为郑先生比我年龄大,不是大一岁两岁,而是大上不少,所以我一直都找不到机会去反驳他几句。当然,我也不大愿意真的再讲什么圈子、文化,我想我们本来就不是同路人,否则我不是早就来美国了吗?郑先生见我对杂志不感兴趣就有点神秘地说,他在瑞士遇到我的一个朋友。我觉得他在故弄玄虚。但是,他却认真起来了。我问,谁啊?他说,一个翻译,德语的。我有点摸不着北。我还想追问他,但我止住了,我觉得他又要卖什么关子了。郑先生见牛乐背过身去翻《侨报》的一些影印件,他就压低嗓音说,西美林,怎样,想到了吗?我说,啊,她在瑞士?是的,在瑞士。他说,我见到了她,我说你在美国。我说,我很久没跟她联系了。郑先生说,是啊,她现在也很忙,正在翻译李白的东西。我说,那很好啊,她以前也说过的。郑先生泡了茶,他是亲力亲为。而周平到里间去了,大概是在跟几个年轻人讲一个金融方面的稿子的事情。郑先生说,西美林说她译过你的稿子。我说,译过,但不太合适。怎么不合适?他问。我说,就是不合适。我没太好意思说我和西美林的纠葛,那也是好几年以前的事了。当时,我是不打算再跟这个人打交道的了,我觉得她完全不了解文学,尤其是不了解东方的东西。不过郑先生没有放弃的意思。我很难想象他跟西美林都谈了些什么,再说也很难讲他们是不是确实是偶遇的,说不定是他主动去找她的。他说,我去苏黎世开会,我见了她的老师高约翰,高约翰跟我介绍西美林。我说,她怎么样?

郑先生说，你就别假惺惺地问人家了，人家还是很惦记你的，听说你在美国，马上说以后有时间就来找你。我说，我们电邮并没断呢，好像问候还是有的，尽管并不经常。

周平从里边交代完事情出来了。他在里边恐怕也听到了郑先生在外边讲的事情，于是想插话，他想问郑先生能否谈几句关于老陈的话，也就是我到美国的事情。老郑连忙摇头，说，不，这不是国际化吗，这种国际化有意义吗？我听得有点糊涂，不晓得他为什么又要说国际化了。他知道《侨报》要上一篇很有想法的关于我赴美的稿子，于是他就有点难以自控了。他说，不是已经上过稿子了吗，怎么还要上？他这么说似乎他也可以决定《侨报》的运营一样。不过我不知道他在《侨报》里是否也有股份。周平只是笑，老郑又转过脸对我说，西美林说了，她不太接受你的小说。我没有作声。他又接着说，其实她倒不是按西方人来看，她只是按文学自身来看，说你过于漠视一些东西了。我当然也不明白她说的我漠视的东西是什么，以及我凭什么就是漠视了。我不便反对，因为我发现他又正经起来了，几乎有点可怕。他说，西美林说了，高约翰也是这个意思，其实可以说法语区的人都会这么看，就是你们现在的故事，你们的选择，你们回避的东西太多。我想听下他到底要讲什么。

他喝了点东西，对牛乐那边看了看，对于牛乐的不买账，他敢怒不敢言，只是顿了一下，以表示他是发现了牛乐这一点的。他继续说，说到底，欧洲人都能看出来，你们现在写东西在回避具体处境。我问，怎么回避，是什么东西没有写到吗？他叹了口气。他说，老陈啊，你别说西美林，这样的女孩子也很懂你们的。她看出来了，你们并没有真正地达到那种现实，一种思考现实的普遍的力度。我想不论是他，还是西美林，不论是原话还是转述，或者是借口，但讲得够清楚了，他认为，至少老郑认为现在的你们还不具备对现实做出深入思考的状态。请注意，是每一时每一刻，也就是可以说从来就没有过。当然我想我是生气了。但是，我更厌恶的是，郑先生说的是"你们"，这样就不包括他自己。也许他有理由把自己排除在外边，但是，既然讲的是"你们"，称呼的也是"你们"，他也就并不把我们看作一类，那么我为什么要理他这一套呢？郑先生对着手机唧唧哝哝地，到二楼拐角那儿去了。

他一走，周平就在那儿笑。他说，别怪他，他又受刺激了。牛乐这才转过脸来说，什么法语区，他就在意法语区，不过幸亏这次没去日内瓦，不然他又要为那个奖疯了。我知道老郑更爱讲他提名的事，当然他不会正面讲的。不过他这次没跟我提这个，但讲到法语区。这意思也很明显啊，牛乐一语就道出了他的意思，其实他那世界知识观，他那所谓的强度、力度，讲的都是要符合那个日内瓦定律，就是要那样，要达到那种普遍性。什么普遍性？我问。牛乐见我居然为了普遍性反而问起她来，她就摇头。她说，你小心点，你不要也为那个东西疯。我说，我不会的，我们每个人不一样。

周平坐的位置能看到老郑在下二楼的那个楼梯拐角。他说，老郑现在视野跟别人不一样，但是他也不会疯的，他不过是特别在意法语区的状况，因为他说过只有在法语区待过，只有在那里被抬升，你才能离奖最近。我想可能老郑有老郑的看法，但他为什么要和西美林谈论小说呢，我已经不太乐意讲西美林了，因为那是不愉快的翻译经历，我觉得她完全没有理解我的《铜》的意思，但她却认为《铜》的情感力量过于节制了。也罢，我想或许老郑根本不可能跟西美林谈得那么多，但是他在苏黎世遇到高约翰，并听到高约翰的学生西美林曾经翻译过我的作品时，他应该是敏感的，我不知道他是否真的认真地和谁谈论过我的小说，但显然，他必然试图从任何一个作品在法语区的反应来观察距离红番茄奖的远近，这才是对他最重要的东西。

后来，郑先生当然也拒绝了在周平的《侨报》上对我的赴美做任何评价，不过即使是对于安排在一般叙述性的陈述中，据说他也跟周平仔细地计较过，只是那时已经见报，他不过是通过这种方式表达了他跟这个圈子里的任何一个人的不同罢了。而这种不同，在周平看来，就是他要为那个奖疯了。但牛乐对老郑的厌恶，让我觉得特别不对劲，并且超出了我的承受范围。前几次，或许是因为我不够了解他们双方，所以我没有感觉到。对于牛乐来说，她觉得老郑不仅是被那个奖诱惑得快要疯了，而且他已经感到自己与那个奖之间有了不对称的关系，好像他已经通过每一种方式表达了他对这个奖的意思。然而，只要你看他的眼睛，你就会发现他对这个奖的绝对的依赖。他这种情况我本来是想到一点的，只是没想到会如此剧烈。

5

我住的房子朝着大海，距离海岸几十米，在海岸与墙根之间是一些特殊的城市碉堡。其实我很喜欢这个房子，只是一开始我并没有留意到它的好处。我回忆牛乐第一次到我的住所来，就主动地脱去了她的衣服让我和她干那件事情，也许跟房子与大海这么相近有关。我住这海边的房子，而那个房东，那个叫作费舍尔的太太对我也十分殷勤，她总是让我想到19世纪，不知为什么似乎在她身上富含了19世纪的所有黑暗中的品质，但又不是批判性，也不是那种有可能的时间的华丽，而是一种具体的物化的但又悠扬的感觉。她总会在合适的时候提供可口的早餐，对于我出席的各种活动，凡是她能够从媒体上找到的，她都会拿来给我看，尽管我多半已经看过了，但我还是非常感谢她。

虽然我们很少有机会坐下来深谈，但我就是以为她必定是东欧的后裔，后来我试图求证这一点，不过已经过去很长时间了。我们之间缺少深谈可能并不是因为我，也并非因为我的职业或者是那些活动，而恰恰是因为费舍尔太太给我造成的一种感觉，我想一方面是她也许并不需要谈话就可以更好地了解我，更别说她一直在收集关于我到美的那些报道，而另外一方面，我觉得作为一个东欧的后裔，也许在她身上总是闪现着某种质朴的散漫的风格，而这种风格却又是优雅的。然而她似乎对于我认识这个牛乐的高频率的到访，总有那么一点意见，也许这个才是横亘在我和费舍尔太太之间的一点不适。但好在，以费舍尔太太的阅历，她应该知道因为我刚到美国，所以我在交友时往往并非自己在选择，而是别人的选择，我不过是对这种选择做出一些反应而已，本来我想也许我应该对于我交往的牛乐有那么一点节制，尤其是在见面的时间和方式上，但由于牛乐还没能和我到她的住处逗留，所以我就必须常常把她带到我在海边的房子来。

然而，如果我带了牛乐来，费舍尔太太必定是有所表现的，尽管她控制得很好，但她还是会表现出来，其中也包括当她要给牛乐端热饮时，她就会发表热饮对肠胃产生刺激的看法，而这种看法是否被牛乐接受，她倒是不会管的。不过更让我有点难堪的是，每当牛乐从我这里走后，费舍尔太太会在客厅那儿跟我聊那么几句，当然她倒不会讲那么深入，但总是会谈起，说到包括《侨报》在内的那些媒体，为什么没能对我关于女性的品位的谈话，加进一点现实的细节。其实我倒不记得《侨报》最近的采访中是否提到了我关于女性品位的认知。但是，不能否定的是，《侨报》的记者或许会从我前几年的某本图书的细节中找到我对于女性的看法。那么，我就无法去驳斥费舍尔太太。我倒是可以跟费舍尔太太谈谈牛乐这个女人。但是，我必然会提及牛乐为我打字速记的事情，可我料想，假如费舍尔太太知道了牛乐是在为我做这个事情，没准她会更加不适应，因为这样的话，牛乐参与的就不仅仅是那个所谓的sex，而是一种creation，那么这个女人又会怎样表达她的一种特殊情绪呢？

不过千真万确的是，她对于牛乐是没有好感的，因为从她为我收拾被单往洗衣房去时吸烟的那个有点颤抖的动作来看，她好像同样厌恶在这屋子里有一种跟牛乐这样的女人有关的特别的性。可是，我们知道这是我的私人生活。有时，我在那个大门门厅外边的电梯口和费舍尔太太一起出门时，她总不忘叮嘱我应该早点回来，她说你们男人都是社交上的动物。我想也许费舍尔太太对于社交的理解有特殊性，但她说得又很明白，意思是我们会沉湎于社交中那种混乱的法则。同样，她说的仍然是，为什么我到美国后，会从社交场合里带回一个叫作牛乐的女人，而不是一个美国人，或者像她那样的在气质上更接近东欧人的女人呢？我有时忘记带伞，费舍尔太太会从后边追着跟我说，你应该带一把伞。而有时，我会忍不住跟她说，你给我送的这一把是天堂伞，我指着生产于中国杭州的天堂字样跟她说。费舍尔太太不懂中文，但她会认很少的中国字，据她讲，那是因为我成了她的房客。

6

牛乐14日到我海边的房子来时，费舍尔太太刚好在楼梯那儿碰见了她，出于礼貌，费舍尔太太还是和她打招呼，并且跟她说，会把两杯饮料都送到我的房中去。因为我住的那套屋子算是这个楼层中最大的一套，所以费舍尔太太总是觉得应该由她为我提供一些喝的东西乃至简易的早餐才合适。所以我也相信在她身上保留着东欧人那种十分有礼数的待客之道。

只可惜，牛乐并不把费舍尔太太放在眼里，她进门之后，只在那个放衣帽的地方顿了一下，也许她在犹豫是否要解下她的围巾。我见那围巾很好看，就马上走过去，为她拿包，挂起来；至于她那围巾，我让她就不要取下来。我说很好看，我甚至立即顺手拿起沙发上的相机，为她拍摄了一张照片。她自己大约还没有从刚才跟费舍尔太太的照面中缓过神来，因而没有取围巾，也没有要看相机上的照片，就坐到沙发上。

她看我气色很好，知道我之前跟她在电话中就讲好的，今天要多讲一些那个告别的故事。因为上一次我说到了那只猴子，并且进行到一个关键的情节，今天只要我们讲起来，她动手记下来，我们就可以往前推进一大步。我也相信她是真心想听那个故事，并且我一直在这些天向她保证，关于这个故事不仅在于它本身的历程，也在于我们怎么看它。她也承认一个故事往往并不仅仅是私有的，可以说我们无法从根本上独占任何一个故事，或者事件。就像我到了纽约，《侨报》还有另一些媒体，陆续做了报道，虽然不能说每一件报道内容都是绝对有用的，但至少你处在别人的视野下。而如今，我要讲述的这个故事，至少通过牛乐，有了外在的可能，牛乐她记下的之前的部分，使她觉得至少通过这个告别，会让她发现她能从中看到从别的方式上看不到的东西，因此她的兴趣也是不言而喻的。她对我说，刚才在门厅那儿见到费舍尔太太，人家要给我们送热饮过来。虽然我未必真的相信拒绝费舍尔太太的好意会有什么恶果，但毕竟我们做不出来，问题可能还坏在，我们并不知道费舍尔太太会在什么时间来敲门送她的热饮，这是个未知数。那么我们就必须最好坐在这个朝着门的沙发上，等候她敲门。

我坐在牛乐边上。牛乐今天的围巾使她的脖颈透出一种隽永的气息，现在我想我是可以很好地看一看这个女人。多少天来，其实我一直困扰在这个问题中，那就是我和牛乐之间因为直接就进入了性和身体，我们缺少了一些步骤，那么现在我们是不是要弥补呢？我的手按在她肩上，她扭头看我，淡淡地笑了笑。同时，她又警觉地朝门口望去，虽然门是关着的，但似乎视线可以一直穿透到客厅外边的门厅那儿，左边是那个长形带凹角的餐室，费舍尔太太应该在那儿冲东西。

我的手搁在她腿上，她穿着那种昂贵的裙子，腿上的肌肉很细密很紧致。我看见她的膝盖,就像之前我下巴顶在她下巴上时那样,我怀疑别的男人肯定也这样顶着,或者说也许也这样顶着。那么此刻,我觉得她这膝盖和腿也是一样,它们同样也接触过别的男人,也许就在不久前,或者也可能就在她来之前也不一定。我们的身体是如此自如地结合过,但我们缺乏那个过程,即使是平庸的过程如果你缺少了它,你也会在想象中完成它必须完成的那个模式,而这个模式,我相信总也是裹挟在众多的别人的可能中的。因此,我总会想到,牛乐是从众人中来的,她选择了我,而不是我选择了她。说实话,我不太想在这时候过多地考虑欲念和身体,因为我们本来都很急切地要进入那个故事,我们已经停下有几天了,现在我们必须把它接上来。我本来的考虑是,牛乐会一下子就飞到这电脑旁,而我已经在讲述了。可现在的问题是,我们必须接受费舍尔太太的好意。那么在她进来之前,我对这身体以及身体本身应该具有的那些障碍,又感到有某种别致的兴趣了。

于是,我的手不仅压在她腿上,我甚至轻轻地在她头发上亲了一下。就是在这个时候响起了敲门声,费舍尔太太确实为我们端来了两大杯咖啡。我让她把咖啡放到沙发边上的矮桌上,而那桌上有盆郁香忍冬。费舍尔太太放下咖啡,手里拿着盘子,她没有要出去的意思,而是问起了牛乐。她问她,你要不要一点儿点心?她说话时,带有一种很强烈的好客礼数。当然牛乐已经有些厌恶了,可是她压制住了,我想也许我应直接告诉费舍尔太太,牛乐还要为我打字,而我还要讲故事,也许她会识趣地走开的。可我没有这样讲,因为我不希望费舍尔太太也参与到我这个故事中来。费舍尔太太并没有出去弄点心,尽管牛乐提议如果不麻烦的话,可以来一点儿。但是费舍尔太太却坐下来,坐在另一张沙发上。这个房间的外间,因为窗子很大很高,且只有一侧朝海,所以光线更加柔和。

这个早上,你其实能看到有许多细小的灰尘在那儿跳舞。费舍尔太太转而对我说,我看到邮报上的文章了,你在欧洲情况可能会更好。我并不明白费舍尔太太为什么会说这个。再说,突然提出一个假如我在欧洲的假设,这是毫无道理的。我问她,怎么讲到这个的,我不是在纽约吗?费舍尔太太说,是你自己讲的啊,是转的一个你在纽约的谈话。什么时候的谈话?我问。费舍尔太太说,不知道啊,反正是你说的,你是说,在纽约有什么好的，那么人家就写，如果你在欧洲，你的情况可能会更好。费舍尔太太和我说话时，牛乐坐那儿喝咖啡，我看见她的脸很俊俏，并且她的围巾有一种特别迷人的味道。也许，我想，假如此刻不是有费舍尔太太在场，我们也不可能就讲起故事来，我知道我想扒开这围巾，到她身体中去，不是仅仅因为对这身体的欲望，而是试图通过这条围巾进入她身体中去。事实就是这样，只有通过这条围巾进入她身体，也许才算得上真正进入了她身体，并且也在这进入的方式中，占有了这条好看的围巾。

然而这个东欧后裔的女人却坐在那儿和我们僵持着，最后还是我对她下了一道显然已经不那么客气的命令，我说，费舍尔太太，很抱歉，我和牛乐要工作了。她当然没再追问什么工作，但我想，这个问题肯定会在牛乐走后由她问出来。

7

从客厅过我的书房，最里边才是卧室，当然费舍尔太太走后我们没有进卧室。客观地讲，我什么也没有多想，因为这是白天，况且在我书房那巨大的玻璃窗外，就是蓝色的大海，以及大海远处的天空。我都有些迫不及待了，对于牛乐来说也是，她好像有些愤恨的样子，但这种情况也许不仅仅是由费舍尔太太带来的，不过令我们担心的是，也许费舍尔太太会真的再次到我房间来。我面向着窗外的大海，她坐在书桌前看着我的书柜，电脑在启动的时候，我能听到那沙沙声。我对牛乐说，今天很重要，因为如果你知道那之后发生的事儿，你就会明白，为什么我来晚了五年，或者，干脆说，因为出现了那样的局面，告别也就完全变了调，成为另外一种方式上的事件了。她一边在挥手，一边十分好奇地仰着脸，我觉得我从牛乐的脸上似乎又看到了一种久违但十分熟悉的东西。她的围巾还在等着，身体饱满而又匀称，但此刻，我想平衡很容易就实现了，就像这大海看起来就在窗外，但你只可以想象你在大海上畅游，而不必真的就跳进海里，如果那样的话，它不仅变得险恶，而且你会发现它过于黑暗，更何况，你根本不熟悉这样的方式，在某种突然的状态下，进入大海里。

电脑终于跳出Word界面了，牛乐又挥了挥手，她说，1956，730。我说，是的。我们上次讲到了猴子，对，就是猴子。不过我还是朝着客厅看，在我这个位置甚至能看到那道朝向大客厅的门，也就是说，费舍尔太太一定在那儿活动，假如她进来呢，或者敲门呢，这都是危险的。可是，我们已经不能等待了，我对牛乐说，我绑住了那只猴子。她说，你讲过了，很结实地绑住了它，并且没费多少力气，你在沙发上压住了它，然后你就绑住了它。我说，是啊，告别到了这个份上，虽然根本性质还没有变，但已经不大可能是你之前想象的那种告别了。你想想，一对男女，坐在1956的房间里，而房间里还有一只被绑着的猴子。她说，仅仅是绑着吗？我一下子没有立即思考她这个提问。

但是，我没有去指责这个牛乐，作为一个打字员，也许她可以提一些问题，不过她最好还是听我讲下去，因为即使对于我自己来说，这种回忆也存在不少绕不开的问题。我想说的是，在绑起那只猴子后，我和我前妻之间就有了另一种情境，因为一切都朝着某种必然的方向发展。我说，你看，现在我和我前妻坐在1956里，窗户关上了，窗帘拉上了，粉红色的纱帘，因为窗户缝隙里的微风，有一点颤动，而屋内，由于红蜡烛闪烁的烛光，请注意，这并非因为风，而是由于蜡烛自己燃烧得不充分才有的火焰的抖动，因而场面就变得有那么一点难以理喻。所以我绑起猴子之后才发现，假如我们没有了目的，那么我们自身就不能说服自身，我们为什么有那么一些戒备，不仅对猴子，也包括对这场告别，终究担心什么呢？即使我要去打针，前妻要来一场不草率的、有情调的、对得住告别这个词本意的告别，那我们实现起来真的很困难吗？

牛乐飞快地记录着。她说，窗户是关上的，窗帘是拉上的。我说，对，窗户是关上了。但问题是，它又没有完全关上，不然窗帘也不会有那么一点颤动。牛乐在前边补充着什么。我看牛乐目光盯着电脑，我停顿了一会儿，我接着说，可我手上有血，也许我应该到卫生间去洗一下，也许出去那么一下，从这个房间离开一会儿，至少你的神经会有所变化，你就不至于觉得你被某种不知名的东西给控制住了。但是，你去了？她问。我说，没有，在那时，我就是不能动，因为我真的害怕我的任何一个举动，被我前妻理解为我对这场告别的一种消极的瓦解。也许，确实，我是希望结束这个告别的，事情已经完全不符合我的逻辑。然而，我没有动，我被另一种要求给限定了，那就是我不能在这个1956里违抗我前妻，虽然她并没有明确的指令。但是，自从她砸了咖啡杯，并且让人买来蛋糕，由我点上蜡烛之后，我就觉得我不可以跟我前妻有任何一点点的不一致，因为世上再没有任何一个人像她那样，既让我明白，又让我无法接触到她也许早已在抵抗的某种现实。再说，我们还谈起过孩子，责任在于我，而现在，我能怎么做？我想，也许，事实就是这样，我必须没有一点儿意见，没有一点儿对这个仪式的不尊重，我必须属于这个由她重建起来的告别仪式，尽管这仪式既包含蛋糕和蜡烛也包含一个后来者，一只抓伤我的猴子，虽然它被绑起来了。

牛乐在飞快地记着。我说，我没有太多在意那只猴子。我不过是顺应我的前妻，我希望她行动起来，或者说她更有主见，我得在她的行动中存在，并配合。比如，她会在沙发上辱骂我，这是可以的。或者她会有一些甜蜜，这也可以。再或者，她会像之前提起的我们刚恋爱那会儿，我随便找个地方便要占有她，无论如何，她想怎么做都行。因为我现在是知道了，既然这个告别仪式由前妻重建起来，那么我就不是这个告别仪式的主人或对象了，而是成了这个仪式的一部分。我倒宁愿这是我前妻自己的告别，既是跟我告别，也是跟她自己告别，但说到底，是她在告别那种她过去的历史，应该让她满意、满足，让她实现她想实现的，比如她也可以狠狠地揍我或者要我给她一个什么承诺。但是，她也许并不会这么做，那么她会怎么做呢？我是看着我前妻的，我很难讲清楚她的表情。当然，在这个重建的仪式中，她反倒不再会哭了，这个倒是肯定的。可是她终究要怎么做呢？我觉得在我静候她的行动的时候，我至少已经无限温和了。况且我手背上一直在淌血。后来，有些血已经干了，就结在手掌上，我有时用纸片擦一擦，但一动，又会扯着抓伤的伤口，还会渗出新的血来。因此，我也就很少动这只手，而在这期间，我确实很少注意那只猴子。

8

后面的故事没能在我位于海边的套房里讲下去，因为费舍尔太太居然在外边拾掇东西发出巨大的响声。起初我以为她很快会好，后来我走到门外，发现费舍尔太太找人在挪动钢琴，住在另一个套间里的俄罗斯人因为某种难以理解的原因，居然要求费舍尔太太把那架钢琴从他的房间弄出去。而据费舍尔太太自己讲，这架钢琴是这个俄罗斯人在租住她房子时，让费舍尔太太专门配置的。不过，费舍尔太太见我出来探头探脑，就索性招呼我过去，大概是要请我讲讲这个道理，这架钢琴到底在哪方面不能满足这个俄罗斯人的要求。而当时这个俄罗斯人并不在房间里，他有事到外边去了，但我不便对这架钢琴发表意见，我只是希望费舍尔太太不要在家里弄出这么大的响动，因为我们在里边工作，再说她之前进去送咖啡时，她也知道我和牛乐是有工作要做的，我们不是在做那种事，也不是在谈情说爱，我们是在工作。她应该从我之前发出的类似逐客令那样的话中，得出过这样的结论。然而费舍尔太太似乎情绪十分饱满，也可以讲她很愤怒，但她仍然保持了某种东欧人的优雅。

她吸着烟，指挥着四个工人，应该是墨西哥人，费劲地挪动钢琴，好不容易固定在大客厅的一角，也是朝着海的位置。我正要准备转身回房，以为她可以歇下来了，想不到她居然打开了琴盖，在那儿调起音来。这是我没有想到的。我本想跟她讲一声，但看她的脸色，我知道她已经在钢琴上跟那个不在场的俄罗斯房客较上劲了。我于是也只好抽起烟，尽管这时我心里已经浮现着1956、我的前妻以及那只猴子，可是，无论如何，我都找不到办法来阻止费舍尔太太那枯燥的调音工作。再说，由于她对于音色的理解可能与众不同，尽在那些特殊的音区里试那种极限音域，因而你可以想象形势有多么恶劣。我听见牛乐在里边喊我，我并没有应她，当然也没有立刻回房间去，我希望费舍尔太太能当着我的面停下她这种枯燥的行动，然而费舍尔太太非但没有停下来，甚至叼着烟，问起我来，如果用钢琴弹奏中国民乐会有什么效果？我说，我想想。

9

费舍尔太太那天的调音一直进行到子夜时分，而那时我和牛乐已经徒劳无功地在电脑桌前折腾了好几个钟头，但我们几乎难以进行下去，我无法集中精力讲述下去，而牛乐虽然在安慰我，但看得出来她比我更加烦躁，而且她一定已经意识到费舍尔太太对于她不仅不喜欢，而且有一种特殊的厌恶，至于这种厌恶是什么，她也不知道。不过我和牛乐从费舍尔太太在调音时弹奏的那些不安的音符中似乎听出了费舍尔太太某种从未表现过的恶劣的情绪。于是，我们只好把讲述这个故事的渴望抑制住了，其实我们本也可以把这事搁下来，或者说即使永远搁下来也不是什么大不了的事，其实就像费舍尔太太为我剪报时所说的，现在到纽约来还不如去欧洲。抛开她是个欧裔不说，即使真的要比较美国和欧洲，我相信我们也并没有什么更好的选择，因为摆在我们面前的现实就是如此。再说《侨报》那里的周平还有几个朋友，他们都已经报道了我要把这个故事，这个叫作1956的故事讲下去。

在费舍尔太太这里，牛乐和我的工作遇到了一点麻烦，我们决心重新找一个地方，因为我觉得既然已经开了个头，也许讲下去并不是什么难事。不过牛乐的意见和我是不大一样的，她不仅有兴致继续为我打字，似乎她很想听明白那到底是怎么一回事儿，就像那天费舍尔太太在调音时，她一再问我关于那只猴子的情况。我明白参与到告别仪式中的猴子可能比我前妻具有更强的吸引力。然而，这个仪式仍然是围绕我前妻来进行的，为了继续这种协调的工作，我跟牛乐决定重新找一处录入速记的地方。起初我甚至想过到《侨报》那里去，因为那儿曾经做过专访的录音，好像也很安静。但牛乐否定了这个意见，她倒是认为在一个媒体的工作环境中来讲这么一个故事，似乎有那么一点不合适，更何况《侨报》本来在报道中也提及了我正准备写作的这个可能被称作1956的故事。

后来牛乐还是很坚定地说，到她那里去。我觉得事情有点突然，因为相处这么一段时间以来，牛乐可从来没有想到要把我带到她的住处去。所以当她猛然抛出这么个意见时，我倒一下子没有适应过来。牛乐因而问我为什么对到她那里去口述这个故事有这种十分意外的反应？我只好告诉她，意外的并不是去她那儿讲述这个故事，而是去她那里本身。但是，这有什么呢？不过，我还是硬着头皮坐上牛乐的VOLVO轿车，我们去了她住的那个街区。这个街区我很难一下子形容清楚，已经离海岸有一段距离了，但是，很稀拉的房子透出一种俊朗的风格。她说虽然这些房子看起来都是新的，但它们多半是重新装饰过的，她跟我讲这源于在二十年前的一个美国人所做的建筑电讯实验,后来遗留下来的建筑物重新被地产商包装,成了今天这个模样。

不过到她屋前,她才说其实这儿离海也不远,只是和海湾是相背的,这跟当时建筑电讯设计理念上的移动建筑有关。不过,我已经很难听进去她关于建筑来历的介绍。到她家之后,我才发现牛乐其实是个很会生活的人。因为我们必须尽快进入讲述那个故事的情境中去,因而我们没有多花一点儿时间来做其他事,我们直接到了牛乐的书房。在她的起居室那儿,我见到了她的佣人,一个菲律宾女人正在憨厚地微笑,用英语跟我们问好。牛乐向她交代不要来打扰我们,因为我们要开始工作。

于是我们到书房以后就关上门。奇怪的是,牛乐的书房其实是卧室的一个外间,中间没有任何墙体的隔断,只是用那种立面的书柜做一个简单的区分。于是,与其说我们坐在书房里,不如说我们其实是在卧室里,其实我也知道我们已经有四五天没有性生活了,虽然我也并不渴望性生活,但是到了牛乐的住处,如果第一件事情不是性的话,似乎又觉得有一种不妥。带着这种心情去工作可能是危险的,但牛乐已经到电脑前边打开电脑,她甚至没有问我要喝什么东西,我当然也不便提出,因为在起居室那儿,她已经跟女佣交代过了,叫她不要打扰我们的工作。

她没有到床边去。我是由于要到卫生间去一趟,才经过了床边,而那时,我甚至很有绝对的愿望来讲述这个有关告别的故事。然而,我在怀疑我又是否真的需要在牛乐的卧室里有一场性生活呢。就在我在床边短暂地出神,并准备拉开卫生间的门把手时,我突然发现在整理好的床边上放着一本《时间的蔷薇》。我知道这是郑诗人的诗集,但牛乐不是很讨厌他吗,那它为什么会在床上?这么私密的地方为什么有这么一本书呢?我随手翻起它,原来它是翻开并倒扣在床边的,翻开的页码里夹着一张纸片,上边有些文字,不过我没有细看,顺手拿书进了卫生间。

在卫生间里,我翻看《时间的蔷薇》。原来这上边写了不少字,再一看,我想也许正是郑诗人本人的,虽然我并不能确认是郑诗人的笔迹,但里边的意思,就那种备注的表达来看,这又显然是郑诗人自己写下的。于是我就完全不明白了,郑诗人不仅诗集在这儿,甚至有他自己的注解,或者说,也许他本来也在这儿写下这书上的注解,那么这是为什么呢?牛乐没有到这里边来，听出她在外边接电脑线头，可能是在挂网线什么的。我冲了马桶，把书放回原处，然后我回到了电脑桌前，牛乐这时放了点音乐，她见我出来，便把音乐关了，她说，怎么样？快开始吧。

这时，我有那么一点愤恨，这种情绪并不来自刚才看到的书，也不是来自郑诗人，而是来自一种莫名的空虚，因为牛乐你不是十分反感郑诗人吗？为什么在你的卧室，尤其是在床上却发现了他的诗集和文字？这是怎么回事呢？但是，我看牛乐的样子，我觉得我不必询问她为什么，至少现在不必，因为我不必耽搁时间在别人身上，即使困惑也没有什么，因为作为一个女人，牛乐和我到底什么关系，你有什么必要一定要弄清楚牛乐的生活？或者说即使牛乐对郑诗人真的是反感到极致，那又有没有可能她仍然和郑诗人保持某种你难以觉察，即使觉察了也难以定性的关系呢？当然，我是迷惑的，但我无从谈起我这点迷惑，因为我必须来讲述这个故事。

10

其实，我对牛乐要讲的，即使在一切都很顺利的情况下，我也并非能绝对讲得清清楚楚，这不是因为别的，更不是因为时间，而恰恰在于当时那个现场本身。我对牛乐说，那个现场之前我已经说了，你可以认为这成为我前妻绝对主导的现场，一切都按她的办，不仅是那个环境、场合和脸面，更是那个调子，是她定下来的。之前我说了，我甚至不敢对我自己手上的血有任何过分的关注，似乎你对自己太强调了，你就会不自然地联想到前妻会伤心，更别说你被猴子抓伤，你还冒着破伤风或者是其他疾病的风险，你只能把一切都扛着，陪她把这个仪式完成。牛乐说，那你多少应该有点主动性吧，你也并不是对这个告别完全没有发言权了啊。我想冲牛乐摇手来否定她这个提法，但是，我又觉得假如这个口述变成了跟牛乐有可能的讨论的话，那么今天的口述本身反而就有问题了，假如我和她讨论起来一对前夫妻的告别的话，那么为什么我们不能无限地缓慢下来，我们何必这么挑剔地选择了地点，并且急切地开始口述呢？如果不是这样，我们完全可以一起躺到床上去，或者让牛乐换上那种迷人的服装，我们在房中完全可以松弛下来，甚至我马上就想到我们可以讲起为什么在她的床上发现了郑先生的书以及郑先生的笔迹,这些为什么不能立即就指出来呢?

但是这些都必须立刻就放下,因为我们是来口述这场告别的,所以尽管我没有粗暴地拒绝牛乐这种有点主观的问题,但我还是十分坚决地说,那时我们坐在沙发上,其实我有那么一点失控。当然我说的不是我对自己有点失控,而是我对那个场面,对这个仪式本身失控了。一方面我在厌恶这只猴子的思路上无限地滑远,几乎把这只猴子当成世上最讨厌的对象之一。另一方面我又不知道如何来处理这只猴子。因此,你就明白,其实我倒没有忘记这只猴子。但是,我前妻跟我不一样,尤其是在那个场合里,她倒是明白得很,因为事情是她主导的,现在1956的730房间可以讲很安静,这个单独的空间不仅封闭,而且充满自主意味,不亚于任何一处你可以绝对放心的地点,因而你们在告别,你们就可以完成了。牛乐抬起头问,完成什么,完成告别?我说,不仅仅是告别吧,那时我在告别中,但我敢肯定我想的不是这个,再说我想什么可能也不重要,重要的是我的前妻,看她是怎么想的,或者说她是怎么要求的,她到底要干什么。

不过当时,我记得我并没有去揣摩她要干什么,我想的是如果她要干什么,她会怎样跟我提起,而我该怎么应对。在之前,我们说起过孩子,我们还说起过在我们年轻恋爱时,那时我们随便找个地方,我便要占有她。那么今天,在告别的蜡烛和光焰边,我们怎么办?我不知道我会怎样应对,我是说假如我前妻跟我提起,我们可以像一对夫妻那样拥抱,并且深吻,然后,我们是否可以再次占有?我是说她会不会想到,并且提出,以至她会那样来强调,为什么你现在,在告别时,不会重演一场对前妻的占有呢?一想到这个问题,我就觉得很可怕,并且我马上也真实地感觉到了,因为我前边说过,我前妻就是这样一个人。她是个有抵抗能力并且有着先天的否定欲望的人,但前提是,她必须有一个否定和抵抗的对象。然而糟糕的事实就在于,我确实莫名其妙地就进入了那个想逃避这场告别的,想逃避任何真正的接触乃至占有、亲昵,甚至是提及有关孩子以及过往生活的任何事实。但是,她肯定是发现了这一点,我越担心这个,她倒越有可能在加紧对这个现象的认定和总结,因而我听到我前妻在说,难道你都忘记了你以前的那一套了?我想也许这句话本身并没有什么,但在这种情况下由我前妻亲口讲出来,我听起来还是很不能接受。我想我最好什么表现也不要做出，我只能听之任之。这时她即使离我很近，在向我招手，并且说，难道你不承认吗？你其实一直都在应付你的妻子。我听她说是妻子而没有说前妻，才明白我前妻这次是动真格的了，也就是说她没有把自己当外人，否则她也不会要求买蜡烛，还是红的，那么我能怎么办？我说，你什么意思啊？虽然我的话都是客观的，但我前妻却一直在抵抗。她说，什么意思，还不明白吗？你说说你什么时候，不是应付，而是出于真心来对待你的爱人？我听她又提到爱人的字眼，我想她倒真是来一场告别了，是把过去的时间都凝结到一块了。也对，她说的又不仅仅是这个1956的时间，而说的是我们所有生活，那么在这场告别中我能怎么办？我本来想怎么办？其实我是糊涂了，我知道我前妻是个在她自己的逻辑里十分坚定的人。既然她指出了她的丈夫，或者说她的前夫，以前都是在应付，或者说全部时间都是在应付她这个妻子的话，那么她现在所要求的便是你不再应付她，而是真正地对待她。这显然指的是，不是应付，而是爱，不是应付，而是真挚的全部的爱。这是问题的核心。

　　我想她是有本事把自己给导入这个状态中的，因而我靠在沙发上，不知道怎么办才好。我看着我前妻的脸，她脸有一点绯红，我想假如我立即就捧住脸，并将她揽入怀中的话，这次她一定不会扔出咖啡杯，因为她说得很明白，请你不要应付，因为以前你一直在应付，而现在告别了，请你不要应付，那么你这个前夫还能不动情吗？我想，占有，这是一种迅速的行动，任何时候展开都不迟，也不慢，问题只在于你会不会这么做，只要你一开头，你马上就能做出来，在这蛋糕前边，在这红烛的白焰下，你完全可以占有你的前妻，只要你的原则是，你不是出于应付，而是出于实实在在的爱，出于十分自然的哪怕是被对方激发起来的爱，但只要它属于你的反应，你都完全可以做，可以去占有她。这种形势是很明朗的，因而就看你什么时刻，突然地展开，与你的前妻实实在在地在1956亲密起来。

11

　　牛乐在电脑上打字的声音很小，但这些细微的声音却如同小虫子在绿叶上爬动，好像能组成一种特别的音响，当然它们并不会喧哗起来。我只是感觉在牛乐自己听来，也许一切都很安静，她已经在这个故事的这个阶段深深地陷入了，她很少再跟我讨论，即使是她最真实的反应，她也很少刻意地表现出来，可以说她也希望能够帮助我尽快地完成对这场告别的讲述。不过在我来说，压力可并不小，因为我心头还盘旋着关于卧室床上那本郑先生的诗集的疑问。不过就如同我在讲故事时对自己所强调的那样，我不可以分神，我必须抓住这个现场的角色，那就是我在口述的故事，而牛乐只是一个速记员。

　　我对牛乐说，如果现在我还能再现那个现场的话，这也必然是一场停顿。她有点发蒙，不明白我指的是什么，是指现在要停顿呢，还是说故事本身要停顿呢？我说，可我必须讲下去，我指的只不过是我自己所认为的某种仪式的现在时，而在于我前妻来说，你并不明白她到底要干什么，因而，我们就僵持在那儿。好了，我们就把这个放下，就把我和我前妻到底要在1956里干什么先放下，我们不去过分地着重地一定要叙述清楚我和我前妻的心理，我们只说在这样的僵持中发生的事实。什么事实？牛乐问。她终于抬起目光，并且喝了点东西。这时我头上有汗，因为回忆确实有另一种重量。我说，事情就出在这样一种僵持上，因而直到今天，我还说这是一种停顿，因为你无法进行下去啊。事情几乎不是我们想象的那样。

　　牛乐已经低下头，在那儿记录。我说，在我们这样坐着时，当然具体我们是怎样的姿势，可能现在就只是暂且坐着吧，因为我们没有必要在我们如何僵持这个事情上再细究下去，我要讲的是，现在我们马上就要出事了。牛乐不自如地拿起了热饮的杯子，狠狠地喝了一口东西，不过她甚至没有抬头看我，也没有看杯子，而是盯着电脑屏幕。我说，这时，我们忘记的那只猴子却已经挣脱了绳子。你发现了？牛乐问。我说，不是我发现它怎样挣脱了绳子，而是它已经挣开了绳子，它跳了起来。跳了？她问。我说，是啊。这是一只已经挣脱了绳子的猴子，你不必在意它是否对于之前被我捆上怀恨在心，反正它挣开了绳子之后，就顺着沙发的末端，就是那个木扶手边的木衣架，一下子蹿了上去。牛乐看了看我。

　　我说，猴子没有再抓我的手或是别的什么地方，这个倒没有。它没有再接近我，当然它的表现完全是异常的，我们都没有防备，甚至可以说没有反应。也就是很短的时间，它从衣架上蹿到了1956的730房间的立柜上，大立柜直逼屋角的贮物木格，几秒的工夫，它居然拉翻了贮物木格上的一只大桶。桶本是扁平地塞在顶端的，却被它扒拉了下来。事情发生得太快，是一桶汽油，于是房间立刻就凶猛地燃烧起来。房间的地毯以及通向走廊的部分，还有连向其他包间的部分以至通向三楼的楼梯，一下子燃烧了起来。我觉得我是拉了我前妻一下，但火势太猛，且有一种黑生生的重烟，几乎呛得我无法呼吸，于是我就从楼梯拼命向一楼跑去。

整个1956全乱了，而我在跑向一楼那个迎宾间时，本来还以为前妻也下来了。但是，我并没有看到她，她到底在哪儿呢？于是我又试图从楼梯往二楼走，但火势很大，并且由于地毯的毡毛焚烧时发出那种特殊的煳味，使你有一种阴森的恐怖感。1956里已经乱成一团，在1956的外面也已经围满了人，也有一些胆大的服务员再次上楼去，大概是担心还有客人困在卫生间之类的地方。我应该是在二楼转角那儿看到了我前妻，她好像并非我那样慌张，大概是因为有不少人在转角那儿，那里有个大卫生间，所以不少人在那儿弄水。这块地方没有地毯，所以火没有蔓过来，但浓烟滚滚。我向她猛地挥手，意思是让她赶快下来，但随着一声巨响，想必是什么电器爆裂了，又滚过来一阵浓烟。

我终于也就不知道我前妻的去向了。我并没有立刻从二楼下去，因为我知道即使是着了火，她仍然是我前妻，刚才她的目光里，似乎也没有什么畏惧，那么她要干什么？三楼的服务员也全部下来了。只有几分钟的工夫，火势在加大，我试图呼喊前妻，但没有回声，不过我确信她没有从这儿下去，也没有上三楼。当然，我觉得，也许她是要冲回到730房间去，想到我前妻刚才那眼神，她好像在找什么。那么，她在找什么呢？她可能是在找那只猴子，而我在卫生间这里也已经坚持不住了，一个服务员可能是在我后边猛拉了一把，我感到自己从楼梯上滑了下去，也许还有人拖。我听到继续有爆裂的声响，不过我难以站起来，就已经被浓烟和不明所以的什么人拖出了1956迎宾间的那扇大门。

我到了大门口，外边许多人，也许我是最后出来的几个人之一。我在地上，没能立刻站起来。我听到消防车在鸣笛，更多的人在外面忙碌，一片嘈杂，门口也被整得很严实，而我又站不起来。从我坐在地上的位置能看到1956的一点点朝西的墙角，那儿浓烟阵阵，我分不清730到底是在哪个位置。不知为什么我感觉也许我前妻还闷在730，但是现在谁能冲回730呢？最后，我还是站了起来，有两个人扶着我。消防车已经来了，向1956拼命地喷水。据边上的人议论，说里边应该没有人了。我并不放心，因为我觉得也许我前妻会干得出来呢，她就是那个路子上的人，你永远不好理解她的，否则我冲回二楼向她挥手时，她是应该跟我一起下来的，但为什么她又不见了呢？在那么浓烈的黑烟中，她返身回去，到里边去干什么？为了一只猴子吗？说实在的，我没有考虑过那只猴子，确实没有，因为事发过于突然，正因为如此突然，并且是猴子打翻了油桶，从730最先烧起来，所以我觉得没有被当场烧死已经是幸运了，猴子是不是已经烧得不成样子了呢？我就一直在1956门口，当然后来被消防员朝外边推，几乎推到了街对面。这边封锁了起来，来人更多了，所以我不可能找得到前妻了。我看着已经被烧得满是烟垢，被消防员用水喷淋后一片斑驳的外墙，头脑几乎一片空白。

12

我不得不稍稍停止一会儿，让牛乐为我倒了杯咖啡。我听到她在外边跟女佣交代了几句，也许并非特意强调什么，但是我的心绪被过去给强占了。我在喝咖啡时尽量不去看牛乐，其实我不想看她的反应，因为对于我来说，我只是要把这个告别的故事讲完，但我多么不希望故事原来是这样发展下去的。但是，没有办法啊，我必须明白，在我和前妻之间，我们所缺少的，是我们本来就缺少的某种存在。就是说，我们如果不是缺少了什么，是不会发现为什么在我们的人生中，会以这样的方式在发生着我们各自也许并不能独自解释的历史。

然而事实本身是足以成为历史的。只不过，它更加武断而已。在喝了几口咖啡后，也许我是想停下来，可以去海边，也可以永远终止这个故事。但是，我没有，因为我觉得即使像牛乐，她并没有真的要求我有一个什么动人的故事，或者说有曲折的故事，就是一场告别，发生在我和前妻之间，但至少我得给一个结局吧。我虽然说过，这告别本是对结束的结束，却因为这个那个的原因，打开了另一个面，成了一种新可能，但总的来说，我们必须在告别这件事情本身上有个结果。于是我又必须接着讲下去，当然我的语速已经不是那种有些犹疑的了，我觉得我就是这样，我必须对自己的历史有充分的掌握，困难仅仅在于我自己的历史中包含了别人，因而我就有那么一点不适应，或者说我变得困难了。但是，我还是必须接受这个包含别人的历史，这个别人，正是我的前妻。

我对牛乐说，我们继续吧。牛乐向我点头，我知道她的电脑上又要出现那种虫子啃叶子的沙沙声了。我说，我站在那条街道上，觉得十分昏沉。我感到事情就是这样，只要你真的对自己的命运有那么一点意识的话，你会发现，一切都是不可更改的。牛乐这时问，什么意思？我说，还能有什么意思呢？我有点生气，或者说我试图阻止牛乐在这时候对我做出任何反应，因为我觉得回忆越单纯越好，况且回忆又不仅仅是回忆者的事情，它牵涉到过去的那个所有的总体。我有一点愤恨，或者说我是有情绪的。但是，我又该如何讲出我的全部心思呢？我不可能在向牛乐口述这场告别时，还同时交代我口述时的心态吧。我是不是不必耽搁呢？

牛乐又低下头去。我说，我在人群中，人群也似乎在摇晃。虽然我有点昏沉，但显然还谈不上受伤，否则，应该会有人把我拉上救护车了。我已经从地上站起来了，并且被赶到街对面之后，又被人群挤到与1956稍稍成了一点角度的庐江路的另一扇大门旁。人越来越多，但警戒线越拉越长，因为更多的工作车辆开到了1956的门口，不过我始终在警戒线边，就是说，我挤在人群的最前沿。其实我不过是在寻找我的前妻，我得知道她到底在哪儿，她怎么样了。

我点上烟抽了起来。牛乐也没有看我，手停在她电脑上边。房子里很安静。我抽完一根烟，又抽了一根。烟头的火似乎有点烫，但烟头明明离我的嘴很远啊，怎么会烫呢？这个我也并不知道，但最后我还是把烟掐灭在烟灰缸里。我说，后来过了没多久，具体多久，我不知道。只是感觉上应该没多久，我看见消防员从里边抬出了一个人，是用担架抬出来的，就从我眼皮底下过。我看见了那个人的脸，是的，她是我前妻。我看见了她，但我没能伸手，我的心甚至猛缩了一下。之后，并没能从猛缩的压力中放回来，而是一直缩在那儿。我看见了她的脸，我想她快死了。是的，她快死了。边上的人都在说，快死了。是啊，她快死了。我的心没能从猛缩的压力下放出来。

第三卷　演说
——在红番茄奖颁奖礼上的讲话

1

我先不说感谢的话。我不想立刻就表示我要感谢红番茄奖评选委员会把这个全世界享有盛誉的文学奖授予我和我的作品《告别》。可能这么说并不完全准确，虽然你们也已经肯定地表达过，你们之所以把这个红番茄奖授予我，是因为我的小说《告别》。当然，我这样说，部分也因为，我本身也不敢肯定，是否《告别》就真的能接受这个奖项，或者说《告别》在我的全部写作生涯中，作为我的一部代表性作品是否合适。可能有人要说，反正，至少《告别》是你最近的作品，而红番茄奖评选委员会，总是会选择一个契机，就是当一位作家写出了他们认为是最好的作品的时候，才会适宜地把这个奖授予他。那么这就又出现了一个问题，我也必须自问，这个《告别》是否真的是我累积到这个地步才能创作出的一部小说呢？可以说这中间有太多的不确定。然而，这些可能都还是外围的，我之所以表示先不说感谢的话，可能还在于我仍需要时间来思考《告别》与我这个人的全部写作以及人生经历之间到底有着怎样的关系。

当然每一个人都会有自己的写作之路，某种程度上可以说这个写作之路也正是他的人生之路。然而《告别》却是作为一部独立的作品被评委会看中的，我并非要草率地对《告别》做什么独特的解释，但显然任何一个写作者，一个负责任的写作者都不会对自己的任何一部作品做过高的估计，当然他也不会做出相反的假设。因此，如果我在此怀疑《告别》的全部合理性的话，那倒也是不恰当的。

2

  我当然也无法立即就完全彻底地讲清楚有关《告别》的情况，但不论怎样，我觉得至少可以从某些方面带着大家一起去接近这部作品的背后。不过，在此我想说明的是，也许这并非完全是出于某种必要，因为任何一个读者，即使是最专业的读者，比如把奖授予我的评委会的专家们，我想我也无法强调你们是否真的有必要来读完这样一部小说。然而，我还是需要在这里，在这个颁奖现场，尽我所能地讲清楚《告别》。假如熟悉《告别》的人，应该明白，《告别》写的是关于一位前夫在出国前和前妻告别的故事。因此，告别是这部小说的主题，这一点毋庸置疑。但我想说的是，这部作品的告别的主角，你们完全可以抛掉那个"我"，因为在你们阅读的时候，你们知道正是这位前夫在回忆，使用第一人称的手法，通过叙事的手法将他与前妻在1956的告别，告诉我们大家，这里面就会存在一个问题。我们至少都知道这个故事是这个前夫讲述的，因而你们完全在他的世界中跟随他流动，至少出于了解故事的需要，你们必须相信他，哪怕仅仅出于了解的压迫和必须，你们也要看完这部小说。因而，我现在首先要指出的倒是这个《告别》里主要关于这位前妻的故事，也就是说，我在此刻，在红番茄奖评委会决定把奖授予我时，我仍然要指出这个前妻在这部作品里的重要意义。

  显然，对于《告别》中的这位前妻，我们倒很可能是不公平的。我不必说，在这里要区分这部小说与个人自传之间的某种区别，因为大家都知道小说艺术发展到今天，有关事实与虚构，早已不再是传统中人们所以为的那种关系，它们之间呈现了另外的关联的特质，但我们还要指出的倒是仅仅就这部《告别》的内部来说，有关这对前夫、前妻的所有话语，它都是由这位前夫，也就是"我"所主导的，因而我倒要在这里强调我们不妨更多地在这里注意这位前妻，至少我们可以更多地靠近她、了解她，以及穿过她的历史，知道她真正的生存状态。在此，我仍不是要怀疑她，我只是说，由于她缺乏在这部小说里的主导权，因而我才有必要在今天这个颁奖场合，给予她一些机会，让她被更多地关注。

  但是，可惜的是，尽管如此，她有可能再一次处于某种不利的地位，因为出现在你们面前的，仍然是这位前夫，就是讲话的我，况且我还被授予了这个世界上相当重要的文学奖，因而要想真的让她得到发言、表现、解释和面对面的机会，就更加困难了。但是，我在此必须首先指出这一点。当然，即使按照我们的惯例，也并没有机会请出这位前妻。

但我要说的还不仅如此，因为我们非但不能按照惯例，请出这位前妻，而且我们大家也都知道她已经不在人世，她离开了我们。在此，我不免伤感，这是无疑的。但是，这仍然无法挽救这种残破的局面，我们无法找回一个失去生命的人，任何人都不行，办不到，即使在小说中我们也办不到。因而我的这个演讲，在最开始时我就说了，我不说感谢，因为假如我说我感谢，差不多也就表明我在内心中完全接受了有关这个奖以及有关《告别》的一切。

但即使对于我，它仍然布满谜团。然而，我要说的，还是从自己说起，这不是自恋、自私，也不是任何别的原因，而是出于一种技术的必要，如果我不是作者，显然我无论如何也不可以对《告别》做出任何的发言。但是，有关《告别》，我觉得还是要从我全部的人生说起。我现在还不敢说我可以对我的人生来做什么总结，但我尝试着对我的写作做一个梳理。

我之所以在前边提到了我的前妻，是因为你们知道她是《告别》中的人物，也是我生命中重要的人物，我无法请她出场，但我可以回顾我的人生，我尽量告诉你们，我为什么会写作，以及我为什么会写出像《告别》这样的小说。现在，我们还是回到正题上，否则尊敬的红番茄奖评委会的委员们可能会有意见，因为他们面对的不是我这个人，或者说不仅仅是我这个人，而是我的这个叫作《告别》的作品。我想这个事儿，要从我全部的人生以及写作谈起，但我还是要谈到另一个重要的人物，因为你们知道，这部小说的后边很长的一部分，是由一个叫作牛乐的女人帮我打字速记完成的，假如没有在纽约的牛乐的帮助与记录，我是不可能顺利地完成《告别》的。

但同时，你们也都知道，包括媒体也有过广泛的报道，关于我和我的打字员牛乐之间的关系，有某种复杂性，可能我也很难一下子就辩解清楚，毕竟世界各地的记者都会保持他们敏锐的职业眼光，连篇累牍地报道，已经够多了，以至于我一下子不知道该如何来表明我自己，但我还要在这里声明，牛乐对于《告别》最终的成稿，是有重要意义的。

至于她和我私人的关系，我想外界诟病也好，支持也好，这无非都已是过去的事了。但我必须指出的是，牛乐确实是一个在纽约文化界举足轻重的人物。正因为她在美国文化界图书界的特殊影响，可能有些人要说，由于牛乐的存在，她甚至在某种程度上，影响了红番茄奖评委们的眼光。我还不便直接引用那些人臆造的关于牛乐有意引导红番茄奖评委的说法。当然无论真相如何，你们知道，小说从一开始便是关于人的秘史的一种载体，对于文学奖，对于外围世界对小说的评价，乃至一些文化运作，这是另一回事。今天站在这个神圣的颁奖现场，我还是必须提到牛乐这个女人，因为她是作为我的打字员，而不是作为一个文化活动家的身份出现的。但是，奇异的现象应该包括现在舆论广泛流传的有关牛乐对于《告别》这部小说的推动，甚至有人传言牛乐对《告别》有着特殊的作用力，意思是假如没有牛乐，那么《告别》可能不仅不会获奖，甚至它想面世都很困难。

当然，如果仅仅从写作层面来讲，如果没有打字员我仍会完成《告别》，只不过要缓慢得多，因为你们知道口述与速记是一种特殊的方式，它有某种不可替代性。当然，如果我们追究她在打字速记的过程中，到底对《告别》有什么作用的话，这有点玄学的味道，相信如果有一部纪录片记录了全过程的话，也许你们会找到你们想找到的东西。但遗憾的是，没有这样的纪录片，因为小说创作是一件特别私人化的活动。然而，事情并不仅仅如此，因为那些人指出牛乐这个打字员影响了《告别》的创作只是一个面上的现象，问题的实质可能在于他们想指出的是，牛乐作为美国图书界的一位重要人物，她影响了评委会。

这里我要先指明一点，牛乐作为一个在美国生活多年，浸染美国及西方文化的专业人士，她当然具有对诸如红番茄奖评委会之类的机构做出影响的能力。但他们想说的还不仅如此，因为他们指出的是另一层背景，那就是牛乐是一个东方人，是一个中国人，所以牛乐会利用她的影响力，向红番茄奖评委会中的部分成员施加影响，试图让他们从东方角度去理解《告别》。因此这个问题便被进一步复杂化了。那就是一个横跨东西方文化的专业人士对评委们进行了某种观念性的灌输，以使得《告别》最终得以获奖。

那么事实到底是什么样的呢？我们都知道，小说虽然作为人类秘史的载体，可以拥有它相对的独立，但我们无法阻止，每一个机构，每一个集体，都会以自己的视角去解读和接纳小说，对于《告别》也如此。直到现在，我虽然看过各地媒体关于红番茄奖的评委——部分评委——对于《告别》的某些所谓亲近性的阅读和评介，但是，我想说的是，如果这些评委确实是受到了像牛乐这样的文化活动家的引导的话，这仍然阻止不了我们在今天，在这个现场，仍然以自己的眼光来看待《告别》。所以，我说，不论你们怎么理解，但《告别》就是《告别》，它是它自己的那个内容、形式、主题和实质，它不是活动的结果，也不是红番茄奖的目标，而是一部独立的作品。

在此，我不必问那几位在世界各地的媒体中出现的广受怀疑的据说受到牛乐影响的评委的名字，因为这在某种程度上是不公平的，因为你们知道，评奖虽是一个独立的公平的活动，但是作为评委，如果他完全不受到外界影响，几乎是不可能的。我之所以先提到这个问题，很大原因可能在于牛乐这个人是《告别》的打字员，而不仅仅是一个文化活动家，正是这个吊诡的身份使我自己也难以看清，在这场复杂的舆论中，到底评委们受到了何种影响。但是，我还是要说，牛乐是重要的，因为从我《告别》的写作过程来讲的，如果没有她的准确而又合拍的记录，我至少不可能像今天这样有这么个结果：会在来美国后，在这样的时间内，拿出了《告别》，并且把它推向了世界各地。至于媒体所指责的有关牛乐之所以要帮助运作《告别》，是因为牛乐和我的私人关系，当然这涉及私情，以及另外几个相关的当事人，我想说的是，这可能是作为一个小说家的私生活，可以不必在这里费力地辩白。尽管如此，我仍想坦诚地面对评委、公众和朋友，把我能够说出的一切尽量告诉给大家。

3

让我们不再说牛乐，也不说《告别》的创作过程，我还是得从我的写作说起。当然大家也都知道，我的艺术道路离不开我的前妻，就是《告别》里的那位前妻。我不必回避媒体所充分掌握的那些资料，说我的前妻是我的艺术资助人，是我背后那个坚定的支持者，包括媒体也广泛在指责的，说我在成功之后抛弃了前妻，把我说成是一个艺术上工于算计的人。在这样穷尽一切的挖掘和报道中，似乎我是别有用心地利用了前妻，至少在我的创作生涯的起步阶段利用了前妻为我提供的良好的条件以及某种便利，使我在困难重重的艺术道路上得以起步。甚至有些报道还指出我是在艺术资源上，利用了前妻及其家庭的社会背景，成功地驾驭了那时的艺术界以及主导话语权的人，使我能被艺术界顺利地接受。姑且不说这些报道的真假，我想，他们至少是抓住了我青年时期的爱情、婚姻、生活与事业之间的某种关联。

确实，我的前妻是一位有着良好背景的人。但是，我无法在今天向你们用一种坚决的语气来讲清，我到底和前妻是怎样一种关系。更何况，你们也都知道，我们是离了婚的。因而，就像许多人立即就得出一个判断，因为你只是利用了你的前妻，因而当你有了成就，在艺术上成功了之后，你必然会抛弃你的前妻。你成了一个没有道德的人。在这样的判断面前，我的解释已经显得有那么一点狡辩，然而这并不是我讲述事情的方式。当然，关于我和前妻的所有过去，我在以后会提到，只是我不能在这里孤立地交代我和她的事。感谢红番茄奖评委们的选择，感谢。

第四卷　来信
——女大夫写给牛乐的信件

1

牛乐您好！非常冒昧地给您写信，因为我不仅仅是出于个人的目的来给您写信，我觉得这涉及一些比看起来或想一下都要严重得多的问题。这是关于现在已经在西方十分重要的作品《告别》和它的创作者的一些情况。不知什么原因，我觉得他到了美国之后一直在回避我，虽然他在出国之前曾不无刻意地跟我提过，在合适的时候，可以把我也一起接到美国去。尽管我并不抱有这样的打算，但是，他毕竟是说过这样的话的。我之所以告诉你这一点，至少是希望能向你表明，他在出国之前没有任何要跟我断绝联系的念头。他去美国这么长时间都不和我联系，我不得不认为也许他处于某种特殊的状况中，并且我认为这种状况对他并非绝对有利，因此我才想到要给您写这封信。

真对不起，我还没有说我是谁，对了，我叫海曼，在他出国前和他在医院认识的那个女大夫。很明显，他并没有遗忘我，因为在互联网上，我可以看到他接受的一些采访，他在采访中提到了我，尽管没有任何主观性的态度在其中，但至少他提到了我的名字。在这一点上，他仍是客观的。

当然令我不解的东西实在太多了，所以我才觉得很有必要给你写这封信。也许你要问，为什么我要把信写给你？那我能说的是，因为我在国内也能得到有关他在纽约较为详细的消息，一方面是媒体，另外也有相当多的朋友与他有联系，有些甚至还是他在国内的中文代理商。这个都不要紧，你可能也想知道我到底对您了解了多少。在这方面我无意冒犯你，因为我们会在媒体上看到有关你和他之间的一些事，虽然都是一些片段，但我还是能看出，你在他在美国的新生活中似乎扮演了一个重要的角色。现在我还不便对你和他的关系发表任何看法，当然这也是不礼貌的，不过你要是了解我的话，你一定会觉得包括我写这封信在内的所有举动，有我不可动摇的合理性，就是说我是必须这么做的。

在我把更多的事实告诉你之前，我当然有必要把我个人的情况跟你说得更清楚一些。我是一位女大夫。在中国，大夫也算是个令人尊敬的职业。因而你不用怀疑我是出于别的目的来与你联系，或者说想通过你对他施加什么影响，我完全没有这方面的计划。但我为什么要写这封信呢？这还要从我感觉到他的变化说起，因为我就算不能全面了解这个人，但我想他总不至于去了纽约后有了这么大的变化，并且我都觉得也许他有某些难以言说的原因。

在一些诸如《侨报》这样的报道中，我们发现，他现在不仅十分依靠朋友，而且好像对于他的作品，他有着完全不一样的理解。请恕我直言，我并不特别喜欢他的小说。当然，我也不能说我的理解就是多么特殊，因为他和我之间的关系，我也不便说我轻视他的作品，不重视他这个人。对我来说，无论是他这个人，还是他的《告别》，实际上，对现在的我都是一个挑战。为了更清楚地让你明白我为什么要写信，我想告诉你，在我们之间确实存在过一段感情，也许他会否认，也许他不会，这个我不敢判断，更何况他到纽约后不再和我联系，因而我就更不能确切把握这个问题了。但感情是存在的。我之所以强调这个，是因为我觉得这是个起点，否则我也不可能给你写信。当然我给你写信，并不跟你与他是否有感情关系有任何牵连。我写信给你，既是对你的信任，其实也在于你和他很近。你可以把这封信以及信后附录的那个东西一并拿给他。这么说，请你不要生气，我没有任何别的企图，信中的任何一句话，都可以给他看，这并不表示我就轻视你，不是专门写给你的。

好了，我不能再在这种情绪中耽搁下去了，否则我连一句话都写不到点子上了。我前边说了，我跟他是在医院里认识的，因为我是个医生，起初我不知道他是专门为那个女人来的，就是那个烧伤的女人。我看到过你在《纽约时报》上写的一篇关于《告别》的推荐书评，我想你能对《告别》做那么深入的分析，你对他这个人的背景，尤其是关于那个烧伤女人的事情可能就更加清楚了。

我本来不知道那个烧伤的女人是他的什么人，因为我并没有从他的神态中看出任何异常来。那是一个烧伤特别严重，但最终还是被挽救下来的女人。然而，他本来也并不是她最重要的人。显然，这个别人都可以看出来。即使这样，我在最初见他时，还是觉得很奇怪，因为他没有表现出一点的情绪。他是个十分冷静的人，这让我感到寒心。因为即使作为医生见到病人，也充满了惋惜——虽然烧得那么重，但仍看得出是个姿色出众的女性，对于这样一位女性来说，烧到那种程度怎么可能不让你伤心？然而，他到医院里来，一开始和我说问题，我觉得都表现了他这个人的某种冷漠，或者说一种无关性。我当然是有些生气的，但作为医疗人员，我并不真的在乎他怎么看待别人，我想最重要的可能还在于他怎么看待治疗，他是否能正常地理解治疗以及他能否理性地接受治疗方案，乃至接受有可能的医疗失败。总之，这些应该是医生最在意的。我已记不清他当时是否对医疗方案提什么总体的要求了，因为在他来之前，已经有病人的另外几位家属到达医院，所以他一出现不仅引起我的注意，也让我很好奇他到底跟这位病人之间是什么关系。而那时正处于为病人做清创阶段，后边的包括手术等在内的方案都还没有展开。

他来到我的办公室时清创已做完，我的几个助手正在外边讨论病情。我感到这个人很特殊，因此，我就把助手们支到另外一间办公室。也就是在这时候，我发现他有了变化，他显得立刻亲和了起来，他好像有这个能力，我看出来他的这种亲和并不是为了治好病人而表现给医生的好感，他的这种亲切完全是出于私人的目的。他当然是很友好地介绍了自己，不过没有介绍他的职业，仅仅说他是伤者的前夫。这样我也就几乎明白了他为什么没有最早一起陪病人来，以及他为什么没有表现出那种急切来，因为他是前夫。这种关系我们多少都可以理解，他有他的难处，也有他的合理性，至少他不便像个丈夫那样立刻表现出那种急切的心理。我虽然谈不上热情，但也轻松了一些，而且多少也改变了一点对他的印象，可以说之前的印象是有点坏的。不知是不是我态度的改变以及我支走了那些助手，让他有了别的理解，反正我发现他好像马上有了新的兴趣，跟我认真地聊起来。我觉得他聊天方面显然不在行,但听得出来他是个不一般的人,他甚至对我们的医疗,以及国家的医疗政策都发表了意见。这些意见却是很中肯的,使我对他的印象几乎完全转变了过来。

后来还是我把话题转到了关于他前妻的病情上,虽然他很不愿意谈论这一点的,但是我的职业告诉我,我必须告知他,他的前妻处在十分危险的阶段,当然即使度过危险期,她后边的问题也不少,包括面相以及内脏的一些问题。他一边听,一边点头,但冷静却是一贯的。后来,他问我,你是不是对每一个病人家属都这样细心,那一刻,我有些愤怒,因为我觉得他似乎没有听进去我关于他前妻伤势的那些话,况且,他的亲切在这一刻,好像有了另外的意思。像我们这样的女人,都会有一种直觉,知道他眼光里总包含一点什么。然而,假如可能也可以不去理会它,但是他却把这一点从一开始就很顽强地表现了出来。正因为如此,我才需要告知更多有关他前妻的烧伤病情,似乎只有这样,谈话才更加合理,至少在别人看来是这样的。但是,他似乎并不理解这一点,他想跟我谈别的。其实在他和我后来交往的时间里,他也一直都是类似这样的。

2

后来,他当然向我提出了约会,我没有马上答应,那时,他前妻的病情也已经稳定下来了,可以说当时已经没有生命危险。烧伤病人皮肤方面的创面恢复是一个非常复杂的医疗过程,因而病人家属一般来说都会非常焦灼。可是,他却并不如此,这可能跟他这个人的性格有关。在医院里,不光是我,其实很多人也都慢慢接受了他。我们很快也都知道了他的身份,虽然他在国内并不像在国际上那样有名,但一般的公众知名度促使他和别人稍有不同,似乎都在我们的可理解范围之外。而至于我了解到他的身份后,并没有因此觉着他就可以有那种近乎冷漠的表现。他和我约会,后来我实在难以拒绝,就答应和他一起去了那家老树咖啡店。

那家咖啡店位于一片叫作莱茵河畔的社区,这个名字也取得十分没有道理,现在我告诉你,并不担心你嘲笑我,因为这没有涉及理智与否的问题。我看《大西洋周刊》上谈到他的文章,也提到过,关于人的道德和立场，他有一种全新的解释。我不是说他的解释对我有什么影响，至今，我所做的关于他的一切，可以说完全都由我独自决定的。我是从名牌的医学院毕业，接受过中国最好的教育，我不可能对这样一个人缺乏理解的勇气和方法。但问题是，直至我们第一次约会，我才发现他确实对我有另外的特别的吸引力，使我之前的拒绝显得没有理由，甚至有一点荒诞，因为他有本事让我觉得他对我的想法都可以接受。

老树咖啡店格调很好，我已经很久没有到这种地方去，因而当他和我在老树咖啡店里十分诚挚地谈话时，我就已经没有办法应付他了。我也必须态度明确，因而我们还是从他前妻的医疗说起，其实我不过是更想听一听作为患者的前夫，他到底对这位烧伤的前妻在感情上是个什么态度。但是，我觉得我并不能分辨出他到底抱什么态度，可以说在那个咖啡店里这个问题显得有那么一点愚蠢，但我并没有放弃。我很想知道他的态度，似乎这样，我才可以真正打量起这个人来。但那时，我对他前妻本身是不了解的，一方面是因为她还处于康复的关键阶段，很少谈到她自己；另一方面整个医院也似乎更关心这位前夫，而不是躺在病床上的人。至于后来发生在他和他前妻身上的其他一些新闻、事件和谣言，那时我还一无所知。当然他是轻描淡写地说到了前妻的某种固执。这一点给我留下了印象，但我又明白，并非仅仅是固执就会造成前妻受伤，如果不是特别的情绪，她又怎么会深陷一场大火？这个不仅是我，即使是对这件事一无所知的人也都会猜想出来。

关于他前妻，他是尽量不谈，相反，他倒是对我的生活很感兴趣，在当时我也并没有觉得他这样问我对我有什么不恭，毕竟了解别人是和别人打交道的内容之一。但我回答得也很简单，我告诉他有关我专业方面的一些知识，尽管专业性比较强，比如关于外科，关于皮肤，关于烧伤，关于清理，关于新式疗法，但这些面上的专业的东西没能难倒他，他似乎对这一切并不太过隔阂。他表现了良好的知识素养，这一点可能跟他的公共形象之间有某种相关性。他终究是一位有名望的人，因而他总能从社会的角度来看问题。

我记得最早那一次，他对现在的医疗以及医学发展水平谈了些看法，事实上我觉得他谈得不错，并且这一点也让我对他有了一些不一样的感觉。不过，正因为他多少是从社会学来看待医院以及医疗改革，因而他就对我们这个行业发表了一些稍稍深入的评价，这方面恰恰是我没有过多考虑的。那次见面主要是他在不停地说，我很少有机会去表达我的职业观点，因为我发现虽然说的是医疗，但他谈的重心不在医院，而在于这个社会，因此我们就不得不谈到他的那些图书，这对我仍然是陌生的。我没有认真读过他的作品，所以我非常表面地提了些看法。他倒是非常有礼貌地听我讲了下去，我因而觉得他这个人其实是个很好的交往对象，不仅有着罕见的素养，而且他似乎没有什么目的，会让你觉得比较舒服。不过关于他是否真的没有目的，这是我当时没有考虑清楚的，可以说我很快就被他的思路带到他的那套说辞中去了。

我感觉他对他前妻的伤情不是真的无动于衷，而是有一种特别的态度在其中，可以说他既不是无奈，也不是焦虑，而是一种十分难以描述的古怪念头，这个特别难以讲清。因此，我在第一次和他约会之后，除了回味老树咖啡的那种重重的焦煳味，似乎还有别的特别的况味在其中，但他这人就这样，你抓住那些重要的东西，他只会让你感觉到，那分明是他自己的，你不可能拥有。

我在互联网上看到了他到纽约后，住在费舍尔太太房子的一些情况。请原谅，我觉得他在某篇关于目前生活的文章中，在提到费舍尔太太时，似乎大大地夸张了她对他现在生活的影响。不过，我说的意思是，他一直有这个能力，就是能抓住非常微小的一点，加以放大，以使别人能陷入他设定的某种情境中。好了，我还是来说，在我们第一次约会之后，我的一点变化吧。

当我再去面对那位前妻时，我好像有了一些改变，我不再是之前那种十分绝对地对待病人的态度，我感到我好像对这个病人有了一些特别的认识，因为我感到这确实是个不一般的女人。但怎么说呢，我不便对她考虑得过多，再说那时，她神志已经十分清醒，能够看出她对包括家属、医疗人员在内的所有人有了十分具体的认知。因此，我便不大愿意跟她有任何交流，这一点同样是不可取的，因为和病人的交流不仅是重要的，同时也是必要的。但我之所以有这种变化，可能也在于我不得不意识到，我好像陷入了与她前夫有着某种重要联系的感觉中，这种感觉不具体，但比较能干扰我，因而我才觉得无端地克制自我同样是没有道理的。于是，我这时才真正地打开心扉，觉得和他交往也许并不需要做什么特别的抵制。

3

即使打开了我自己的心扉，一开始我也不认为我可以把握他。在我们后面的见面中，他选择了我们那个城市最好的一家酒店。他点了些中式菜肴，都是他的家乡菜，他还点了白酒。对了，也许你知道他是个爱喝酒的男人，但还谈不上酗酒。我发现在美国的一些报道中，也提到了他对酒文化的看法。第二次和我见面刚开始，他就声明他要喝酒，我从一个医生的角度建议他饮酒适量，甚至可以完全不饮酒。他没有反对，但他一再表明喝一点酒，可以使他更平静。他这么说，其实已经在提示我，自从他见我之后，他就一直处于某种激烈的情绪中。在吃饭时，他告诉我，确实他见我那一刻，他眼睛一亮。我觉得他这话跟别的男人没有什么不同，因为很多男女在谈到有情感碰撞的那一刻，都会表达出类似的看法，这并不稀奇。也许我在之前担心过他是来为前妻治疗烧伤的，那么这样来表示对一位女医生的好感有点过分呢。他喝了一小口酒之后，问我是不是也要喝一点。我说，可以喝一点，但最好不喝。他劝我还是喝一点，我说还是你先喝，我待会儿再喝。可能是我没有在白酒上拒绝他，他受到了很大的鼓励，这我能感觉出来，他于是告诉我许多以前的事，不过最重要的是他谈到了他的写作。他说写作是一件痛苦的事情，这个说法跟他后来到纽约后，跟媒体谈创作时提到的可能不太一样，而且他那时的神态表明他不是在瞎扯。我敢肯定，他不是那么一帆风顺地写作的，可以说他也正在经历某种痛苦，只是我并不能理解这种痛苦到底是什么，因而我略微觉得有点尴尬，并且对我们交往的前景马上就有了那么一些不顺畅的感觉。他看出了这一点，但没有回避。

于是我试图告诉他，即使作为一名医生，在我们这个行业，面对病人，面对疾病，其实问题也不少。他问我，到底是关于病人的苦恼多些还是关于他们的疾病的苦恼多些？我没有马上理解这句话，他又解释，你到底是更在意病人的感受，还是对他们疾病治疗方面的把握？我觉得问题很不清晰，他因而又说，就是问你是否在意病人，作为一个具体的人，他带给你什么样的印象？我觉得这个问题还是太抽象，因此我没能马上回答他。当然，如果是现在，我倒可以立刻回答他。也许他当时不过是在曲折地表达对我的兴趣。因为我要回答他的问题，我就必须谈到人，而不是只谈谈医疗而已，更何况，那时他的前妻，那个躺在病床上的病人，确实还是横亘在我们之间的一个特殊的人。他自己也知道，医院里包括院长在内，似乎也都了解到他正在和我接触，尽管一切还比较私下。

更重要的是，在城里面，关于那场大火，以及大火中的男女，已经有了一些不一样的说法。不过即使在今天，我们也不必追究这些流言。这些流言表明，他是一个炙手可热的人物，我与他的任何一点交往都有可能被放大，而这是我所不愿意的。我说过，如果从一开始我就能拒绝的话，或许后面我不会那样，但我没能做到。他对我也是真诚的，包括他跟我讲写作、人生，他甚至也讲到了他要出国。对了，就是那时，他就表明了他要到美国去。不过这个倒也不要紧，让我印象深刻的是，他强调了他的痛苦，并且表示如果可能，他愿意把这痛苦讲出来给我听，不过他又说这不仅出自信任，而且在于他认为我有能力去懂得他为什么会有这种痛苦。他当然也指出，我的教育背景、专家背景还有我让他感到十分值得信赖的东西。不过，我不认为我是他说的那种什么知识分子，我觉得我仅仅就是个医生而已。同时，我是个女人。也许这一点才是他真正看重的，不过我当时并不确定这一点，因为如果确定的话，似乎承认了他对我有那种好感。当然，那次喝酒，他就说我是他见过的最有特殊气质的女人，我问他什么叫特殊气质？他说，气质只有特殊的，才可能叫作气质。这么说，等于又否定了我有什么特殊的气质，这个人就是这样，总能在自己的讲话中给自己留下后路，因而他差不多已经向我表白了他对我的爱和好感。而我却并不能抓住任何一点具体的爱意，这是让我十分迷惑的。

但我承认，我陷入了一种喜感中，因为毕竟被这样一个有名望的人强调出了某种特殊性，让人无法不激动。但我没有表现出来，可以说我在等待，但问题也就出在这个地方，因为你在等待，所以你自己也就明白发生了什么，倘若不发生，那简直是对你智商的讽刺，但会发生什么呢？其实我们都知道，那就是所谓的情感，当然这种情感有时也可以被称为爱情，有时也可以称为私情。但是，这都不重要，关键是我就这样对这个人卸除了防备，况且是在我这样一个女大夫的位置上。真对不起，牛乐，我跟你讲这个，没有别的意思，因为我必须讲清楚他对我产生情分的初始。说到根本上，我觉得他并不是完全出于玩笑的目的来跟我如此的，当然更谈不上游戏吧，否则他不可能屡次提及他的痛苦。我写这封信给你，也是向你预告，很有可能，我不得不到纽约来一趟，请你注意，我倒不完全是为了找他核实什么，当然我也不敢肯定是不是对他的思念或别的什么情绪促使我来纽约，但我就是有这么一个愿望，也许在于他取消了联系，因为这成了一个小小的障碍，使得我必须弄明白它。因此，我决定要到美国来。这是后话，现在我再跟你讲讲，他和我有了喝酒那次约会之后，我们是怎样一步步更加密切起来的。

4

后来，我们的约会变得密集起来，当然这都是绝对保密的。作为病人的前夫，他虽然不是每天都到医院来，但凡有重要的治疗方案，院长都会亲自把他找来，跟他介绍病情的进展。这种情况下我也必须在场。院长与医院里其他相对核心的人已经从流言中知道了他和我相处的情况，只是他们都依照某种规矩，不便在公开场合去谈论这样一种交往。但我反而会有压力，不过我自己也没有办法来处理这件事情。可能你要说我是一个陷进了感情中的人，这么说好像也有道理，只是我那时对这种感情并非绝对明白的。因此在医院的公开场合，我们的见面反而是个机会，似乎可以表明维系在我和他之间的仍包含了医生和病人家属这一层关系在其中。更何况，院长越来越尊敬他，好像这个特殊的病例增加了我们医院在社会上的影响力。但是，我已经很难和他一起到病人的房间去，因为假如只有我和他以及病人三个人在病房时，我就会特别紧张，不仅是因为那种流言，可能还在于我在这种关系中发现病人某种特别的神态，而那神态因为包含在那样一张烧坏的脸孔下，使我对于我的医疗和事业好像有了另外的了解，而这和我的经验是有矛盾的。

可以说，我最反感的就是这一点，可能正是由于这种局面的出现，才使得我不仅不再回避在医院外面和他会面，我甚至觉得在医院外面反而是种放松，因为在那里，一切都会变得实质起来，我们就是一种很简单的男女之间的关系而已。然而，虽然我说我不回避，但我并不清楚我是否表现出了对这种会面的迎合，或者说我是不是表现得主动。如果是，我现在回想，也是可以理解的。但我如果当时意识到我有了主动性，我是一定会注意控制的，因为关于感情，我觉得我自己还不至于可以发展到对他主动的地步。我们之间确实见面十分频繁，以至于如果几天不见面，就会觉得缺少什么。那时我并不仅仅以为这是所谓的爱情，我觉得，我本身也因为流言，反而陷入了对流言的顺从，因为只有见面，才能摸得清流言中双方的实质。

我总想问我自己，我到底跟这个人之间有什么？由于他已经跟我谈过了写作，所以关于写作，我们也不可能继续谈得更多，除非他跟我讲到他更详细的写作计划，但他在这方面反而是欲言又止的。我们的花样比较多，但一般都是出入各种酒店，有十分高档的，也有十分偏僻劣质的，吃饭对于我们很次要，即使喝酒，他也并没有因为喝酒而失态，或者表现失常。总之，他是从头到尾都十分理性的人，所以你很难猜测到他的目的，就是说他到底要干什么，你并不知道，因而你就必须这样来感觉，在我们之间，可能这就是爱情了，爱情就是这个样子。

我记得可能是在希尔顿的三楼熊猫餐厅吃饭那次，他告诉我他很喜欢我这个职业。我觉得这话很有趣，但为什么会喜欢这个职业呢？他并不认为他有志于做一个医生，或是对医治病人有特别的建议，但他还是强调与一个女大夫之间，假如确实有那种相知的话，会是一件美好的事情。当然，我也没有向身体那方面想，更何况他自己也没有提到身体，虽然我们一直在约会，但我们没有立刻就来个身体接触，我觉得不是他不敢，我看出来他是在控制，我多少还是明白，他很喜欢玩味这样一种关系。不过，这是他的权利。只要是在爱情的途径上，每个人都可以来理解他在爱情上的每一点私心，包括他那些也许十分晦暗的主张，再说他又不讲他到底要干什么，因此我们的关系反而变得更加玄妙了。他几乎没有带我到他的住处去，每次经过他的住处，他都会指着那栋楼跟我说，有时间会请你上去，但他终究没有立即请我。说实在的，我很想去。我想见识一下他的居所，因为我相信看一个人的住处，会得出关于一个人更全面的了解。

然而，我们还没有往这个界限上靠。我这么具体细致地跟你讲我和他交往的故事，其必要性就在于，只有细致地交代，也许我才能把那种内在的复杂感受理出来，否则连我自己也不明白为什么会陷入对他的那些莫名的情绪中。他不带我去他的住处，但他让我明白他这么做正是为了服从他之前说的那样一种情境，因为他是处在和一位女大夫的关系中。他也没有要求我到那个地方去，他甚至根本就没有过问我的私生活。我因而也就更加信任他，我知道这里的逻辑就是，如果我们按照他说的这个方式走，我们就能得到一种特殊的体验。当然，我虽然不期待这个，但我也并不反感这一点。记得，我们在约会很多次之后的一个下午，那应该是个中秋节，对，中秋节，我好像是提出过晚上吃月饼的事，这让他立即有些不快，但他掩盖住了。

他沉寂了好一会儿，然后说晚上带我去一个地方。我一开始有点不适应，因为在我们之间一直不存在什么计划，所以突然提到晚上要去一个地方，这让我不仅意外，而且有些不舒服。所以我就想改变一下，我说我们之间总要明朗一点，我们这样到底是干什么呢？因为是我在追问他，在我们之间，一旦双方之间有一方在追问，这不是表明一方有疑惑，相反，它不过是表明一方想有话语权。一方总要对事态拥有自己的一点权利，凭什么我们要这样呢？他当场就变得有点激动，他跟我说，他并不是浑浑噩噩地与我相处，其实他看得很清楚。当然，我知道他指的正是他提到过的他乐于感同身受地陷入其中的与一个女大夫的关系。

虽然我不敢明确作为一个女大夫我有什么特殊可言，但至少，我确实是个女大夫，并且我正处于他说的他要陷入的那种与之有关系的那个女大夫的位置上。我有些急切地问他晚上到底要带我到什么地方。他说到时候再说吧。因为距晚上还有些时间，所以那个有点阴沉的下午，他倒是让我先回医院，他要一个人独处一会儿。

我没有回医院，而是回了住所。我还以为他有什么特别的东西要跟我谈，或是别的什么，所以我反倒有些紧张。在我们约定的时间之前，我还有一个多小时空闲，我回了趟医院。我那时就是特别想看看那个病人，就是他的前妻。因此我在办公室换上白大褂，然后就到病房去，到他前妻病床边站住，我看了看她的脸。她没有跟我多说话，不过她一贯如此，她在吃苹果，吃得很慢。我对她说，今天是中秋节，所以护士少了一些，请你多理解。她没有什么反应，只是机械地应付。我忽然有一点愤怒，当然我并不清楚我为什么会有这种情绪，再说有这种情绪对病人是十分不公平的。

但我就是这样，我出了病房，又有些自责，我觉得和病人的前夫交往，对我确实不是一件简单的事情，我的心理已经发生了微妙的变化。但唯一可以使我安心的倒是她不过是他的前妻，而且她和他之间，也终究不是那种我们可以称之为美好的关联。然而，即便这样，我仍然觉得是有压力的。不过，她自己也应该清楚，在关于治疗方面，她不得不承认我为她制订了最好的方案，这在医院上下，都应该是清楚的。不过，这次跟她说中秋节的几句话，还是让我意识到我不仅陷入了一种情感，甚至是陷入了某种特殊的状态。这个状态不仅是男女，甚至还有对于所有的爱情可能性的把握和怀疑。

5

那晚七点，街上人很多，我在百盛门口等他。牛乐，你知道，他一直都是生活很优越的，这个在美国，也许你不大看得出来。但是，在国内，他可是个不喜欢吃苦的人。至少，我看出来他很少考虑到要对生活做一些别的安排，可以说他已经过着比较悠闲的日子了。他所谓的痛苦，当然偏多地指的是精神生活吧，也可以说是他的创作。他那天却一反常态，他没有开车，也没有让司机送他，而是坐着一辆摩托车来的。这把我吓了一跳。他甚至换了服装，穿了件深色的夹克，里边是件厚T恤。那个驾驶摩托车的人一直没有摘下头盔，但他摘下头盔，对我一笑，我差点没有叫出来，我想他这是怎么了，他干吗要这样打扮？

就在我疑虑时，他从那个驾车人手上接过另一顶头盔，让我也戴上。我根本不能适应他这种有点荒唐的举动，我几乎没有戴过摩托车头盔，但我还是戴上头盔。他叫我跨上摩托车，坐在他后面。这是一辆比普通摩托车明显要豪华一些的摩托车，发动机声响也很大，而且在车把那儿还悬着一些布条，上边有铆钉。驾车的是个年轻小伙子，这从动作上能够看出来。他对小伙子说了句什么，于是对方就把油门加大，我们向含山路北头驶去。

这是我第一次坐摩托车，感觉很好，所以我也没有什么好说的。在路上，他扭头，但看不见我的眼睛，只能是个扭头的姿态，他跟我说我们这是去逍遥津。我问他，去逍遥津干什么？他说，没什么，那里有许多好玩的，今天不是中秋节吗？吃月饼多没意思啊，我们到逍遥津去玩。驾车人很快就把我们带进了逍遥津，老远就听到有很强劲的锣鼓声。

驾车人果然把我们带到了有声响的地方，原来那个地方灯火通明，有一顶红色的大帐篷，四周也都是一些看台，还有一些稀奇古怪的表演。年轻的驾车人这时摘下头盔，我才发现原来是个半大小子。不用说他是这个地方的人，他身上穿的衣服是有表演性质的，很红，而且上边同样有黑色的铆钉，在夜晚的灯光下闪亮着。他倒是非常有兴致，赶忙指着大帐篷外面的一个大铁丝笼跟我说，这个是用来表演摩托飞车的。他又指着已经转过身的那个驾车人对我说，这个小伙子就是在这里骑飞车的，八辆车子，在铁笼里上下翻飞，稍有不慎就会自相撞击，后果不堪设想。我觉得我应该在电视上看到过类似的表演。他又说，那也不算什么，有意思的还在里边。他指了指大帐篷。

这时我才发现原来他不过是带我到逍遥津里面的马戏团来玩。我们不用买票，同样是穿着表演服的一个女孩子把我们引了进去，而刚才那个驾车人这时已经换了衣服，在门口进进出出。里边的音响很大。我一时不知道该怎么办，因为我也不清楚马戏团有什么节目。我没有找位子坐下来，虽然环状的板凳上还未坐满人。喇叭里正在喊，说下一场表演即将开始，音乐很激昂。帐篷很大，表演的场地是用钢绳和木板圈起来的，只在两侧朝向后台的侧方留有出口；表演场地的后边是一块大板子，上边有许多画，由于光线强烈，我一时没能看出到底画了些什么。我在犹豫时，他倒是跟那个引我们进来的女孩稍稍往边上让了让，他们好像在商量着什么。

不过我还是惯性思维，作为一个有名望的人，他来看演出，也许跟别人是有所不同的，他总要向别人交代一点什么吧。这时那个驾车的小伙子已经换了一套服装，来到他旁边，并且拉了拉他的袖子，好像是提议他到后边去讲话。就在他站着的地方不远，有一道布帘子，从那儿可以通向剧组的后台。不用说，他是有备而来的。我始终没有坐下来，我感到很新奇，他在说话时，偶尔也会向我做个手势，大约是让我不要着急，似乎是在为我安排什么似的。我也并不着急，我想这个马戏团很有意思，我并没有意识到在表演的那个台子上，已经有了老虎，而看客中间，有人已经唏嘘不已。那是一只很大的老虎，几乎没有受任何人摆布，居然不知什么时候已经站在舞台的中央，好像根本没有顾及下边坐着这么多人。我想在舞台上找到驯兽师，可惜并没有找到。我觉得这个马戏团真是特殊，他们居然就把一只老虎如此放到了舞台上。就在我有些惊讶时，我发现一个很矮小的驯兽师终于出现了，但他同样不是来摆布老虎的，而是搬了一张桌子。这桌子也很奇怪，既不是方形的，也不是圆形的，就直愣愣地支在舞台上。

在搬桌子，还有椅子的过程中，矮个子驯兽师始终也没跟这只巨大的老虎交代什么，好像这个并不需要什么交流似的。我试图坐下来，因为我意识到可能坐下来更能把舞台的情况弄得更清楚一点。就在这时，他在那边喊了我一声，我朝他那儿望去，他在向我招手，于是我就站起来。这时那个驾车的小伙子已经跳过几条板凳向我这里来了，因为坐了不少人，所以他得稍稍提醒一下观众，以便把我领出观众圈。我来到他身边，他向那个女孩子讲了几句什么，因为人多，我没太听清，但听出来，他至少说我是他的朋友。我觉得这也没有什么。女孩子于是对我说，走，我们到后面去。我望了望他，因为我完全不知道他要干什么。他说，走吧，又没有什么好怕的。

我想他这话并非没有由头，但我还是钻过掀开的布帘子，进了后台的左侧方。那儿其实很局促，但有不少人在忙碌，一个中年人，眼睛很小，但很准的样子。中年人跟他握手之后，向我点了个头。我这时看到在绿布帘的旁边有一张桌子，那儿有个很大的化妆镜，再往里边，有一道木栅栏，上边盖有很厚的皮革。我听到了猛兽低沉的叫声，我向他靠近了些。这时那个中年人对他说，不用担心，你先化，然后给她也化下，就是化一下嘴唇，至多头发吹一下。我听出来他们是要给我化装，于是我问他，你这是干什么？他握了握我的手说，不要紧的，我们等会儿上去，我们可以很近地跟老虎在一起。跟老虎在一起？我问。他说，是啊，今天过节，好玩嘛。不用担心，你是第一次，对吧，跟老虎？所以你有点紧张，这正常，但机会难得啊，你想想，跟老虎在一起呢。我问他，干什么？

他很有耐心，这时他已经坐在化妆镜前了，那个一开始引我们进来的女孩在他脸上掸一种粉底。他眨了眨眼睛说，没什么，我已经上去好多回了，我就是坐在那儿，老虎在边上走来走去的，我就是坐在那儿讲几句话，都是现成的。我问他，那我干吗？我上去干吗？我有点急躁了，他从镜子中看了看我，他说，你也上去，你也讲几句话，让老虎在你面前走来走去的。我问他，就这么多？他说，是啊，就这么多。于是，我坐下来，那个女孩给我抹了一种猩红色的口红，并且用很热的吹风机把我头发吹了一遍，把我的刘海全都吹了上去。

6

牛乐，告诉你吧，我本来可以不上那个舞台的。但我在化装的时候，听到不远处绿栅栏后边猛兽低沉的鸣叫声，反而这使我觉得在马戏团里退却多少有点不合适，至少对动物，你好像缺少了一点尊重。再说先前在板凳那儿我是看见老虎被独自放到了舞台上，而观众并没有觉得奇怪，也许这是训练有素的观众也没准，但说白了，这些观众并非全部都是历练了许多次观摩的，所以冒险倒是一定的。但我必须上去。可能你要问，我这么做是不是考虑到我陷入他所谓的他与一个女大夫的关系中的女大夫的那个位置上？那么我要说，这是完全有可能的。甚至可以说当我踩着锣点从舞台后方的那个通道走上舞台，我很明确，可以说我把这个事儿理解成对他进一步了解的途径之一。好吧，我还是说说我上舞台之后的事吧。我并不清楚会发生什么，虽然他小声地跟我嘀咕，只要按照情节的设计去说我该说的话，至于少许的一点行动，无非在舞台上稍稍移动几个位置，端端水，或是在谁的肩膀上按一下。因为这个舞台相当于一户人家的客厅，所以不可能有任何比较复杂的活动，我们是去一个人的家里聊天的，这就是主要的情节。在上台之前，他都跟我讲好了，他和我是一对恋人，也可以是一对夫妻，这个随便怎么理解都可以，反正我们是作为一对儿，到别人家去。而在那个人家里，有三个人，你要知道，这三个人我必须认可的。他反复跟我说过，两个人是一对儿，可以说除了这对有点怪异的夫妇，还有一个人，你可以把他理解为他们的宠物。我对这个反而有点难以理解了。因为他跟我提示过，说刚才那只老虎你还记得吗？我当然记得那只老虎，他说那只老虎就是那对夫妇中的一位；另一位，也是动物。这我可以想象，毕竟这是马戏团里的节目，动物当然是主角。至于再另一位，就是所谓的宠物，相反它是由人类担当的。他告诉我的就这么多。

于是我就跟着他一起上了舞台。在舞台上看先前那些环状的座位，感觉完全不一样，我真的找到了剧场的感觉。我立即就没有之前那种担心了，相反，我感到十分有意思。下边的观众不仅坐满了，甚至在四周都站了不少人，我觉得大家都很期待。目前我还不知道这些观众对他是否熟悉，但很显然，这些观众对这个舞台是熟悉的。他们可以说几乎知道会发生什么事儿。他马上就在上边开口了，他说，今天我们要演一场新的剧，你们完全没有看过的。这时我好像听到有人在下边说，不会吧，我们怎么没听说你们有排练新戏啊？他肯定也听到了，于是他很快就回答了下边观众的问题。他说，这不用担心，我们就是要这种效果，我们安排了一个很好的情节，所以你们只管欣赏表演就可以了。在他跟观众解释时，我发现那个驾驶摩托车的小伙子，还有那个引我们的女孩子，其实都在舞台上，只不过他们站在比较靠边的位置，观众一般很难发现他们。

这时我看到了那个驯兽师，他手里拿着皮鞭，但皮鞭是结在一块，缠在手上的，另一只手提着袋子，那里边也许是食物吧。驯兽师中间也向观众讲了句话，但我没有听清。后来我知道这个驯兽师姓郑，他当然是这个马戏团里真正核心的人物，只不过他的角色完全反转了，十分出人意料，他成了老虎的宠物。而至于这对夫妇中的另一位，我还没有看到，但肯定它很快就会出场的。他在我边上对我说，你注意了，等会儿我们就开始演，你注意那只老虎啊。其实它也知道马上我们要演起来，演的时候你不用担心它的配合，它有足够的实力来担当角色。其实你要注意的倒是你自己，因为你是个新手，但请注意，你还是个女大夫呢。不过你不用把女大夫的那些东西真的带进来，你只是和我一起，作为一对恋人来看望这对有问题的夫妇。首先，你开始演时，不过是跟这只老虎谈一谈它先生的毛病，而这个毛病也不大，不必夸张，你就按之前我跟你说的过去演就行了。其实这时我真是有点紧张了，但并非因为它是老虎，原因在于剧情，因为我知道剧情才是最重要的。

随着一阵鼓点，演出开始了，观众没有作声，大家都在等待着。我们从之前的位置上向前迈几步，于是我和他就坐到了沙发上。而在沙发的另一头，有一张椅子，老虎就蹲在椅子上，它表现得很好。那个被叫作宠物的驯兽师，已经给老虎一块肉吃，所以老虎就更加像只老虎了。我在担心我们如何与这对夫妇对话呢，老虎毕竟是不能讲话的啊。这时我突然听到那个穿上表演服的女孩子在台布边惊叫了一声，哎呀，你们来了，真是让我们等急了，都几点了，你们可来了。而同时，老虎昂了昂头，以表示那个女孩子的话都出自它口。我马上就明白了，原来这种双簧也不是什么特别的创意，不过就是让老虎去演，让女孩子说话而已。同时我也就明白了，这只老虎是这对夫妇中的主妇。我可能没有他那么快就适应这个客厅，我听见他说，哎呀，路上有点塞车，但我们还是绕了几条路，没有落到八点半之后，我跟莉莉在路上就在担心，我们想我们不能让你们夫妇在家里等得太久对吧？这时我发现他向我示意了一下，我明白他是要我说话。

因为他已经差不多跟老虎提到我了，我整了整衣服，这表示不仅经验上缺乏，同时我对这个客厅有那么一点陌生和局促。我说，是啊，我们绕了路，所以停车之后，心里有点烦，你看我们进门之前，几乎有点小跑呢。我的这个发挥让他很是好笑，我听出他咳嗽了一声，以表赞许。这时那个驯兽师应该是在老虎边上敲了一下他的鞭子的绳头，老虎虽然有点懒，但还是动了一下。它总该对客人的说辞有点反应才对，于是它又动了一下，椅子也晃了一下，这个动作让观众普遍地惊了一下，可能这正是戏剧的效果。这时那个女孩子又替老虎说话了，老虎说，不要紧，反正我们为你们准备的点心还没好呢，我在厨房里就在想，幸亏点心没有上烤箱，不然就烤煳了。这个说法很有意思，况且是由女孩子那么细的声音讲出来的。但老虎的表情很不错，一副很好心肠的女主妇的感觉，尽管它还是慵懒了一些。我心里在想，这老虎也够悠闲的，明明说在厨房准备点心，但却在客厅的椅子上跟我们寒暄呢，这也太过自信了吧。

但是，观众屏住呼吸，因为大家都知道宠物，就是那个驯兽师已经好久没有给它吃东西了。大家明白，如果不给老虎吃东西，你就不能保证老虎会很配合地演下去。但好看的地方也就在这儿，必须让老虎处于一种危险的状态。于是我听到老虎又叫了一声，哎呀，老郑，你还没有把我的那点糕点拿上来吗？我这就有点不解了，而他却适时地抓了抓我的手，对我说，你看，他们对我们可真没说的，还为我们准备点心，他们多不容易。我手心有汗，他用力捏了一下。我知道他是在提示我不用担心，一切按剧情的思路走。老郑当然是向前迈了一步，好像是从袋子里掏东西，老虎也因而朝他伸了伸头。可惜老郑并没有真的给老虎什么吃的，于是观众一下子全部"哦"了起来，可以说情况有点惊险了。我很想反对，因为这对这位主妇是有点挑衅的。

但他再次抓了一下我的手，并且站起来，向老虎迈了一步说，不用急的，我们刚才在外面吃了不少东西，可能我们喝点什么倒更好。于是老虎又说了，哎呀，你看，我居然忘了给客人们拿喝的。于是，听到老虎喊起来，怎么啦，点心要是还没好，不如先把饮料给客人端上来。这时观众骚动了一下，我知道老虎是在喊它的那位先生，因为演到现在，它先生还没有上场，这让我觉得，也许先生才是更为压轴的呢。在等候那位先生上场之前，我想我应该跟老虎讲一讲我们来访时必须提到的内容。我必须告诉你，牛乐，剧情中包括我必须向这对夫妇中的那位先生的饮食提出一点建议，因为他是一个糖尿病患者，我必须告诫他不要吃甜食。于是我得面向老虎，跟它交流起来。我看老虎时，老虎也看了我一眼，它目光如炬，我有点畏惧。只是这时，那个女孩适时地喊出，老郑，你到厨房去一下。

我很担心老郑很可能并不能领会女孩的意思，但是老郑这时却真的从袋子里掏了点吃的，块头很小，所以显得有点滑稽，观众也笑了。大约只有一只鸡蛋那么大的肉，但老虎还是舔着他的手，把它吃了下去。老郑看了我一眼，意思是让我放心。对着这只驯兽师的宠物，我觉得他真的很会控制这只老虎，简直让我不得不放下心来。我不再正眼看老虎了，我学着他的样子，拉了拉他的手，像常去别人家做客的恋人那样，表示相互间的亲密，以使自己说的话，表示为双方共同的意见，是负责任的两个家庭或两对朋友之间的好感。我对老虎说，你看，老胡还没有出来啊，还在厨房忙活，你真的要提醒它，它不可再吃那些东西。哪些东西啊？老虎这时有点娇气地嚷起来。我想如果主妇这样来看待别人的好意，你是很难把观点讲清楚的，于是我就有点不客气地说，这是必需的，现在没有什么特别好的办法，就是不能吃甜食，对于那种病来讲，忌口是第一位的。天哪！老虎又尖叫道，他就是改不了口。这时他在旁边觉得再这样下去，观众可能会不满意的，因为老虎表现得太过正常了，主妇是必须有脾气的。

于是他反而一下子又站起来，走到驯兽师边上，说，老郑，你也是的，它们对你不错，可你要记得提醒它们啊，糖可不是一个好东西。这时观众在下边随便地讲着什么，我想他们可能是认为老虎的动作太少了，于是老郑把袋子扬了一下，这时老虎忽然从椅子上蹿了起来，在空中划了道弧线，朝那袋子方向扑去。当然这只是表演，因为驯兽师以特别迅速的方式在老虎跳起的刹那，已经塞了一块肉在老虎的嘴边。但观众几乎看不出来，于是剧场的气氛一下子就被刺激起来了，我听到那个女孩在台布那儿惊叫了三声，好像这时的老虎自己很得意似的。

老郑在给老虎吃了肉之后，暂时消失了一小会儿，大家知道，他是到厨房去找那位先生了。我跟他又坐好了，他看着我，这时他对老虎说，对了，你不记得了吗，莉莉她是学医出身的？所以，当然，她对于你先生的病，以及糖，多少还是比较明确的。

7

虽然我在舞台上一直是集中精神的，但我还是没有注意到，到底从哪个环节开始，剧场的气氛已经发生了某种特别的变化。那时，我们正在喝饮料，当然，所谓的点心也已经端上来了，就是那个叫作老胡的端上来的，或者说那个驯兽师和老胡一起端上来的。这些点心确实是给我们吃的，而不是这对夫妇自己的食物，这个我还是十分清楚的。不过这个老胡是只猴子，所以我先是觉得有点怪诞，接着我就在心里埋怨起这个创意，不知为什么这只猴子的出场反而把我好不容易建立起来的一点积极的东西给打消掉了。但我还在坚持，只是能坚持多久我在心里面是没有底的。看这只猴子，它有一条腿是瘸的，架着副眼镜，显然这是为了表演的需要。

至于它能端一盘点心，这对于猴子来说，本来不算什么。现在猴子上来了，它也有一把椅子，这椅子是驯兽师为它准备的，它马上坐了下来。我发现它根本就没有通过眼镜来看我们，它的眼镜戴得实在有点高，导致它显得对于演出十分超脱。

这时，我想应是轮到他发挥作用了。他有了兴致，小声地跟我说，你看，老胡多有意思，你倒确实要跟他谈谈关于甜食的问题。牛乐，你想想，他是什么人，他如何能在舞台上跟我这么镇定地谈论一个患糖尿病的朋友，并且是一只猴子？然而我看老胡，却觉得它如此消瘦，由于它瘸了一条腿，所以它显得更加让人心生同情，毕竟这是一个在厨房里劳作的先生。在我开口讲话之前，倒是猴子自己先讲话了。不过替他发声的是那个驾摩托车的小伙子，小伙子显然表演上有一套，因为我发现他在配音时是对着那个为老虎配音的女孩子的，这比较专业。老胡说，哦，你已经跟客人们聊开了。下面的观众当然是哄堂大笑，不过我一点也不觉得精彩。

这时我注意那只老虎，它根本没有理会老胡的话，它在那儿张嘴、吐气，我知道它在表演时偷偷吃掉了老郑塞给它很大的一块肉。现在他在边上着急了，因为他觉得我再不开口，就是对这对夫妇的不礼貌了。我很难开口，因为我看到两把椅子上的这对夫妇实在是让人不明白，一只老虎和一只残疾的猴子，它们如何能表达出一对夫妇的感觉？这时他在边上叹气了，我觉得他不仅是有感而发，实际上他显得有点无奈。他小声地说，就像真的在别人家的客厅，把别人当成了必须留心的人，老胡不简单，你不要以为它有病，它就是不幸，其实它的事情比老虎还有意思呢。我该说什么好呢，反正是在演戏，况且是在马戏团里，大家都关心老虎，老胡只是一个配角而已。我却不这么认为，我想老胡多少还是应该有点自由，它不应该局限在吃什么、不吃什么的问题上，它应该有别的什么乐子。于是我就站了起来，我为我这个动作感到吃惊，不知道怎么敢在老虎面前站起来。我从盘子里捡了块点心，但我马上恶心起来，我知道这是马戏团的点心。

这时他在边上插话了，他说莉莉是个医生呢，她的话你们可以听听。我再不说话就太不成规矩了，于是我把那点心象征性地在鼻子底下闻了闻，然后把它丢到了地上。我这个动作很夸张，但也很有效果，观众应该都看清楚了。我对猴子说，你不应该吃甜的了，香蕉不能吃了，坚果也少吃，但可以吃无糖的。我说完坐了下来。而这时猴子说，我知道，可有时，它不提醒我。我听到小伙子一边说，一边在沉吟，同时他用手推了推身边的女孩子。而至于那只老虎，它没有说什么，也没有动作，我知道现在它应该又饥饿起来了。我想应该在这个时候教训一下那只老虎，我觉得我有这个权力，因此我捏了一下它的手，对老虎说，你看看，你先生都成什么样子了，这么瘦，还有病，你却只顾自己吃喝，只顾自己的威风，即使是我们来看你，你仍然没有忘掉自己的吃喝，你不能对你的先生好一点吗？

当我说完这句话时，我听到观众中有人鼓起掌来。但我已经足够恶心了，而那只猴子这时从座位上立了起来，前边两只爪子在胸口挠了一下，这时作为宠物的驯兽师似乎爬了过来，向它递了根香蕉。它忽然愤怒了，它对着驯兽师破口大骂起来，不过驯兽师并没有拿回香蕉，因为它已经吃起来了。我看到他的反应，心里很不好受，可以说恶心到顶点了，我觉得这个戏不仅没有意思，而且还冒着另外的风险，而老胡仅仅为了一只香蕉，却要摆出那副可怜的架势，再说，它的腿应该是断掉一条的，所以它即使站着，也还是斜着的，为了表示这个戏是不会辜负观众的。后来老虎终于又十分饥饿了，这完全取决于老郑的口袋是否打开。而我和他都知道这是在别人的客厅，我们不可以停留过久，我已经不太清楚他为什么要带我上这个舞台，如此贴近这对夫妇。有一点可以肯定，我是恶心到顶点了，特别是那只消瘦的猴子剥香蕉的时候，我注意到在这个客厅里有一种奇特的腐败味儿，不仅是气味，还有那种埋在身体深处的腐烂以及可怕的梦魇一样的东西。

假如可能，我希望永远不要再见到这对夫妇，同时我希望这只猴子，这只叫老胡的猴子和它的夫人老虎之间，不应该再这样相处下去，不仅是因为糖，也因为它们并不适合在客厅里招待朋友。我愤恨极了，觉得任何一种状况都会比这个舞台上的客厅要更好。因而我率先说出告辞的话，我对老胡说，算了，你就吃吧，但以后不要再这样吃香蕉了，至少不要这么曲折地吃香蕉了。不仅是因为病，也因为这样算不得是在过日子，所以不必再吃了——我们这就走了。于是我站起来，拉起他的手，他倒没有反应那么快,但我硬是把他从前边拖下了舞台。

就在我们转身不久,舞台上开起了大灯,那只老虎正在吃着大餐,老郑的口袋已经散开来,肉食都倒在了地上,而那只猴子已经退到刚才我们坐的沙发后边。他在往外走时低声告诉我它的瘸腿是因为在火灾中,被人从窗子中推了出来,保住了命,却摔断了腿。而我却看见那个驯兽师正在用一根竹棍子凶狠地抽它,它跳着,发出低而沙哑的嘶鸣。我的心一阵阵揪紧,但观众没有人注意这一点。我很想冲回台上,我觉得它不应该这样。但我终于没有这样做,我想它也许是可怜的,也许是不幸的,但它刚才却给了我那么多的恶心,这也是真的。不过,也可以说不光是它造成了恶心,假如它不是那样凄惨,我不会觉得恶心到那个程度,我几乎不敢在那儿待下去,我觉得我会疯的。我就是觉得从这恶心开始,我必须注重每一种情绪,任何情绪只要产生都会很好,都会使我平静些,以盖过这种恶心的感受。牛乐,你明白了吗?从这个晚上开始,我才觉得我对他有了爱情,这是我的选择。是的,是我选择了这样一种爱情,因为这正是我能够接受的。就写到这儿了。祝一切好。海曼。

一点补充:寄信的女大夫到了纽约
8

我们当然在纽约等来了从上海飞到纽约的CA981航班,接到海曼,我们都很意外,因为她没有表达出任何关于这趟美国之行的一丁点儿目的。于是,我们终于发现纽约之于任何一个人都不再是那种光怪陆离的所在了,可以说它似乎同样没有什么值得我们可以向海曼介绍的。因而她有那么一些失望。当然,即使是牛乐也并没有从海曼那里看出,她能够给我在美国的生活带来什么新的变化。至于所谓的红番茄文学奖,对于海曼来说她几乎连提一下都很难为情似的,因而我也不便就所谓的那个《告别》跟她有什么特别的交代了。

即使她在之前给牛乐的信中提到过《告别》,但不知为什么,见上了面,我们反而对《告别》不能直接说点什么了,可见关于《告别》,还是让它回到它本身吧。但是,在面子上,我们还是顾及的,因为她是来找我的。不过海曼这次来，虽然牛乐本来是想就那封她之前写来的信，跟她好好讨教的，因为这里面至少有一些不那么好理解的问题，尤其是关于那只猴子，但她在信的末尾也讲得很清楚，她感到了恶心，与其说她是在谈她的感受，还不如说她已经有着十分明确的态度了。然而我们甚至连猴子的问题都还没有触及，就发现比这个更值得我们去注意的还是另一段东西，抄写在一个本子上的东西，那是个更加重要的东西。

我和牛乐差不多是同一天读到那个东西的。如果不是那个东西，我们会更加怀疑为什么海曼会到美国来，并且有着那样的态度。即便这样，我们也无法否认，她对于这个东西有她自己的想法，否则她不可能觉得如此无动于衷，她总应该会有所保留。任何一个正常人读到这个东西，你必然会有连你自己也难以预料的反应。不错，它是海曼最近才从一个陌生的朋友那里拿到的，这位朋友让海曼不要透露他的身份，但同时，他又向海曼保证，出于某种公平的需要，务必将这些东西先让那位作家过目，当然他指的就是我。我没有问海曼这位陌生人在让海曼给我看过这些东西之后，他会有什么的进一步举动。海曼向我强调，你不必在乎这位陌生人是谁，你也不必在意他会怎么做，他既然让你来看这个东西，就一定有自己的考虑。这个东西中谈到的你，也许跟你自己所理解的你未必会完全吻合，但你至少可以发现你的前妻是怎么看待你。也许公平的地方就在于此，你总该让别人也能对你谈点儿看法，至于今后，比如你怎么看待你自己，那是你自己的事，但你必须看到这个东西。

我还是让牛乐也看了这个东西，我这么做的考虑有几方面。一方面我觉得牛乐和我的关系不仅限于朋友，同时她又是我的口述记录者，她对我的写作，尤其是在美国的写作具有一定的作用，因而让她看到，不仅是出于朋友之谊，也因此让她可以更好地向公众来介绍《告别》，当然这是我在《告别》方面所想到的。另一方面，我还想让海曼知道的是，即使你从国内来看我，但在美国，我的生活发生了一些变化。你应该能看出来，牛乐对我同样是重要的，因此我并不回避她。还有很重要的一点是，我考虑无论这个东西里写了什么，我都并不认为它具有完全的私密性，否则就等于认可了，最先拿到这个东西的陌生人，似乎具有了比我更好的对于裕芬的某种认知能力。对啦，现在我应该告诉你们，这个东西是裕芬在医院里写下的一些文字，就是她在烧伤之后住在海曼那所医院里写下的。

我之所以惊叹海曼不仅能有这种勇气到美国来找我，而且把我前妻的这样东西也一并带来，这表明海曼完全明白，在所谓的《告别》的外边，还有更多的事实存在，它们不仅有必要，那种让相关人了解的必要，同样它也重要，甚至可以说它比《告别》本身还要重要。当然这是一位女大夫的理解，她不可能像红番茄奖委员会那样去理解《告别》，也不会像《纽约时报》的书评中所写的那样去理解《告别》。可以说她跟牛乐也不一样，我之前也说了，对于一个女大夫来说，可能她更在意的是事实，而不是你所想象的你能够在《告别》里传达给别人什么，如果非要说传达的话，也许每个人都可以传达，每人以每人不同的方式。

不过，羞于女大夫海曼和我的那一段关系，我必须接受她有可能的愤怒。当然，她并没有表现出这一点，她甚至跟牛乐说，因为她是先决定来美国的，只是在临行前从陌生人那里拿到了这个东西，当然她看了之后，有所动摇，因为她必须重新来判断别人，包括来判断她之前似乎轻易就被一只猴子恶心的那种情境。但是，一切都并没有变得更加严峻，或是呈现了别的什么意义，世界还是那个世界，人也还是那些人，因此，就像她从不认为《告别》有什么特别的针对性一样。至于这个东西，女大夫海曼也很快就切断了这个东西与她之间的任何相关性，她只是觉得也许让这个东西被作家本人看到，可能是其唯一的意义。而至于这个东西的事实性到底能否伤害得了谁，她想这是无意义的。

因此海曼到了纽约之后，见到费舍尔太太，她马上就表达了强烈的兴趣，这兴趣并不是要打听关于我这个作家房客的任何私事，而仅仅是费舍尔太太如何看待我这个房客的生活习惯。因此费舍尔太太也就明白了，原来我在来美国之前和这位叫作海曼的女大夫，有过一段很具体的生活的。出于东欧人的某种习惯，她虽然没有立即就向女大夫谈起我的生活，但她还是忍不住抱怨，说这个房客几乎完全是被他那个小圈子给控制了。费舍尔太太跟海曼谈话时，我就在旁边。我能听出费舍尔太太其实早就觉得我不仅被牛乐奇怪地鼓动着，同样，我跟别的房客不同的是，我似乎并不注意生活，我只注意我自己的表现，包括在写作、媒体以及私生活上的。

海曼很快和费舍尔太太就具有了某种亲昵，这种亲昵在我看来有那么一点不可思议，因为谁都看得出来，她们的亲昵来自她们对我有相同的态度，那就是我的私生活应该是另一种景观，至少不应该如此。虽然海曼并没有对牛乐表达任何敌意，但她在费舍尔太太那里听出了牛乐对我的影响。她终于还是忍不住跟我讨论起来，假如不来美国，会不会不是这样一种《告别》？我想这也许是另一个问题，因为《告别》中由我口述，由牛乐记录的那部分，假如不是以这种方式在纽约进行，我并不清楚会是一个什么状况。任何历史都不能改写，因此这种假设或许是没有任何道理的。

　　费舍尔太太对海曼的看法是好的，不过费舍尔太太没有看到海曼带来的、我和牛乐都看过的裕芬的那个东西，因而费舍尔太太对于《告别》还始终是那个印象。她在收取剪报的时候，很少剪下牛乐写下的那些，可以说她对牛乐的厌恶在海曼这里得到了补偿。不过她在得知海曼并非和我在国内就有任何事实上的包括婚姻在内的关系时，她马上就批评我，说我为什么这样对一个女大夫，却做不出明确的举动。我当然知道她指的是为什么我没有决定跟这位女大夫生活在一起。当然这点从我来纽约后迅速和牛乐火热起来的情况中反而可以得到解释。费舍尔太太可能还向海曼介绍了那个俄罗斯房客，不同的是，尽管费舍尔太太对那个俄罗斯人相当不敬，但那个俄罗斯人似乎反而更像一个正人君子，因为费舍尔太太提到那个俄罗斯人从俄罗斯接来的并不是一个一般关系的女人，而是他的妻子。她尤其强调是妻子，而不仅仅是一个情人，我知道她实际上是指我和这位女大夫之间的关系是不那么可靠的。她的话同样没有对女大夫有任何影响。

　　奇怪的是，女大夫从向我出示裕芬的那份东西之后，她反而好像彻底明白了，原来使她恶心的那样一只猴子，也许倒不是这个世界真正让人难受的材料。相反，每个人都会有每个人独特的坏处，这坏处完全取决于你从哪一个角度去看。因此我不得不承认，可能女大夫比我从裕芬的这份材料中读到了更多的内容，至少她是比我先读到这个东西的。费舍尔太太也给海曼看了我在获奖之后纽约媒体的报道。她一直提醒女大夫，所有这些评论都有一个重大的疏忽，那就是他们可能从不在意这个写作《告别》的陈作家，是如何在这个海岸边拥有他自己的某种生活。

　　费舍尔太太像个资深的朋友那样对女大夫说，其实我并不接受一个女人既被对方玩弄，同时她还能在为对方工作。我知道她指的是牛乐。但是，我没有反对，我只是在看报。我觉得费舍尔太太一定会把她对牛乐所有的不满都发泄出来，她这么做并不是出于对女大夫的爱护或声援，而仅仅是希望女大夫明白，在她的房客中住着这样一位客人，她是明白的，并且他认为她并不左右这个房客的写作，但她可以建议，至少可以独立地建议他应该过上一种怎样的生活。她甚至在对那位俄罗斯房客的妻子的描述中，使用了温柔、恬静乃至忧伤这样的字眼。

费舍尔太太并不了解这位女大夫是怎样的一个人。如果费舍尔太太知道这位女大夫收治了她的情人的前妻，并且或多或少对那位前妻表明了一些主观看法，费舍尔太太难免不会对这位女大夫产生一些别的想法。对于费舍尔太太而言，她不过觉得一切似乎都太可惜，因为她无论如何不能接受她的房客的写作，似乎取决于一个在她看来十分庸俗的女人（牛乐）之手，关于这个我已经无法跟费舍尔太太沟通。

在这些个坐在客厅的晚上，有时那个俄罗斯房客的太太也会参加进来，不过由于她英语太烂，所以她只能偶尔表现出一点反应。但是她同样是局促的，她的优雅仅仅在于她很少会被注意到的表情上，但尽管这样，这位俄罗斯房客的太太却似乎在向我们这位中国的女大夫表示出一种沉稳的生活观。费舍尔太太时时不忘告诉海曼，这位太太在莫斯科还有三个孩子，而且不出意外的话，在明年夏天，这些孩子中的某一个，也会到这儿来跟这位俄罗斯房客相聚。在她看来，这才是生活，或者是一种有意义的生活。至于这位俄罗斯房客本人，费舍尔太太并没有谈太多，我知道这位俄罗斯房客不仅对费舍尔太太不客气，而且他压根就认为费舍尔太太同样是个有偏执性格的神经质居家女人。

我每次在海曼和费舍尔太太之间只能扮演一个十分沉默的角色，如果费舍尔太太提到红番茄文学奖，我必然要起身告辞，因为我知道她又要陷入对这个文学奖的有关观点的纷乱陈述中，而我们的女大夫，这位在国内和我差不多可以说十分投缘的女人，却很难在这个文学奖和《告别》之间提出任何一点她本人的观点，对于她来说，她看重的仅仅是事实，以及各种事实给当事人带来的心理上的感受。如果说到感受，她可能还会跟费舍尔太太就神经官能症以及偏头痛，讨论好长一段时间。

有时海曼也会跟费舍尔太太提到，她在国内时在网络上看到的费舍尔太太对于房客的那些个有意思的小故事，这些小故事同样被刊发于媒体上。她们很快成了朋友。我想，也许她们本身虽然职业不同，但在观念上，她们有某种难得的一致性，尽管我并不知道这种一致性是什么。有时我也疑惑，为什么海曼从不打算把裕芬的那个东西拿给费舍尔太太看一看，但费舍尔太太似乎也很少在海曼面前提到我在《告别》中提到的那个前妻，她始终没有跟她谈《告别》的内容，她在意的只是那个记录《告别》某一部分的口述记录者牛乐，并且对其几乎是极尽嘲弄的。

第五卷　日记
——她的梦魇

1

  我是不是还应该称呼你为亲爱的呢，我不知道。但若是那样称呼你，好像下面记下的这些文字就应该是专门写给你的，可我又觉得，即便是专门写给你的，我不认为就一定要让你读到它。说实在的，我不敢保证，我还有勇气和愿望，让你能看到我的内心、我的生活以及我全部的人生。如果把所有这些东西，这些与我有关的东西都塞给你的话，也许反而是不恰当的，因为我知道，作为一个作家，一个艺术家，你本来就是看清这一切的生活的，也许这里边所包含的我，也只是你看到的全部世界的一部分。然而，即使是现在，我在医院里，我也必须写下这些文字，尽管我不敢表示它与你有着怎样的关系，但我相信，它至少有这样一个起点，它有和我们有关的一个起点，那就是，对于生活，我们曾经一起深入地沉溺其中。好啦，一点没有抱怨是不可能的，但又不止于此，之所以要记下这些文字，可能跟医院这白色空间里那些绿色的粉刷漆有那么一点牵连，我觉得这有一点可笑，作为一个作家的前妻，好像表达也带了那么一点写作的味道，不然我为什么在写下这些有限的文字时，在这开始处，如此犹疑呢？

  但我必须坚决，这也很好解释。因为我本来不是一个犹豫的人，但我最终并没能躲过我自己。我承认即使在这医院里，我也还是陷入得很深，可能这是爱情。当然，也许仅仅是爱情的一点回响。我并不知道，作为一对已经离婚的前夫、前妻，为什么在这样的时候，我还要提到爱情。然而，它是如此现实，我无法躲避，因此我还是必须说，这样的爱情，以及从这爱情引申出去的所有关系，我都觉得它们本来应该是完全恰当的。不过，就像我今早必须写下这段文字一样，我感受到的不再仅仅是那种所谓的爱情、婚姻以及夫妇关系的某种温和性，其实，更多的，反而是一种不恰当，一种不那么好归纳的现实关系。

  亲爱的，我不知道这还是不是在称呼你，当然如果我浮现出在我们最早相识时的印象，我觉得我就必须这样称呼，因为那种致命的爱的印象实在是太过强烈，以至今天，即使在医院里，我也无法脱离那种情绪的统治。当然，我说的是它对历史和记忆的统治，我今早醒来时，能够清楚地记得昨夜的一个梦，这个梦如此清晰，以至我必须通过写下今天这段文字，以便保持对这份梦境的记录。可能在我早年的认知中，我们一直被这样教育，那就是我们必须对那些突如其来的梦境，学会遗忘，否则便被认为是不祥的。同样，我也本可以遗忘这样的梦，但我并不甘心，或者说我想做一点小小的反叛，我觉得这也是可行的。在那样的教育中，如果一个人在早晨，在还不十分清醒的时候，就描绘了自己的梦，那么很有可能这个梦会对现实具有一点影响，当然这影响很可能是完全负面、消极，可以说是有魔咒的。但是，我畏惧了吗？我觉得我没有。唯一可以打倒这种畏惧的理由就在于我不是那个绝对的被教育者，魔咒对于我来说，仅仅可以决定这个临界，假如我还有那么一点梦的延伸的话，我想我不会像现在写的字这样具有如此清晰的思路。

  是的，这就是我现在的现实，我非常清醒，以至于我可以对任何事情、任何历史，也对任何他人，提出我完全独立的看法。不过，此刻我要说的是，并不关乎他人，或者说主要不是去说别人，我就说我自己，当然因为我说的是我的感情、人生以及为何我深陷这份关系中，因而我必须在这样的文字里紧密地提及你，当然这不是从你出发，而是从我自己出发，只是我要带上的是我们共同的历史。告诉你，也许是在告诉别人，我还不知道怎样来看待你的写作中所泄露的你个人的历史和记忆。但假若可能，我相信包括我在内的你生活经历中所有的人，或者都会以某种方式出现在你表达给这个世界的文本中。那么，我还能在乎什么呢？这个梦是这样鲜明，使我几乎无法忘却它。

  当然，我之所以必须在这个早上就立即记下它，可能还因为我无法逼真地、绝对地回到那个梦境的场合。我的处境可以说几乎是绝对化了的，我被烧伤后住在这里，成了一个不需要说话的人，因而我就不必对任何人和事表态，这并不是我做梦的理由，但我在清醒时必须面对别人的目光。

因此，我必须说的是，你做的一切我都十分清楚，即使我刚刚从梦境中出来，我马上就意识到我会从女大夫海曼那充满香气的刘海里闻到一种你的味道，这是必然的。这是怎么回事呢？因为只要你愿意，你总会从那些一开始有些抵抗的女人身上最终留下你那种别人最终无法卸除的爱的浸染。对不起，我使用了爱，尽管这并非我的本意，但我觉得你自己就是那样渲染的。你是如何从这个专门为我治疗的女大夫身上打开缺口的？我不必去计算你的时间和方法，我仅仅从海曼大夫的手势中，就可以读出你有哪些东西已经入侵并影响了她。我知道你是可以做到这一点的。而且在医院中，这很快就成了一个公开的秘密，我并非没有觉出痛苦，但这痛苦是很微弱的，因为在我的心里边，在我的反应中，我已经有了这样的机制，就是说，我的作家前夫，这个艺术家，在爱的方面，他拥有这样的侵略性，可以夺取他也许在别的方面无法去完全制服的领域。

好吧，我不必在这里回应，我是从哪个具体的时刻了解到你跟这个女大夫之间有了私情的，我这么提及是因为我想告诉你，我必须把梦境尽快记述下来，因为环境对我来说并非有利的，尽管这个女大夫为我十分尽心尽力，但同时，我总是从她的手势、语气、嘴角、目光、表情、姿态以及那种微小的反应中看出，她已经无可救药地陷入了她的那个角色中。因此，我必须在这个处境中有所作为，我的意思是，除了治病也许我必须记点什么东西，总要有点什么别的行为，否则我会不会疯呢？对啦，你是知道的，我并不愿意在这种时候还来计较我的前夫跟别的女人还有什么关系，那绝对是你自己的事儿。

但是，我说了，我必须记下我的梦，因为在白日，在这清醒的时光中，我的精神至少会因为这个梦境，知道我自己仍然是控制着自己的生活。也许女大夫是陷得太深了，或者说她只是陷入一切无望而漫长的期待中。姑且不论我是否真的还像年轻时表现的那样，对你的艺术抱有那样高昂的期待和希冀，但是，在目前，击败我的并不是这些，而是我无法清除掉过去所累积的全部历史和印象。是的，也许你知道那就是压力了。好吧，我也可以说，即使记录这个梦不足以剿灭任何别的记忆，但至少可以说明我是可以拥有其他的一些，哪怕是想象中的历史。

好啦，就在我准备记下这个梦时，这个梦一方面还在，另一方面，我觉得它本来可以缩短为仅仅几个字，因为描述是可以绝对简略的。同时，我看到女大夫正在我身边忙碌，而且我从她无意的谈论中听出她昨晚又去那个马戏团演出了。这让我有那么一点不适，因为只要她提到那个马戏团，我就非常不能忍受，至少我不觉得一个人可以那样来理解和讲述她与动物以及那种表演之间的不伦不类的关系。但是，那个外面的世界，现在不是我的，而是女大夫的，或者说是女大夫和你的。当然，我说的是你们的私情，即使我不高兴，我也没有表达出来。

好吧，我想与其这样来在意女大夫，还真的不如来讲讲我的梦。即使在我年轻的时候，我也从没有在意过除了现实之外的其他那些比较虚构的东西，更别说梦了。人们也说，虽然我支持了你的艺术，但我从没有对艺术有任何直接的看法。是的，我只是在你的生活中，和你一样，我们不过是生活着。为什么在医院，特别是在这样被烧伤的情况下，我会真的记起自己的梦呢？因为除了打断我眼前的现实，除了表达这样一种不满，我并没有更好的办法可以做到这一点。

2

那是一个晚上，在南京，或是上海，或者是合肥，总之是在东部偏向中部的一座城市，城中灯火还是比较明亮的，我们从一条叫作中央路的公路上往前走。路上有很多车子，但奇怪的是，我们走在路中间，为什么车子还是开得飞快呢？后来我们穿过栅栏，来到了马路边的人行道上，路边有梧桐树。那天我穿着毛衣，当然那时我应该是二十几岁，是不是我们刚恋爱那会儿呢？也许是的，但我不敢肯定我们是否真的刚刚恋爱，因为我觉得我们在走路时是特别放松的，好像比我们现在这样还要更加无所谓。但有一点，我也很奇怪，因为我觉得我们俩是深爱的。请原谅，我在犯这种对记忆进行篡改的毛病了，当然我们是否真的就从来没有过深爱呢，恐怕也不是，我觉得至少在你年轻时代跟我表达你的那些理想时，你是深爱的。不过我可以肯定，所有的爱都是复杂地扭结在一起的，不必去区分你是爱文学，爱那些虚构的艺术、思想，还是爱着我这个人——你的女友和妻子。但是，你做得很好，你是爱着那个世界的。

  在这个梦里，在这个初夜时分，我们在有梧桐树的路上行走，我们明明要去一个地方的，但我们并不焦急，也许时间在梦境中有赖于另外的刻度，可以有它的快慢。所以我们在走路时没有在意，在我们的将来我们是否会散开；即使散开了，我们也没有想过，有哪些东西还是能够保留的。好啦，那时我们跟现在不一样。我们应该是走在中央路快接近火车站那一带。对了，应该不是合肥，也不是上海，应该是南京，否则，火车站不是那个样子，也没有梧桐树会长在上海、合肥的火车站。我们在路灯下边站了一会儿，可能我们在商量什么，但又没有得出什么结论。我想我们那时还没有吃东西，为什么呢？为什么都已经是初夜时分，都八九点了，我们还没吃东西呢？这样不是太饿了吗？这么饿还不吃东西，那我们要去干什么？是的，我在梦里面也在使劲地追问自己，假如饿了，你知道的，如果我饿了，我的血糖就跟不上，也许我就会昏倒的。那我为什么不吃点东西呢？如果我自己不在意的话，那么你为什么不提醒我呢？你完全可以把我领到路边随便哪家小吃店，我们吃碗面条也好啊。可是，你并没有把我领进任何一家小店，我们还是不紧不慢地朝前走。如果我们又不能吃东西，但又不必立马走到某个地方，那我们肯定是在一个固定的时间到一个固定的地点去，这样我们就可以保持一个相对自由的速度，只要到点赶到那个地方就好了。

  是啊！我知道我们是去办一件事情，在梦中，其实我们可以稍稍悠闲一些，不像现在，即使我在病床上，当你来看我时，我注意到那个女大夫会即时地退出去。在你们短暂地共同出现于病房中时，我注意到你们眼中的某种无奈，或许你们不过是压制住某种厌恶，当然也许这厌恶并不是针对我的，而是针对你们关系中这个可怜的中介，一个被烧伤的女病人恰恰成了你们相互逐爱关系中的一个介质。但是，我为什么会在意你们相遇时的眼神呢？难道作为一个前妻，我非得要注意自己前夫的雄激素和肾上腺吗？对了，我可以主观上不在意，但你们的眼神确实是比较让人难受的。因为你们必须注意到我的存在，而我不仅是个病人，我还是个前妻，因而你们就不必在病房里产生更多的不适了吧。我知道，也许跟任何一组爱的偶合一样，你们还有除此之外的其余各种难度，因而我必须尽快转过脸去，我不想在你们的脸上读到你们对我的反应，更不想在你们各自的反应中抽出一种共同的东西，我想那不是我的事。当然，我转过脸去，看到病房窗外的杨树时，我是有些难过的，并不在于我的大夫和我的前夫之间暗生情愫，而在于我并不相信，我真的在这场不幸的火灾过后，能够走出我自己。显然，我仍然被紧紧地拴在我所有的过去中。

因此，可以这样说，我的梦正是我过去的一部分，至少是可以虚构的一部分，我可以想象我的过去，也可以是别的一种生活和生活方式。好啦，我还是说我那个梦。后来，就在湖南路那个交叉路口，当然我们仍在中央路上，看到了那个叫作南京起重机械厂的大牌子。在中央路和黑龙江路交叉路口之南，那儿确实有许多工厂，其中有光学仪器厂、跃进汽车厂，当然也一定有这个起重机械厂。那时这些工厂处于十分红火的阶段，市场没有完全转轨，作为国有大型企业，它们呈现着沸腾的生产热情，那个工厂的大牌子上边有灰尘，但仍透出一种十分严肃的劲儿。我知道你一向是不太把别人放在眼里的，所以你在进这个工厂大门之前，告诉我这个大门不是工厂的正门，这儿是通向这家工厂生活区的侧门。

3

现在我还能复述这个梦，至少这一点是让我愉快的，因为我们每个人恐怕并不能保证对自己的梦做出哪怕是十分有限的记录，假如这个梦恰恰又是非常重要的，那你就必将更加难以掩饰你对这个世界的某种厌倦。好啦，我还是说梦，之前我说了，我们是在中央路的那个面向西的南京起重机械厂的侧门进了那个庞杂的大院子。为什么说是庞杂呢？因为在我们刚进去的地方，就有两根在底部刷了红漆的电线杆，不知是不是高压电线杆，但那种刷成红白相间的底部确实让人有一种危险的感觉。我记得当时我是拉住你的手的，是啊，你在我边上，我在你手上用了点劲，我想你应该清楚，凡是遇到这种有点莫名其妙的地方我都会有些许不适的。你并没有跟我解释这电线杆，也没有对这个家属区做任何评价，你好像在这时开始不耐烦。

当然在那年轻的时代,也许我们从来不会去想,如何向对方掩饰个人的情绪?因为在很多场合,我们都会有共同的反应。两根电线杆之后是一家菜市场,此时菜市场快要收摊了,只是卖小吃的几家摊点还在营业,里边飘出了一股牛羊肉的气味。我之所以会在梦中出现牛羊肉,是因为你常和我去三牌楼吃那种牛羊肉馅的煎饺,每次都要点上十几个。我吃得不多,你会劝我多吃点,说以后我们会很难吃到这么地道的煎饺。对啦,那时我们在三牌楼,只能是在南京了,肯定是在南京,也只有在南京的三牌楼才会有那么多吃面点的摊子,我们当然没有在这个梦中进入这家小吃店。

经过菜市场后,看到一家门口有很长台阶的电影院,是起重机械厂的文化宫,那会儿,豪华电影院还不像现在这样普遍。电影院门口没有多少人,而且亮着灯,也许里面正在放电影,这倒就让我想起,其实那会儿,我们会常去山西路的军人俱乐部看电影。像起重机械厂这样的电影院在南京这地方有很多家,在南京政治学院,在建工学院,在区文化馆以及在夫子庙的秦淮河老街那片儿,也都有这样的平房顶上刻着五角星的老式电影院,并且门上一定残留有那种水泥刻成的语录。

我知道这不是我们看电影的时候,因此我们继续往前,其实我是有点害怕的,所以我的步子总是要比你弱的。我在梦中的步子迈得慢,但同时我知道这样的步伐这么软,以至我在梦中就起了疑心,我觉得自己以及身边的你并不现实,那时我要随时终止这个梦,也许是可以的,因为我隐约感觉到我正躺在医院的病床上做梦。为治疗我的烧伤,大夫使用了不少激素类药,就是那个女大夫提醒过我,这样用药以及我的病情会使我有那么一点缥缈恍惚的精神状况。只是在梦中,我不可能那么详尽地确认我的位置以及我的病情,但我承认,在那么几个时刻,我似乎有可能中断我的梦。

但是,我并不想停下,因为挽留我过去生活的唯一方式也许就包含在这样的梦中,我不能对这个梦抱有多少期望,因为我还不知道这到底会发生什么。如果我停下这个梦,那么我面对的现实至少不会比这个梦更值得我去在意,更何况,既然我们已经走进了这个在黑暗中的庞杂的起重机械厂生活区，那我们一定是有事的。我之所以强调我在那个梦中有几次要停下来，要醒来，其实我想也许你知道，我不是那么甘心的。因为我不过是无法去纠正我的生活和我的现实，这一切都是由历史，由我们实实在在的生活流淌到这个现实中来的，我无法阻挡它，更别说，我还必须面对除了我自己之外的整个世界。

现在你知道，我之所以会记下这个梦，并且把那个梦有可能中断的状况也讲给你听，是因为你应该知道我并非对现实无动于衷。关于你的艺术、思想以及别人对你艺术的看法，其实我也不是没有意见的。只是我从来就不认为我只是简单地支持你所谓的艺术，所谓我是那个"站在你背后的人"，这么说既不准确，同时也是对我们关系的一种近乎片面的固执的看法。我更多的是被认为从你年轻时代开始就支持着你的艺术，因而被某些人认为我在影响或者说参与了你的艺术。事实上，我只是一个支持者，一个支持者不可能去影响这个作家或艺术家，因为她一旦要影响他，那至少她就必须去理解这个艺术。这对于我来说，虽然我承认我有过这种认识，但是我从没有真实地表达过我对你的艺术的看法，我想这就是我们那时候有关你的艺术的全部姿态。作为一对夫妇，作为一对已离婚夫妇也罢，我从没有真的要让你意识到我是在意你的艺术的。

因此，我想说的是，我没有对你的艺术起到什么作用。然而，确实我支持你，即使现在，我觉得这种支持仍然存在。我说在那个梦中有那些细节，是因为我总感到你要带我去做一件重要的事情，而我又不知道我们为什么不能稍稍停一下，讨论一下我们要去的地方，以及为什么你有那么一点焦虑、仓促以及草率呢。但是，我们还是必须往前，这时应该有九点了吧，对了，是九点。我对你说了句话，我想想我说的是什么？对啦，我说的是，我不吃东西。但你要吃啊，你不必跟我一样不吃东西吧。这时你停下了，因为在这条路上，已经有不少人吃过饭正在路上消食。对了，我怎么忘了告诉你，这是夏天呢？南京的夏天多热啊，那些人拿着扇子一边打蚊子，一边咒骂着天气。

你回过脸来，看了我一眼。在梦中，即使在梦中，我也能从你的眼睛里读出你对我的那种好意，因为你是那样坚决，你想让我知道，没有什么好担心的，我们不过是去做一件事情，不吃晚饭也没有什么。你总是这样，只要你是在做你认为重要的事情，总会有这种表现，并且你会让我知道，你可以和我承担在我们生活中出现的任何一种后果。是啊，即使我写字的现在，我也知道，在下午，你就会到病房来，如果不出意外，我还是会面对你的眼睛，但我不敢保证我能从你眼睛里抓到我刚才提到的那种眼神，那种坚决和承担。那是因为在如今，我们缺乏共同的一件事情，我们再也没有这样的机会，不仅是因为我们离了婚，也不仅是因为我住在医院里……其实我不知道是从哪一天开始，我们失去了共同去做一件重要事情的机会，我们丧失了许多。

但在我看来，丧失这个机会让我觉得有点不可思议，并且当你下午来时，你仍然要去跟那个女大夫相会，甚至到外边去约会。虽然我用不着猜测你们怎样相处，但我确信你们不会谈到我。你们不会愚蠢到在约会时要提到处于你们之间的那个介质吧。如果这样，我相信至少我并没有变成另外一个人，我至少还是以前那个人。对啦，我说，我知道有人抓住我是你的艺术支持者这一点不放，也许他们可以从这出发来挖掘你艺术上那些有可能的缺陷和虚弱，但在我看来，那恰恰是一道无稽的阴影。作为支持者来说，这并不会比一个妻子支持一个丈夫成为英雄更有胆识，也不会比一个妻子掩藏一个丈夫的罪行，以免他受惩罚更加尴尬。艺术的支持在我看来，仅仅是因为那时你就是这样一个人，你是一个一致的人。

我说了，我甚至分不清那时你的爱情、你的爱、你的信仰到底从这个世界中分离出了什么。也许你也会这样认为吧，那时你是把整个世界当成一个整体的。我并没有感到我是什么特殊的人。我仅仅是你生活的一部分，你的艺术是你的一部分，你整个人包含在你所有的生活中。

不像现在这样，你坐到我的床边，你还会用手按住我的肩。我知道，你这是为了让我明白，你并没有离开我，尤其在我受伤之后。但我又必须承认这时的你，也正在想象着你的女大夫。女大夫海曼刚刚在你进来之后转身出去，她还和你说了句话。我听到她让你过会儿到她办公室去。她让我知道她和你的交往在表面上都是因为我，因为你是我亲属中那个最重要的人，不仅因为名气和影响，更因为你表现出了对我这个病人那种近乎完整的关注。你让包括女大夫在内的所有人都相信，你正在拥有我，拥有这个病人的全部痛苦，当然你并不在分担，你只是向别人表示，没有任何一个人比你更明白病人全部的痛苦以及痛苦的程度。

好啦，我还能说什么呢。我知道你总是会得到你想要的，因为别人会发现你所拿到她身上的东西，并不是本来就存在的，你有这个本事。就是说假如她们身上的这个东西你不去拿，那么它就不存在，或者说是你拿走了只有你才会发现、呈现并且能够抓出来的东西，因此她们并没有失去什么。相反，她们在这样的逐爱游戏中，反而增加了她们自身存在内容的项目。你拿走之后，你还会回来，放回她们的身上，还可以再用。因而凡是上了你路子的人，她们都可以在不减少的情况下，增加了重要的内容。你从女大夫这里同样也拿走了以前一直在她身体里沉寂的那种存在，你把它抓出来了，因而你才会带她去马戏团、去表演，并且介绍了老郑跟她认识。最重要的是，你还在表演中让她认识到她也完全可以过另一种生活，还认识了猴子，还有了诸如爱、厌恶、反感、恋情、沉沦、堕落、淡化，以及深深的迷惑，这些复杂多面的情绪。她也因而知道在她那一成不变的医患世界的平行线上，她还能过上另一种生活。在面对这个严重烧伤的病人的同时，她还能明白，她可以如此轻松地与这个女病人的前夫有一场这样难以描述的从未有过的交往和逐爱。然而，我并不需要别人来在乎我怎么看待这个女大夫，因为我明白，我至少不是那样的人，因为我是那个支持者。有时我在想，我不仅支持了他这个人的艺术和生活，也支持了他的所有忙碌、逐爱以及对于爱的所有背叛、遗弃和践踏。假如这么说还不够狠的话，其实我说的是，我也支持了他所有的与爱相反的那些东西，但这又有什么关系呢，这毕竟是他自己的事情。

4

我们在那个起重机械厂的生活区里至少走了半个小时，真是难以想象，我们会在那些逼仄的家属楼之间的小路上走那么久。你知道，我是不可能在那个梦中再次停顿或打断它，因为我有多厌倦啊。你走在前边，有时在抽烟，因为你似乎并不肯定我们要去的那栋楼到底在这个生活区的哪个位置。后来我们还是过了水塔、开水房、小学、幼儿园以及机关食堂，但我们仍没有找到，而且我们还经过了一个带圆形跑道的操场，最后我想你是看到了那个在一面墙上贴着的红十字的标志，因而知道就在前边，那栋十分窄而尖的楼便是我们要去的地方。

楼里亮着灯，我们刚进楼道时，我就觉得一股奇特的味道向我袭来，这时你已经把香烟甩了，你扭头对我示意了一下，意思是让我快点。我知道，亲爱的，原谅我又要这么称呼你了，你不用怀疑，这些文字确实是留给你的。我想我是看到你的眼神，你是让我跟着你上去，楼里应该还有人，但没有人注意我们。我们是要去四楼。对了，在梦中，我也能想起来，我们之所以知道我们是要来这栋楼，是因为白天别人就跟我们说好了，她说你们晚上到起重机械厂生活区来，你们到那栋楼来，我们在那栋楼可以办。

是啊，我们来了，我们要上的是四楼。楼道也很窄，而且里边有不少人。只是这些人应该都在房间里，所以楼道里反而给人一种安安静静的感觉。我们到了四楼，应该是尽头的那个房间。现在已经很好找了，是你走在前边，我跟在你后边。对了，是的，就是那间房子，这房子比别的房子要大，别人已经等在那里了，还是白天的那个人。你走在前边，已经在房间中了，而我还在外边，房中还有一个女人，但白天的那个人似乎表情很严肃，怎么回事？有必要那么严肃吗？但她就是那个样子，是啊，她对你说，你们晚上找到这个地方不容易，你们也是的，为什么就不能在之前，在做那种事的时候就考虑到会有后果呢？其实我是反感听到这人这样讲话的，我不知道你是什么态度。但是，我还是宁愿你没有态度，因为如果你有了态度，也许你就不会来找这个人，不管会发生什么，反正你要是不接受一个人，你就会一句话都不说，更别说还要找她办事了。你再次回过头来，好像示意我走过去，走到那个人身边。

是啊，这是在梦中，但我并非不主动，我想那时我是绝对听你话的，因为你是对的。我不知道这种看法是否延续到今天，但至少在那时，我不会反对什么，更别说在梦中。你一直走在前边凶猛地吸烟的样儿也让我明白了你很烦躁，你必须带我到这个地方来。我看到那个人终于穿上了白衣服，是啊，我记起我在白天是见过她的，对了，白天在门诊的那个地方，我见过她。就是她让我们晚上到这儿来的，让我们可以不在医院里做，我们可以到这个地方，这个叫起重机械厂生活区的地方。你跟她讲了一句什么，你很坚定。

我知道你是让她明白，你虽然很年轻，但什么事都懂，因此没有人能够糊弄你。你会让那个人明白她必须像她说的那样，确实可以像在医院里一样做好那件事情。我呢，我没有坐，而是站在门口那儿。我看到另外一个人在那里冲洗一只四四方方的浅沿盆子。然后我看见一大块纱布，深灰色的纱布，铺在一只椅背上。我觉得这是为了尽快让它晾干，现在这个人麻利地把那纱布收了起来，并且指着那块屏风，对你说，你可以把她带过去。但你没有马上让我过去，你站在那儿。我想你可能是在观察这个地方，想搞清楚她们这儿条件到底怎样。那个人把那只浅沿的四方盆子搬进了屏风里。接着我听到了金属的声音，这表明她这儿一切器具都是足够的，并且那些盆子确实是印有红十字，白色。这间房子也有窗户，只是窗户被严密地封上了。

我看到那个人戴上手套。这时你从你口袋里掏出一个本子，我还不知道你掏那干什么，因此我就觉得我记性不如你好，否则我应该知道你其实早该把本子拿出来的。但那个人居然没有看你的本子，只是任那本子在木桌上。这时我也已经走到木桌那儿了。她转过身来，认真地打量我。这让我有一点不高兴。她每一句话都不是专门说给我听的，似乎她只是要跟你说，虽然这话明明是说给我听的，或者是说给我俩听的。她说你们早干什么去了？现在的年轻人啊，你们应该知道这样做很危险，你们考虑过没有，你们还年轻？

然而，我几乎不想听她再讲下去，她跟你说话时，她又在喊里边的那个人，因此我注意那个人从屏风里边走出来，因为她在烧水消毒，所有的东西都要消毒。她让你知道，她干事情是十分有责任心的。你表现得很镇静，无论她说什么你都不提意见，因为只有这样，你才像那个把一切都看得分外透彻的人。尽管那时你很年轻，但我相信，那个人根本不知道你已经是个艺术家，以及你今后会成为这样一个艺术家。因此你不表现出任何多余的情绪是对的，这正是你。

因此我在这木桌旁就可以比较平静了。我觉得我的人生跟随你就是这样的，你完全可以做得到我所期望的那种样子。后来，那里边的人把所有的东西都消毒过了，这时她对你说，进去吧。要进到屏风背面去的人不是你，而是我，但她却以对你说话的口气讲，可以说她仍然不愿意直接跟我讲什么，因此我也没有必要去回应。我觉得你的做法是对的，你没有仅仅是传她的话，而是在边上看了看我，是很认真的，因为你明白我们必须这么做。你看我的时候，我就知道，我要到里边去，而你是不会进去的，进去的人是我。

我在转身时，看见这个人正在戴手套，是那种医用的、浅肉色的。我转身时，我想这个女大夫我是可以记住的，因为她的样子让我很难忘记，即使她不跟我说话，但我知道她就是白天叫我们晚上到这儿来的女大夫，这儿是她干私活的地方，她可以解除我们的麻烦。现在她让你叫我进去，之后她也会进去，她进去之后，屏风会拉上，那时我就独自躺在里面了。

我转身进去了。里边空间不大，一张像条椅一样的铺着麻布垫单的小床，床脚那儿甚至有几只摞在一起的便盆。我们上来时就发现这应该是起重机械厂的卫生所，因此房间里的药味还是很浓的。我知道你就在外边，这个人现在如果再要说什么，她就必须直接跟我说了，但是她做到了这一点，就是她不跟我说话。当然，她不必再讲什么，我已经躺了下去。有十几分钟吧，很疼，没有任何麻醉措施，她只是在那儿，当然是十分熟练地操作着，为我做了人流手术。就像来时她跟你说的，即使在大医院里也是同样的经过、同样的措施，一切都毫无区别。

我很疼，但我没有喊，没有出声。我想这种疼痛是可以忍受的，但我一直也在想，她既然不跟我说话，只要她能做这个人流手术，其实也没有什么关系。我躺在床上，她让你不要进去，她在屏风外边跟你说话，她说还好，一切都还顺利。我有些虚弱，不能起来。而你在外边，我听到你在交钱，并且我听到那个人对另一个人说，煮一碗红糖鸡蛋来。后来我就在屏风里边的小床上坐了起来，另外一个人把我扶到了外边，屋子里的白炽灯已经关了，只亮着一盏很弱的壁灯。你把那碗红糖鸡蛋推到我面前，我觉得你应该端起来让我吃，可你没有。

这时我发现你在跟那个人讲话，那个女大夫即使背对我，我想我也知道她是谁，她是女大夫啊。是海曼，是啊，也许她还有你的气味呢，但那时你很年轻，我也很年轻，我们没有在乎这个。但我一直在等你，等你把那碗红糖鸡蛋端起来，可你没有，因为你在跟这个人说话。我没有吃，在梦中，是啊，我没有吃，我已经很饿了，但我下了楼，轻飘飘的。我下了楼，外边很热，但我有些生气，我知道我哭了，可是又不仅仅是哭，我有点弄不清楚，晕乎乎的。我知道你就走在后边，还有那个女大夫，你们和我一起从楼梯上走了下来。

第六卷　戏剧
——由牛乐导演的一只黄山猴的独幕剧

1

　　这是一出独幕剧，而我就是这出独幕剧的主角。也许你们已经认出我来了，但我还是要介绍一下自己。我是一只黄山猴，一只孤独的黄山猴，我是《告别》中的那只猴子。你们有些人应该读过《告别》，或者对它多少有些了解。无论如何，我是一只黄山猴，我的戏还是让我自己道来。我看见你们端坐在舞台的下边，凝神地看着我，我想我是不会辜负你们的。当大幕拉开，我觉得阵势也没有什么吓人的，我要怎么跟你们说呢？还是从我和《告别》说起吧。

　　站在今天的舞台上，我倒要跟你们好好聊聊。你们记得，那个叫作陈寅的男人确实对我并不那么友好，这只是表象。你们记得在《告别》里面，是他绑起了我，他说得很明白，他必须把我绑起来，因为在这之前我抓烂过他的手。他说得没错，事情好像就是那样的，我坐在他和他前妻对面，我像个人那样吃饭，但不知为什么他觉得我抓破他的手特别不对劲。任何两个人之间都可能会有冲突，至于是抓破别人的手，或造成别的什么麻烦，这都是在特定情境中我们无法预料的事。即使这样，他就真的可以绑起我吗？我的逻辑是，他不可以这么做。但世界就是这样的，历史就是这样的，他十分武断但又近乎冷酷地绑起了我。

　　请原谅我在这里使用了冷酷这个词。我不单是把这个词给这位叫作陈寅的男人，在今天这出独幕剧中我要告诉你们的还有更多，包括事实以及我们每个人真实的想法。请原谅，我不是要代替谁来表达，这只是愿望,我希望我讲的话,和我所憧憬的一样,每个人都在真实地生活着、表演着。

所以我说在1956,陈寅绑起我时,我认识到他是个近乎冷酷的人。但你们可能要问,为什么我要让他绑起来呢?之前我曾抓伤了他,这证明我多少还是有点力气的。黄山猴不仅有优良的体质,而且动作矫健,足以对付一些意外的局面。然而,作为一只黄山猴,为什么我在抓伤他之后,反而被他绑起来了呢?只能说,在那一刻,我有点迷糊,我从之前抓伤他的那种狂躁感中下来了,头脑有一点空白。虽然是一只有力量的黄山猴,但我毕竟是一只猴子,我的思维恐怕跟你们不太一样。我并不特别在意我抓伤了他,我只是在想,假如可能,为什么我不能看看事情到底会发展到什么局面呢?也就是在我愣神的时候,这个叫作陈寅的男人把我摁在沙发上,并且迅速用绳子绑住了我。

不过在他绑住我的一开始,我就马上反应过来了,我并非不能反抗,只是立即就明白像他这样绑住我,我可以很轻易地脱开。他根本就不知道应该如何捆好一只黄山猴。从他急躁而充满愤怒的动作中,我知道他把我当成了一个十分具有威胁的对象。我被他捆上了,但我还在沙发上,也就是说,我还在1956里边,还在730房间里边。现实并没有因为这个男人捆上我,我就被迫做出了彻底的改变。相反,我没有觉得被动,我只是在他的眼里被捆上了而已。也许你们要问,在当时,你也会像现在这样冷静、理智,甚至有点笑话那个男人吗?

在当时,我并非有现在这样的心情,因为现在是在演戏,是我的独幕剧。但在当时,我不能说我有多冷静,但至少我比这个男人冷静,因为我倒真的要看看他要干什么。在之前的我看来,其实他不像有所作为的样子,然而他把我绑起来之后,并没有真的以为现实就没有什么阻碍了。我马上就明白了,他不过是在等待。至于等待什么,我想可能他自己明白,他不过是无法主动地解释眼前的一切。对了,这下你们可能记起了1956,记起了1956的730,你们知道,他是在告别。前边的乱子你们也都知道了,不是他难以处理与别人的关系,而是他很难讲清楚他自己。即使在今天,他就坐在这个剧场的一角观看我的演出,他仍然无法讲清他为什么在告别,为什么用那样的方式告别,以及最重要的,他怎样去对待那个被他告别的人。

好了，我不用再乱转圈子了，你们都晓得在《告别》里面有一个女人，她叫裕芬。我更想谈的正是这个人。当然，我不完全按我的主观情绪去谈她，因为我跟那个叫作陈寅的作家是不同的。我之所以能在这里演出这出独幕剧，我相信别人都是明白的，只要你们把舞台交给我，我就能给你们一个完整的世界以及这个世界上的生活。请原谅，我要稍稍平复一下。请你们相信，我之所以这么做正是因为我不想把我会脱口而出的那些话洒在舞台上，因为这是慎重的艺术，尽管它也是自然的。

所以，我告诉你们，之所以陈寅把我绑起来，我没有反抗，是因为在那一刻，我注意到他的前妻在看着我，就在她和我视线短暂相逢的刹那，我决定冷静。是啊，冷静实在是太重要了，我不可能像陈寅那样。因此，当我被绑在那个沙发上时，我的眼中可能已经有了泪水，只是他们并没有看到，我注意到裕芬在跟我有过视线接触之后，似乎有点不适，但她很快掩饰住了。

我听到她跟他继续讲了起来，当然我承认我并没有要求裕芬对我怎么样，因为当时裕芬不仅没有反对他绑我，她甚至还鼓励他绑我。即使这样，我也并不怪罪裕芬，因为我知道裕芬有她的考虑。

后来，是裕芬让他点起了蜡烛。烛光是白的，但烛油是火红的，在我眼睛里闪动着刺激的光泽。我即使是被按在那里，但我知道世界正在缩向一个危险的方向。如果你们像我一样僵持在一对前夫妇在告别中的场合，也许你们也难以估计你们会做出什么举动。更别说，你们在《告别》里看到的，紫红色的窗帘已经合上，窗外的马路上人声嘈杂，一切都在这个房间里静默地开展。我那时并没有去看裕芬，因为我的心情很复杂，我觉得对于这个世界来说，虽然你并不知道为什么总会有惩罚，但惩罚往往就是这样刻意。如果不是我这样一只黄山猴呢？如果是别的什么呢？在这对前夫妇的面前无动于衷，我是办不到的。也许你们要问，你不就是一只猴子吗，你考虑那么多干吗？或者说，你已经坐在对面人模狗样地吃饭，并且女人对你很不错，然而，你却抓伤了她的男人，虽然只是个前夫，但你难道不知道他们正在告别，而且她的心思还那么复杂，你难道估计不出她实际上是很难过的吗？

但在当时，当那红色的蜡烛燃亮，我就又有了一阵黑暗。我觉得事情正在变得不可收拾，我这样觉得是因为我从这个叫陈寅的男人身上看到了一种特殊的东西，这种东西也许不是别的，而正是一种冷漠。对了，这种感觉不会错，就是冷漠。而一个冷漠的人，你是很难看出他的主观反应的，可以说他的反应是抑制的，都是做出来给你看的。然而，他要让他前妻做出什么样的举动呢？对于裕芬，我想我是了解的，虽然我不能完全理解，但我知道她是怎样的一个女人。

2

对不起，回忆有时是有点痛苦的。刚才我讲到了，我是了解这个女人的，但是你们肯定要问这个叫作裕芬的女人你是怎么了解的，那么我来告诉你。我现在身体不太好，这舞台的追光打在我身上，让我有点发热。你们可能不知道，我患有糖尿病，所以现在我瘦得厉害，已经不再是那只原本很强壮的黄山猴。你们明白这是一出独幕剧，况且是在这样一个庞大的剧场里。你们完全可以信任我，因为我会把事情的本来面貌讲给你们听。现在请允许我抽支烟吧。

好啦，我好像看到剧场的拐角有人在笑。是啊，也许你是在笑我的姿势吧，当然，我知道你们看我在舞台上抽起烟来，就会想起你们在动物园里，当你们在扔瓜子果壳逗猴子时，会看到猴子捡起客人的烟屁股，然后叼到嘴里。对，这就是猴子。但是，请你们注意我是一只黄山猴，我们不像那些动物园里的猴子，仅仅是把烟屁股叼在嘴上，那上面除了唾沫没有别的，一点尼古丁都闻不到。但是，我，现在，你们看到的，我是在吸烟，一只黄山猴是可以吸烟的。因为我很累，不是说我演戏演累了，而是说，就像你们常常讲起的，我是说人生很累。抽上香烟，我略微好些了，我这就告诉你们，我为什么会了解裕芬。我说过我是一只黄山猴，我就是在黄山上认识裕芬的。

那时的裕芬还很年轻，当然我还不算成年。但是，我已经是黄山猴里一只特别抢眼的猴子了。那天，就是在黄山，黄山的莲花峰旁边，还有一座尖峰，就叫无名峰，在无名峰边沿那块儿，有一块领地，我就是在那儿见到裕芬的。裕芬当时拿着相机在照相，我们许多黄山猴就在那块领地上，当然裕芬身边有很多人，那些人都是来观猴的，还有一些电视台以及报社记者的镜头在晃动。那天天气一开始很好，我心情也不错，当然起初我没有注意到裕芬。接连几天，一个来自日本NHK的摄制小组在当地一家电视台的配合下拍摄黄山猴的专题片。作为一个大型节目，他们已经在这里工作很长一段时间了，所以我总觉得有点厌烦，被别人这样拍来拍去的。但是，他们会给我们不少好吃的，不仅在现场给，甚至还给到我们的生活区那儿。

我知道他们是在研究我们的习性，其实我又觉得不过是寻趣而已。那天的电视镜头一开始并没有拍我，而是在拍那个老王。那些要拍摄老王威严的记者很少能顺利地完整地抓到他的镜头。当然他情绪很不好，最近一段时间都是这样的。那些日本记者可能还不如本地记者更有理解力，因为本地记者明白黄山猴有很好的领悟力，只要不厌其烦地拍，黄山猴就会适应。

其实关于我的部分，我知道拍得已经差不多了，但我一开始并没有完全明白他们是怎么看待我的。对这块领地上的黄山猴的记述很快就要告一段落，一些重要的镜头内容如果拿不下来的话，那么任务就是完成不了的。而恰好这时，记者扔来了一块甜食，老王正想好好吃点儿，但是母猴一号却把众母猴都给调过来了，于是公然在镜头前，这让老王出了丑——一脸的吃相，他愤怒了，但他没有发作。

我站在另一块石头上，看到老王出丑我有点高兴。那个跟拍我的日本高个子记者，记录下我的表情。我听到他说，你们看老九耻笑老王。我不知道老王是不是听到了，但我觉得这群记录者实在是把我们黄山猴摸得很透。作为收尾的拍摄，其实他们要拍出每只猴子的历史，那个跟拍我的高个子示意我坐下，并且靠着一块长着杂草的带裂缝的石窝，也许是要我在那儿沉思。

在拍结尾时，不必回避了，他们早就注意到必须刻意强调我的身份。我不是出生在黄山的黄山猴，我的母亲是一只从浙江千岛湖流浪到黄山的乞讨猴，后来被老王收留，我才成了一只黄山猴。因此高个子记者要补拍我的孤独，以及我的不幸。对了，我最早就说了我是一只孤独的黄山猴。

在拍我的时候，老王已经吃过了东西，他站到那块木桩（是由NHK搭建的）上望着东方。这时，我听到老王叫了一声，原来那是在叫他的老三，也就是那只他最中意的、有可能成为新猴王的，至少NHK是这么认为并拍摄取材的，他要让老三出来站到他边上。其实NHK对本地电视台隐瞒了，他们要的就是真实的黄山猴的残酷。

我听到有人在说，老三高兴得太早，黄山猴猴王一贯如此，他们总会在新猴王以为就要登临宝座时，将新猴王摔死。我不知道老王会怎么做，因为这个上午是最后的拍摄了。老三向老王走过去时，老王的腿在发抖，我看到记者们长枪短炮地盯紧了现场。然而，老王并没有绞杀老三，甚至没有摸他的头，只是用爪子在他背上拍了两下。这时那个高个子用镜头很近地对准我，这个狗日的记者对我说，你一定很吃惊，他并没有杀了他，你不是很希望这样的吗？我不知道他为什么这样看，但他们从来就是这样设定的，一个外来者，一只外来的黄山猴充满野心，必定蛰伏很深，夺取王位。

这时，我注意到在高个子记者的旁边，站着裕芬，对，就是裕芬，她站在边上。她看着我，捂着嘴，她肯定从我表情里读出了什么。这时我才发现所有的母猴都已经围了过来，在我四周，但她们用屁股朝向我。你们知道我们的屁股是猩红的，朝向什么，就意味着寻欢、交合，并要求幸福。但为什么所有的母猴都这么做呢？我不知道。我的母亲在带我流浪到这儿之后不久就死去了，有人说我是那个老王干出来的，也有人说我母亲来时就已经怀了我，但我并不清楚哪一点是真的。猩红的屁股们一直朝向我。

后来就是那个老王，我知道迟早会有这一天的，他凶猛地扑向我，把我高高地举起，然后摔了下去。那时我比较强壮，在他举我摔我的时候，我看到记者们的镜头正在捕捉老三，他那时正在和一只叫作兰花的母猴当场性交，这是一个近乎奇迹的仪式，符合NHK的思路。老王摔下了我，我被摔在地上，他又拎起我。我不能反抗，否则母猴们会咬死我。他摔我时，我觉得他是我父亲，是的，我看得出来那种相像，但是他还要摔我，他要摔死我。

三分钟之后，我听到一阵奇怪的响动，原来是裕芬夺下了NHK的那台主摄像机，拼命地把它扔到领地上。镜头当场摔烂了，但仍在连线记录。场面顿时混乱，保安连忙制止。但裕芬应该是当场就说服了管理处协拍的负责人，让NHK关机，并且立即有大量保安冲入领地，用电棍驱散了老王和母猴，我被带到了领地后边的山石旁。在那儿，我很近地看到裕芬，她有点惊恐的样子。我听到她对负责人说，这些钱给你们。她从包里掏出很大一摞钱，对他说，把这只猴子放了，放到山上去，随便放到哪儿去，只要不在这个领地里。然后，她头也不回地走了，我看见她消失在山石的转弯处。

3

你们知道这是很多年以前的事了，假如那时没有裕芬，老王肯定会把我摔死的。在那部后来由NHK出品的纪录片中，其实有这样的台词设计，但真实的情况是裕芬救下我，就在裕芬转身之后，就是后来那个《告别》中的老郑，是他收留了我。可以说他是个不那么简单的人。当然这个世上没有第二个人知道老郑收留了我，他迅速用铁链子将我套上。他知道我是一只黄山猴，一只训练有素的黄山猴，因而我才有了后来在马戏团的漫长演出生涯。但是事情真正的核心还不在这里，因为一只黄山猴本来不会听命于别人。这个老郑当然知道该用什么办法来和我相处，其实从最早那一刻，就是NHK记者们的摄像机镜头被裕芬砸碎开始，老郑就知道裕芬不是一般人，他很快就弄到了裕芬的详细情况。对于我这只黄山猴来说，如果想接近裕芬我就必须听从这个老郑，因而你们就不难理解为什么我对于老郑从来是什么办法都没有的。

不过我在这里也不是要夸大我对裕芬有什么特别的情愫，这么多年，我只有很少的机会可以见到她，并且这还要仰仗我和老郑的关系。如果我表现得过于急切，他反而不让我见，如果在见面的过程中，我的表现超出了老郑的控制范围，老郑就会告诉我不会再让我见到裕芬了。这就是老郑对我的要挟。在我和老郑之间，其实也没有什么，我只不过是为他演出，挣点钱而已。也许你们要问，为什么我坚持要见到她，却从来不会表白呢？那我要告诉你们的是，对于一只黄山猴来说，他是不可能对一个女人做出表白的。无论如何,即使是在今天,我敢肯定我也没能向裕芬表达出任何我的想法。

那次砸碎镜头之后,她一直没能认出我来。对不起,我有点难过,让我再抽根烟,整理一下思路。裕芬她已经不在了,在剧场里的所有人都明白,裕芬永远离开我们了。让我吸根烟吧。好了,香烟点着了,这感觉真好,在剧场里,抽根烟。对了,刚才我说到哪儿了?哦,我说到我不能违抗老郑,才能见到裕芬。有时老郑不过是带我在街角站着,也许可以隔着两百米的距离看到裕芬从街角的另一端出现。有时我只有站在停车场的入口那儿,老郑指着那辆宝马车对我说,你看,那个女人开着车子就要出来。作为一只黄山猴,我有机敏的反应,我可以透过车窗玻璃看到裕芬坐在汽车里,然而我很少能够和她这么近距离地见面。有次是在一间花店,老郑牵着绳子,我看到裕芬在那儿挑选鲜花,那样的话,我会离她稍稍近些。如果我能有这样的机会,老郑在见过之后的晚上,还会对我提更多的要求,比如要求我在后来的演出中做一些更困难的动作。

对了,也许你们不记得早期我在马戏团的演出中,会干一些危险的动作,比如钻火圈、吞钉之类。然而这些也没什么,毕竟我是一只黄山猴。好啦,所以我说在1956,那么多年来,我第一次能那么近地跟裕芬在一块,但情况又是那么特殊,那个叫作陈寅的男人也在,并且情况很清楚,他们是在告别,他要到国外去,而裕芬却在那儿沉溺得太深。我先不说1956,不说那场大火吧,你们知道裕芬已经永远离开我们了,我很怀念她,即使我是这样一只被她救下的猴子,一只被她救下之后又被她遗忘的猴子,我也有我那些难忘的记忆,这我就要说到那个陈寅了。请原谅,今天是我的独角戏,没有别人,在这出独幕剧里,我可以把我想说的话统统都说出来,也许这个陈寅就坐在剧场内,如果你坐在现场,请你既不要屏气凝神,也不要打盹,你不必紧张,当然你也不必刻意地回避。我只想告诉你们我的看法,以及一只黄山猴视野中的真实世界。

我还是继续说,我在患糖尿病期间,在马戏团里的那些演出吧。我要说的是,那个陈寅,就是那个在1956绑我的男人,他后来是带着那个女大夫到马戏团来的。其实他倒没有跟老郑以及骑摩托车的小伙子断开联系,也许是因为作家身份吧,他总是对一些奇怪的东西比较留意。因而,我觉得他之所以还到马戏团来接触老郑、小伙子还有我这只黄山猴，完全是因为他从我们身上发现了一些别处无法找到的东西。当然，你们可能要问我，在我作为一个糖尿病患者与观众（偶尔）的即席演出中，我到底是怎么想的？那我告诉你，当我跟陈寅还有那个女大夫在那么一场演出中，我发现了这个陈寅的冷漠。我无法跟他对话，那个为我演双簧的小伙子其实早就背了台词，我毫不怀疑这个台词是陈寅跟老郑他们一起商量的，有时我觉得这样的台词实在太过狗屁了，但我无法改变这一点，我只能那样去演出。

而那个女大夫，就是被陈寅勾引的那个女大夫，我是在她旁边，感到了她的厌恶。也许在私底下，如果可能，我们可以成为朋友。你们知道，现在我是在这个巨大的现代化的剧场里，而且是独角戏，我可以把我所有的想法都说出来，但在马戏团里可不行，那时我是一只猛虎的丈夫，一个身患糖尿病却不能放弃甜食的丈夫，因而在那个喜剧（可怕的喜剧）中，我自己却克服不了我对这个身份的厌恶。

然而，我必须演下去，唯一的原因就在于老郑要求我这么做，这么多年也一直是这样，其实我都不用跟他争论，我都能知道违反他命令的后果，那就是我将永远失去见到裕芬的机会。但是在这个世界上我如何能放弃与裕芬的联系呢，哪怕这联系只是最短暂的一瞬。现在我来说那个陈寅，他在带女大夫来演出时，我看出来，至少他觉得这种演出是无可厚非的，不会让她觉得生活变得更坏。他是那个城市乃至所有媒体上都广泛出现的名人，因此，可以想象由他加入的演出呈现了别样的色彩，大家演得都很卖力。我在椅子上听到女大夫作为陈寅在这个演出中的太太（或女友）来劝我少吃甜食时，她在喉咙里堵着的那些黏稠的东西，她一定明白她自己很难在这里坚持下去。也许这个马戏团唯一的功能不过是促使她珍惜现在的生活，以及从那里退出去她就必须投入他的怀抱。我不敢说我看到了这种勾引，但我相信他做到了这一点。他把她引向了这个最糟糕的演出中，只是为了恶心她，并且是以这样一只黄山猴为由头。然而我又如何反抗呢？但他是冷漠的，可以说他说每一句话时，不仅算好了我们的回答，而且他知道我们会做出什么样的表情，一切都不会逃脱他的预计，更别说还有那个老郑正和那只猛虎默契地配合着。

4

　　但是,陈寅,如果你坐在这个剧场里,我可以告诉你,今天这个剧场和我们在逍遥津的那个马戏团的大棚演出是不同的。那会儿你是坐在沙发上,扮演着一个带着太太来看望一个患糖尿病的朋友的角色。然而,现在你是坐在剧场里,在看我今天单独的演出,我在这儿不停地讲。请原谅,我看不到你的脸,因为追光过强,笼罩着我。我看不到也许就坐在第一排的你,但我要告诉你的是,你的冷漠,其实并没有真正影响到这个世界,尽管你写作了《告别》。我们不谈艺术,我们只谈现实。

　　好吧,我还是要说在马戏团的演出。我记得你跟那个女大夫之间,也许你是胸有成竹的。作为一个名人,也许你相信没有人会拒绝你,更别说,当时你的前妻正在这个女大夫的救治下挨时间。你相信仅仅就凭这份特殊的关系,也许女大夫就会觉得足够刺激,但这仍不是问题的关键。我想关键在于,你总是必须通过恶心、为难、折磨和厌弃别人,来表达出某种你对这个世界的尖锐的看法,并以此来展现你的优越。我敢说即使是那个驾摩托车的小伙子也会很快陷入对你巨大声名的仰慕中,正是他在为我演双簧,我听出他在喊话中几乎是在背诵你的台词,因为他必须表现出一只黄山猴的无能为力,况且是一只患糖尿病、陪伴着猛虎的猴子。然而即使他真的尊敬你,但他并不理解你,因为我相信没有人能够真正理解你、走近你。你总是过于自负,总是自我设计,自己在控制这个世界,并且让这个世界在你自己的方法里运转,这就是你所参与的演出。

　　然而今天这个演出却不是你的,所以你只有观看的份,那么请你听清楚了,我要告诉你,在那个马戏团里为女大夫带来恶心的演出,如果说女大夫的感受是不那么体面的话,那么它给另一个人带来的感受很可能是绝望的,这个人就是裕芬。看老郑给猛虎喂食等待你和女大夫开口并和我聊天时,我发现观众席的最外围站着一个人。对,她是裕芬。其实你们每个演员都可以自由地发挥。因此,只有你明白唯一不能发挥的是我这只黄山猴,因为我不能说话,这是老郑还是你的主意?我看到了裕芬站在那儿,她的脸,我还是能认出来,虽然经过火灾。她一定是发觉了你和女大夫的事儿,因此,她从医院里出来了。我不知道她到底在乎什么。

她站在观众席中，看我们的表演。她应该能看出女大夫的恶心，但我想比那恶心更残酷的是，你和女大夫之间所做出的那种亲昵。因为你们是来看望朋友的，并且十分得意，你把女大夫领进这个演出中，让她领会什么是一种夫妻感，因此，没有比这个场合更能表现你们作为一对男女的亲昵。我看见在裕芬的眼中闪烁着泪花，即使我不知道她到底留恋你们夫妻关系中的什么，但我明白，她是觉得，她一整儿地失去她全部的生活了。

而且她还看到，她的前夫连那个为她治病的女大夫也没有放过，他正带着她，坐在马戏团的演出舞台上，与另一对夫妇面对面，况且还有一只老虎正在贪婪地吞食。然而，我并没能呼喊裕芬，因此我看到裕芬绝望的同时，我也是绝望的。你和女大夫对我的任何劝慰，都成了一种屎，一种肮脏而廉价的伪善，比虚伪更加虚无。但我不能表现，我越表现似乎越沉入我的病患的角色中。我看到穿着黑衣服的裕芬正闪着泪光，也许她一直都是这样，她无能为力，只因为你的冷漠，只因为她一直支持着的男人，一个她认为她一直支持得有意义的男人，其实不过是在勾引着他人，像一种习惯性的逐爱生物。

那时，可能你没注意到我吐了，我呕了几下。当我再抬头，我发现裕芬在看着我，眼神有点特别。我觉得也许她确实是在看我，但我并没有怀疑她是认出了我或者怎样。我不是一只意淫的猴子，我是一只孤独的黄山猴，我不会妄自菲薄，我知道她永远不会认出我来了，我也永远无法向她表达我是那只被她在NHK镜头下，在老王那里救下的黄山猴。但是，我心里知道，我们不必认识，只要我记住她就可以了。她在看着我，我目光和她相遇，她没有退缩，她知道我是那只《告别》里的猴子，是我在1956里，最后是她又回去，在那浓烟里，把我推向了窗外。是啊，是裕芬，在1956，在大火燃起后，她又从二楼楼梯口冲回房间，把我推出了窗外，她记得这一点。当然她无法理解，在火灾过后的猴子，为什么会参与到这场无聊的戏剧中，戴着眼镜，拖着重度糖尿病的身体，和那些老虎以及偶然的观众（恰巧那天是她前夫）一起演出烂戏？而更可恨的在于，我不过是参与了一出她前夫这个叫陈寅的男人勾引女大夫的无聊的喜剧，并且喜感顿失，连被勾引者女大夫本人都在喉咙里堵满了黏液，我能怎么办呢？我又不能说话，那时，我只能看着她眼中的泪水，我知道她已经明白她一直在失去这个男人，她肯定相信冷漠既是这个男人的本性，也是他的一种需要，因为只有冷漠，才会使他显得匮乏，才需要他一直在行动、在演出、在争取，并且他好像没有时间再去考虑别的什么似的。后来我眼中潮湿了，没能看见裕芬是何时消失的。

5

告诉你们吧，现在，就是在演出这场独角戏之前，其实我已经又回到了黄山，回到黄山是我必须面对的。然而，我要说的是，我并不是自己要求才回到黄山的。在我知道与陈寅以及女大夫和猛虎演出过那样的即兴戏之后，马戏团里我再也待不下去，我成天恶心，可能还不止这个，我也绝望了，再也回不到那种状态中去了。

尽管我已经是一只衰弱的黄山猴，然而我当时并没有料到发生了那样的后果，那就是裕芬永远离开了我们，可能我是有一些感觉的，否则也不可能产生那种绝望，也许是命中注定。不论是我，还是他人，我们能决定的东西太少。我是在昏沉中被送回黄山的。我觉得那是在一个午后，可能我只是在打盹。请原谅，我在马戏团里可没有烟抽，偶尔我会捡老郑剩下的烟屁股。老郑见我抽烟会打我，更别说那只老虎了。我虽然很想抽烟，但我无法做到，加之我病情很重，又戒不掉甜食。我回到黄山后回忆，老郑并没有真的为我考虑过食物的搭配，那时我已经无法演出了，我自己都知道其实我差不多是个废物了。

那个午后，就是在打盹那会儿，老郑却在后边给我打了一针，在我的后腿上。如果在以往，他很可能办不到，不用说打针，就是一点触碰，我都会警觉的。那会儿我真是绝望了，我没有动。然后我就有点晕了，其实我还是有分辨力，至少没有老郑所以为的那样昏沉。这时我看到一个黑影，站在老郑的边上，我听到他们在说话，但听得不是很清楚。那个人对老郑说，还是把它送回黄山吧，哪儿来去哪儿。老郑吹了声口哨，我听到他哼了一声，大概是不同意这个黑影的看法，他是相当愤怒的，他说让他回黄山也好，反正他回去就会明白黄山猴还是不会放过他的。

不过我觉得一切都无所谓了，在黄山，其实我反倒没有什么好担心的了。很快我就昏沉掉了，等我醒来的时候，我已经又回到了很久前被裕芬救下的那片领地。当然，那儿也发生了很大的改变，我后边再说。

我今天之所以能演出这出独角戏，并且说了这么多，恐怕跟一个人有关，如果不是她，我还被封锁在一个猴子的世界里，这个人就是牛乐。你们知道她是从纽约来的，从那个已经到了纽约的陈寅的身边来的，她到黄山，据说她是找到黄山来的，幸好她终于找到了我。我现在还记得当她在领地上看到我时，她那激动得有些颤抖的眼神，然而我实在是衰弱极了，我想掩饰我的虚弱以及我在这片领地上面临的麻烦。她从一开始就打消了我的顾虑，因为她声明是来看我的，看来她对我的情况并不是一点不知道的。那时还下着大雨，我蹲在一块可以挡雨的石块下边。

她打着伞，低着头。请原谅，因为我们从一开始就互相表示要有什么说什么，所以我们的谈话是真诚的。怎么说呢，她是个不错的女人，虽然我不能完全明白她打听过去那些事情的全部原因，但我知道她是这个世界上少有的几个对《告别》比较了解的人物之一。因为有小雨，天气阴沉，所以气氛也有点肃穆，她不像别人那样要为我拍照，或者是跟我嘘寒问暖，她倒是从一开始就准备把实情都告诉我，当然我说的是她所了解到的跟《告别》有关的情况，而我并没有太多的内幕要告诉她。

所以当她准备告诉我裕芬已经离开人世的消息时，她是预计我会有那种近乎疯狂的反应的。但是，我并没有疯狂，我像已经预感到似的。但是，我很难过，只是这难过同样也没有超出我自己可以控制的范围。然而，她居然伸手碰了碰我头顶的石头，上边有水渍。她说，她离开已经有一段时间了。不过我的时间概念可能跟你们不同，我说，是啊，有段时间了。这时雨好像停了，她把伞收起来，脚下的草茎在雨水过后轻灵灵的。她往后退了一步，这样我就可以稍微站出来一些，本来我是懒得动的，但是她退了一点，我便出去了。现在阳光很弱，但也很明亮，我知道空气清新极了。

她看了看天，似乎在舒气，她想让气氛好起来。她问我，你想过没有，再也见不到裕芬？我不知该如何回答她。其实一切都不好说，我和裕芬之间，那是我自己的事。裕芬直到死，也没有认出我来，然而那又有什么关系呢，这就是一只黄山猴的现实。她倒要跟我谈一谈别的，她在那儿踟蹰，她看到了别的猴子，它们在四周有些敌意地看着。这是一些新猴子，已经是另一个世界似的。但我知道我已经无所谓了，我是一只孤独的黄山猴。

牛乐说，你愿意来谈一谈那个陈寅吗？我说，你是说那个作家吗？她说，是啊，毕竟你们在1956，在那场火灾中，你们相互之间，可能不会像别人理解的那样。我说，那个陈寅，也许我应该只当他是个冷漠的人，但我找不到别的词来形容他。她说，你说他冷漠，难道他就没有一点让你觉得有什么可取之处吗？我说，请原谅，你们是朋友，我似乎不应该在你面前谈他的不是。

牛乐这时摇了摇头，她意味深长地看着我，并且从包里掏出了一种特制的食品，她说，这是无糖的，但味道不错，至少吃起来也像甜的，可又不含糖。我知道她这是专门为我带的，她想让我明白她对我没有敌意，她不过是要弄清楚一些问题。我只吃了一小块她带来的食物，不为别的，只因我没有胃口，我知道裕芬永远离开我们了。牛乐当然觉得生活还要继续。问题是，那是你们的考虑，你们的人生，对于我来说，我有我的生活，我有我的选择。

牛乐说，为什么你一定认为他是冷漠的呢？我说，我只是这样觉得，也许是一种直觉吧。好像只有冷漠，才足以显示他对世界的那些个完整的态度，他一直就认为只有冷漠，才能防止自己陷入任何一种绝对的情感中。牛乐这时已经蹲下了，就坐在石头上，我也坐在地上。她自己点上烟，抽起来。她问我抽不抽，我说你有烟，我也抽一根吧。

于是牛乐给我一根烟，这样我们就一起抽烟谈了下去。她低头问我，你有没有想过，在那种告别的场合，也许你的出现本来就是不适合的？我想了想，我觉得牛乐说得有道理，但问题在于并不是我要进去的，虽然那天，确实是我要求老郑带我到1956外的围墙下边，但那就跟之前我那次要求老郑带我去看裕芬一样，那只是我的生活，我并不能决定什么，只是想看看她。牛乐抽了口烟，接着说，但是，你坐到了1956的沙发上，吃饭，像个参与者那样，而且还不准备离开。你知道，他们是在告别。我说，但是，是裕芬让我留在那儿的，也是她让我进去的，是否让我进去、留下、吃饭、坐着，这些连老郑也决定不了，只有裕芬自己才能决定，我不知道裕芬为什么要这样,但确实是她让我那样做的,我就这样进了《告别》。

牛乐又点上一根烟,她问我还抽吗?其实我还想抽,但我叼着已经燃尽的烟屁股,看着牛乐。我对她说,裕芬要我那样,也许我可以控制一点。但问题是,那个陈寅,你也许并不明白,他从一开始就表现出了某种令人难以忍受的态度,否则我不会那样的。他怎样了?牛乐问我。我说,还能有什么?不过是冷漠而已,你难以想象一个人,会那样对待他的前妻。我觉得牛乐可能听不下去了,因为她知道我又陷入了对裕芬的追忆中。我承认我对裕芬是有感情的,但我是一只黄山猴。我不能忍受的是,他可以那样来拒绝他的前妻,已不仅是拒绝——因为裕芬并不是有什么特别的要求,她不过是希望他不再冷漠,对她好一点。因为这是一场告别,而且裕芬已经过于主动了,她做得够好的了,可是她得到了什么呢?他依然冷漠。

沉默了好一会儿,也许牛乐一时转不过弯来,我们没再抽烟了。清风吹过来,黄山巍峨壮观,别的猴子都退到洞里去了。我看见她注意到我的爪子,那儿已经溃疡,正在流淌黄色的液体,也许是恶心的。可是她没有嫌弃我,她告诉我糖尿病就会这样的。天气彻底转晴了,她劝我再吃点东西,也许她还想跟我谈谈身体,但她是有节制的。她知道我很虚弱,况且她也明白,作为一只背叛的黄山猴,她知道那些人把我送回来会给我一个什么样的归宿。然而这些都是我自己的事。她不再看我的爪子,转而她似乎想变得积极一些。她问我,你想过没有,也许这一切都源于他,陈寅,他必须那样来对待他的人生,他的故事?故事?我问,她点了点头。我想我已经又有点恶心了,如果这仅仅是故事,倒反而好了,但这是现实,我不想再讨论这个男人了,因为我从牛乐那有些自由的眼睛里似乎读到了我难以理解的东西,但这让我想起裕芬。我记得裕芬的眼神,是那样绝望。然而正是这样一个人,在那火灾中,从烟雾中返身,毅然将我推出窗外。在那一刻,我只感到她的手,无限地有力,又充满了女性的温柔。

(这出由牛乐编剧,并自己扮演黄山猴的戏剧在纽约上演了三周。)

下部

到六城来

★
☆
☆
☆
☆

1

我们这里有个梦雅小区,房子刷成了奇异的红色。小区位于城西,不知为什么它有一些名气。

我以为最难挨的时间是下午,十分没有意思。我一直在想,如果谁下午的日子过得好,谁一定不正常。我从大学毕业至今,一直都对下午十分反感。不论上班与否,也不论交友与否,即使是在喝茶闲聊,我对下午都充满了厌倦。

有段时间,我确实是无所事事,尽管这样,我还是很讨厌下午。上午我在睡觉,晚上我在喝酒,下午我难以对付。

夏天的下午,我总是会去游泳,已经十几年了。大概是四年前的八月,我去梦雅小区游泳。为什么要去梦雅小区,为什么要去它那儿的游泳池,我也没法说清,大概它是露天的,它是圆形的,它冲澡的水是凉的,还有就是它那儿人很少,泳池位于小区中央,四周有树,房屋环抱,环境比省体育馆、市体育馆里的池子都要好些。

当然,可能还因为那里不撒氯粉,没有消毒味,人比较清爽。

我是在那个八月遇到苏菲的。

她是个法国人。

我对外国人没有一点好感。不是八国联军的原因,也不是来我们国家做生意的外国人很傲气的原因,我就是一直看不惯外国人。有段日子,除了爱因斯坦,我都很反感。

我是在游泳池遇见苏菲的。她穿着黑色的泳衣,在水里游得很畅快,姿势标准,外国人游泳一般都比我们好。我注意上她了,不过,我不是常常在游泳池盯女人的,确实仅仅是游泳,但对于特殊的同游者,有时会留心一下，因而，我就跟苏菲说上话了。

她刚刚爬到池的沿边，坐在一把白椅上。白椅是塑料的，一旦坐上去，很可能会夹屁股，我此前从没坐过。苏菲头上有顶太阳伞，她坐在阴影下，用一条毛巾把大腿盖住了。她不像某些外国人喜欢日光浴，她是在阴影下的。

我果断地爬上去，坐到她旁边的椅子上，跟她聊了起来。我不知道她是哪国人，再说哪个国家有什么重要呢，她在我们这儿，她肯定知道我是中国人。

她可以说汉语，也听得懂，她就住在这个小区，因而她来这个池子游泳比我合理。我只是个外来者，像我这样非本小区的居民而来游泳的人，我知道并不多。

她说她是法国人。

她有时听不懂太复杂的中国话。她强调她的英语水平也很有限，这个我没有怪她，因为她是法国人啊。

因为离这么近，我得以仔细打量她，她是毫不抵触的，可以说是个很随意的姑娘。这个我看出来了，是个姑娘，一个白花花的外国姑娘，这个摆在面前，让你很好受的。但是，她有那么一点不对劲，不像我以前见过的、认识的、打交道的一些外国女性，她们要么很白嫩，要么汗毛浓密，或者特别肥胖，而这个苏菲，竟特别朴实，有一说一，皮肤白里透红，不过这红也不是老外常见的那种红，而是有一点土气。苏菲的头发呢，摘了泳帽后，湿湿的，挂着水，头发不长，我一时竟判断不好她是个美女呢，还是个丑姑娘。

但客观讲，苏菲身材不错，个子不太高，有一米六五。我透露了我是从小区外边来的，我告诉她，我住在这个城市，有时也住在北京，也就是说，我在中国混的地方有好多呢。苏菲点点头。

我在岸上跟苏菲很快就结下了革命友谊，她一点傲气都没有，同样，我也没有傲气，我尽量跟她一样，比较随和。我们约好在另一个地方见面。其实，我们穿这么少，在游泳池这么个地方很难沟通得更多，再说我们也暂时没能找到特别投机的话题。

我们约了后天，也就是第三天，在她上班的地方，我去找她。

我们穿得很少，要知道我只穿一条裤衩啊，且是橡皮裤，苏菲穿的泳衣，加一条毛巾。我们没法留电话，因为脑子记不住啊。我在这之前，大概十年前总是能把女人的电话一遍记住，但现在不行了，我记不住了，往往出错，肯定出错，因而这一次我和苏菲不用留电话那个办法。她说她在时代商城，在那儿有个铺位代理法国一个叫作牟的牌子，字母拼写是amour。这个很好记，我一下子就记住了。

她准备再下去游一会儿，我不想去了，就在岸上晒脚。苏菲下水前，又问了我一遍，你能肯定你后天在商城一楼？

苏菲好像很担心我会忘掉。

我说肯定。

她紧张的样子让我有些茫然，但是，我很快就意识到，她这是想把稳的意思。

第三天，约的是傍晚六点，我五点半就到了商城。商城是高档商城，许多国际品牌汇聚，我看到牟的法文牌子印在玻璃上，店铺里两个中国女营业员在忙着接待顾客，而苏菲应该是背朝这边，扎着个发髻，背影看起来比在水中要好。

我六点准时进了店里。店很宽阔。苏菲看见我，很冷静，没有那种惊讶样，一点也没有。换作别人应该都有点惊讶的，但她没有。在两个中国同事面前，她用汉语跟我说，她进去换衣服。

苏菲换下了黑色的工作服，换上T恤和牛仔裤，背着很亮的包，跟我出来了。我们去停车场发动车子，然后我带她去吃饭。

苏菲是个法国农民，二十六岁。是啊，她说她是农民，因为她们家种地。不过，她自己不种，她是被一个旅居法国的中国人雇用了，先是在那个中国人的法国公司里干活，之后被派到了中国，管理这个专卖店。

我们在饭桌上谈的就是这个。

我没忘记告诉她我从事的是文化上的事情。

苏菲没有详问。

不过，我进一步介绍自己，说我写点字什么的。

苏菲不太深问，因为，看得出来，她没有这方面的兴趣，可以说她对写作是个什么事儿好像不太关心。我提到了大仲马，因为不知道法语怎么讲，我用鼻音哼了哼大仲马的三个音。苏菲摇头。

我只好说，《三个火枪手》，并用手比画着枪，连开了三枪，还用嘴巴、嗓子配合，张开双手，做中弹状。她明白了，知道了那是个作家。

我问她，你爸妈呢？

她有些难过，这个我看得出来。她说她父母不在一块，她母亲在老家，她父亲呢，好像到法国北边去了，有时在阿尔及利亚，好像是搞工程。我猜她父亲可能是个包工头，在外边干建筑工，我比画着盖楼甩砖砌墙什么的。苏菲只笑，不能确定她看懂没有。

那晚，我们吃得很平淡。

但是，我觉得人应该有计划一点，我们的革命友谊一方面朝纯洁的方向走，另一方面我们在这个城市中，在这种很私人的关系中，将来总可以干点什么。因而，我在开车送她回住处时，注意观察她的表情，她有那么一点儿兴奋，因为她到本城来，并没有多长时间，除了从住处到时代商城，她很少在城中穿行。

她表示，这座城市很大。其实我们这个城市恐怕只有北京的十分之一，我说北京、上海那才叫大。她说这儿就很大，她又说她们那个地方很小。我不知道她那个地方是什么个地方，小街、小镇还是乡下，没有个标准，但法国姑娘就是惊异我们这儿大。

我把她送到楼下。男人和女人在一块，革命友谊在很近的距离中，有时就会跳出那种很温情的东西，这个我是感到了。我记得那天我们握了手，因为我们要分开了，她要上楼去，我要回家去。她的手有一点粗糙，这跟她那很漂亮的皮包形成了反差。她下了车，进了楼道。我觉得苏菲这姑娘真不赖。

这一次，我们留了手机号码。

我在回去的路上，一直想给她发短信来着，但我没有，因为在吃饭和在车上的时候，我了解到她是住在那个雇用她的中国人在中国的家里。

那个房子里，还住着那个中国人的母亲以及其他人。

我没有问那个中国人现在是否也住在这儿。

不过，那个中国人是两边跑的，有时在法国，有时在中国，在中国时，有时在外地，有时在这个城市。

但是，关注这个晚上，或最近这些个晚上，这个中国人是否在苏菲边上又有什么必要呢？这是我要考虑的吗？我回去以后就看书，看报，看电视，打电话，最后睡觉。

这样，过了三四天，我给苏菲打了电话。

苏菲很高兴，这从电话里能听得出来。我约她第二天去看湖，是城边的那个大湖，叫作巢湖。苏菲很乐意去，甚至她都想马上就去了，不过，我还是跟她定好第二天中午去，并且一起吃午饭。

苏菲第二天穿了一件旗袍式的上衣，侧边有布扣子，斜拉链的那种，客观说，有一点滑稽。这个中午，我发现苏菲其实长得不丑，除了胳膊和手有农民风格，其他地方还都是很白嫩的，毕竟人家是法国姑娘。

我带她在一家很高档的饭店吃饭，连苏菲自己进去之后，都感叹说，这里很气派啊。她是真心赞赏的，饭店入口有人在弹钢琴。

中国人饭店里弹钢琴跟早前装修用马赛克瓷砖贴墙面差不多是同样的。

但苏菲，她是真觉着这个吃饭的地方不错。

我给苏菲点了一道菜，红烧鲫鱼。

苏菲吃那鱼，说好吃，她喜欢吃辣，我就觉得这法国姑娘真不错，能吃辣，很有劲道，唇儿辣得红红的。她必须用手从嘴里挑刺，我在对面觉得有那么一点点不适应，可以说，这场面不好看啊。

苏菲见我盯着她看，女孩子都是敏感的。她马上说，她们那儿吃鱼，都是没刺的。

我想想也是，在中国，鲫鱼刺是最多的，特别我们点的是野生鲫鱼，大半斤一条的，用重料红烧的，味儿是好，但小刺过于细密，苏菲就不停用手在嘴里挑刺。

我喝白酒，苏菲不喝，我没劝她。

我觉得劝法国姑娘喝白酒没什么意思。我没有为她点红酒，她是被刺给缠住了。我喝得很慢。

后来吃完了，我们开车去巢湖。

在那条通向巢湖的很干净的水泥路上，她望着窗外，眼神有点迷茫。她穿的那件上衣里，她的胸鼓荡荡的。她故意不看我，这个我知道。

外边太安静了，路上一辆车子都没有，路边的花台郁郁葱葱，电线杆很高，天空万里无云。

天气这样晴朗。

我们下了主干道，从一条小路拐个弯，到了巢湖岸边，她看见了巢湖。我跟她说，这个湖很大。

她说，很大哟。我们在湖边的土路上开着车子，她那一侧是湖，看得见许多船，有的在远处，有的在近处。

我们转了十几分钟，然后从土路退了出来。

在回来的路上，我握着她的手，我是握着，而不是摸着。从大湖回来，我觉得她有些激动，我是喝了点酒的，她没有，但她看了风景。在法国，她哪能见到这么大的阵势呢？那可不是一般的湖，她的惊诧我是看在眼里的。

我握她的手，她没有反过来握住我，她没有反应一样，她的手指还是直直地伸着。我一直在开车，她手心有汗了。她的眼一直看着窗外。

我缩回了我的手。

晚上，她要见另外几个外国人。

我问她是些什么人。

她说有以色列人，还有法国人，都是从上海过来的。我说那么回去不要太晚。

我必须关心这个革命友谊的同志啊，我就是这样的，我们是朋友啊。她这一天用的是一个双肩包，但又穿了旗袍式的上衣，苏菲就是这样搭配的。

回去之后的第二天，我的上海朋友，一个从苏北去上海的女友，给我打电话，她问我最近可去上海。

我不大喜欢上海。我说我要去上海，那个上海的女友于是经常发信息催我，问我去上海的时间。

我现在深刻意识到苏菲这人不错。

我知道只要下午到梦雅小区的泳池去，也许可以见到苏菲，或者到时代商城去，也能见到，但我没有这么做，一是我不是那个年龄的人了，另外我还得写东西呢。

但是，在晚上见面也很好，而且，晚上见面比白天要有意思，我说过了，我讨厌下午，下午在我看来是一种恶劣的时间。在下午过后的晚上，能跟苏菲在一块就很好。

我带苏菲去外商俱乐部喝茶。

那个喝茶的地方还好，尽管大厅里也有"音乐马赛克"的钢琴声，但是喝茶的地方能够避开一点儿，况且那儿有一排玻璃，映出外边天井样的小花园。

我给苏菲讲绿茶。

她听得很仔细。我说你现在喝的叫黄芽，说是绿茶，其实叫黄芽。

她问，黄色的？

我晃着杯子给她看，因为叶尖儿是嫩黄的，芽嘛，最精华的了。

她说她在法国很少喝茶。

这我也明白，法国农民也许就是不喝茶的，在我们中国，农民即使喝茶，也是喝那种粗茶梗子，泡出的茶很苦，但解渴，而且耐泡。法国农民也要干农活吧，农家不喝茶也罢，也许抱个奶牛挤点奶喝，更新鲜吧。

茶叶摇晃。苏菲一点事儿没有，手机很少有电话，我们有时看小花园。这儿是外商俱乐部，但一个外商都没有，喝茶的都是皖北煤老板或者江淮一带开公司的。

苏菲的鞋子鞋带散着，她也不去系，好像散着也好。那晚我们一直在谈茶叶。

我跟她说绿茶能把人吃下的油刮掉，我们叫刮，第一声，就是铲除的意思。她跟我一起念这个音。

她教我一两个法语单词，比如今天，比如爱，这几个词，她教得很随意。不过我没有用心学，说实话，我觉得法语太难听了，像那种最丑的鱼发出的最让人忽视的声音。

不过，至少苏菲和我不用谈文学，也不谈国家大事，我试着跟她谈电影。

但她讲得也很少。

她提到了安吉丽娜·朱莉的《古墓丽影》，那个电影我一直极不喜欢，我很吃惊苏菲讲那个电影好。你知道这让我感觉很不好。

我提到戛纳电影节，她马上反应过来了，她说她家离戛纳不远，就在很近的地方。不过我讲到了新浪潮、戈达尔等，她都不懂。

《广岛之恋》。她摇了摇头。

《四百击》。她摇了摇头。

法国农家姑娘，她也许不看这些电影的。我们这儿看碟的，她不看。

她说她哥哥在戛纳帮过忙。

我就问他干什么的。

她说她哥哥是个工人。

苏菲的哥哥是个做木工的，大致是这样，所以苏菲的哥哥在每年电影节时都去那儿干活，可能是钉海报什么的，她说得不仔细。

苏菲说她哥哥很不容易，听得出来她和她哥哥感情很好，她说她每隔一周都要跟哥哥通电话，哥哥最近好像是在瑞士，她说她哥哥常去瑞士。

我不应该问她电影什么的，问她这个干什么呢？她对这个也不感兴趣。

我们坐到快十一点了。我提议我们走吧。

在车上，我在她手上按了按，她居然缩回了手，这个反应有点快，我不太懂。因为晚了有点凉，车窗关着没开空调，也没放音乐。她的T恤很宽松，她人也有点松懈。她忽然说，你有孩子吗？

我说，有，但我离婚了，孩子判给了女方。

这个意思很好表达，她很快听懂了。

她接着说，你们很多中国人在外边说没有孩子，其实孩子在家里。

她讲话这顺序有点儿怪，但是她意思也很明确，大概是说你有孩子，你还在外边说自己没有孩子。

不过，我从没有跟她说过我没有孩子啊。但是，苏菲的逻辑就是这样的，也许我表现出像一个没有孩子的男人的样子了。

她很不愉快，这个我看出来了，我没有解释，也没法解释。再说孩子，有没有孩子，这个重要吗？

一路上都没有说话，我把苏菲送回了住处。

小区里路灯很多，草皮上有虫子，苏菲上了楼，我却没有走，在离她住的楼有几十米远的路边泊着车，坐在车里抽烟。

苏菲在干什么呢？我没有打电话，但我知道她跟那个雇用她的中国人的母亲住在一块，那是个很难处的老太太。

苏菲跟我说过，说那个老太太很怪僻。

比如老太太不让冲马桶，比如阳台上不能晾内裤，比如老太太吃剩饭。

苏菲住在上边，难不难受啊？

但是，你又不能冲上去把苏菲给弄下来，她是给那个人做事的，苏菲帮他打理的是法国很有名的牌子。而那个中国人有一个法国老婆，听苏菲讲，那个法国老婆很难接近。

苏菲是在巴黎被这个中国人雇用的，在这之前，苏菲在巴黎帮人家扎花。我一直不明白她之前干的扎花是个什么工作，她也讲不明白，用了法语的词，我怎么也搞不懂。那个中国人通过朋友介绍，雇用了苏菲。

并且，把她带到了中国。苏菲很不喜欢住在梦雅，不喜欢这个老太太。

如果革命友谊能够千秋万代，如果革命友谊必须开花结果，或者说革命友谊能真的当回事，你是不是要冲上去，把这个替人打工的法国姑娘解救下来呢？

我没有。我抽烟抽得很凶，然后我回家了。

那个上海的女友打电话到家里面，她催我去上海，要我订票，要我到上海去。因为我答应过了的，但我又不想立即去，所以我就拖，但她就是催，像拉锯一样的，我也明白她为什么要我去。

说白了，也是革命友谊。我们是多少年的朋友了，觉得有面子的，是啊，再说，是上海，又不是让你去山沟，是上海呢。

不过，我看书了，跟你说只要一读上《城堡》，我就不太想动。我不怕别人说我文艺青年，怕什么呢，至多喝点酒，有一点慨叹，文艺啊，怎么啦？

我发现将这个叫苏菲的法国姑娘留在梦雅实在有点残忍，而且听得出，那个中国人这次是在中国的，是在本城的，是在梦雅的，那么资本家会不会跟这个法国姑娘之间，有那么一点点事呢？

因为说到了家里面有没有孩子，我们有了一点小隔阂，再见面时，我就有点防备，就想要是她还不高兴，干脆就挑明了说，没有想过不诚实。

然而，过了大概一周后的见面，是在晚上。苏菲没有生气，她好像根本就没有记住上次说到的孩子的事。

她两天前跟她前边讲到的那个法国同乡去吃了饭，她说他们是在油厂附近吃的饭，一家很有名的土菜馆子。不用说，吃饭的还有别人，是那个法国同乡的朋友。

苏菲说她喝了酒，是白酒，烈性酒，她说她喝了不少。

那晚我们吃饭。她说她喝的白酒不少，很有劲，不过，在我面前，她不喝酒，我也不劝她。

吃好饭，我们去天鹅湖。

由于上次去巢湖，印象很深，所以说带她去天鹅湖，她以为是另一个大湖，她以为中国总有看不尽的大东西。

不过，天鹅湖是个人工湖，就在新区的边上，是个引水来的湖，湖边铺了人工沙滩，是个人造景点，很庸俗的一个地方。

但是，苏菲觉得不是，她认为天鹅湖也很大，当然到了晚上，只有很少的路灯，况且沙滩是沿着最长的湖岸铺设的，所以自然也显得长。

我跟苏菲先是走在沙滩外边的木板路上。

这条木板路上都是谈恋爱的情侣，不过，应该能看出来这些情侣有些是上了年纪的，也就是说不仅是那种刚刚恋爱或热恋中的，也有那些不稳定的、即时的，或者说是偷情的男女。

但天色足够黑，谁又能分清呢。

我跟苏菲和那些人要么并肩、前后同行，要么迎面走过。苏菲背着一只绿色的包，是布的，我倒挺喜欢的。

我和苏菲走到沙地上去，走了一百多米，见到许多坐在沙地上的人。

人们都在窃窃私语。

情侣们也有笑的，也有吻着的，还有抱得紧的，旁若无人。

沙滩上有时能遇见保安。只要定睛细看，沙滩上的光线还是足够认路的。

沙地上没有什么痕迹，白天也有人走的，走了这么长，苏菲站住了，我觉着她并没有走累。

她站着不动，说最好别走了。

我以为她讨厌人工沙滩。

她说，光脚走危险。我们俩都是把鞋子脱了的，因为之前在水边试着也走了段，可以说很浪漫。

但是，她突然想起来了，光脚走在沙滩上很危险。

她站那儿不动，法国农家姑娘有了很惊险的发现一般，她把包往肩上拽了拽。

她说，在法国，在她们那儿，光脚在沙滩上很容易踩到针头。

我一下子明白了，大概是说在沙地上会踩到吸毒的人用过的针头。

她说，是的，有人总是会在沙滩上用针头注射毒品。我不知道她指的是她家乡的哪一片沙滩，但她一定是想起来这样一种危险。

于是，我们又回到不远处的木板路上。

我们继续往前，我拉着她的手。这一次，她有了反应，因为她的手在暗中也是握着我的。两只手只要是真的互握着，那就会很自然地贴在一块，尽管她手上有汗，但我们一直这样牵着，没有松开。

在木板路的中间，有一处宽起来的平台，那儿在白天卖过小吃什么的，我以前来过这儿。苏菲站在那个平台上，松开手，她往平台深处走了走，上边有月光呢，月亮在正中，侧面草坡上有路灯，这儿能看得见。

她跟我说，晚上在外边走，不好。

我问，为什么？

她说，五六年前，那时她才二十一岁吧，她跟她男友晚上在外边散步，突然有一个人用枪顶住了她男友的头，她在边上吓傻了，那人抢走了她和她男友身上的东西。

我说，抢钱啊。

她说，是啊，抢钱。

我问她，不会真开枪吧？

她说，不会。

我不知道法国人平时有没有枪。苏菲在那儿比画了一下子，好像枪仍指在她男友头上。

她说，那是阿拉伯人。

我问她，你什么男朋友啊？

可能我的问话方式不是她能一下子明白的，她不知道我问什么，不过我也觉得自己问了一个不是问题的问题，我要问什么？

她说，她男朋友根本不当一回事，但她还是很受惊吓。

这是什么男朋友啊，不过那时她二十一岁，或者二十岁，一个法国大姑娘，也害怕枪啊。

我问她，那时你男朋友跟你差不多大吧？

她说，是的。当然，那时一对法国青年，一对青年情侣，受到了惊吓。

我拉了她一下，她好像意识到了什么，贴近了我一些，但我终究没有抱她。由于在这木台上，有枪那么个事，我就没有抱她。

我们朝草皮走去。

2

人总需要过一点有创意的生活。有的人一生就是一个大创意，但是很多人，更多的创意在于随时随地的那些小事儿。我跟苏菲认识了以后，我总觉得我们不需要什么创意了。苏菲，我面前的苏菲不就是一个创意吗？

那段时间，我已经说了，我本来是用游泳来排遣下午的落寞的，但自从与苏菲在游泳池认识了以后，我就不到梦雅的泳池去了，我不想再跟她在泳池见面了。所以我的下午，你可以想象，竟又有些空虚了。

但是，我坚持不改变我本来的下午的那种状态。

晚上，我可以跟苏菲在一块，虽然我们不是每天在一块，但只要她不加班，或者晚上没有事，她都可以跟我在一块，不过假如我有了应酬，我也会跟她讲清楚。这样，只要我们双方都有时间，我们就会在一块。

我们这个城市有家老树咖啡馆，在这里生活时间长的人都会知道这个地方，不过我嫌它不够小资，它是那种装饰得没有风格的咖啡馆。

不过，它有树。

我把苏菲带到老树咖啡馆去时，就明白这里的创意，本来就是为了迎接我和苏菲的。它有那种很小的包间，有带布格子的沙发，还有一张方桌，玻璃下边铺有蜡染布，两把椅子，一台空调，一只茶几，还带有卫生间。这么小的房间，带有卫生间，当然特别令人欢喜。

苏菲对老树这种包房的布局很满意，特别是对茶几上的那块老格子布十分欣赏，她用手细细地捏着布头。我才看见她的手指很糙，在花布头的映衬下，我觉得她那手指竟有点粗壮。这给人的感觉很不好，有一种快要长歪掉的感觉。苏菲很喜欢这里，她见我进了卫生间，我是去方便的，她就仰坐在沙发上。

我也坐上沙发，看着卫生间的门以及门边的大镜子。这个包间我以前来过，只不过带的是另一个朋友，那时她跟我常来这儿，这个地方是她发现并介绍我来的，我记得我那时对里边带卫生间的房间也十分赞赏。

但是这个包间太小了，小得只能容下这几件物件，窗子几乎被钉死了，窗帘拉着，外边是沿墙，对面只隔两三米，便是一家单位宿舍的阳台。

苏菲很快活，我觉得她应该是没有见识过咖啡馆还有这样的小间。

服务员送了水，还有免费吃的东西。苏菲吃那东西，我不吃，因为品相很不好。我知道苏菲看得中它们，觉得这免费小吃很不错。

我为苏菲点了比萨，我不太懂她的口味，但是她好像不太挑剔，至少每次吃饭，她好像每个菜都能吃下去，显得特别贫下中农一般。

在比萨没有上来之前，她跟我讲法语，随身带着中法双语字典，讲得很认真。

不过我都是随意挑词，最简单的，比如房子、马路、树，还有比萨，她都认真地发音。

我问"我爱你"用法语怎么说。

她就用法语读，我觉得很难听，又吐又翻的唇音太多，感觉像在吐气吸气，练习时嘴上翻波浪一般。

我们坐得很近，因为沙发小。我是早知道这儿沙发小的，沙发小得几乎只能装下两个人的屁股。

挤得这么近，她身上的热，都能传到我身上。

她也不避让，还是跟我讲法语，她很认真。法语那些词，如果我不选，她选的就都是自然方面的词，几乎没讲过一点人文历史的，全是石头、江河、地貌、大气以及山峦、植物，还有奇迹，等等。

我就想她倒是不关心什么法国大革命、南北战争，不关心货币、汇率还有中西文化碰撞。

她关心那个干吗呢？

然而，我们坐得很近，屁股抵在一起，我感到有点难受了。不过我远远没有兴奋，因为她那些不停地翻动的自然词汇让我觉得有点儿厌烦。

但她一直这么干。

我就抵着她坐在那儿。中间，她到卫生间去，她没有像以前跟我来的那个人一样反扣上那道木门。以前那个人每次进去是要扣上门的，算是个习惯吧。

苏菲没有，她只是抵上门，不过你在外边听得见里边的响动。

她出来时，比萨上来了。其实吃的东西一上来，我就很反感了，因为不论什么情况下，人只要一吃上东西，那就没什么指望了，也就平和亲切地吃上了，拉上家常，评头论足，忙自己肚子的温饱了。

况且，苏菲是什么东西都爱吃的。

我以前吃过这家店的比萨，比馒头还要难吃，没想到苏菲仍说好。她用刀叉当然比我熟练，她吃起来很流畅。我既不喜欢吃，又讨厌刀叉，所以切那东西很不在行。我们俩是挤坐着的，双手要在茶几上弄吃的，这样我们肩膀什么的都挤在一起。

要是平时，换上别的情况，没准就不吃了，吃这个东西干吗？既然是私人空间，在这儿密会，完全可以抱住了，真正的相拥，还这么浅薄地吃这难以下咽的所谓比萨？

但是，苏菲吃得很有味，她说这比萨做得很好。她指着乳酪跟我说，这乳酪做得也很好。我说我还以为是面筋呢。

她问我什么叫面筋。

我说面筋就是面的筋，像橡皮那样一寸多长的。

她好像是听懂了。她稍稍向边上让了些，仍然在吃。

她切得很均匀，很小，吃得并不慢。这位法国农家姑娘终于把比萨吃完了。我在不停地喝水，然后去了几趟卫生间，好像这么袖珍的卫生间，不好好使用会辜负它一样，我去了又去。

苏菲看我老往卫生间跑，就问我是不是不舒服。我说我没有不舒服。

其实，确实没有什么，那个以前带我来的人，即使跟我很合拍很一致，但是也不能有什么好光景。我是真的感叹苏菲有很强悍的一面，藏在她身体里，跟我挨这么近。而她那花上衣，那有点粗裂的手指，似乎很符合她捆麦，或者倒啤酒，或者做饭时的劲道，女人不就应该有这样一种类型吗？

吃完了，还要喝汤，我们就一直坐着。我想假如我一发神经，就会马上抱住她，跟曾经某些情况一样，向那扶手上一推，身体特别适合那种造型，可以压在她身上呢。

苏菲的胸很好，她不像别的外国女人那样瘦骨嶙峋或瘦骨壮硕。她中等个子，甚至有点偏矮；身材绝对好，除了双手显出那种农民风格，有一点糙之外。

我什么也不能做，就只有抽烟。

她于是讲吸烟的单词，讲烟草的单词，我听得没劲。

我还是抽，一直抽，苏菲也点上一根。我问她，是不是看我抽烟，你着急？或是烟味呛了你，你自己也得抽？

苏菲说，她在晚上回到梦雅的房里时必须抽烟。

我就了解到原来她在那个中国人的家里，有一个房间，但房间里，那个老太太是时常出入的，扰得她不行，但她又不便发作，毕竟是住在别人家里。

我说，你可以提意见啊。

她说，老太太是出入房间取衣服，原来只有通过她住的那个房间，老太太才能到阳台去，这样她也不便反对了。

苏菲抽烟的姿势很怪异，拿烟很机械的样子，我想随便找个女人都比她拿得要好看，但她就是那样。

她说，她那个老板在。

我比较反感老板这个词，于是我跟她说，你可以不把他当回事，什么老板，还法国老板，不就是卖几件衣服吗？苏菲没有评价她的老板，但是我也找不出另一个词来代替老板这个词，不是老板又是什么？

苏菲说老板最近都在本城，都住在家里，也就是说老板现在很重视在本城的这个店，亲自来抓了。

我问苏菲，那他那个法国老婆呢？

苏菲说，那个人还在巴黎呢。

苏菲点了点烟灰，把腿挪了挪。她说，现在住的那个房子很大，那个中国人的前妻带着孩子最近也住在那儿。

我全被搞晕了，既然在法国有老婆了，怎么这边还跟前妻搞在一块？但这是个复杂的问题，苏菲晚上住那儿很不舒适，可想而知，那个中国人的前妻和儿子，在那儿多不消停。

苏菲有这么多事，我真替她急，在这种情况下，心烦意乱，还能干什么？

我和苏菲从老树咖啡馆出来了，我觉得这很没劲。

在外边，风吹着我们，我们沿黑池坝走了一会儿。路上车子开得飞快，风吹着苏菲的碎花上衣，露出里边的胸衣，我觉得她应该什么也没想，因为她眼睛没神，步履均匀，就像是赶向某个地方一样。

但我们仅仅是走路，我们的车子还停在咖啡馆门前呢。

我跟在她后边，喊了她一声。

她回过头来，一点神采都没有。这样，你就什么也说不出，什么也做不出。

我到上海去，但没跟苏菲讲清楚的，一来她很少能弄明白我生活中的事，另外，我们实在还没有发展到那种对于彼此的底细要做彻底了解的地步。

我在上海时，是想到苏菲的，但没有细想。那个约我去上海的女人是让我帮她一起考察一个准备在苏北试投的教育项目。

她把我安排住在苏粮饭店。对于这个酒店我很反感，但是这个女人跟这个酒店熟，所以就住在那儿。在上海又吃又喝弄了好几天，等我再回去时，身心俱疲。

此时夏季已经过去了，秋天的一股悲凉，让人很不好受。还是那些难熬的下午，照例，这样的下午，即使是和苏菲认识了，也依旧不会那么轻易地扭转掉某种颓败感的。

而且这一次我们争吵了起来。

事情的起因是她买了辆自行车。我已经很多年没有骑过自行车了，我也不坐公交车，我开汽车。我对自行车没有什么感情，在我那么多年的骑车经历里，自行车好像并没有给我留下什么好印象，所以苏菲坐在车里跟我讲到她买了一辆自行车时，我很冷漠。苏菲于是不太高兴，但她坚持要描述她的自行车。

是什么颜色的，是什么样式的，粗轮子，细轮子，趴着骑，直着骑，有没有变速，就是这些项目，她还一一地讲，我听得很不耐烦，况且，我刚刚从上海回来，对于自行车什么的，完全不感冒。

但苏菲老是说她的自行车，我又没有见到，所以我就只得冷不丁地问她一句，多少钱？

就是这句问话，把苏菲给惹怒了，这是她和我认识以来第一次发火。虽然不是那种很暴躁的架势，但她语气足够强硬，可以说她是在批评我了。

她说，我不明白，为什么你不问我这个车子我喜不喜欢，为什么一问起就是钱？

她这话说得可够重的，让我猝不及防，我是那种不轻易接受别人批评的人，很反感别人用这种口气跟我讲话。假如谈到钱，我本以为我已经足够淡漠的了，但这个外国农民姑娘居然批评我张口闭口只是钱。

这个我很难承受，但是，我一下子蒙了，没能马上找到合适的反驳的词。

但是，我僵硬地坐在她的边上，这实在是太出格了，一个外国农民，她为什么这样讲？

见我不作声，她又说，你们都是这样，就知道钱，除了钱，不说别的。

她居然说到别人了，并且把我和别人放在一块，这就不是批评我一个人了，而是批评一群人，批评一群人的思维方式，或者说批评我们的思想。

那一刻，我真想扇她一个嘴巴，这太讨厌了，假如我们已经十分亲密倒也罢了，可我们还处在发展阶段，她怎么能这样批评我呢？

我居然没有反驳她，我们去吃饭。当然吃饭她是没说什么的，吃这个吃那个，好像本来就应该把这些差不多也可以称为美味佳肴的东西塞到她一个法国姑娘的胃里边。

这一次吃饭，我说到了上海。

我说，那个女人约我到上海谈教育项目，是在苏北一个贫困地方开展的。

她说她没到过苏北，但她知道。

这晚，我自己在喝酒，我没有问她喝不喝。

她照例是不喝，不过她告诉我她又跟那个法国同乡见了，那个人带她去了那个油厂旁边的酒家，她说她和那个人喝酒，他们都喝醉了。

我没有追问她喝醉了后边做了什么，我想象不出她喝醉了是个什么样子，我也懒得去管她。然而她自己却打开了话匣，她说那个人很能喝酒，他们两个人喝了两瓶酒，她自己喝了半瓶，其余都是那个人喝的。

我直摇头，大概是想表示我对她喝酒这个事儿很不看好。

她在我摇头时，指着我的酒，问我，你在上海也喝了酒吧？

我没有回答，我觉得很没劲。

她说，我还以为你只会去北京呢。我觉得苏菲的说话方式有了新东西，为什么我只会去北京呢？当然，我是跟她在最早时说过我常待的地方有两个，其中一个就是北京。

但是，难道我就不可以去上海了吗？

苏菲一边吃鱼，照例是用手指在嘴里挑刺，这有那么一点恶心，但我尽量忽略它。她问这话，使我觉着法国姑娘的逻辑有那么一点拧。

但是，我又能怎么说？

她没有评价我说的教育项目，她好像也不懂，我甚至在想也许她只知道小麦、麦秸、面包屑、小镇和飞鸟，她还懂什么，明白什么是教育项目吗？项目这个词，这个概念是不是有点复杂呢？

我真的意识到，也许说这些有点超现实呢，她还在吃鱼，用手挑着刺，这可够现实的。

送她回去时，我们又聊到了自行车，苏菲解释了她为什么要买一辆自行车，因为她实在不想坐公交车，从梦雅去时代商城，是不短的路，坐公交，这很麻烦啊，有了自行车，就随意多了。

这些生活，我也可以想见。但是，我是不用管公交、自行车之类的东西的，说实话，我跟这些东西关联度不大，我有我那一套烦琐的东西，但是我尽量配合她，我得为她设身处地地想啊，她是多么需要一辆自行车！

不过我始终没有见到这辆自行车,她也没有说过它的价格。我没有真想打听这辆自行车值多少钱,没有,完全就是随口一问,习惯了的,但是,她却做出了激烈的反应。

我到家后,上海的女人给我打电话,听得出来她还是很留恋我们在上海的时光,对我们来说,相聚一次不容易,我们是不是要珍惜呢?

不过,我很冒火,我一直在想苏菲跟那个同乡老到油厂那个酒家去喝酒,那她为什么不跟我喝酒呢?当她和那个同乡喝酒,用家乡方言,用她们熟悉的语言相互聊天时,他们会说些什么呢?特别是当他们喝高时,脸成了猪肝色,且是被我国白酒涨红了脸、醉晕了头时,他们会感叹什么呢?

我想也许应该做点什么,不能让一份关系、一个对象、一个存在,一个让你有感触的东西处于自发的状态,总得有所动作吧。我被这个想法给激灵了一下,我意识到自己在苏菲这儿真是太文化了,太中外关系了,太友谊了,太革命了,这都是何必呢?

至少,我应该清楚她过得不那么好,她起早贪黑,她要为中国人管理那个专卖店,她要蹬自行车,她还要忍受那个不允许她用水冲马桶的老太太,我是不是应该管一管她,使她看到有我这个朋友?

所以,我在下午喊她出来,那天她本来还要游泳的。妈的,我一听说她还要游泳,我心里不好受了,天已经凉了,怎么还要在泳池里游呢?

她因为昨晚没有睡好,气色不好看。她本来脸上就有一种土色,气色如不好,就会使她很不在状态。我跟她解释了一下,我为什么去上海,回来后,我为什么跟她说了那些。

照例,她还是莫名其妙,好像上海问题是个特别难的事,那么我们就不谈教育。

我说,我以前在北京待得更多,但是现在去得少,我的意思是我对北京也没有好印象。

她说她去过北京,她说北京太大了,大得已经不能形容了。

不过,说说北京使我们彼此都愉快一些。她说到了故宫、长城,还有长城下边的一个村子、一条沟。

至于具体是些什么地方,她讲得很含糊,我也不想仔细听,她去北京已经有几年了。我听出来了，我终于听出来了，她以前到过中国，这个发现让我有点吃惊。我发现自己很草率，对革命友谊并不怎么看重，不然怎么没想到她以前来过中国，她是对中国有了好印象，所以才来中国的呢？

我只当她是被那个中国人派到中国来的。其实，她只是借这个工作的名义，来到了她喜爱的中国。

她说，她几年前来过中国，那是一次旅行。

她喜欢旅行。

我以前总觉得单纯喜欢旅行的人，都是有毛病的人，多么资产阶级，并且是多么恶劣的资产阶级，空虚、不自然、不务实，没底气，顶着资产阶级的壳，实际上穷得只有一点欣赏风景的假情假意。

不过，苏菲就是一个喜欢旅行的人，她说那次她还去了陕西和四川，我不明白为什么要去这些地方。

她正是那种我以前厌恶的所谓背包客，像个傻子一样，背着行囊穿行在旅途中，东瞅瞅、西望望，拍些照片，睡青年旅馆，看地图，观风俗，像呆子一样。

苏菲到了四川、陕西，到了那些小县城、乡村，走那些很古老的路。不知道她是怎么挑到道儿的，当然她有同行者，好像是个欧洲人，应该是瑞士人，又是瑞士人。她说过很多次瑞士人，那个人比她大很多，那个人路熟，对中国很了解。他还介绍她到艰险的地方去，比如格尔木还有天山，苏菲都是被这个人带过去的。

我很反感她讲这个瑞士人。不过终究不能只旅行不干事，她后来回法国，再后来被这个中国人雇用了。她到了我们这儿。

下午，要是脾气暴躁了，或许我会打架，但是，苏菲讲这些还没有把我的情绪搞得那么糟。我应该看结果，应该看到至少在目前，苏菲不是一个背包客，她不是那个脸红得像屁股的欧洲游客，她现在是一个做事情的人。

于是我问她，是不是可以不住在那儿？

我差点想帮她出气，骂一骂那个中国人的母亲，那个怪异的老太太，她对欧洲人太不地道了。不过，我没有说出口。

因为有了自行车，有了这种上下班的自由骑行，好像得到了一种巨大的解放，她显得很兴奋，这种兴奋让人觉得荒谬，也很廉价，好像她取得了一项重要的成就，拥有了巨额的财产，然而，那不就是一辆破自行车吗？我还是没有见到这辆自行车。

苏菲说，老板就要回法国了，因为他要去看新一批成衣的设计方案。

我真觉得她有点水深火热了，与其这样为他工作，为什么不能自由地跳出来，你才二十六岁，就做这么个管店的。

况且，晚上解了小手，连马桶也不能冲？

世上有这样蹩脚的事吗？

苏菲和我到了女人街，就是城隍庙对面的一个小市场，那儿的东西很零碎，但便宜。苏菲早就知道这么个地方，她在每一个摊位上流连，最后她买了一个挂饰，是用来挂手机的，还有一个很廉价的夹子，我根本不明白那个东西是干什么的。我一直到死，恐怕都不明白这些小东西到底有什么用处。

3

苏菲只用那些最便宜的东西，其实在中国，如果你不是很爱买那些奢侈的品牌，在像城隍庙、女人街这样的地方，你用很少的钱就能买到很多的日用货。

现在我还不清楚苏菲穿的、用的那些东西，是否都是从这些地方买的。我只看到她用的手机是产自欧洲的，别的好像都是从地摊上购来的。

我和苏菲照例见得很频繁，工作时间之外，只要我约她，她都会出来。有几天，我去了北京，那时她很注意我在北京的情况，她会发短信来问我在做些什么。不过，她好像也就随便问一声。我去北京时，她在网吧里。我问她在网吧待那么久干什么。

她就说她在网上跟法国的朋友聊天。

跟哪些法国朋友，她没有说，她在住处，上网久了，那个中国人的母亲就会来搅扰她，她烦得很。

我从北京回来后，想跟苏菲的关系更进一步，如果一直这样下去，好像很没有意思。

我在北京三里屯吃烧烤时，看到一个俄罗斯女郎，居然蹲在烧烤摊的边上撒尿，我和我朋友就站在旁边。

她和一大群人本是站那儿吃烧烤的，或许她们喝过夜酒了，但是无论醉成什么样，女孩子也不应该在路边尿尿啊。

我对我朋友说，这些外国女人太没有水平了。

朋友一笑，说三里屯酒吧那边，比这离奇的还多。

后来，我想这群人应该不是俄罗斯人，没准是乌克兰的，我记得那个女人的眼神，很散漫的，好像在路上尿尿也没有什么。

一想起在北京看到俄罗斯、乌克兰女孩尿尿，我就觉得苏菲至少比她要强无数倍，她是一个很有紧致感的女孩子，她做事，她生活，她喜欢这个小地方。她怀揣着她的某一种梦想，从不造次。她双手粗糙，但她还算勤劳，她有什么问题呢？

那时，乘着月光，我带她到城边的蜀山去。

我告诉她蜀山是火山运动的结果，其实再难的词，苏菲现在差不多都能听懂了。我说的火山、地震什么的，她都明白，她对地理这方面本来就很有兴趣。

蜀山在城西，那里森林茂密，有一个公园，以前是烈士陵园，后来改成免费开放的公园，属于风景区的一部分，我们泊好车子，带她去那公园。

公园里都是烈士的遗迹。

苏菲对这些东西没有发表看法，但是当你迎面碰到一个纪念物时，你终究是绕不开的。苏菲对于这个，又懂得多少呢？

我跟她说，在中国的每个城市实际上都有这样的公园，以纪念那些把这个城市打下来的人。

我说到了牺牲、流血，说到了派别、理想，以及在每个国家都会发生的战争。

苏菲没有应承，是啊，可能这些问题太复杂了。

我们沿台阶一直往上。上边纪念物就更多了，况且还有一座大型的纪念堂，那是我们为之一惊的地方，苏菲这个与我结下革命友谊的女子，在那建筑物旁伸展双手，好像这建筑让她十分舒爽。

我们没有再往纪念堂里走，因为晚上已经闭馆，我和苏菲就到边上一点僻静的角落去,那是人们私密见面的地方。公园里还有人,我敢说那些人比我们目标更明确,就像之前我带她去天鹅湖,别的情侣都在卿卿我我。可那次我们却讨论起毒针、手枪和历险的记忆来,今天在这个地方,我们是否应该更为放松呢?

我们在一张石凳上坐下来,我觉得有点凉,但苏菲好像没有什么感觉,她这人就是有很强的适应能力。

说是僻静处,但仍然是有灯光的,只是灯光有点儿昏黄。

我问起她对拿破仑怎么看。

她不出意外地告诉我,她觉得拿破仑没有什么意思,这很符合她的性情。我本想讲拿破仑杀掉很多人,是个战争高手,是你们法国的象征呢,但是她对拿破仑没有什么好的评价。拿破仑率领大军远征俄罗斯,风雪迷漫,他征讨了整个欧洲,但他在俄罗斯那里吃了亏,不过这跟苏菲有什么关系呢?跟苏菲在我面前,跟这个现实,又有什么关系呢?

苏菲焦心的是她自己的那些事情。

她收到一条短信,她说是那个法国同乡发来的。于是我担心起来,我去北京这几天,她是不是又跟他去喝酒了,是不是又喝得很多?这时有个大大的问号在我心头打转:苏菲会不会跟那个法国同乡在一起时更为快乐呢?

这个问题一浮现,我就迫切想知道,我觉得我这个人真是疏忽,既然跟她有了这么好的革命友谊,怎么会对她的生活、朋友以及她的背景什么的,如此无动于衷呢?

我记起当我在北京跟春睡在大床上时,我看着她颤抖的肩时,我就在想难道苏菲除了在那个中国母亲严厉而苛刻的注视下睡觉,她就不会有别的选择吗?比如她会不会跟那个以色列朋友打情骂俏呢?毕竟以色列人聪明、爱钻营、手上有几个臭钱,还有,就是那个法国同乡,是跟她常常醉酒的,当他们灌了那么多猫尿,他们会回哪儿去?法国同乡那儿,还是到什么僻静处,到旅馆?她会不会完全不是我看到的这个样子?她是不是在那些人面前,有一种巨大的解放呢?

这个,也许说不准,但假如她就是这样,就是坐在公园里的这个德行,对许多市面上的东西都没有多大趣味,就是这样平稳、冷淡,那么她的生活是不是过于庸常了呢?

但是,我总不能去问吧,总不能这样去问苏菲,你跟那些人搞了吗?你跟那些人都互助了吗?我问不出啊。我们有革命友谊,我们是这种慢热型的朋友,我们都珍惜我们的关系吧。

是啊,我在北京有春,在上海有芹,特别是春,有那种疯狂而固执的撒野,有那种纠结在肉体深处的要求,那么苏菲又有什么?我总抹不去那个俄罗斯或者乌克兰女郎在路边尿尿的场景,她们把我们这块土地当成什么了?

那晚,月亮升得老高了,身后的蜀山很雄浑,但我们哪有力气去爬山呢,我们坐在石凳上。这种感觉比我们那次在老树咖啡馆要好些,毕竟风景宜人,天气还没有真正冷下去。我们挨得这么近,我已经不太喜欢只拉着她的手了,这个太不刺激了,而且她的手很糙,还汗涔涔的,给人一种很倒霉的感觉。但是如果手都不拉,两个人就生分了,好像不能证明有革命友谊了。但是只拉着手,表明我们没有什么进步,我们还停留在特别初级、特别保守、特别纯粹的阶段。

于是我搂了苏菲,苏菲惊了一下,很短暂,但她接受了。苏菲向我要了一根烟,我知道苏菲有反应了,我们不能很单纯地看待革命友谊。包括我们也不能仅仅把公园当成一个会面地点,我们得明白,其实革命友谊终究要落到实处才好。

她低头吸烟,我搂着她的肩膀她竟有些发抖,我不知道是不是她没有想过我会搂着她呢。她吸烟,我也吸烟。就这样搂着她,其实,即使我再狠心,因为身体有了接触,我都得有那么一点责任感,所以我必须对对方讲点实话吧。如何对苏菲痛说家史呢?她又何必要听我的家史呢,而我又该从何说起呢?

我也不敢对她说我的好感,因为首先我们是革命友谊,是朋友,是一种真切的关系。

但是,我又同时必须对得起自己,对得起这个场景,人家一个法国农家姑娘毕竟在我搂着她时,有那么一种轻微的战栗呢。

我说,苏菲你想念家乡吗?

苏菲说她想的,但她并没有想回去的念头。

我想到了法国的一篇文章《最后一课》，好像是普法战争期间的事。

我问她普法战争的事。

她说她不知道，或者她不愿意说，或者是我没有问清，但她没有对普法战争表态，好像那根本不是他们国家的大事。也是，我问战争干什么呢，我觉得应该关心她父母才对。

于是，我说，你想你父母吗？

她点了点头，吸着烟。她说她每个星期都要和她母亲通电话，她跟她母亲通电话会用很长时间，她说每次都是在深夜，等那个中国人的母亲睡死了过去之后，她才打电话。

她母亲跟她父亲现在很少在一块。她前边说过了，她父亲在外地做事，大概是搞工程，而她母亲去了朗斯，大概是距夏纳不远的一个中等城市。

她说她母亲在那边有一个朋友。

好像我不明白似的，她解释说她母亲其实更喜欢那个男人，而且超过对她父亲的喜欢。

苏菲说她母亲很早就喜欢那个朗斯的男人，而对她父亲，她摇摇头说不怎么样。

苏菲父母这个事在全世界都有，也没有什么特别的。但苏菲可能觉得这是个问题，苏菲跟她父亲关系很好，因为她觉得她父亲人好。

她父亲是干活的，这个她的中文说得很清楚，就是干活，大家都明白，他是砌房子、砌墙什么的。

我不知道那里有多少是机械化的，但是，即使这样也还是需要人，哪怕只是看着呢。苏菲说她上周还跟她父亲说，她希望她父亲从阿尔及利亚回去，回到家乡去。我不太明白，她为什么要她父亲回家乡去，他在外边不是很好吗？

苏菲说她父亲对她母亲一直是很好的，还说她父亲是个很老实的人，这个我能明白，否则他又如何能忍受她母亲。

我把苏菲搂紧了，但我们没有拥抱，只是搂着，她绝没有反抗，但也没有靠着我，所以这就有点奇怪，我只是用力地搂住她的肩，而她的整个身体只是顺着我搂她的力，向我这边倾斜着。我能听见她的呼吸，这时我耳边回忆起她那次问我的话，你在家里不是有孩子吗？

其实苏菲够简单的了,她有她的一套看法。烈士陵园里的人,没有待太久,那些或是情侣,或是伴侣的人都陆续走了,月光也淡了很多,身后的蜀山山头不很雄浑了,在黑暗中有一股幽僻的力。

她说她母亲其实不喜欢她待在中国,在前几天的电话中母亲还让她回去呢。

我问她,那你想回去吗?

她说她不想。

我不知道她为什么不想回去,但她就是不想回去,她回去能做什么呢?或者说即使什么也不做,她回去又跟谁待在一起呢?

那么,现在,她又做了什么?跟谁在一起呢?

这都是苏菲身上很现实的问题,她这个人好像不大那么容易被弄明白,她简单,但不是那种你马上就能明白的。

她说她父亲很少回家乡,这也好懂,她母亲待在朗斯了,她父亲回去干吗呢?

我脑中浮现出她老家住处屋角的蛛丝网。

这次在蜀山烈士陵园相会后不久,我再次见到她时,她居然有了黑眼圈,这让我觉得好像很对不住我们的革命友谊,我怎么能让我的朋友处于水深火热中呢?

尽管我不能做更多,但是我总不能看着她受罪吧。我能做什么?以前我总认为,如果你要为一个人做什么,首先取决于你有什么目的,但是,由于我跟苏菲之间没有那种明显的进展,我们的关系被一种莫可名状的力量给限制在一个很消极的程度上,这让我很着急。

她也有酒气熏天的时候,不用说,不是跟那个法国同乡,就是跟那个以色列人喝的酒。当然,也许那个以色列人后边还有别的什么欧洲人,这个我在目前是不太了解的。

我到时代商城去了几趟,想去看看她的工作到底是什么样的情况。

她有两个中国同事,是两个中国女孩。她们受过训练,其做派可比苏菲更像一个卖顶端品牌的样子。

她们一个叫奈,一个叫良。

为了简便,苏菲就是这样称呼她们的。看起来她们跟苏菲很要好,至少从面上看，苏菲是她们的头，因为苏菲是法国人，她是从法国来的，所以她更能代表这个品牌。

奈的个子高些，良要矮些，她们俩平时换班，同时和苏菲在一起上班的情况比较少。

奈对苏菲看起来更热情些，但我发现苏菲只是名义上的头，因为顾客来买衣服，凡是介绍服装的事，都是奈在交流。可能因为语言的原因，苏菲毕竟汉语没有那么流利。她有时也插嘴，但那都是奈让她说，她才会说，否则她就是往帘子或门背后去拿衣服——她倒更像个打杂的帮手一样。

而无论是奈和良，都是这么支使她的，苏菲也没有意见，她好像对于跟顾客去介绍牟这个牌子，并没有太多的热情。

我想，也许我不在的时候，她们对苏菲会更为苛刻，那么她为什么要这样呢，难道被别的店员支使是一件很愉快的事吗？

苏菲要跟我去吃饭，她对奈很客气，跟奈解释她要走，所以请奈怎样怎样，好像向奈请假似的。由于那个雇她的中国人回巴黎去了，所以苏菲的时间更多了些。

我也注意到了，苏菲对于我请她去吃饭是很高兴的，她几乎从没有拒绝过，她也不挑剔到底去哪家饭店去吃什么，好像只要是去吃饭，就会很好。这个让我都有点受不了了，她为什么就不能有一些意见呢？

我问她，你怎么眼圈那么黑？

她说，她没有睡好。

为什么呢？我问。

她说，那个孩子很闹，总是叫她忙这忙那的。

原来，那个中国人回了巴黎，但他的前妻和孩子还是和他母亲一起住在梦雅小区。那个孩子在家里会让苏菲为他拿东西，为他干些杂事，比如拿吃的，比如拿手机什么的，虽是些杂事，但有时很晚也这样。

我问她这个小混蛋多大了。

她说孩子有八九岁，听得出来那孩子很烦人。那么你为什么就不肯独立一些呢？

苏菲明白我的意思，可她就是做不出啊，假如她在那里懒一点，那个中国人的母亲就会骂她，虽然我没有见过那个老太太，也不知道她怎么羞辱这个法国姑娘，但我可以想象她是很害怕那个中国人的母亲的。

她夜里睡不好，她的眼圈就发黑，憔悴，而且整个人不在状态。

我们从时代商城出来，看着她的黑眼圈，我心里有那么一点不适。她今天恰恰提了一个很亮的皮包，一看就知道是从劣质地摊上买来的。我问她，从哪儿买的这包？

她说，是以前在台湾买的。

我有点吃惊她去过台湾。

她说，她倒是很喜欢台湾的，这引起我的兴趣。她说她是前年去的台湾，不用说，还是和那个瑞士朋友一起去的，他们去了台北，还有台南，走了不少地方。

是在台北小街上买的那包。

我就不太明白难道买了这么差的包，还要带着到处跑吗？

我们开车往东，我跟她说，我们往东一直开，能开到上海呢。她问，上海在东边吗？

我说，是啊，上海在我们的东边，我们不去上海，只是去东边的一个郊区的县城吃饭。

我说那里有一家老汉酒家东西很好吃。

她说，老汉酒家是什么酒家？

我说，是很好吃的酒家。

苏菲有些高兴，她知道，我把带她去吃饭当成一件重要的事情，我不仅是带她吃，而且我是有点讲究的，也就是说我们不是很随便去一个地方，而是去一家可口的饭店。

苏菲在座位上，她眼睛眨啊眨的，我知道她是有点困了，如果你困，你就闭眼歇一会儿吧，我对她说。

她没有答话。大约是有点累，她终于微闭着眼睛，好几分钟才睁一下，但没神。我就握着她的手。我捏得有点紧，她既没有抽回手，也没有回应，手指都是散开的，只有你捏紧些，它们才合拢。

如果一个人没什么反应，那比有反应还要难些呢。

往东的公路有点颠，但苏菲在车上很安静，握了很久她的手，我都觉得没劲了。我打开音响，放着Beyond的歌，苏菲好像不想睡了。

我说，还有一会儿我们就要到了。

苏菲弄了弄头发。她的头发是那种快要到肩的，她在店里时，头发都是扎着，贴着头皮，好像是捆束得很紧的，现在她把头发散开来，并用手梳理了几下，而且甩了甩头。车窗外的空气很清新。

我跟她说，这音乐有点摇滚。

她说，是的。她还说前些天那个法国同乡放过摇滚给她听。

我来了兴致，是在什么场合下放的音乐呢？

她说，上一次又喝醉了，因为除了那个法国同乡之外，还有一个德国人，是在这边开机械的，那个人喜欢摇滚呢。但是，什么是摇滚？我问苏菲，我的意思是，是不是我们认为的摇滚不那么一样？

她没有答出来，这有点难，既然她也说了她才听的摇滚，那么难道说的不是同一种摇滚吗？

不过，我总在怀疑，也许跟那个法国同乡什么的在一块，她绝不是这个样子。

跨过一座大桥，我们终于到了肥东县城。县城很小，但它有两条河流，我们是在第二条河流，过了桥之后右拐去的老汉酒家。

在进老汉酒家之前，路边有人在放万家乐那种冲天炮，响彻云霄，苏菲和我坐在车上，我们想等别人把"万家乐"放完了，才开车过去。

礼花在天上炸开来，苏菲扭头向外边看，她说那炮弹飞得真高啊。

我没有她那么见怪，我想这都什么破玩意啊。

我们进了老汉酒家，酒家的老板娘问我要不要包间，我说就去二楼吧，就二楼那个包间，最小的那个。

老板娘记得我仅来过的几次坐的都是那个包间。

我们进去了，老板娘对苏菲很客气，她以为苏菲听不懂我们的话。

她问我，你是不是点那个泥鳅挂面给她？

因为泥鳅挂面是我每次来都必点的，对于外国姑娘，难道我要另外点菜吗？

我对老板娘说，她中文很好，跟我们一样呢。

老板娘就对苏菲笑了笑，向她介绍她家的泥鳅挂面很好吃。

苏菲说那就吃吧。

除了泥鳅挂面，我们还点了些菜，可以说很丰盛，我把我知道的肥东有名的土菜都点了，包括老母鸡什么的。虽然只是两个人吃饭，但我们要吃好喝好啊，苏菲她是很喜欢吃东西的。

在桌子边坐着，苏菲的眼圈也就显得不那么黑了。我接了个电话，是北京的春打来的，她跟我说，她正在和朋友们读我的一个东西。

我觉得这没有什么意思，凭什么读我的东西就一定要给我打电话呢？

春在电话中听出我并没有什么兴趣，她就讽刺我，说我肯定有什么好事。

不知怎么，我对于春，在这一刻没有什么好感。我沉浸在与苏菲的革命友谊中，难道这种沉浸不能让我有那么一点迷醉吗？

反正，我挂掉电话，我跟苏菲说，刚才打电话的就是我在北京的朋友。

苏菲知道我的意思。我说，来吃饭就好好吃饭，我才不管什么北京不北京的。

菜都陆续上来了，果然，还是那个泥鳅挂面最为出彩。苏菲说味道好，苏菲看着那浓烈的盖在挂面上的油淋辣子，好像很有胃口，确实她吃得很认真。

我跟她说，这些挂面是咸的，跟面条不同。

苏菲说，难道这不是面条吗？

我说，是面条，但它跟一般面条不一样，它是先把盐放在面里边，抽丝拉条以后要晒的，干的面条，脆生生的，先晾在绳上晒，然后怕搞断了，要折叠着放在篮子里的。

苏菲听懂了我的话，她对那面条赞叹得很。我看她不太会吃泥鳅，我就跟她讲，其实小刺是可以吃的。苏菲对泥鳅的小刺根本没有办法，我劝她干脆不要吐刺了，直接吃了也没事的。

但苏菲坚持要把那刺吐出来。

于是，我就示范给她看，我说可以把刺这样捋下来，也就是说用唇抿着，慢慢地把肉吮掉，这样刺还是完整地连在一块儿。

苏菲学不会，动作很硬，嘴都噘到一块儿了。

这天，我没有点白酒，我点的是那种有点药性的黄酒。

苏菲照例是不喝的，当然我也不劝她喝，我知道她跟法国同乡是喝酒的，但她跟我在一块儿就是不喝酒，那么就把这个当成个规矩吧。其实女人在你面前不喝酒，大抵还是要好些的。

我喝的酒颜色很不好看，但酒力也不小，况且有一股中药的味道，这样使人更为麻醉。

她在那儿不停地吃。她吃得很费劲，所以我敢说她并没有真的吃下去多少，但她对那些菜都是很负责的，因为每一道菜她都挺喜欢的。

我没有跟她说其实我喝的是药酒，这让我有点儿不自在。

不过，既然在喝，又因为总是有革命友谊的，还是该开心才对。

苏菲不停地吃，我边吃边喝。

我跟苏菲说，我以前在云南才喝上的这种酒。

苏菲说，云南很好啊。

我问她去过云南没有。

她说她没有去过。

我就说这种酒在西南卖得很好，尤其在云南卖得好。

她问我为什么。

我说我也不知道，我说我第一次喝这种酒，是在一条旧铁道旁，我的一个云南朋友请我吃烧烤，她建议我喝一口这种酒，于是我就喝了，一喝就很喜欢。

我喝了一口，对她说，你要不要也喝一口？

她拿过我的酒杯，抿了一口。她说，很苦啊。

我说，不是苦，这是淫羊藿。

她问，淫羊藿？

我说，是啊，是一种中药呢，就是壮阳补气的。

不知道苏菲对中医知道多少，但她不说什么了。我继续喝，喝这个酒让我有点热血沸腾，并且那些菜也确实很对我们的胃口。

快吃完时，苏菲跟我说，你脸有点红。

我摸了摸我的脸，是啊，有点烫。她也摸了我的脸一下。我跟她说，没事的，喝这种药酒就是这样的。

苏菲又说起她的自行车，她说，现在她有自行车了，所以有时晚上她都不想回去了。

我问她，不回去在哪儿睡觉啊？

她说，她有时上网上得太晚，她就在网吧里不回去。

我说，那你太累了。

她说，倒不是常在网吧里过夜，有时夜里两三点她还是要骑车回去的，不过回去之后少不了要受那个中国人的母亲数落。因为那个老太太只要听到苏菲回去的开门声，就会爬起来站在客厅，好像要监视她一样。

我就很奇怪，为什么对一个中国老太太有那么多担心呢？我问她，那个中国人的老婆，前妻还在不在？

她说，在。只是那个人倒不怎么理她，好像他前妻也很忙，她都不太能经常见到她。

我们快吃完时，老板娘又过来跟我们说话，问苏菲对菜有什么看法。苏菲说很好吃，于是老板娘就夸奖我带了一个好姑娘来吃饭。

不知苏菲是否听懂了老板娘的意思，但显然人家也是好意。

我喝了两个小瓶装的药酒，整个人有点飘荡，觉得生活有点虎虎生风的味道。我们快下楼时，我问苏菲，你觉得刚才那"万家乐"好不好玩？苏菲说飞那么高，她还很少见呢。

我就把老板娘喊过来，给了她一百块钱，我说你去买个"万家乐"来，在门口炸一下，给这个外国姑娘看看。

老板娘很高兴，她说不要你一百块钱，我们家里就有"万家乐"，放就是啦。于是我们站在门里边，老板娘吩咐小工拿了万家乐出来。

不一会儿，"万家乐"在外面炸了，腾腾地往天上飞，苏菲有了些笑意，我也很开心。我把苏菲搂得有点紧，站在饭店的人中间。大家都乐呵呵地看着外边的"万家乐"。这一次我搂她，她好像是有点感觉的，因为我发现她是向我这边靠的，外边的"万家乐"每炸一下，她都要靠我近一点。

说美国早已是个车轮上的国家，其实法国恐怕也如此，只是苏菲说她特别不喜欢开车。我说我二十三岁就买到了驾照，所以我的车子开得很不错，那时我刚大学毕业，那年头没有多少人真的能开上自己的车子呢。

但是，我就从那时开起了车子，虽然是买的驾照，但我扬扬自得。苏菲说她在法国也很少开车，我没有问清楚她开的是什么车子。

因为我喝了酒，所以从肥东老汉酒家回来时，跟她讨论起开车、驾照还有行驶安全方面的事，苏菲是系好安全带的，不过我们都没有担心酒后开车妨碍安全的事宜。

我早就看出来了，苏菲其实是个不爱多管事的人，她好像天生就是一个不爱主动的人。

但我这次主动向她承认，我觉得我在老汉酒家喝的药酒其实比我平时喝的白酒要厉害。苏菲可能也看出来我今天晚上车子开得有点飘。

当然，问题可能还是出在刚才我在老汉酒家那里，老板娘放了"万家乐"，这样我的头脑好像更加不能自主了。我把车子开到离进城还有一段距离的一块林地里，这儿是高速公路的一个出口，背后有一大片工地，而面前是那种开阔的田野。外边虽有月亮，但这块林地却显得阴森，因为天气已转凉，所以林地里吹起风，让人有一种萧瑟感。

苏菲见我把车子停在这里也没有什么意见。

我没有熄火，开了音乐，声响很小，却把车窗紧闭起来，并且开了空调。苏菲还是没有解开她的安全带，她问我，我们是不是要在这里待很久？

我就跟她解释我不是那种对于交通安全完全无所谓的人，不知为什么我认为她应该能够看出我喝下的酒使我不那么清醒，那么这个法国姑娘理应有责任劝导我在这儿停留更长的时间，以使我能够酒醒。

苏菲望着窗外，前边的树林，阴森森的。我想也许苏菲不会像我们中国姑娘那样对于这种野外的风景有惊恐的感觉，看起来她是个胆大的姑娘。

而那药酒确实也使我头昏脑涨，我希望苏菲能够明白我酒力有限，况且我即使能十分自如地把车子开回去，也不能说明我在意识上就没有问题。我试图说服苏菲把安全带解下来，因为一直系着的话，会很不舒服。

苏菲没有动，这次是我伸出手去，苏菲以为我是要握她的手，她倒是挺配合的，把手和我的手捏在一块儿。这次仿佛是她主动地握我的手，我有一点点不适，因为我发现这粗糙的手似乎很难和她的整个身体联系起来。

我挣开她的手，我一边说我要帮你把安全带解开，一边我就真的去解开了。苏菲挪了一下，好像她并没有觉得这样更舒服，也许我有那么一点醉，但我觉得我必须触摸她，跟以前都不一样，我们需要一点实质的东西了。右方不停有车子驶过，在稍远些的高速公路上，车子更多，远光灯偶尔会照见我们的车子。

就在一道强光从车前扫过之后，车子和四周都陷入了一片昏暗中，我把手放在她的胸上。苏菲没有反对，这和我预想的差不多。

我早就觉得她有着很大的胸，当然主要是她有一点点健壮和结实，并且当我摸上去时，我发现她的胸有一种惊动，是属于那种年轻人特有的抖动，只是幅度很小。她扭了一下身子，说了个单词，因为是法语，我没有听懂，但我没有拿开我的手，她的手按在我手上，当然她也没有要我把手拿开的意思。

于是我的手就按在她胸上，先是右边，接着是左边，还有中间。我在泳池里见过她这个地方，我看那外形就明白她是个身材很好的女孩，但这样在车子里抚摸她，还是有一种更明确的身体上的认识。

我就一直摸着她，这样的时候，我们都没有讲话。很奇怪我没有向她靠得更近，因为一直有别的车子的远光灯会射过来，这样我就能看见自己的双手以及她的胸。

今晚她穿的衣服是棉的，我的酒意恐怕已经退去了，我只有更接近她，我无法俯下身来，既不接近，也就谈不上去吻她，我的手就是在她那粗糙的手掌和酥软的胸脯之间，我觉得这种状态很奇怪。不过，有那么一点点不好受。

不过那几乎也很美好。

外边的树林里有时会有动静，你可以看到树在晃动，但不知是人，还是有什么小动物窜过。我们坐了很久，其间，我们都没有说话，然后我缩回手，因为我实在太累了，但我们也没有到后边的位置上去。

后来有一辆车子也在这个高速出口下来，车灯没熄，好像想向我们这个方向来。我觉得有点厌烦，苏菲也发现了那辆车子，她问我，你好了吗？

我晓得苏菲对于在我们身后还停着一辆车子是有点警觉的，我没有马上走的意思，我把车子向后倒，到跟那辆车近乎平行的位置，因为车子就在我车门的左侧，所以苏菲那边看得不是很清楚。

我看到在那辆丰田车里，那个男的压在那个女的身上，女人还坐在副驾驶位那儿。男的是斜着压过去的，我看着有一点别扭。

我于是继续倒车，我敢肯定我的酒还没有完全醒，但是再在这儿坐下去就很没有意思了。于是我掉了头，上了从肥东进城的那个拐弯的路口。

在进城的路上，车子并不多，而且这段路路况不好，车子有点颠。我搂着她的脖子，把右手放在她右边的胸上，她的姿势有点难受，但她没有调整，只是任我的手放在那儿。

中间她的手在我手上放了一会儿，不过我却把她的手抖落开了。这样，我就一直抚摸着她，直到把她送回住处。

本来我是可以把她带回我的住处的，但我没有这么做，不知为什么，我始终不愿意带她去我那儿。我觉得这有那么一点点麻烦，可能我还是想到她为什么会以为我家里会有孩子呢，不过这个我已经跟她解释了。

每次送她回住处，她也从没有提过要去我那个地方，我想可能苏菲就是这样，她是不愿意要求别人什么的。

苏菲上楼去了。我跟她讲过，要是有一天，她在这个地方实在住不下去了，那么我就帮她想办法，没有必要非要在这个地方受那个中国人的母亲的气。

苏菲走后，我心情却相当不好，我觉得事情好像朝着不好的方向发展了。我这样摸她是什么意思呢？尽管她没有反对，但是她快乐吗？

现在已经是十月份，苏菲还是坚持到小区的泳池游泳。我问过泳池的管理员，人家说现在来游泳的人已经很少了，所以我就让苏菲也不要再来游泳了。苏菲说她可以游的，因为是免费的，可以一直游下去。这我就有点想发火了，为什么非要在这儿游呢？到奥体去游，也才十五块啊。

我没有跟苏菲专门讨论过钱的事，因为那次为自行车的事我们吵过架，苏菲好像不喜欢别人专门跟她讲钱的事，但是我知道她没有什么钱，是个穷人，且是个在中国的贫穷的外国姑娘。有时穷人虽然不让人讨厌，但会让人着急，你没有钱，你就游这种免费的冷水泳吗？

我给她办了省游泳馆的票，苏菲收下了，我说我是不会陪你去游的，我不喜欢在十月游泳。其实我是不喜欢再到泳池里以这种方式跟她在水中相会。苏菲说她有自行车，她自己可以骑自行车去游泳。

跟苏菲这样的关系如果还缺乏变化，就是一件让人觉得困难的事情了。十月，上海的芹传了许多文件给我，我终于难以忍受她的这些纠缠，决定让我的一个朋友给她的项目投一部分钱，我甚至没有直接过问这个投资的事，因为苏北那片地方我实在是不想去，因而上海的芹就怀疑我现在的心思根本不在她这样的朋友身上。那个经我说服去投资的人，到了苏北去看那个项目的准备情况。

回来后那个朋友跟我说，这个项目肯定会很挣钱。

我倒不管这个项目能否挣钱的事。最近我心里很烦，下午的落寞还是没有办法排解啊，苏菲的下午和晚上，我安排她到省游泳馆去游泳，我自己呢，去打壁球，之后我还是去奥体游泳了。

跟在梦雅游泳不同的是，那是夏天，而且是小区里，你很难在水中遇到什么奇怪的人。但是在奥体，你可以遇见很多让你很吃惊的人，其中有一个美女，我知道她对我也很感兴趣，但问题是，我现在缠绕在很多问题中，我不是那种可以很自由地跟别人搭话的人。但我承认她很好看。

我在歇息时，那个女孩过来，她说她叫茜。

我对这个叫茜的女孩是有好感的，她很漂亮，身材也很棒，但我不知道这样认识了还能干什么。我说我是一个打字的。

她对这个很感兴趣，不过我并不知道一个打字的有什么意思。

她是信以为真的，但我不想问她是干什么的。我只是对于自己很反感，我觉得我不应该在下午还到池子里来游泳，为什么要游泳呢？难道一个人真的需要锻炼身体吗？这时我脑海中浮现着苏菲在省游泳馆游泳的景象，也许她还是穿着那件黑色的泳衣，也许她还是那么淡漠，但是，她是不是有点孤单呢？她是不是也会想一想，为什么我不去那儿和她一起游呢？

那个茜给我留了电话，她说她早就在报上看过我的文章。我没有什么反应。

我们这个时代，我们这个地方，或者说我们这些周围的人，都在抬着混。这么说没有什么贬低的意思，就是大家都讲个场面，所以当出版社邀请我去参加一个以色列作品中译本的讨论会时，我挤掉了其他事情赴会了。

如果不是那次赴会，我恐怕还不太知道那些有了点文化的外国人，他们那种让人很厌恶的嘴脸。

讨论会时我在打瞌睡。准确地讲，我宁愿这个写成狗屎样的作品不被译成中文，但就是有一些好事的人，他们在干这样的事情。我们知道以色列的奥兹写得不赖，但是像这个叫萨贝拉的人写得可叫一个差，这本名叫《纸戒指》的书令我反感。

但既然抬着混，大家就要顾及场面，所以熬到会议结束，大家去弘扬宾馆吃饭。

席间，有个以色列人带了苏菲一起来，这让我很吃惊，事前没有准备，况且那个以色列人和苏菲是晚一些到的。

那个驻上海的副领事，叫作蓝天明的高个子把那个在本地经商的以色列人介绍给我们这圈的中国朋友，至于苏菲倒是那个以色列人介绍的，说她是他的朋友，没有说明她做什么工作。

苏菲坐在那儿，一副无所谓的样子。

我朝苏菲点点头。我不晓得为什么苏菲没有喝酒，也许是因为她那个法国同乡不在，或者说只有那个法国同乡在场，她才会喝酒。

我也没有喝酒，我对那个作家讨厌至极，除跟那个翻译说了一些对奥兹的评价之外，我就不再跟这个作家讲话了。

我不喝酒、不喝饮料，可以说我的心情差极了。苏菲只是很安静地在那儿吃菜，好像这些菜真的很好吃似的，不过她确实是一直都吃得津津有味的，我带她去吃过无数顿饭，我从没有发现她会在吃饭上有什么挑剔。

然而，出版社的组织方跟那位驻上海的副领事都在一个劲地喝酒。那个带苏菲来的以色列人很胖，他好像看出我跟苏菲认识，于是就想跟我聊天，还专门跑到我边上来敬酒，不过我说我不喝酒。其实好喝的中国白酒不仅仅是这个牌子，但这个人却对这个白酒称赞得了不得，我觉得这样的生意人太没有见识。

还有一个欧洲人，大概跟这个萨贝拉是好朋友，她问我对欧洲作家的看法，其实我本来对帕慕克等都是喜欢的，但我不想跟他们讨论。我觉得他们没有什么水平，他们太简单，下午开会时我听过他们的讲话，当然是经过翻译的，但很没有见地，还停留在十分幼稚的情感阶段，在这样的氛围下还能谈论什么呢？

苏菲是差不多被完全忽略的，我几乎不想再看她这样下去，但是我没有声张，我觉得她能在这儿吃饱肚子，好像就特别重要一样，我又何必去改变什么呢？

本来我是准备走了的，但我想临走前，似乎应该跟苏菲说一声，喊她一起走，毕竟假如她不在这儿吃饭也不会有什么损失，再不行的话，我就是永远请她吃饭，也还是愿意的。但是苏菲说她不走，她说她答应了要到那个以色列人家里去，因为那个萨贝拉也要过去。

我就耐着性子等，因为出版社的朋友也在央求我不要走，说等会儿陪萨贝拉一起到以色列人家里去。

说是去参加一个party。

我真是讨厌什么party，觉得那是一种很没意思的事，但是我还是硬着头皮等。

在弘扬宾馆就已经喝得很过分的这群人到了以色列人家里基本上已经没有什么酒量了，但都还是撑在那儿。以色列人住的地方，是本地不少外国人聚会的住处，城南的一个社区。房子面积不大，但功能很齐全，我在那儿才发现原来苏菲不喝酒是因为她答应过要在那儿帮那个以色列人招待客人的。

我看见苏菲在那儿进出，穿着围裙，忙这忙那的，一边端酒，还有沙拉什么的。那个肥胖的以色列人，跟蓝天明还有萨贝拉在那儿喝酒，是红酒，看着像尿一样。我和几个出版社的朋友在那儿看画，但我觉得画得很差。

我到厨房去过一次。苏菲很忙，但她也喝了一口酒，这时我觉得苏菲真不容易，侍候这些人，什么鸟事儿，为什么呢？我真不明白，因为从她脸上也看不出什么高兴劲儿。

我在厨房那儿时，那个以色列胖子来过一次，见我在里边跟苏菲说话，好像很不开心，就催促苏菲快一点儿。他们之间说的是英语，苏菲的英语很不好，那个胖子是故意不说中文，因为怕我听到。我感到苏菲英语是很差的，她那几个词我都听得懂。

苏菲就这样在忙。那个蓝天明来跟我讲上海的事情，我对上海也没有什么兴趣，但我不明白为什么他们就觉得，他们这么一本破书会引起我的兴趣，至于那个以色列同行，早已经醉了，像个小丑一样，在柜子那儿指手画脚，翻译过来跟我说她要留我的邮箱。

我写了个工作邮箱给她。

在厨房里,我甚至在苏菲的肩上又捏了一下,我是想提醒她,她完全可以不这样的。苏菲在厨房歇息时,她就会喝上一口酒,好像这酒很珍贵似的,然后再吃一口沙拉。我是在这种场合下看她喝酒,于是就有点不忍心了,不知道她跟以色列朋友到底是个啥关系呢。但是,她太像个用人了,这是明摆着的。

那个胖子老是过来催,我真想骂他,但又不便发作。我就跟苏菲说,如果你以后再想喝酒,我们吃饭时喝啊。苏菲说,我不和你喝。

我没有追问她,也许她是有道理的。

我返回客厅,坐在左边的沙发上,出版社的朋友要我为这几个以色列人、欧洲人,介绍我们这儿的图书市场情况。我在说话时,看见苏菲系着围裙站在客厅通向厨房的通道口,她的脸有点红,整个人在这群欧洲人中恐怕是最小的,她的样子,看起来有点发抖。

而那个又俊俏又傻的以色列女作家的大腿上的裙子都因为醉酒而撩到上边去了,黑丝袜的袜跟都快要露出来了,她的肉松垮垮的。除了那个蓝天明副领事比较正经之外,其他几个外国人都很无聊,强装精神,在那儿谈论他们的中国见闻。

我看见那个以色列胖子对着苏菲很厉声地喊着,好像又缺少了什么。

苏菲便转身到厨房去了。

我不想对这个以色列胖子无礼,但我还是愤然转身到阳台那边去了。

外边的灯火很是渺茫,夜已经深了。

后来我才知道原来那个以色列人那晚是雇她去帮忙的,所以你就没有必要真的去讨厌那个以色列胖子了。没有什么啊,他让苏菲去帮忙,我不知平时或者以往是个什么情况,但单就那晚来说,好像也没有什么,他们外国人可能有他们自己的规矩。

后来我问过苏菲这个以色列人是不是经常雇她,但她没有说。其实,这个雇她的事也不是苏菲跟我说的,而是后来她介绍我认识的那个叫熙美林的瑞士人告诉我的。

你知道我有一点难过,毕竟是我的朋友,但是,从她那里看很正常。我明白那晚我脸色很难看,语气也很不好,我觉得既然是我的朋友,与我有着这么深厚的革命友谊,那么她应该过得好一些。

当然，你知道我自己也无法判断，凭什么我跟苏菲的革命友谊，就已经到了让我对她有了这种好感的程度，从哪一天、哪件事或者说从哪个场景开始的，这些都不知道。但是，我就是觉得苏菲应该过上好日子啊，全世界的人不都应该过上好日子吗？

4

苏菲是上网回来晚了，才跟那个中国人的母亲发生了冲突。其实这样的冲突在她们之间有过很多次，之前可能没有严重到不可忍受的程度。另外对于苏菲来说，她也很难找到一个解决办法，所以她跟我说的不多，但我知道她的处境已经很艰难了。

上网回来晚了，被老太太骂，事情还不那么简单，苏菲知道老太太严厉的呵斥里边好像还有另外一层意思，大概是说苏菲这个年轻人不老实，她应该更规矩一些。

这个中国人的母亲想当然地以为假如在网吧里待得时间长，那么她一定不是在干什么好事。

所以老太太就骂苏菲是个坏女人，说她在外边上网时跟别人乱来。意思大概是这样的。因为在梦雅的住处有电脑，老人对电脑也用得较频繁，人虽然老了，但对身边的事物不陌生，苏菲就是为了避开这个老太太才去外边上网，但最终还是不行，两人已经闹得不可开交。

苏菲给我打电话时，已经凌晨两点多了。苏菲这个法国姑娘不爱哭，她倒是说得很冷静，说那个老太太逼得她没有办法了，她总不可能夜里两点再返回到大街上去吧。

我在电话中就跟她说，你不要怕人家，你住在那儿是你工作的一部分，是那个中国人雇了你，才提供了住处给你，你并不是寄人篱下的。

苏菲明白我的意思，但她就是怕麻烦，觉得跟这个老太太完全说不清楚，不过在电话中我还是难以想象她在那儿的处境到底有多糟糕。

苏菲说那个老太太的意思是要质问她，她在QQ上到底是在和谁联系。

这是个很荒谬的问题。如果这个老太太还有一点正经的话，她恐怕是问不出这个问题的，再说你们之间有什么关系呢，苏菲又何必要跟你这样一个七老八十的人来说她私人生活的事情呢?

我意识到问题的严重性,我甚至在想,苏菲住在那儿连用水冲马桶的自由都没有,那么到底是什么还在支撑她过这样一种生活呢?

她在和我通电话时,我能听到她那边时而冒出来的那个老太太几句骂人的声响。我跟苏菲说那我现在就接你过来吧,苏菲说,那不用,还行。

第二天一早,我把自己的事情都抛开了,苏菲没有班,她本来是可以睡个懒觉的。我一早到了梦雅小区。

这次我见到了那个老太太,我去时她正在客厅里若无其事地看报纸,苏菲直接把我带到她房间。

应该说,这个中国人在梦雅的房子很差,不仅没有品位,而且像个奇怪的口袋一样,塞满了乱七八糟的东西。

我把自己当成来解放苏菲的救世主。

苏菲气色很不好,大概是从昨晚到现在都没有睡好,苏菲证实了这一点。她说那个老太太一直在找她闹,非要她讲出她在外边上网时都在跟什么人联系。

我一开始实在是想不通这个老太太为什么要问这个问题,但是老太太就在外边啊,虽然我也可以亲口去问一声,但你知道我很烦这种人,不想跟她打交道。

不过,我还是听出来了,原来这个老太太一直以为她是可以管住这个法国姑娘的,她基本上的逻辑是,你是替我儿子做事的,是我儿子把你从法国带来的,那么我就可以管你。

但这是为什么呢?

苏菲的房门没有关,从这儿都可以闻到卫生间的臭味。虽已八点多,但刚才在客厅以及边上的餐厅没有看到任何吃早餐的迹象。我问苏菲吃了没有。

苏菲说,那老太太倒是吃过了,是一边吃一边跟她吵的。

我很想出去跟这个老人理论一下,因为这实在是太不像话了。但是,我还没有出去呢,那个老太太好像是在门口晃了一下,我觉得简直是太让人生气了。

老太太在外边冷嘲热讽了,说你们有什么本事啊,有本事不要往我们这儿跑。

我不明白怎么成了"你们"了，难道也把我包括在内？

看来，对于这样的人，你回避也没什么用，她这人是很犯贱的。

我站到门口看着那个老太太。老太太没有理我，但是从我旁边经过往苏菲的房间里来了，见苏菲坐在椅子上就在旁边很小声地说，你别以为随便找个什么人来，就能说明问题，告诉你，我是知识分子，我知道你们这个路数，你在外边没有好事。

我就在客厅听着，实际上我一发火就会不可收拾。我倒要看看她还要干什么。

我听清楚了，老太太还是骂苏菲在外边乱来，她说话很肮脏的，简直难以入耳。

我说这样的环境完全不是人待的，应该一走了之，但是苏菲还坐那儿不动。

那个老太太差不多骂够了，我进到苏菲房里，我把她房门从里边锁上了，这时我看见苏菲脸色也很难看了。

我终于明白原来这个中国人的母亲之所以这么恶狠狠，完全是因为她本来就是一个十分古怪的老混蛋，如果人们能记录下她的话，没有人不会发抖和害怕的。她几乎把苏菲当成她儿子的一个私有物一样，连雇工都不是，所以她才会盯着苏菲非要质问她在QQ上跟什么人有联系。

因为房子里没别人，那个中国人的前妻送孩子上学去了，还没有回来，房中只有老太太。我对自己说不能发作，这种情况不便于我这样的人来说点什么。但我还是忍不住，我觉得一个老太太这样狠毒实在是太恶劣了。

苏菲和我要出去了，老太太终于又冒出一句最恶毒的话。

我想我是冲她骂了一句的，真是太坏了。

然后我带苏菲出去了，假如她想，其实她可以永远不用回这儿的。

在车上苏菲跟我说那个老太太有时会在她睡着时开她的门，用一只鸡毛掸子，在她脸上掸来掸去的。

这一次我没有见到那个中国人的前妻和孩子，不知道那两人是不是也有神经病呢。

苏菲没有到时代商城去，因为今天不需要上班，我说那你和我到外边转一转。苏菲说她很烦，要是哪一天，可能的话，她要我带她去农村，就是以前我跟她讲过的那种我们这块地方很偏远的乡村。我说到那样的乡村，你就会改变某些看法的，并不是每个老太太都会像那个中国人的母亲那样让人厌恶，还是有很多人不会那么恶劣地对待别人，不会用那种丑陋的观念去揣度别人和整个世界。

我想如果我不管她的话，她在这么不如意的时候，就会无所事事，当然假如她愿意，她就会喝酒，所以她跟那个法国同乡在一块，就会喝醉，我知道和她一起喝酒的，还有一个最近才认识的搞技术的德国人。

我开车带她去了滨湖。和我最早带她从义城那儿到的巢湖有所不同，滨湖这里要更为开阔，而且湖岸是修整过的，这里要打造一个本城最大的市政小区，工程已经动工，一派繁闹的景象。

这样的场景让苏菲很受震动，她说在她的家乡从来没有这样的阵势，那是不可能的，房子永远是保存在那儿的，新建的房子少之又少。

我们从那条水泥路开到一个还没有拆迁的村口，把车子停下后发现有人在卖才从巢湖里打上来的虾子。虾子白白的，透着黑，苏菲伸手在篮子里拨动那些虾子。村民们看着这个法国姑娘，劝她买一点回去吃。苏菲就看着我，我说，要是想买，你就买一点。但苏菲没有买。

我看到村口往下边，越过一大片菜地，有个可以靠船的码头，并且有两只船是从那儿出发往湖中间开去的。

我和苏菲到了那边，我们问了船的价钱，然后上了一艘带船舱的那种很传统的船。苏菲和我一样也不喜欢那种亮白的汽艇。

但是这种船，我们自己是不会开的，它用的是那种老式的柴油发动机，苏菲坐在船舱里，我在船舱的木门旁边，船尾那儿还有个木盒子，像个洞，船老大就是在那儿开船的。

船往湖中间去了，苏菲很高兴，好像有了很大的解脱。其实一直以来很少能见到苏菲有高兴的时候，所以她有了一点点乐观的态势，我觉得就很重要。苏菲本来就应该乐观一点才对。

船一旦动起来，就跟风浪有了抗衡，这种感觉很棒。我想苏菲的家乡断然不会有这样大的湖泊，即使有，也不会像我们的巢湖这样，那么恣肆汪洋。苏菲的身体随着船只晃动着。

那个船老大一直在后边的黑洞里沉稳地开船,叼着香烟,只有我跟他说话,他才回答,否则他只顾开船。

后来我也坐到船舱里。船舱很舒适,有几把很旧的老式椅子,人在上边特别稳当,而且随着船晃动,人也更加舒服。

头顶吊着一个灯泡。这样的灯泡现在已经很难见到了,是那种很细长的模样,同时在灯座那儿居然还有一个分插口的部件,鼓囊囊的不说,还随着船晃动,幅度不小,每次好像都快要碰到旁边的木板呢。

苏菲的脸色在船舱里真是比以前所有我见到她的时候都要好。

本来在这个环境下,我不想提她跟老太太的事情,但是我觉得如果不把问题弄清楚的话,那她以后还是很难受的,其实我从老太太那儿也已经听出来了,她是把苏菲当成她儿子包养的一样了。

因为这个事情很难说清,再说,我们都不必往隐私上面讲,所以我也不好问,但直觉上不像,凭什么那么一个人会包养她呢?再说包养了,还要打工?但是,不问好像也不行。

苏菲明白了我的意思,她说不是的。她讲得很肯定。这个回答让我觉得苏菲就是苏菲,她是个很笨拙的人,但她又是一个清醒的人,她不是那种不明不白的人。

这样,我为我和她之间有着革命友谊而感到更加欣慰了。

船已经开到湖中央去了。今天的天气既不好也不坏,当然肯定不是晴天。船老大说也许过一会儿会下雨,在湖上边就是这样的,毕竟水汽充足啊。

在苏菲的旁边,有一扇窗子,窗框和木格都是那种中原地带最老旧的样式,即使我自己,也已经很多年没有见到这样的窗子了,只是在儿时的记忆中,在我的老家好像有这样的窗子,很好看。

苏菲就透过这木格窗看着湖面。

既然她并不是被那个中国老板包养的,那么这个老太太就足够坏了,凭什么要这样对待一个法国姑娘呢?

苏菲说,她之所以这样忍受,是因为她不想失去工作。

她没有说失去这份工作,她说的是失去工作。上次以色列人家的那次聚会，我就发现即使给别人在厨房里做个很小的帮工，她也极重视，所以像这样的一份工作，她可能是很担心失去的。

我承认我还没有把这样一个姑娘完全弄清楚，当然也许到死，我也很难把她弄清楚，但是她为什么这么害怕失去工作呢？

也许，她本来就没有什么选择，她又能做什么！

现在，在这船上，看着这个二十六岁的法国农家姑娘，我几乎也问不出什么问题了，因为我必须承认她懂得很少，不论是电影还是文学，不论是政治还是民生，或者是历史和天文，她好像怎么都接不住你的话。虽然她经常上网，但是对于时事，对于像家乐福和中国的矛盾这些流行话题，她好像一无所知。

最重要的，她好像根本不知道你要跟她讲些什么，所以我跟她这么久，我们永远只能谈要么是我们面前的什么事、什么人、什么情况，要么是她自己的事、她家里的事、她记忆中的事。这就是苏菲，但是，跟这样的人，难道革命友谊不会更加可靠吗？

船在湖中央那儿行驶得有点颠簸，离忠庙的距离已经有些近了，湖上有些雾气，便叫人有一些迷醉。

苏菲穿一件蓝色的卫衣，使她显得比之前都清瘦了许多。远远地能够望见忠庙那边的岸。

苏菲还是不停地透过窗子看着外边。船老大一直没有主动跟我们说话，好像我们在这行船中会有秘密的事情，需要他来遮盖那样。我也想搂着苏菲，但是觉得很没有意思，主要是我们之间真的没有话说。

但谁都是眼前的事最急，苏菲的情况就是摆在面前的。但是，我还是把她带到忠庙去。

同样，也没有什么道理。

湖光山色，可谓一幅十分有意蕴的国画浮现在窗外。苏菲望着这国画，可她不说话，也不知是否勾连起她心中什么思绪。

靠了岸，那个船老大就在船上等我们，他从那个木洞里出来，坐在船舷上吸烟。我跟他说我们最多在忠庙待个把钟头。

其实忠庙所在的并不是完全的陆地，因为在它的另外三面也是环水的，像个半岛一样。我之所以一下子就想到了忠庙，并把苏菲带来，是因为我记得这个庙不是供着什么神，而是人，是那些在我们这个地方一直被很多人牢牢记住的出去打仗的人。

苏菲对忠庙有一些感觉。因为她之前去过不少地方，比如四川、陕西什么的，还有她到过欧洲和拉美的一些地方，但是我单单带她来这么个忠庙。

她对这个建筑好像也很有看法，只是没有说出来，比画了几下。我从口袋里掏出相机，我说你可以拍些照片。苏菲说，她不喜欢拍照，我就问她那么多年出去旅游都不拍照吗？

苏菲说她拍得很少，她不喜欢拍照。

我指着那些像跟她说，这些都是出去打仗的人，叫淮军。

她说，什么叫淮军？

我很高兴，她终于问了一个问题，这个问题是与她无关的呢。

我说，就是从我们这个地方出去打仗，为当时的清政府打仗。

她说她知道出去打仗很不容易。

我觉得她没有明白我说的清政府是什么意思。

我就对她说，清政府就是一百多年前的政府，当时中国的政府。

她点了点头。

我又说，就像拿破仑当年在管着法国时也有个政府。

忠庙还是很值得看的，但我讲不清楚，她又不问我，我们很快就出来了，坐在门口老槐树下，这时天色已经放晴了。不远处的湖面上波光潋滟。

身后的忠庙很安静。我觉得苏菲应该有点感觉才对，我甚至想，这个法国农家姑娘迟早还是应该更有点文化的，文化难道不可以一点点学的吗？

苏菲和我再回到船上时，她还是为我能带她到忠庙这个地方来而高兴，她是发自肺腑的。

我说，苏菲啊，那时我们这儿出了个李鸿章，很有名的，文武都行。

苏菲点点头，好像她对李鸿章也有了好印象一样，我问她，你知道李鸿章？

她说不知道。

这个也对，我不能再就李鸿章向她问下去了，这很没有意思。因为外边放了晴，湖面上有一种蓝色，跟天接得很近，我很想把苏菲拖到外边的甲板上去，但是苏菲坐在那儿很静，我不好去劝她。船老大在后边的木洞里也很静，好像只有我是躁动的。我太不像一个劳动人民了，我是不是也有那么一点让人生厌呢？我想过，也许，如果正常点，现在可以在水上，在这舱里搂起这个法国姑娘，这多好啊。如果她是一个文化人，一个使者，一个所谓的探究什么的旅行者，那么，在这样的风景里，是不是应该男女相拥，有一种甜蜜呢？

但是，我们没有。

在湖上，我们一起看见了跳跃的鱼。

那个叫虫虫的孩子把苏菲的脸给弄破了，我本来还以为是她骑自行车不小心摔倒了呢。那天我到省游泳馆去接她，她出来时，脸上有一道疤，这疤让我很疑惑。本来我是不大在意一些面相上的象征意义的，但是，我最近在游泳池认识了一个高个儿，是对面相有研究的，在她的影响下，我居然对于苏菲这一点伤，有了不祥的预感。

苏菲每次游完泳，头发都湿漉漉地趴在头皮上，这就使得她显得更为特别。由于她头发是那种介于金黄和乌黑之间的难以说清的颜色，所以她把脸给弄破就使我替她觉得很晦气。

她在我的一再追问下，才告诉我那个虫虫不是故意要抓破她的脸的，他们平时经常做游戏。乍一听起来，好像他们关系很好，但是虫虫很怪异，总喜欢用手对她指指戳戳。

那么是什么戳上她的脸，而且还划了一道口子呢？

苏菲说就因为他们在玩耍时，那个老太太突然喝令他们停下来，虫虫就没有控制好力度，所以她的脸就被划伤了。

我说你真是不能再在那个地方住下去了，刻不容缓了，这次是伤在面颊上，下一次要是伤在眼睛上呢，是不是要把你弄成瞎子？我还是没法想象，一个再顽皮的孩子也不至于那样。

苏菲说，没事。虫虫不是让她难以接受的。

但是她到底能接受多少，包括伤害在内？

虽然不一定每个女人都要在游泳馆认识，但是对于一个喜欢在水中游上几圈的人来说，能够在水中结识女人不是一件坏事。我认识的茜是个单纯的人，所以她马上就判断出我在游泳馆里认识的肯定不止她一个女人。

我跟茜在和平酒店吃饭时，我向她坦白，我在水里认识的人不少，但是这个数字也并没有超出某个界限，当然更多的朋友还是在陆地上结识的。

茜的眼妆化得很浓，穿着很透的丝袜，她摆出一副架势，让你以为她是一个把生活看得很透的人。我向她透露了我在下午过得很困难，我讨厌下午，所以去泳池游泳成了我一种消磨时间的方式。

茜听说我在泳池里认识了一个法国女孩，虽然她没有明显表示出不屑，但她说得也不客气，她说外国人看起来让人觉得晦气，我觉得她讲得还是有道理的。

你看现在我们的苏菲的脸便是被人划破了，不过，我并没有去想苏菲在泳池里和我认识，跟在别的地方和我认识会有什么不同。我们不过是通过这种方式认识的，我们完全是偶然的，但我以为，她的生活实际上也是偶然地闯入了我的视野中的。正因为偶然，我就觉得那些不美好的东西就带有某种普遍性了，毫不夸张地说，我觉得她身边的环境很恶劣，特别是跟茜这样的女孩相比，苏菲实在是太过消极了。

茜背的是皮包，淡绿色的。她吃饭的姿势足以让你叹为观止，她近乎是个怪物了。这也就是现在中国许多女孩的生活法则，就像个怪物，每一个都不同，各有各的怪法，不仅是她们的表现，也包括她们的观点，重要的是她们真的是有自己的观点。

在和平酒店吃饭时，我就跟茜说，我做了个梦，这个梦不是第一次做了，但是我记不得我曾在过去的哪一年、哪一月做过这个梦。但有了这个最近的梦，我才发现我以前做过几次类似的梦，可以说这个梦，是以前几个梦的集合体或者延续体，是有关的，甚至是连在一块儿的。

茜说，你这个梦应该就是同一个梦，做了几次，只是你说得不全。我觉得茜很有一套，她说的应该是对的。

茜说，如果我们没有成为那种很好的朋友，那我是不会听你说你的梦的。

茜的意思是即使是你讲了梦，让她听一下，那么她就是吃亏的，也就是说她听了你的梦，那是她对你付出了，就是说你欠下了她什么，你可以不还，但你总要先前就承认你是欠她听了你一个梦的。

我说，我们会成为那种好朋友的。其实茜和我应该都明白我们是爽快人，我们不是那种虚无缥缈之辈；我们会成为朋友，会有往来，不会亏待对方。我们就不仅仅是革命友谊，或者说我们不要革命友谊这些条条框框的东西。

我跟茜说，我做的这个梦，场景是在一座山上。

但不是那种绵延的群山，不是大山，近景是一处山地。

茜说，应该还是大山。

我说，是的，你讲得真对，茜啊，你讲得真对。我记起来了，对，就是大山，只是讲到那个场景，才觉得山不大，因为有一条公路。

是在一座山峰上的公路，路很陡峭，车子开到那儿，几乎是笔直的了，车子趴在那儿再也上不去了，但要退回去，车子就不可想象了，会不会死人？

茜讲，就这么一点？

我说，你这一问，我就记起来了，怎么可能就这么一点呢，还有很多呢。路边有松树，有那种青松，还有松油的香味呢，但是我从车子上下来了，我对我的车子没有办法呢。

茜说，那你是困在那儿了，应该还有人，不然你不会下来的。

我说，茜啊，你说得对，是有人呢，但是我记不得那人了。

茜说，肯定有人啦，应该不是你生活中以前存在过的什么人，你想想，那样的话，你不就记起是谁了吗？

茜说，可你记不住。现在先不管那个人了，你车子不是停在山峰上的那个陡坡上了吗？你动啊。

我说，我下来了，拿那车子和路都没有办法。

茜说，我就知道，你现在是没有办法的，但你怎么开车上去的？

我说，你倒是真提醒了我，幸亏你那时不是躺在我身边，不然你会让我吓死的，你怎么能猜得这么准呢？告诉你，我以前做过几次跟这个差不多的梦呢。

茜说，那还能有假！你不能一下子就在山上的，那不是常人啊。

我说，茜，我跟你说我以前就老做那个梦，我本来就是开着车子，就是要出去的，从城里边出去，但是开着开着，我发现我总是往北，过一个城镇，然后，我上路了，很疯狂的。

茜说，那几次你可能生病发烧吧。

我拍了一下大腿。我说，茜，我真是要歌颂你了，你太厉害了，你让我喜欢你到极致了，我真是有发烧感，可不是吗？我就是在那种感觉中，开车出了那个镇子，然后我顺着柏油路往前开，接着我看到了横在右手边的大山，大到不可仰视，青黑色，但是并不十分可怕，因为我发现是有路通上去的。

茜说，你发烧呢，你糊涂了啊，你是喜欢往那上边去的，在你生活中，你从来没有真的直接就往一座大山开去，况且你是不认识那座大山的。

我说，茜啊，对的，可不是吗？我开上去了，弯道很多，但没有别的车子，没有别人，我一个人往上开。

好像外边的气温不高，记不得是白天还是晚上了，我说。

茜说，你记不得白天晚上，就没有白天晚上之分，因为你在车子里边，你忘记外边的白天黑夜了，你开的不是一天两天，你是一直在开车。

她这么一说，我害怕极了。是啊，我记得我的梦，我就是在大山里开车，然后就亮堂了，因为发现开到山峰上了，那儿有最陡的山路，于是车子上不去了。

我说，幸好车子有手刹，这样我就下来了，我记得是一部凌志车。茜看着我，她说，发烧没什么不好，实际上你边上一直有一个人。

我看着茜，觉得这个女孩太有天分了，现在的小怪物与小精灵们真是太古怪了，她能看出来哟，像个怪物似的看出来你边上有东西。

我不知道她怎么想我的，但是她说，一切都是晦气哟。

我点点头，我觉得我跟茜这样认识真是很有意思，并且很有价值，不枉我对她讲我的梦。然而，我不就是想说，我害怕的是我不知道当我在山峰的陡坡上把车子停下来时，旁边到底有谁在？

我推开了面前的盘子，我对茜说，我知道你的意思，你是说我遇见了一个让我不愉快的人。

茜说，还能是谁呢？就是现在你觉得很难办的人啊。

我摸了摸头，其实我应该承认这个梦和其他的梦是同一个梦。做这样的梦，其实在生活中，我遇见了这么个情况，我不清楚这个旁边的人是谁，因为陌生，因为一切随便。

我跟茜在和平酒店见面之后，我送了她一个礼物，她很高兴，把那礼物直接就从胸口塞到胸衣那儿去了。

我抖了抖脸上的水，从卫生间出来，我跟怔在那儿半天的苏菲说，我前几天跟一个朋友说了一个梦。

梦？苏菲问我。

我说，是啊。

什么梦？苏菲又问。

我说，你脸被划破了，让我想到了这个梦，我也惊了一下呢。在我们这些人的眼里，脸破了一点儿，就叫破相，虽不明显，但也是相的范围。所以我就结合我跟你讲的，我对别人说起的，我觉得我早就认识了你。

苏菲摇了摇头，只是喃喃自语，说她的脸不疼的。

于是我也跟她讲了梦中最后一个场景，就是在山峰的陡坡上，车停了，然后我下来了。

但苏菲没有像茜那样考虑到在我的旁边应该还有一个人，她没有讲到这个。

她不讲这个，这我倒是明白的，但是，她那个样子，头发刚刚干，头歪着，很孤单地看着玻璃窗，那道虫虫抓下的印痕更加分明了。

我对苏菲说，其实我可能注定要认识你。

这一次她点了点头。

在这个包间里，没有任何人，玻璃窗外边就是包河。是啊，我有一种冲动，觉得应该揽她入怀，应该吸她的嘴唇，应该把手伸到她胸衣里边，应该从裤袜那儿伸进手去，应该亲吻脚趾，应该像恐惧那样用眼睛抵住她眼睛，应该舔那隐秘，或者咬断一根毛发那样柔韧地拉扯一下。但是应该做的很多，都还没做，有那个梦一样的毫不自知，况且只要你注意她的眼神，你就会觉得陌生，同样的空洞和迷茫。

我喊了她一声。

她回过神来。

我说，我做那个梦，就是停留在山峰上。

苏菲摇了摇我，使劲地摇了摇，我有点恍惚了。不过窗外阳光明媚，包河上泛舟点点，她抓着我的胳膊，对我说，我在你边上，我在你边上。

我问，我说什么了，难道我问是谁在我边上了吗？

她说，你打盹了啊。

我和苏菲坐在金环酒店大堂的沙发那儿抽烟。我没有想到苏菲会把我喊到金环来，她很少主动约我，尽管我请她她从不拒绝。

她之所以到金环来，是因为她的那个中国老板要在这儿做生意，她便跟着要帮忙。

我不知道这有什么好紧张的，但看起来苏菲好像很没有把握。

我们抽烟时，那个大堂经理过来跟我们搭话。我很反感这个有点贼头贼脑的人，苏菲却跟他聊起来，看得出来那个人跟苏菲之前是认识的。

我们坐在这儿但没有见到那个中国老板，苏菲说她的老板回国已有段日子了，只是她没有告诉我。

苏菲抽烟的姿势跟别人不太一样。平时我们或在茶室或在酒楼包间里抽烟时，我没有认真去研究，但在这个酒店大堂里，可能因为环境的对比，就觉得她的姿势过于特别，让人觉得很别扭。其实这些天我跟茜倒是经常见面，如果要论起抽烟的姿势来，茜的那种样儿才是带劲的，只有在那样的女人身上，你才看出一个女人抽烟，她是有故事、有来历，并且是有盼头的，你会发现她不仅是抽烟，她是要办事的，她是在考虑的，或者说她不仅在抽烟，她也是抽给你看的。

然而苏菲就仅仅是抽烟而已，好像手指还有一点发抖，当然不排除她生活在一个和我们不那么相同的环境里的原因，再说她有着许多我们难以接近的困惑和伤感。

然而，像茜呢，每当我们在一块时，我们总认为我们是很快就熟了的，我们很快就能从对方身上发现点什么，我们都是一看就能把对方的意思看出来。或许这跟我们都是中国人没有必然的关系，可能跟我们的男女身份也没有关系，而是我们都有这样一种能力，我们就是能够捕捉到存在于我们生活细处的那些微妙之物。

但是苏菲好像不能。

今天，苏菲抽烟的姿势不耐看，但最难看的还是她的手。我说过，我每次摸她的手，那真是太过粗糙了。不过粗糙也就罢了，她的手有一种让人觉着难受的很奇怪的劲道。

是什么样呢？苍白，而且指头有点秃，指甲很短，并且她的手指指关节有那么一点凸大，她身材很棒，所以就越发透出一种不协调来。

我和茜坐在一起时，我们很近时，我会更加热爱起这个世界，更加热爱起心里边泛起的欲望，因为她的手势，她的运动，她的那点城府，会让我很舒服。她那涂了黑色指甲油的手，会透出一种自古以来就存在的美感，会使我即使在今天，也能与一直以来的世间的快活结合起来，会使我透过很长的距离，也能感觉到在某个角落人们在享乐。

然而，现在，在苏菲面前，她夹烟的手发着抖，有时耷拉在沙发边上，好像就要迅速地萎缩下去似的。

她抽烟的劲，看起来很凶，但其实她是无力的，正因为无力，你才会觉得她根本不适合抽烟，不适合做这个动作，好像那种香烟本身的原则也跟她有着抵触。她为什么要这样呢？你会想她怎么抽烟会是这样的呢？

苏菲对我说，她老板要在金环开一个店。

我问她，什么店？

苏菲说，还在考虑，今天是在看场子。

我这才明白为什么那个大堂经理刚才过来跟我们搭话，应该先前跟苏菲和她老板就已经谈过话了。

苏菲把烟不是掐掉，而是摁在烟灰缸里，好像即将要发怒的样子。我觉得苏菲这样不好，假如自己不喜欢或者拿不准自己在这个事上的态度，那么就可以表现出来啊，但苏菲又不是这样的，好像她必须生活在困难中，永远面对困难才是她准确的生活一样。

苏菲没有再抽烟，而是很失神地望着我。

我朝四周看，看到了一个刚刚拆掉门头的玻璃门，我指了指那个方向，我问苏菲是不是店就开在那儿。

苏菲点了点头。

我觉得苏菲可能真是反应有那么一点问题，如果就是那么个地方，显然是只能做个酒吧的，那儿断然不可能开成服装店。

苏菲说是的，老板就是想在那儿开酒吧。

我不想和苏菲一样总是被愚弄一般，这不是我们真实的困境啊，所以我又递给苏菲一支烟。我想幸亏我没有早来，没有见到她那个老板，不然，我很可能对这个人不客气。

苏菲终于又吸起烟来。其实她也是涂过指甲油的，只是不是涂成那种黑色，而是比肉色、红色更紫一点的色调。这是很难形容的色调，包括手指、指甲和手在内，苏菲的这个身体部件好像总是传达着一种令人不快的意味。

甚至是不安。

我明白了苏菲的意思，其实她是怕老板在这儿开酒吧。

我觉得很意外，如果怕工作辛劳也就罢了，但为什么单单害怕在酒吧干活呢？

难道酒吧有什么特别令人不能接受的东西吗？

我问苏菲，你怕酒吧的什么？

苏菲摇了摇头，又摇了摇手，你就看见她夹着的烟，在她面前晃了几下，这让我更加不懂了。

我说苏菲你跟我到那边看看，你看看，要是在这儿开了酒吧，要是你不乐意，你就不来上班。

苏菲站了起来，她说，不是你想的那样的。

这样，我们就走到那个玻璃门边。这时我发现里边空间不小，而且已经有人在那儿干活了。这时，我看见里面有一个外国人，我肯定没有见过这个人。

苏菲好像有点害怕见里边的人，她没有往里边走，说她站在外边看看。

苏菲确实有那么一点点迟钝了，看里边工人的忙碌，我就看得出来这儿在按一个酒吧的布局做基础工作。

那个外国人应该是要出去，他看见了苏菲，但没有跟她打招呼，对她视若无睹。苏菲见那个人过来，她低了头，默默地走到商务中心那边去了。

在商务中心那儿，苏菲跟我说，那个人是那个以色列胖子派来的，其实这个店，就是那个以色列胖子提议跟她的老板一起开的，他们联手做的。

我这才明白，若是那个以色列人也掺和在这个事中，苏菲差不多也还是那样，是要替别人做事的，只是这一次，不仅是那个中国人做她的老板，还有那个她称之为朋友的以色列人。

我把苏菲带出了金环酒店。苏菲坐在车上好像很疲倦，有点不堪重负的样子，她说她需要呼吸空气，好空气。

她讲得这么模糊，都不像是她说的话了。

我再次跟她说，要是不愿意，你可以不做啊。

苏菲再次说，这是工作，我不能没有工作。

5

苏菲感冒了，听她在电话里的声音很奇怪，那种中文说得你几乎难以想象。好在苏菲在语言上有先天优势，只有这次她生病了，发出那种怪声才让人意识到假如是个一般姑娘，她是不会有这种天赋的。也就是说，因为鼻音太重，吐字困难，所以她必须说得与我们完全一样，我们才能听明白她讲了些什么，以及她为什么会这样讲。

苏菲是在梦雅小区那个中国老板家的楼下待整个后半夜的，原因跟以前有所不同，这次倒不是那个老太太，而是中国老板的前妻。苏菲最近感到那个中国前妻对她竟恶狠狠起来，原先苏菲还有些同情她，因为苏菲知道这个女人只是前妻，而老板在法国有了法国妻子。但是，随着老板和那个以色列胖子要在金环酒店开酒吧，这个中国前妻好像变得跟以前不同了，她变得可以指挥苏菲了。

苏菲对于这一点是不太明白的，直到最近她发现老板跟他的前妻其实有时是住在一块的。这个发现让她很吃惊，因为在苏菲看来，这是特别让人难以接受的。苏菲不想见到他们这样，虽然他们是否在一起跟她没有关系，但她还是不想撞见这一点。

她的老板起初是有点回避她的，但过了几天，就没法回避她了，同住在一套房子里，怎么可能回避得了呢？再说，还有那个叫虫虫的小混蛋，自从上次抓坏了她的脸之后，就对她更瞧不上了。

但苏菲也知道中国老板还是有他的原则的，因为是商人，并且是从法国把她带回来的，多少还是要对她有交代的，她自己始终认为这个中国老板为人处世有他的一套特别之处。很多个晚上，或者是疲累的时候，她会想到别人在巴黎把她介绍给他时，他是给她希望的，他是守信的，说了在中国开店，也就真把她带到了中国，而最重要的是，苏菲喜欢中国，这样她又必须忍受了。

然而，那个前妻好像在开酒吧这个事上得到了全面的翻身，她让苏菲跑这跑那，甚至跟苏菲谈起了酒吧的未来。看来她胃口很大，她要把酒吧开成在本城最有影响的酒吧。苏菲问过老板的态度，老板只是说如果不是以色列胖子一定要邀请他一起做这个酒吧，他自己倒是不会这么积极的，但如果仅仅是应那个以色列胖子的邀约，那为什么要把前妻安插到这个酒吧里呢？

我让苏菲到社区卫生所去看看，苏菲说她自己吃点药，可以挺住。我看她脸色很不好，但她还是坚持骑自行车到中市那边去采购东西。

傍晚她在城中，大概是从金环酒店骑车到时代商城那边去，骑到一半她实在支撑不住了，于是给我打电话。我赶过去时，她的自行车靠在路边上，她戴着个太阳帽。阳光还不错，苏菲坐在路沿上，这是我第一次见她的自行车，我们还为自行车争过嘴呢。那是很难看的一辆自行车，不管是款式和颜色，还是那种龙头、踏板，我全不喜欢。虽是个还算新的车子，但模样奇怪极了，有朋友挑了一辆这样的车子，你自己就会很憋闷。

我问苏菲怎么办，苏菲说她坐一会儿就好。

那么她为什么要喊我过来呢？

也许她已经习惯了这样，有问题就找我。可我能怎么办呢？

我跟苏菲说，你还是去卫生所的好。

苏菲站起来了，她去推车子，我看见她有点晃，我想她也许发烧了。

我就去摸她的额头，苏菲应该是发烧了，于是我就让她不要骑车了，直接开车送她去卫生所。其实那辆车子也可以不要的，但我说不出口。这辆车子实在是太难看了，可以讲，随便挑一辆都会比这个好看。

当然这车子肯定是极便宜的，不过苏菲跟我说过她是重视这车子的颜色和款式的，那她到底为什么这样呢？我看见她那粗糙的手捏在龙头上，我就把她的手掰开了，好像有点弄疼她了，不过我没有让她继续捏，我把自行车放到车子后备厢里，后盖盖不上。苏菲麻木地站在路沿上，我喊了她一声，让她上车，苏菲顿了一下，然后上了车。

在卫生所，医生测量了体温，还好，烧得不算太重，但这是秋天啊，搞不好就会一病拖很久。医生说，你们老外真能扛，感冒发烧了不输液不行的。

苏菲坚持不输液，她最多只接受打针，医生被弄得很生气，因为医生已经看了她的嗓子，里边都红肿起来了，打针根本消不了炎的。但苏菲就是不同意输液，不知道是不是担心花钱的问题，于是我就跟她说，还是听医生的话，输液的好。

不过苏菲不同意，她说医生要是不给她打针，那她还继续吃药。

我早想发火了，苏菲很不像话，简直有点难以理喻。医生跟她说，我们这儿，细菌多，不比你们那儿空气好，我们这儿一旦感冒了，就要输液，不然杀不死细菌病毒呢。

苏菲跟医生在那儿僵持着。

不过苏菲最终还是坚持不住了，因为我发现她很想站起来，但很困难了，歪斜着，那件黄色的卫衣在脖子上往下坠着。我替她理了理头发，有点乱。她好像有点糊涂了，我把她扶到里间挂水的那间屋子里。

苏菲好像还是反对，但我听不清她在讲什么，她好像有气无力了。

于是医生就开了针水，护士来扎针。

里边本来还是躺着几个人的，但后来他们都陆续走了。其实我也有一堆事情，但是我又必须陪在她身边，如果我不在的话，不知道她会不会觉得好些了，就自己拔掉针管跑掉呢。

输液时，苏菲睡着了，我得以真切地看着她。这个法国农家姑娘，脸上有点脏，可能是骑车去中市弄的。她的手现在缩在被单里，暂时看不见手，只看那身材还有脸，好像也有与众不同之处，但是，最重要的是，我发现她好像还是很年轻，虽然已经二十六岁了，但她这么躺着，看起来也就只有二十出头。原先我以为她脸上有那种沧桑感，但她这么安静地躺着，就会觉得她实在是涉世太浅，好像与世无争。那么除了她东奔西走的生活，她到底都是怎么过来的呢？

茜给我发短信。她最近老是这样，只要想起我，就会发短信来。她是个很强势的女人。她晚上约了一个朋友，谈关于江南一家铁厂买矿的事，她也是帮人家谈的，她希望我去，因为她知道那个来谈判的人是个有文化的人。茜看重我身上的那点文化呢，不过文化是个什么东西？跟钱一比，文化是不是只是一点修饰呢？是啊，像她这样周旋在那么多人中间，那她是不是也具备了很高的文化呢？

不过，女人能看重文化，这也不能怪她啊，谁让她对文化有了好感呢？

我就告诉她说苏菲生病发烧了。

茜回短信说得很不客气，她认为苏菲完全是个白痴。

当然她这样评价苏菲是不公平的，不过她有她的看法，她在男人间周旋，干有魄力的事，自然不会把这个来打工的法国姑娘放在眼里。

她命令我过去，以这样的语气跟我说话，让我烦躁。我不能接受一个女人有那种过于激烈的世界观，我肯定地告诉她，大家都没有意思，你不比这个苏菲好多少。

茜肯定是气坏了，一直拨电话，我没有接，关掉了手机。

苏菲睡着了，应该睡得很香甜，这让我记起前些日我跟她讲我那个在山峰的陡坡上停车的梦，她是一无所知的，对那个梦，她无动于衷，跟茜是不一样的，苏菲是进入不了任何有一点点难度的东西的。那么现在她是否在做梦呢？当冰凉的青霉素输进她血管时，她是否有梦呢？

这个我就不知道了。

苏菲后来醒了，我看见她睁开眼睛。她好像对周边有点陌生，但她知道她在输液，她向我笑了一下，有那么一点惨。

我告诉她，其实输液也没什么，有什么破坏性吗？没有。

苏菲要去解手，我扶着她。进了门，她自己举着那个瓶子，她闪到门后去了，我在门外边等。

输液到十一点多，才从卫生所出来。这里离梦雅不远了，苏菲拔了针管一下子就清醒了，她好得很快，这很像是农村人，似乎有着极强的抵抗力。

我说带她去吃点东西，她说不要，我说开车送她回去，苏菲坚持要自己骑车回去，一边她就去搬那车子。我觉得苏菲太固执了，不过我拦不住她，她终于骑上车子，还算稳当，向前方一拐，上了黄山路，不远处就是梦雅了。

我在停车场站了很久，完全弄不懂，不过这一切也都没有什么意思。

苏菲生病的这些天，我劝她多休息，但苏菲没有。她恐怕像我们中的有些人一样，是个闲不住的人，假如她坐在那儿，她的手势或者那种样子，好像随时都有事要忙起来一样。因为金环的那家酒吧总是有忙不完的准备工作，而苏菲恰恰是任务最多的，比如采购那些日常用品，还有就是跑装饰市场，虽然忙，但她还是安排得井井有条。时代商城那边的工作，那两个跟着她的营业员已经很熟悉了，苏菲就被老板更多安排到金环这边来跑腿。

酒吧取名叫自由酷吧，不过我对苏菲讲还是叫自由古巴好，什么酷吧，多难听啊。苏菲说都行，那是老板们的事。开张之前几天，苏菲身体还没有全好，她在断断续续地咳嗽。我找过我的一个叫汪燕的开酒吧的朋友，我说我认识一个法国女孩，在帮人家打点酒吧，与其那么累，还不如到你这儿来干呢。

汪燕问我是不是老外开在金环的那个。

我很奇怪，汪燕都知道这金环要开自由酷吧。

汪燕说，说不定那儿生意会好呢。我跟她讲苏菲，汪燕说，她那儿可不是做外国人生意的，她意思是即使要苏菲过去，也并不合适。

苏菲说酒吧马上要开业，她对酒吧的事情还不怎么懂呢，我说你不要管那么多，反正又不是你的酒吧，人家让你干什么你就干什么。但苏菲还是很忧心的样子，也难怪，以前她在巴黎只不过帮人家扎花，对于开酒吧，她自己是不在行的。

酒吧开业那晚，那个以色列胖子的朋友邀请我以及另外几个上次萨贝拉来访时聚过的人一起去参加。我本不想去，征求苏菲的意见，苏菲说，你还是去吧。

于是我就喊上汪燕一起到自由酷吧去。

汪燕跟那几个以色列人已经打过招呼，然后就是那个苏菲的老板。我一直很不想见他，但是汪燕讲这个人不错，他们在酒吧混的人都知道他，好像他才刚开始开酒吧，就很有名一样。不过，我懒得见他，蓝天明也来了，他又开始跟我讲起上海文化的事情。

我很烦，觉得这个蓝先生很无趣，因为我们这个地方跟上海有很大的不同，所以谈起海派文化完全没有可比性。

苏菲和我们不在一块，她老是在后堂那儿。虽然店里也请了不少人帮工，但苏菲还是进进出出，而且看得出来，以后主要的端杯子的工作恐怕都是苏菲的。

我见那个中国老板到苏菲跟前说了一句什么，末了，那个人便带着苏菲走到我边上，他过来握住我的手，说了一堆客套话。光听讲话，发现这人还行，客气不说，还十分照顾场面，他倒一点没有在意我跟苏菲这么熟，却跟他从没有打过照面。

这人有点清瘦，戴一副眼镜，金边的，人很斯文，看不出生意人的做派。我们认识后，他便让苏菲到后边去，那边还有许多事。自由酷吧里，多是请来的人，那个以色列胖子跟我只是点点头，大概他记得上次在他家时，我对他很不礼貌。

蓝天明先生跟本地的什么人交谈着，好像很有意思似的，而我只想赶快离开这个酒吧。它是由一个很宽阔的店面改造的，那个曾经朝向金环酒店大堂的门已经改成小门了，而它的大门是开向停车场的，因为这个地方位置很好，可以想见以后生意会不错。

苏菲的那个老板问我对酒吧有什么看法，我说还不错，但是这儿的人更喜欢喝茶，好像我们这个年纪的人都不爱上酒吧。这个老板就在那儿笑，说自由酷吧本来就是开给年轻人的。他在说笑时，他的前妻出现了。这个女人很古怪，有一张很阴沉的脸。而她一过来，这个老板马上就挺直了身子，好像非常正经似的，他向我介绍了他的前妻，好像是介绍朋友似的。

我看出了这种人虚伪的一面，去法国跟别人结了婚，入了法国籍，但说到底还是中国人，这个也没有什么，但问题是现在回到国内又和前妻搞到一块了，并且那几个以色列人还拉他入伙开酒吧，而酒吧实际上是他前妻掌管的。

这个有点阴森的女人对客人们很冷淡，好像她必须让人意识到请大家来只是撑个场面，实际上好像并不需要这么做似的。看他前妻这个样子，我就可以理解为什么苏菲这么担心在这个酒吧里工作了。

苏菲给这个中国老板的前妻端来了一杯酒，她喝得很快，一点没有在酒吧里的那种感觉。

虽然店里也来了些人，但大部分人好像并不看好这个酒吧，苏菲在给人端东西。她已经系上了那种红色双杠的围裙，只是她的手依然很难看。她在忙碌时，我注意到其神态是很恍惚的。

汪燕悄悄对我说，你那个法国朋友还不赖。

我很高兴汪燕对苏菲的评价还不错。

她又说，只是人太老实了。

我说，她不是老实，可能，她是有心事的，她心事儿重。

她问，什么事？

我说，你看她人不大，但她一点快乐都没有。

汪燕吸着烟，不时地冲那几个以色列人点头。她小声地说，你不要那样看外国姑娘，人家疯起来你不知道呢。

说话时，苏菲的那个中国老板又到我们这边来了。他跟汪燕说，原来你们也认识。汪燕就对他说，你现在是资本家了，外国人来给我们服务了。

我想也许这个说法不准确，什么外国人、中国人呢，无非大家都是在混饭吃。

这个中国老板连忙转移话题，因为他不想就什么外国人、中国人身份的讲下去。但汪燕偏偏不放过他，她说，你跟你老婆又搞到一块去了？

汪燕这么一说，这个中国老板脸上就挂不住了。我想这个人还是有顾忌的，但好事还都是让他占着的，在这个地方，谁还管有什么外国老婆啊。

中国老板没跟汪燕讲下去，他到后堂那边去了。汪燕就小声地说，这家伙总是这样，生意做不大的。

我听见有人在敲鼓，原来在酒吧靠左侧的里边一点儿，有一个台子，那儿还在调试灯光，所以原先没在意，他们是请了乐队的。

乐队先是在那儿试，后来就玩起来了，酒吧中间的灯也开起来。因为刚开业，位置什么的挪来挪去，乐队的主唱在那儿瞎唱，但调子还对，不过场面也够乱的。我跟汪燕说，乐队不如你家那边的。

汪燕说，老外哪有什么品位，他们以为中国人的钱好赚呢。

我实在待不下去了，我在过道那儿把苏菲给喊过来。我问她是不是不舒服，她说还好，我注意到她手上是燃着香烟的。

我坐汪燕的宝马离开了金环，汪燕在车上不停地奚落苏菲的那个老板以及他的前妻。她说她早就认识他们，在男的还没去法国之前，跟他们夫妇都认识，汪燕说，那男的是个马屁精，别看斯斯文文的样子。

汪燕说得可够直接的。

苏菲跟那个法国同乡喝酒喝得厉害，我是听油坊路那家油厂的郑师傅跟我说的。郑师傅开的这个小淮扬酒家因为离油厂近，生意一直很好。我曾在油厂附近的长城宾馆包过一个房间，讨论一个剧本，所以那一年我在小淮扬酒家吃了很多顿，但是，这几年我没去过。

不过，令我想不到的是苏菲跟她的法国同乡去的正是郑师傅家的小淮扬。

那天，我到花冲公园那边谈事，中间接到春的电话，要我到长城宾馆去见一个人，这个人跟春也是朋友，春叮嘱我这个人很值得交往，人很纯朴，曾经是个中文老师，据说平时因为写诗而使他有些仙风道骨。原来他找我不为项目，他不是生意人，他是个很爱看书、有闲情逸致的朋友。还好，他是认真读过我的书的，所以，他跟春以前介绍的不大一样，他是个很有见地的人。

我跟他聊得还不错。长城宾馆的气氛很不好，里边不仅嘈杂，而且杂乱无章，不过这个叫老关的哥们很风趣，他甚至跟我讲到这条十五里河曾经在他少年时代发生的很多趣事。不过，不知怎么，我们又聊到外国去了。老关对外国很是看不上，他宁愿自己永远做个故乡的诗人。

老关头有点秃，但既不是地中海，也不是掀顶光，而是那种有点花秃的样子，所以有点搞笑。他倒和我一见如故，我就想，要是老关见到我其他朋友，他可能是极厌恶的，像他这种家乡宝大概是看不惯别人的。

我提议他如果那么热爱家乡，就给家乡做点事，老关说做事是他的弱项。我们东拉西扯到下午五点，老关说，我们就在油厂边上吃晚饭吧。

我就很高兴，因为我在那儿吃过饭，和这里只隔着一个路口，而且那个地方比较偏，只有两条小路，便好像一下子遁进了二十世纪六七十年代。

我和老关进的就是小淮扬，我说的饭店，老关说他都去过。对这一带他通通熟悉。

我坐下后，那个郑师傅从里边出来。他倒是一下子就把我认出来了，但看起来他跟老关之间不是一般的熟，不过他跟老关可就没那么热情了，而且他很迷惑我跟老关怎么也熟。

那年我经常在这儿吃喝时，因为用的都是公家的钱，比较大方，郑师傅觉得我这个人很够意思，所以今天再见面，他倒是欢喜得不得了。

老关跑到柜台那儿去看酒，这时郑师傅小声地问我，你怎么跟老关也熟？

我说老关读我的书。

郑师傅直摇头，他说长城宾馆这一带的人都嫌老关迂，老关自己还得意得很。

小淮扬酒家跟几年前还是一样，但是生意依然好，就是设施太陈旧，郑师傅也不想装修，他说十几年下来习惯了，不想在装修上面花钱了。

老关说老郑他们都是宰客宰习惯了，宰了那么多钱，但是店却开得这么脏。

我跟老关喝酒，郑师傅在边上有时忙，有时过来叙话。但他是坚决不对老关热情的，原来老关欠老郑的钱，所以他跟他不客气，不过这也不是什么大事。

后来老关就喝高了，他这人一喝高就更加可爱了，于是讲起他对春的喜欢，比如诗歌，比如为人，甚至还讲到他们在网络论坛上的一些趣事。

老郑说老关就是个妄想狂。

老郑是个老江湖，他对老关这个人很不喜欢。

后边我跟老郑就讲起了现在的生意，老郑说他的孩子都到外地去了，他现在只是守着这个店，挣不挣钱都无所谓，就是喜欢油厂这个地方，不闻这油香，他都不想过日子了。

我们在小淮扬酒家里边甚至都能闻到一股油香味。

不过我很快想到苏菲经常跟我说她跟法国同乡在这个油厂一带吃饭呢。

果然，郑老板讲起了在油厂边上那栋古井楼里有一批老外，他们经常到这儿吃饭，说那些外国人比我们本地人抠多了，他们每次点的都是最简单划算的菜。

我是有心要问起苏菲来的。

于是我就讲有没有一个法国女的,个子不高。

我还没有讲完,老郑马上就拍起了大腿,他说,叫苏菲对吧?知道知道,前两天还来呢,跟个男的,老在我这儿喝酒。

奇怪老郑连苏菲的名字都知道,看来苏菲确实是常来喝酒的。

但是他这么一说,我心中有些犯难了,因为老郑这些老江湖,他们对人都是看得很清楚的,他马上问我,你跟这人熟啊?

我说,苏菲是我朋友呢。

郑老板马上说,那下次你们一起来吃饭。

因为老郑说苏菲是跟一个老外一起来喝酒的,而且常来喝,我就想知道苏菲跟同乡一块喝酒吃饭是个什么样儿。

于是,我就问郑师傅,那个苏菲是不是很能喝酒?

郑师傅是个心领神会之人,估计他马上就听出了我跟苏菲关系不一般,所以他口风收得紧了些。

他先是讲那个法国同乡,他说那个叫列昂的,人很奇怪,住在古井,一直不知道是干什么的,每次都是他带苏菲来,他们在他这儿像在家里一样呢,他们每次都喝得不少。

我问老郑他们喝什么。

他说,喝的就是白酒,多半是宜宾那个地方的,还有泸州老窖。我问是不是也喝五粮液。

老郑说,那个列昂不会请她喝五粮液,他们喝尖庄什么的牌子。

我知道尖庄这个牌子,那很不好喝啊,太烈了。

是,就是烈,我看他们就是要喝烈酒的。

老关一边在旁边喝闷酒,一边给春发短信。他差不多在把他和我喝酒的情况跟春做实时汇报呢。

老郑点了点烟灰,有一桌客人在喊他,他过去了。我看老关在那儿发短信,他这个年龄还喜欢用短信,看来他这人不太跟潮流,但他有点好笑,而且人很油气。

老郑在那边招呼好了,又跑到我们这边来。

这时老关喝得差不多了,在那儿闷着头还在喝,但是总在叹气,我们就不管他。

老郑从我说话中听出我对苏菲很在意,所以他就直说了,他问我跟那个列昂熟不熟。

我说,不熟,但我知道。

老郑眯着眼,他说,那你跟苏菲就不寻常吧。

我说,苏菲跟我很不错。

老郑马上就明白了,他都快把我当成来暗自调查的了。我跟老郑说,我早就听说她到这儿来吃饭,但不知道是在你家小淮扬啊,要是知道在你家,我不早来了吗?

老郑是有话要讲的,他在观察我。

他说,那个苏菲真是能喝,像个小牛一样。

我心想他不说她像个小猪就不错了,苏菲恐怕喝起酒来很不要命吧。

但是苏菲还很年轻,才二十六岁啊。

老郑说,那个列昂可不年轻了,那个人在古井住了好几年,听说他在池州那里有个工作。

老郑对这个列昂是有看法的,不过,我最想听的是苏菲。

老郑说,苏菲喝酒,很少说话,但是每隔一段时间,她就要跟列昂一起来,我们这块儿都晓得是列昂带她来吃饭的。

见老关在那儿闷头喝酒,老郑笑了几声。

我还想听更多呢,于是我找杯子给老郑也倒了一杯酒。老郑讲,我说实话了啊。

我说,是啊,跟我还不说实话?

老郑说,他们有时是坐在里边。我知道里边有包间。

老郑指了指里边。我说我记得。

其实我在里边那个包间吃过饭,那时做项目,有个央视的女孩常跟我坐那里边,我们吃饭,后边有人喊"鸳鸯饭店"。

对,鸳鸯饭!老郑一笑,又拍了下大腿。

两个人干两瓶,老郑说。

那个丫头能喝,而且脸色不变,话也不多,只是那个列昂喝上一两杯脸就红得像猪肝。

老郑讲,服务员进去,看见他们一边吃饭,那个列昂就用手摸着她的胸，他们也不回避。

他们喝得厉害，他们用法文讲，所以我们都听不懂，老郑跟我讲。

老郑看我神色知道我很不高兴，但他看出我是有兴趣的，于是又说，他们有时也笑，好像他们在说什么好笑的事情。

我问老郑，苏菲，你没弄错吧？

老郑说，不会错，那个丫头怪老实的，还是列昂在搞她。

我说，那个女的，不错唉，本来。

老郑说，就是。

老郑又说，是叫苏菲，想起来了，她说她在时代商城卖货。

是的，就是那个苏菲。

我跟老关从老郑的小淮扬出来，老关醉了，对着十五里河，往河坡上撒尿。对面就是古井，原来那个列昂就是长住在古井的，难怪苏菲老来这儿吃饭喝酒。

在那个自由酷吧一个很小的隔间里，苏菲满嘴的酒味，看来她才从外边吃什么东西回来。上次在小淮扬酒家听到了她跟列昂在那儿喝酒的事儿之后，我对苏菲有了些不一样的看法，并不是喝酒有什么不好，实在是觉得每个人都会有你无法预见却是其本来就存在的另一种面目。

苏菲就住在这个小隔间里，因为要在时代商城amour和自由酷吧之间来回奔波，她可能有点招架不住了。现在她已经公然吸烟了，以前都是我给她抽她才抽，现在她是自己掏烟抽。

她的脸有一点肿，眼睛尤其如此，胳膊上边也有一块疤。这个法国农家姑娘，就好像是刚刚从田野里回来一样，有一种和这个自由酷吧完全不相同的调子。外边的音乐还在响，里边的人虽不多，但场面还算热闹。

我看苏菲穿着一条短些的裙子，我早说过她的身材很好看，也包括她的腿，只有她的手很难看。于是我跟她说，你可以戴上手套。

苏菲听明白了，她自己也看了看手，并把烟叼在嘴上。

我说，如果你撑不住，就不要再在这儿干下去了。

苏菲说，还行，再看吧。

她喝了酒，是啊，最近，这已经不是一次两次了。她老是喝酒。她又不是那种在社交场合喝酒，她不过是跟一个叫列昂的同乡，也许是个酒鬼的男人在一起喝酒。

她是被那个中国老板的前妻给指派到这儿来的，而且前几天还发生了一场冲突。

苏菲说，我不是故意的。

我已经听说了，其实假如你喝了酒，喝了太多的酒，那就没有什么故意不故意的了。

苏菲说，我没有醉，我不过是在那个房门前停久了点，因为我拿不定主意是不是应该进去。

我问，你进去干吗，你知道那是你老板的房间？

苏菲顿了一下，这倒使我马上意识到有点不对劲。

我想苏菲她为什么在那么晚的时候要到他房间里去呢。

我问她，那都多晚了？

苏菲说，也才十二点。

我说，十二点，你到你老板房间干什么？这个老板难道没有自己的私生活？

我这一问，苏菲还是不明白。她这人就这样，老实巴交的，但她很较真，我怀疑即使她不醉酒，她也还是那样一根筋。

苏菲说，我到他房间有什么不可以，我要是走错了呢？

这就让我觉得苏菲的头脑有那么一点不正常，什么叫走错呢？不过当时她确实是喝醉了的。

苏菲在房门外站着，也许她推了门，也许没有，反正说法不一，不过最让人不能接受的是她站在那儿，她为什么要站在那儿呢？

现在不是她的中国老板和前妻要回避她的问题了，现在是她有了点挑衅，因为她倒想冲进去，可她毕竟不敢，但她又似乎觉得她有这么一点权利。不知是为了什么，她自以为她有这个权利，也许她就是觉得对于这个中国老板，她是有权利进入他的生活的。

于是她就怔在那儿，当然，即使她回忆不准确，但她应该是推了门的，而且既不进去也不走开。

于是那个中国老板的前妻就从房间里冲出来了，冲突就是从这个地方开始的，毕竟不管别人怎么做，苏菲站在别人门口是不对的。

我还是认为苏菲是因为喝了酒，才会这样的，再说老郑跟我讲过苏菲跟那个列昂是喝花酒的，她可不是我看起来的那个样子。

于是那个中国老板的前妻就推搡起她来，苏菲这时就反而笨拙了，任人推搡，却讲不出话来。后来她就被赶出来了，而且人家骂她是傻×。

苏菲说，那个前妻骂我是傻×呢。

我说，人家是在气头上。

但是你为什么要在门外边那样怔着呢，再说你到底在盯着点什么呢？

她说，他们不应该那样的。

哪样？我问她。

她说，他们不应该睡在一块，他是有妻子的，在法国。

我感到苏菲虽然有意见，但这意见没有什么意思，那是人家的事情。

苏菲点着烟灰，顺着她的腿能看到往上的坡度，我承认她有那么一点点味道，但是，她的注意力都在她的中国老板和他妻子身上呢。

于是，她就被赶了出来。被别人从家里赶出来，不是一件好事，特别是对这个异乡人来说。

不过，住在这儿也不错，苏菲的床很长，但不宽。她说这里不能上网。

我说，我给你弄台笔记本电脑来。

她没有反对。我就在想，为什么苏菲从来不反对呢，是不是她从来就不会拒绝呢？

她即使再忙，但照例还是会去省游泳馆游泳。

她脸上有一点伤，主要是胳膊那儿很难看，不过，那个中国老板的前妻也挂了彩，都是推搡中造成的。

自由酷吧雇了好几个服务员，那些人都比苏菲干练，苏菲也端东西，但更多是在柜台前后那儿照应，搭理她的人不多。那个中国老板的前妻见我从里边隔间里出来，连忙跟我打招呼。

她让我在一张桌子前坐下喝一杯。

我们都是本地人，她说。

我明白她的意思，她是不希望我对苏菲的同情超过对她的，也许她明白，人家都是把她们定位在生活在那个老板的阴影下边的女人。

我对这个前妻说，我和汪燕是好朋友，所以你放心，我们也是朋友。

前妻不抽烟，她毕竟有些年纪了，不是大姑娘，也不是少妇了。她很现实，她说，苏菲这姑娘太不懂事。

我说，苏菲就这性格。

她说，我不太明白你怎么跟她这么好。

我本打算反驳她的，因为我不想让别人认为我跟苏菲很好，特别是不希望这个前妻这么看，不过我还是默然了，我想随她怎么看吧。

这个前妻又说，她太不懂事了，她以为他对她不错。

听出来，她是在说她前夫了。我不想听这个问题。

于是我喝了口酒，口味不错。这个前妻也喝了一口。

她又说，其实，老外又怎么样，烂得很！

我站了起来，我对她说，苏菲是个老实人。

她摇了摇头。这样我们就没话了。

6

苏菲这些天一直在犯愁，因为她要给她哥哥寄礼物去，他的生日马上就要到了。我在自由酷吧里跟苏菲面对面坐着，那个中国老板的前妻在这个酒吧里也成了苏菲的老板，但苏菲并不听她使唤，我目睹了苏菲对她的怠慢。可能是碍于我在场的缘故，这个前妻没跟苏菲吵起来，但听其他服务员讲，这里的人对苏菲的评价并不高，不过并不排除，这些服务员都受了这个女老板的影响。然而，平心而论，苏菲倒是那种慢热型的人，她不可能为了顾及别人，而对自己有所改变，这个对于她是很难做到的。

她那张窄而长的床边堆满了她在本城淘到的那些便宜货，看到那些大头贴、玻璃杯、胸针、皮带扣、钱包、铃铛，就会发现她跟时下我们这里的孩子们没有什么区别。所以看着她那个样子，我就在想，苏菲能经历多少事情呢？

但苏菲对有些事情是极其认真的，比如对于她的家人，这个我是看出来了，所以当她提起要给她哥哥寄礼物，我就帮她出主意。但是苏菲自己永远有一些不合时宜的想法，在她看来，应该给哥哥一个很意外的礼物。

她的这个考虑本来也是合理的，但不知为什么。在苏菲这儿，你就会觉得是不恰当的，她的想法是有点儿唐突的。

我带她到城隍庙去，在那儿她没有看中什么。我发现平时她给自己淘东西时，她是要便宜货的，但是要送给自己的哥哥，她就不这样了，她说那些东西没有特点。

我陪她又去了淮河路步行街，甚至到花冲公园那边又去了一趟，但都没有挑到满意的。

周末，天气很不好，苏菲休息，她早跟我说好了，说要到外边去。我起初没有想好去哪儿，因为她最近老是醉酒，我都有点厌恶她那失神的样子了。但是，她很少在我面前提她喝酒，以及和老乡在一起的事儿。我觉得她可能也是明白的，毕竟我跟她讲过我到油厂那边去过，我知道那个和她喝酒的人叫列昂。

到周六早上，我开车接了苏菲，我问她去三河怎么样。

苏菲从包里把地图掏出来，铺开。她很快找到了三河，离我们这儿只有五十多公里，且是高速公路。

她说，那就去。

我跟她说那里有三条河，是通向巢湖的。

苏菲立刻反应过来，问我巢湖不就在城边吗？

我说，巢湖北边在我们城边，但巢湖大啊，我们那次坐船去的忠庙也在巢湖岸边，但那是靠东边呢。

苏菲问，那今天去的地方在哪儿？

我说在巢湖的西岸，那是大别山的大河往巢湖的入口。

她又看地图。

我们开车去了。在路上，苏菲戴上了墨镜，这使她看起来有了一点点神秘，不过，只要她那双手在外边，还是让人难以捉摸。她恐怕比一般人有更多的旅行经验，所以看起来没有什么期待似的。

在路上我问她话，因为上次问过她到底跟那个中国老板有没有那种关系，她是否认的。但那只是她的回答，因为她跟他的前妻如此合不来，我不明白她是怎么看待那个中国老板的。

苏菲说，我的老板其实很不错。

我觉得苏菲虽然有幼稚的地方，但她的来历我并不完全清楚，我不可能去评价她自己的看法,那么就算那个有点斯文的老板不算坏吧。可是,即使这样,也并不足以使她如此担心失去工作,这是为什么呢?

苏菲说,我需要这份工作,我需要在这儿待着。

窗外的风景飞速掠过,但是到了一大片田野处时,外边的景色就定格了:高速公路两边都是丘陵地貌,间杂着许多树木,在田块与田块之间是那种有墓地的小山冈。

苏菲问我,哪些人都埋在那儿?

我说,在我们的农村,一般都是在田边或村头的,不可能太远,特别在巢湖这一带,没有高一点的山的话,坟场就在村子不远处,一般都是这样的。

苏菲说,那样他们离家就会更近。

我们到了三河。

苏菲在街上走,看那些叫卖的、摆摊的、拉车的,还有游客,她倒是淡定得很,好像三河并没有什么陌生之处。这就看出来,她对旅游是特别在行的。

虽然有三条河在三河入巢湖,但我们没有见到真正入湖的入口,因为三河有两三千年的历史,所以这个古镇已经被街道全部给塞住了,你看不到一点巢湖的影子。

在三河古镇的西边,有两条水。称为水,是当地的说法,因为没有江河的样子,像开挖的水渠一样,但水量充沛,从各家各户的房前屋后流去。

在西街,每家每户都挂有灯笼,灯笼上写有自家的姓氏,比如胡家、张家、李府、赵府,一家家走下去。

中间有米店、布店,还有糕点厂,等等。

苏菲都一家家地看。

她摇着头,我还以为她失望了,她这才告诉我她没有找到能给她哥哥的礼物。

原来她是想在三河给她哥哥买礼物。我觉得她这个想法也很好,于是就告诉她出了西街到南边那儿也许可以找到好东西呢。

她忙问是什么。

我说走过去看看。

从西街出去，有一个小广场，那里正在唱戏，我让苏菲停下来，苏菲拿出相机在那儿拍照。台子搭得很高，唱戏的人唱得很认真，唱庐剧。

我问苏菲知不知道庐剧。

苏菲说她不知道。

我就跟她说庐剧是苦情戏，就是生活不好，唱的都是悲苦的事。

苏菲还是不太感兴趣，站在这儿能够看到上边的戏台子以及戏台边上演员上场前化装穿衣的走廊。

苏菲就对着那儿拍照。

照例是有许多人在听，每听到极其凄惨处，下边的人都唏嘘不已，还有拍掌叫好的，场面有些混乱。

开始来时天气不好，但现在却放晴了，天空有点高远，毕竟是秋天了啊。

前边有一座桥，苏菲站在那儿，我看了会儿庐剧，到那儿跟苏菲会合。

在桥上，苏菲问我，她们为什么哭？

我说戏台子上的人没有哭，她们用的是哭腔。我真不懂，难道苏菲没有看戏的经历吗？

我就问苏菲有没有看过戏。

她说没有。

我想在巴黎看戏应该不难啊。

我们往东街去。经过南街转角广场，有一个城墙的垛口，苏菲看那城楼，石砌的，我让她跟我一起上去。苏菲很喜欢城楼，她说那时砌这石头不容易，我们于是说到长城，她说她在长城上看那些沟沟坎坎，很险要的，但这儿是平地。

我跟苏菲说，以前城楼，像三河这样的，都是在护城河上的，只是现在的护城河或者平了土，或者改了道而已。

我们上了城楼，上边有一个炮台，有说明文字。苏菲没有看那上边的文字，尽管她汉语很好，但她没有看。我觉得苏菲很不重视文化，不过文化确实对苏菲来说有那么一点距离，也很奢侈，她现在哪还顾得了这样的所谓的文化呢？

她摸了摸那门滞留在炮台上的大炮，显然这是留给游客看的。苏菲站在炮台上眺望着南方，纹丝不动，思绪不知飞到哪儿去了。

在炮台边上，我们站了许久。

我跟苏菲说，这炮台是当时清政府用来镇压太平天国的。

苏菲问，什么是太平天国？

我就跟她说，上次我跟你讲李鸿章，那人是清政府的大官，清政府是政府，太平天国就是当时中国的农民起义。

苏菲明白了，原来就是有人要打仗。

是啊，这是战争旧址。苏菲终于明白了。

苏菲又看了看南方，好像在目测这门大炮的射程。

我跟她讲，镇压太平天国，在三河是一次大捷，就是清政府在这儿镇守，不然太平军就打过去，往北边一路千里地打下去，怕要威胁到北京呢！在三河，把太平军给打败了，所以这城楼上边留着这个炮台。

苏菲不想听了，她已经往后边走了，那儿有道阶梯可以下去。后来我们到了东街，东街有不少卖年画的店铺，以前我来三河时并没有注意到这些店，但苏菲很喜欢这些年画。

我告诉她这些年画都是要到过年的时候才用的。

她摇摇头，意思是那现在为什么要卖呢？

我觉得要跟她解释清楚很难，后来苏菲就买了一幅最大的年画，上边画了中国山水，但是是那种很世俗的风景画，画的应该是江淮一带的山水，山不高，河流蜿蜒，她很喜欢。画极便宜，店主把它卷好，苏菲很高兴，她说，终于找到了，就把这个寄给哥哥。

我们在三河吃的晚饭。

那个秃头的店主跟我们热情地介绍三河，但是苏菲只顾吃菜。三河的螺蛳很好吃，苏菲试着用牙签在那壳子里掏肉吃。我是不吃螺蛳的，怕里边有血吸虫什么的。我问苏菲好不好吃，苏菲说，好吃。

这样我就没提血吸虫，只要她喜欢就让她吃，反正吃的人很多。

回去时，天已经黑了，高速公路上，川流不息，我把车子开得很快，苏菲很紧张，老是看外边。我捏着她的手，她没有动，只是每过一小会儿，手就会抖一下，好像她有那么一点不适。但我没有放手。

她看着车窗外,她说,在中国好,每一处都不同。

即使是黑的夜,也好像能隐约地看到每一处的不同。

不同的田地,不同的村庄,不同的街镇,还有不同的汉河,不同的山冈。

第二天,苏菲把这年画寄到瑞士,她说她哥哥在瑞士,他在那儿帮一家公司钉装饰物,那是一个大型展览,他已经在那儿干了很久了。

我问苏菲为什么选了年画给她哥哥。

她说,他喜欢玩啊,他过些天要去滑雪呢。

滑雪?

她说,是啊,他最喜欢滑雪了,可他装备不行,没有钱。

听起来她哥哥也很穷的,没有钱就不滑吧,我想。

但苏菲是认真的,她说,哥哥真是太喜欢滑雪了,在瑞士滑雪,他一直以来都最为喜欢的。

她一直讲她哥哥缺少钱。我不知道她有没有向我借钱的意思,但她没有说。

苏菲这些天一直在为她哥哥犯愁,不过我还是没有明白,既然大家都是成年人,凭什么要为哥哥那么担心呢?她说哥哥收到礼物后,给她发来邮件,说很喜欢。好像她哥哥真的从那三河画作里看到他妹妹在这里生活的希望,或者她哥哥就从来没有考虑过他妹妹到底在这儿过的是怎样一种生活。

苏菲从梦雅那边搬出来住,除非她的中国老板有时要求她回去,她都住在自由酷吧的那个隔间里。其实有时老板叫她回去住,她还是很高兴的,时间一长,我就发现她对她的老板还是很服从的。

不过,住在自由酷吧这边上网就有点问题了,外边收银台虽有电脑,但老板的那个前妻在打烊之后就会把电脑锁起来,而且酒吧没通网线。

过几天,我把我的那台用旧的IBM电脑拿给了苏菲,她很高兴。因为自由酷吧没有网线,我又单独为她申请了宽带。这样苏菲就可以上网了,又可以跟她哥哥等人在网上联系了。

那晚她和她母亲视频通话。

我就坐在边上。

她母亲出现在屏幕上，我吓了一跳。苏菲倒没有回避的意思，她让我就坐在边上。我说我不会和你母亲说话的，我们不认识，我不想那样，我不愿意这样和你母亲认识。

苏菲说，那你就坐在边上啊，我没说让你讲话呢。

她母亲跟她聊起来，全是法语我听不懂。她母亲一点也不显老，并且有一种跟她完全不同的样子，单就风姿来说，她母亲比她更有味道，且有那么一点风尘味。

她母亲说话很快，几乎轮不到苏菲说，总是会把话题抢过去。即使不明白她们讲什么，但还是听得出来，她母亲是在教训她。

而苏菲呢，一直是在答应着什么。

她母亲住的地方很好，至少在视频上看是。她在一个阳台上，往里边能见到客厅的摆设，环境很幽雅。

后来，苏菲好像情绪很不好，也许她是想念她母亲了，于是视频中的母亲声音也有些低沉了。

苏菲和她母亲都下了线。

坐在床边，苏菲点上烟，手指在键盘上胡乱敲着。

她说，我妈妈还是要让我回去。

我说，那你就回去。

她说，但我不想回去。

我问她，你是不是回去了，没什么事啊？

她说，我就要在这儿工作，我答应过他的。

谁？我问。

苏菲看着我，好像我是在问一个很怪的问题。

她说，我老板啊。

我很奇怪她怎么总是把这个中国老板和她之间绑得那么紧，有这个必要吗？

苏菲烟吸得很凶，酒吧已经打烊了，其实我也该走了，但是苏菲情绪很不好，我就在这儿陪她瞎唠叨。她说，他是能做大事的。

我很不能理解这种话，当然我也不赞同什么大事的说法——什么是大事？挣很多钱？还是她看出那个戴金边眼镜的中国老板有什么宏伟的人生计划？

我懒得再跟她讲下去了。

我说我要走了，我不能再在这儿待着，已经是深夜了，其实这一切都非常让人困倦了。为什么呢？为什么必须这样？难道待在这个地方是如此必要的吗？

苏菲歪在床头，烟还在吸。我看见她的腰那儿露出一大块肉，她还是很年轻的，我的手在那儿放了一小会儿，她没有反对，她怎么也不会反对。

我问她，你跟你母亲都谈了些什么？

她说，说我哥哥呢。

说什么？我问。

她说，哥哥要到瑞士去滑雪，然后要在那儿度假，他很累。

我不知道她哥哥有多累，他只是个钉海报的，能有多累呢？再说，难道度假是必需的？

我没有问她，她母亲为什么就不能帮助她哥哥呢。

当然，还有一个问题：为什么她母亲就不能帮助她呢？

苏菲在摇头。

她情绪不好。

我的手还放在她腰上。这个隔间的木门是用巨大的装饰画覆上去的，在隔间里显得很静谧。

我们两个人都在抽烟。

我的手顺着她棉质的衬衫从腰那儿向上，够到胸那儿停着。苏菲没有动，我已经有些气喘了，可她没动，我觉得她比我有定力。

当然，我知道其实她被那么些生活中沉重的东西给压着，又怎么能像我们这样轻易地为所欲为呢？

是啊，她有她承重的方面。

我的手就停在胸那儿，她很温暖，至少她让我那手感到温暖，但从她的脸色看，她没有什么反应。

我知道也许喝点酒就会不一样，也许谈到她生活中真正让她会激烈地辩驳起来的东西，她也会不一样，可是那会是一种什么情况呢？

我始终没有向她倾斜过去，这样僵着好一会儿，我缩回手。其实我只是吃不准她会不会突然反对我继续下去，我一直拿不准她会怎么做，否则我早就不会这样，谁会在年轻的肉体前犹疑不定呢？

只有一个原因，你无法确定她的反应。

她看着我，我知道她并没有去了解我全部的生活，除了问过我是不是有了孩子之外，她没有主动来了解任何一个细节。

不过，我跟她说过，我在北京是有朋友的。

也许她懂，也许她并不在意。

她的身体靠在床头上，但她随时都可以倒下去的，我见她很困了，我可以拥着她的，但我没有。因为我还是拿不准，也许她会像个倔强的小猪一样拱起来，因为她有这样的可能。

我快要抽出手时，听到木门外边有响动，也许是服务员，也许是别的什么人。

她对我说，明天你陪我去个地方。

我说，好。

然后我就从自由酷吧那里出来了。

外边下着小雨，我心情很不好。我给茜发了短信，她让我到钱柜去，她说她在那儿等我。

我到钱柜时，她已经开好了包间，我们唱了起来，不过我们只唱了两三首歌就很疲惫了。

她说她晚上谈了事很累。

我就和她跳舞，搂着，像两个道具似的。都已经快两点了，钱柜里包间还很热闹，但我们搂着跳舞算什么事呢。茜见我心事很重就问我是不是那个法国姑娘让我心烦。

我说，那倒不是，只是我不明白，她一天到晚都在想些什么。

茜说，我早跟你讲过，全他妈的假，不过一个婊子而已。

烂！她又接着骂道。

我松开茜，但她一直搂着我的脖颈，我觉得没劲透了。因为下雨，所以一出去就很凉，茜也从后边跟出来，她问我要不要坐她的车走，我说我自己开了车。

我们各自走。

在路上，茜发了彩信过来，是她脸的局部。

第二天上午，苏菲让我带她去教堂。

在三孝口里边的巷子里有一座教堂，是栋很旧的建筑，水泥斑驳，好像很有年头了。

她坐在教堂里一把长长的木椅上。

天气很凉。

她就坐在那儿。

我起先是站在她旁边的，后来我就出来了，因为不知道在里边吸烟，管教堂的人会不会骂。

我在教堂门口那儿抽烟。

这时看到几个穿裙子、脸抹得很红的妇女在那儿谈话，她们一边放包裹，一边在倒腾磁带、花饰，还有幕布什么的，原来她们要在这儿搞表演。

听出来是教会的活动。

我就在那儿抽烟，她们见我站着不动，还以为我是教会里边请的老师呢。

她们中有一个长雀斑的女人问我，什么时候排练？

我说，我不是教会请来的。

她们笑了笑，好像还整理了什么，于是又都进去了。

我就在入口这儿看着里边。刚才那些人穿过那个长过道，上了台子，之后又从台子那儿往后边去了。

教堂里很安静。

苏菲就这么一直坐着。

我吸了差不多十根烟，她还是没有出来。

我想也许她穿得不多会冷，但我又不想去问她，就让她那么坐着吧。

后来里边有了声音，我听出来这是教会音乐，音乐响起来，先前进去的那些妇女于是在台子上又出现了。

她们好像是在排练队形。

我知道离圣诞节近了，每年圣诞节，教堂都是有活动的。在四牌楼那个新建的教堂是这样，圣诞节时，外边路上的车子和人比平时多，走起来很不方便。

看来这个旧教堂也是有节目的。

台子上很热闹，但苏菲没有参与，上边的人也好像没看见她。

我站在外边有点犯困了，这时一个有点驼背的妇女打着手机从里边出来。她在电话里喊，能不能帮我再找几个人？我们人不够，搞个演出不容易，再找几个人，教一两天就会唱了。好像是在唱诗吧。

我从教堂那儿走出去了，天有点冷，我不想等苏菲了。我觉得很疲倦，于是我开着车子回家补觉去了。

7

茜为什么真的以为我会为那个所谓的在山峰的陡坡上的梦所困扰呢？它真的困扰我吗？在我的生活中，我为什么连自己都不能准确地说出到底是什么东西在困扰我，或者说，困扰我的东西是不是不止一个两个呢？我到底有多少麻烦？我觉得这些都是问题，别人我不知道，但是，在我自己来说，我倒真是有着不少的麻烦。

茜是个有心人，在我们周围总存在着这样的人，他总会惦记着一些事、一些人，当然你并不清楚这样的惦记到底是出于什么样的原因。

你可以称之为好感，或者你也可以认为他不过是跟你对上路子了。

茜从香港回来，说是给我买到了托她带的苹果手机，我记得我不过是随口说的，但她真的当回事了。我本不想见她的，我感到跟茜在一起可能更没有意思，我很难理解她周旋在那么多人中间，她会多么疲于应付啊。

那天，我们到天都去喝普洱。

地方是她定的，不过那儿的周总我曾经见过，可以说还算是朋友。茜也记着我跟她夸过周总。

这次她带了一个高人来，说是她很要好的朋友。不过，这些年他都不在六城，好不容易回来，所以就逮来见我了。

既然是个高人，那就更要见了。

反正我见一个人，本也没有什么条件的。

在我们这儿，总会遇到各种各样的人，只不过这个叫杨州的人，我怎么也想不出是否有谁跟我提到过，既然他本来是在六城的，那为什么我不知道呢？

于是我跟周总说，我不晓得有一个叫杨州的人。

周总说他也不知道。

周总是在外间等我，先跟我谈点事，说的是云南的事。我想周总为人精明，大概是不想让那个叫杨州的人知道他跟我之间也很熟的事。

周总在过道里问我，你怎么跟一个法国姑娘搞成那样了？

周总这一问，我就不明白了，甚至有点诧异，我想一定是茜跟周总提到的，不然他怎么会这样说呢？

我想辩解也没什么用。

进去了，茜穿着小西装，里边的衬衣打了个领花样的东西，西服敞着，那个领花闪着金光，那个叫杨州的高人已经在喝茶了。茜向我介绍他，说叫杨州，其余她都不说，好像要让身边的人知道她已经提前跟我预告过了似的。

周总对那个杨州很尊敬，这我可以理解，人家毕竟是到他的天都来喝茶。可我仅凭看相，就对杨州这人没有好感了，哪怕他是专门要来见我的。

茜为我倒茶。她很干练，我比较讨厌她现在这个德行，好像是引见了什么重要的人物。

杨州除了讲两句客套话，就不再发言了。

茜把那个苹果手机给我，说是插上卡就可以用。我把那机器放在茶杯边，茜见我没有换上卡，就在那边说，我大老远给你带回来，你不急着用啊？

我说，回去再用。

茜有点不高兴。

不过，她很快就说到杨州的任务了，是啊，把杨州引来不是干坐着的。

不过杨州他应该表现那么几下子啊，不然我们怎么知道他有什么本事呢？

杨州用手在头顶上摸了摸，对周总说，你这儿要动一动。周总到底是经过场面的人，他说，是啊，要动，我准备把后边那套房子收过来，要再做几个房间的。

也许杨州觉得这样讲是不得要领的,他又不说话了。

周总借口说有事,说要出去一下。我估计这是茜事先跟他讲好的。

周总走后,茜就跟我聊开了,她好像是在暗示我,只要说话就行,杨州听着呢。

我们就聊梦。

茜问我,最近不发烧了吧?

她这不是在骂我吗,我那发烧都是多少年前的事情了,再说为什么非要聊发烧呢?

还是说梦。

于是茜就说,你讲过你到那山峰之前,一直在向着一座大山开车。

我说,是啊,在往山上开,山从远处看很大,好像是石头山,但我也不知道是怎么开上去的。

我这是真的不知道。

大山?茜一边喝着茶,一边自言自语。

杨州还是一言不发。

他不说话,因为还没有把他扯进来,我和茜是说我那个梦呢。

茜自言自语了好一会儿,凭她的本事,她也就只能讲到那儿了。我喝茶,这个普洱不太好。

我对茜说,老周现在的茶不行哎。

茜说,周总把最好的普洱都搞出来了,为了杨老师。

她说杨州时,也没有看杨州。杨州只是在喝茶,我知道凡是有点本事的人都特别能装,但是最能装的,或者说装得最像的也可能是个假的,可能什么本事都没有。

我跟茜说,我以前做的梦,还有在那大山石上,是往下滴水的,我在那山石下走,你知道那山石也是那大山的。只是在那里行走,不是开的车子上去,是在半山腰,不,靠向山底的半山腰,我和几个人在那儿行走,水就滴在脚边上。

茜说,那次你也发烧。

我说,不发烧也不做梦啊。

茜说，我们又能看见什么，我们还不是发烧烧出来的？

杨州始终一言不发。

人都讲不清楚自己，茜又说。

我有点烦躁了，但杨州很安静。我忽然有一个想法，要是这个人一讲话，我就把杯子里的茶泼到他脸上去，他这是在装大师啊。

如果不是茜给我带了个苹果手机，我都不想来的，可这个杨州一言不发呢。

尽管我生气，好在他不讲话，不然局面就不好收拾了。

茜问我，你那个法国女孩没再玩了吧？

说起法国姑娘，好像我很有兴趣似的，其实我已经很不愿意提及她了。

茜说，这些人没意思。她边说边看着杨州。杨州动了一下，显然他就要说话了。

我咳嗽了几声，我跟茜说，还是把周总叫回来吧。

茜瞪大眼睛，很生气。为什么？她问。

我举起杯子没有喝，那个杨州于是也就软了下去，他在喝茶呢。

杨州始终没有讲话，我想关于什么梦、脸相，关于什么命运无常，茜讲讲也就罢了，要是有什么人像个大师那样装逼的话，我就不同意了。

自始至终没有轮到杨州讲话，我也幸好没有向他脸上泼水，到十一点多，我从天都出来。

茜没有管那个杨州，她从后边追上我，拉住我衣服，要我说明白，为什么是这样？

我说，真没有什么。

她说，太没劲。

我说，我只是不想谈苏菲，要是谈梦，谈生死，或者谈为什么会有梦，都可以，但苏菲是免谈的，她不是你看到的那样。

茜说，我还没有见到她呢。

我说，都一样，我不是告诉你了吗？其实她很不容易的，跟我们不一样。

茜开着她的宝马从停车场出去了，我开车在后边，在两个路口之后，我们上了不同的道。

她过后给我发来短信，说杨州说了，没劲只是暂时的。

这话讲得匪夷所思，不过，杨州也就不是我想象中那么邋遢了，他还是讲了真话的。可是，这不都已经怠慢了吗？也就罢了吧。

周四晚上，我一直在打苏菲的手机，但她手机一直关着，没有打通。我记不清上次我们是否定好了要在周四晚上见面。那天我心情不好，就是想把苏菲找出来，她是个很守信的人，我一直担心她在等我，另外我总在想，也许苏菲就要改变了，她的生活过成那个样子，她还不变一点吗？

我先是到时代商城去。那个叫奈的姑娘在，她说得有些支吾，并且往后边的工作间去了一趟，让人有点猜不透。因为我跟她们不熟，也不好细问，后来才发现里边有人，只是不是苏菲，而是她的那个老板。

这个中国老板从里边出来了，我才明白原来奈是进去跟他讲外边有人找苏菲。

这个戴金丝眼镜的中国老板，跟我表面上还是很客气的，他问我找苏菲什么事。

我一听就很上火，他明明知道我跟苏菲是朋友，还问这样的话。我听过汪燕说的关于这个人的事，这马屁精反正不是什么好人，但他装得可够像的。

我不想跟他多啰唆，他倒仍旧很客气，说可以打电话到自由酷吧，也许苏菲在那儿。

我知道他在撒谎，他怎么可能不知道苏菲在不在自由酷吧呢？

我没有搭理他，就要走。他说他要抽空请我到自由酷吧去。

我说，我到那个地方去过不少次。

他说他一次都没有碰到我。

我说，我去就是找苏菲的。

他就叹气，说苏菲这孩子……

这什么口气？什么这孩子，好像他是把别人当个小家伙，当个小朋友似的。

那个奈就站在门口，旁边是新到的amour服装，穿在模特身上，款式很新潮。

我没在那儿耽搁。

我在想也许苏菲会打电话过来的。我从时代商城出来没到自由酷吧去，她不会在那儿的，我知道她在酒吧的时间表，她肯定不在那儿的。

我开车从百花井那边绕过逍遥津公园后边的环城路，忽然我自责起来，我干吗非要见苏菲呢，难道我已经对她有了这样的感情？或者说，见不到她，我已经有点寝食难安？

这是怎么了呢？

这会发生在我身上，对于这样一个女人？

我宁愿相信这是一种革命友谊，就像最早在游泳池见面时，我就考虑过的，苏菲仅仅是一个身材还说得过去的姑娘而已。

至于别的，比如什么女人，什么国家，什么形象，什么感觉，其实通通都是次要的。

我怎么会在乎并且顾及那些呢？

这不是我应该考虑的，我的心到底装着什么我都不清楚了，但至少我不会装着对一个人的惦念，不会装着超出革命友谊的联想。

但是，我就是想找到她。

不然，更加无所事事，我有点担心了，以前我不过是发愁我那些下午，但现在我竟然在晚上担心起一个姑娘来了，为一个法国姑娘担心起来了。

我拍着方向盘，车子在路上滑行得像一只老鼠，只是相当的痴呆，相当的没有目的。

在寿春路那边，手机响了，不是苏菲打来的，是老关的号码，凭直感也许跟苏菲有关。

老关在那边肯定是在喝酒了，所以我听见他在说话时，边上那个人的声音更大。

老关话都没有讲连贯，好像舌头都挂到胸口去了。我问他怎么回事？

还是老郑把电话拿过去，他跟我讲，老关在瞎吹牛，他在跟他们喝酒呢。

这个老郑话也讲得不清楚，但我马上反应过来，应该是在跟苏菲他们喝酒吧，这也够混蛋。老关不愧是个诗人，是个混在十五里河的混子，他是个有心人。

老关应该是在那儿骂骂咧咧的。

我问老郑,是不是跟列昂他们?

老郑说,你怎么没过来。老关是打着你的旗号,跟他们喝上的。

我问老郑,苏菲没喝多吧?

老郑说,你快过来吧,我还以为你随后就到呢,老关老扯你呢。

我挂掉手机就开车往油厂那边去了。

一开到小淮扬门口,我火气就上来了,我想那天我跟老郑讲苏菲喝酒时,这个老关一点也不糊涂,他是个有心人,他都已经跟他们喝上了。

我进了里边那个包间,老郑见我脸色不对,就劝我,大家喝酒而已,你不要多心。

我一进去就看见苏菲侧着脸,好像换了个人,虽然只看到侧面,但她不是以前那种样子,因为我从没有带她喝过酒,所以我不知道她还有这样的表现。脸是红了的,手上夹着烟,头发也乱了,只是身子还是挺得很直,她正在用法语跟同乡说着什么。而那个列昂坐在正中央朝门的位置,个子很高,比较瘦,他差不多已经疯了一样,好像正在计算着什么。

我打开门,站在那儿,我希望苏菲能马上意识到我这是第一次见她喝酒。

她看见我,停下了讲话,香烟也顿在手上,整个人僵在那儿。我不想马上打断他们,他们最好继续。但苏菲是个缺乏应变能力的人,她应该是想站起来,但她没有站起来,而是向我张了张嘴,也许她没有想到我会来。

我进去坐下,就坐在老关的边上。

老关的头本来低着,见我来了,好像立刻来了精神,他在那儿高声地说,到底还是来了,还是来了,你怎么能不来呢?是我叫你来,叫你来,你就得来。

我没有跟他计较,其实也不算是他叫我来的。老关已经醉了,有点像个小丑,不过他没有完全糊涂,好像他必须表达,他很为苏菲这个女孩高兴,他竖起大拇指说,你这朋友不错。

也许那个列昂汉语说得不像苏菲那么好,但是他非常清醒,在那儿等我对他说点什么。

他应该已经知道我是谁了,因为苏菲在一边僵坐着,一边对他耳语了几句。

不过,我没有跟列昂介绍我自己,我对这个人不感兴趣。

一个喝得烂醉的德国人倒是自我介绍起来,说他叫约瑟夫,在电器公司工作。

苏菲手上的烟已经烧完了。

她显然不知道说什么好。我对苏菲说,怎么不喝了?接着喝啊。

这时,老关在我旁边吐了起来。列昂终于缓过劲来,他自己喝了起来。桌上的菜都凉掉了,这个包间后边有个窗子,往里边灌冷风。

老关出去了。我看自己的脚上沾了老关吐出的不少秽物,我也跟着出去了。

在小淮扬的门口,老关搂着我,跟我说,苏菲是个好姑娘,有意思,然后他就像要倒下去一样。老郑也从里边出来,他问我,怎么没跟老关一起来?

我说,最近我们没联系,我不知道他来你这儿。

老郑告诉我,说老关在这儿等了好些天了,说要等那个法国姑娘,叫苏菲的,他还以为老关也和苏菲熟悉。

老关吐了以后,大约是更加不清醒了。他还要往包间去,我就扶他一起回去。他坐定后,看了一眼列昂和苏菲,然后又看了看我,对大家说,老陈来了,你们可以放心喝了,有老陈在呢。

他这废话让大家都不明白。

他忽然不顾旁人,在我边上,很神经质地说,老陈,苏菲这人不错。

苏菲是听见老关说话的,但不知列昂是不是听懂了。列昂皱着眉头,好像形势很不明朗。

不过,我见不得像列昂这样的人,我觉得这个高个子像个傻子,而苏菲呢,已经无语了。

苏菲当然是不适应的,如果她不是动了一下,我是看不出她喝了多少酒的。她一动,就歪斜了一点,接着,我发现她更加不能自主了。她说了一句话,说得很慢,说的是汉语,我听见了,她说的是,他叫你老陈?

她是喝多了。那个列昂好像没有什么醉意，至少我看得出来，他是那样旁若无人，居然用手托了托苏菲的下巴，把她当个小鸟似的，在她下巴上又摸了下。

我的反感到顶点了，老关见列昂摸着苏菲的下巴，就在那儿赞叹，说苏菲没醉，苏菲多可爱。老关像个流氓似的起哄。

我难以忍受了，我看见苏菲脸那么红，而且她舌头是哆嗦着的，她说了那句话之后就说不出什么了。

约瑟夫坐在列昂的右边，他没有回应列昂的举杯，他坐在那儿，他应该看出我是很烦躁的。

我对苏菲说，这就是你的法国同乡。

列昂接过了话，他说，我们是朋友。

我想这算什么事，我没问你话呢。我见他老是把手放在苏菲的下巴那儿，我终于不能忍受了，我跟苏菲说，你坐直了。

苏菲惊了一下，稍稍坐直了些。

老关把头抬起来，他大部分时间头都趴到桌子上了，他在那儿嘀咕道，你们老外真不知羞耻。

我想老关确实是喝多了，就喊了一声老郑，老郑进来把老关扶出去了。

苏菲想再喝一口，但是她手没有摸到杯子，这时列昂把他的酒杯举到苏菲嘴边。

我伸出手，把那酒杯拿了，然后，我冲着列昂的脸，伸出筷子。列昂坐那儿不动，还是约瑟夫拿开了我的筷子。

列昂也是醉的，只是他硬撑着。

我对苏菲说，不要再喝了。

她没有说什么。

我架起她，她像只小鸟似的离开了座位。

那个列昂斜了斜身子，想移过来，约瑟夫把他抱住了。我没有理他，把苏菲从包间里拉出来。

我是不愿意把苏菲带到我家的，因为我觉得她现在不清醒，其实，即便我愿意把一个与自己有革命友谊的朋友带回家，也要考虑对方是否愿意呢。家，对于我们，毕竟是个生活的地方，也可以说是最后面的一个地方。

从小淮扬酒家出来,我一直是十分生气的。我最后看见约瑟夫把列昂给摁下去,还算这个德国人有眼光,他应该跟列昂这个人是不同的。

不过,也许列昂还会追出来,他以为他谁呢?他不服气,想给苏菲灌酒,又像摸她下巴一样,视我为不存在,或者视我为障碍呢。

这个我当时就不知道了,但是,我一眼就看出来,这人是个混蛋。

但我没法问苏菲,这个法国姑娘坐到车子的后座上,其实已经歪在车门和靠垫之间了,要不是绑着安全带,完全会倒下去。她应该已经吐了,她没有伸头,只是吐在她胸口以及前边一点的地方。我有时试图去扶她一下,但那只是在停车时。她有时就歪着了,安全带扣得还算紧。

我尽量开得平稳些。我也想过送苏菲去个酒店,但是那样也很麻烦,还要登记什么的,况且是个外国姑娘。

到公司去也可以,那里也有床,但是静她们还在加班,免不了她们也要跟着为她忙起来。

所以还是开车回去,不过要先问她的意见。

她没有什么反应,倒是应了几声,显然,她根本应的不是这个话。她只是知道我在问她,却没有分清事情的能力了。

她吐得很厉害。

一股馊味从后边传来。

她喝的是尖庄。

多么劣的酒。

我记起她曾经问过我,说你是不是家里边也有孩子?

她不是在那时要我回答的,因为她自己说的,很多中国男人都说自己在家里没有孩子,好像还没有结婚,他们就是这样在外边活动的。

那么当时我就说过了,我的说法恐怕跟她想的也一样,这是一个很通行的说法,说自己离了婚,孩子给了对方,推得多干净啊。

我把她带回家,严格说来,就是让她跟自己回去,现在她醉成这样,还能在哪儿?

我们都是有身份的人,现在朋友们常说的就是这么一句话,在这个时代,你还要怎样,你只能说说自己,是啊,我们是有身份的人。那么朋友呢？即使是个外国朋友，你认为她是什么人？

我没有天真地认为，任何人都是有身份问题的。

身份根本不是一个问题，我恨恨地想。

因为一种革命友谊，你就不要讲身份了，要讲身份，朋友就跟自己一样，都是有身份的人。

总不能半夜三更回自由酷吧去吧。

我几乎是把她扛着回去的，她腿还能支撑着，只是目光迷离。她没有问我这是去哪儿。革命不分阵营，既是革命友谊，还不是最信任的吗？

我把她弄进家，我没有开灯，或许有那么一点点障碍，因为太担心要介绍了，该怎么说呢？该怎么讲为什么要这么做呢？为什么要把一个姑娘弄回家呢？

于是就直接把她弄到了客房。

客房在一楼的拐角，那儿有个卫生间。客房比楼上的主卧还要好，因为那里有大窗户，离卫生间也近。

进到客房里，其实就好了，那儿的大窗对着小区外边，路灯刚好可以照进来，房间里光线正好。苏菲没再吐了，我把她放到床上。

不过她喊了声列昂。

我想她还没有从酒醉中恢复过来，把我当成列昂也好，反正列昂是个坏蛋。

她像是清醒的，努力了一下，但随之她就干呕起来，真臭啊。

我没有为她盖任何东西，这个法国姑娘就像只瘟猫那样横在床上，在一刹那，我甚至真的觉得她是幸福的，虽然很不容易，但是她居然仍能够入睡。

我没有问她别的什么，我想她当然不会明白她在别人的家里。

这对我们都好。

于是我就带上门，到客厅里，我电视也没开，只是抽烟，开了客厅的壁灯，然后我又打开落地灯，其实我有点累。

苏菲并不重，刚才扛着她进来时发觉她身材真是好，好像身材好，你扛啊，拖啊什么的就不会累。

这时老关打电话来，显然他酒已经醒了，不知是不是老郑跟他说了什么。尽管他装得很无辜，但他是有些慌乱的，他想向我解释他为什么会那样，不过他自己也知道他那样说没有多少说服力，于是他转而有了哭腔。

他确实有些焦急。

听出来，列昂是揪了他的衣领，过多的他就没说了。

但是他很愤恨，他觉得事情本来不应该是这样的，他好像是说他原来不是这样的。

但他是什么样的？他干了什么？他能干什么？

一个混在十五里河的江湖诗人？一个油厂一带的老街坊？一个跟狐朋狗友喝烂酒的叫花子？

他振振有词，听出我很冷漠，他就更加犯愁了，但他跟我已经是朋友了。再说在我们之间还有北京的春，虽然春是我的密友，但他跟春之间也是极要好的。

所以他就有些人来疯，我知道他这是装的，但我依然没有反应。

他说，我要到你那儿去，当面跟你说清楚。

我答应了。我想看看他怎么说。

我让他来我家。

他很吃惊，他没有想到我会同意，所以他顿了一下，这反而让他为难了。

我说你可以马上就来。

老关于是就来了。我坐在沙发里，没有给他泡茶，我给他点烟，他就抽。不知他用了什么办法，反正他酒是已经醒了，我发现他头发是湿的，双腿有些打战，但说话语气还算坚定。

他见我没有什么表情，就先讲他自己了。

他说，我们是好朋友，我就说实话了。我就是想看看这个姑娘，所以我在老郑那儿等了好几天，我想她总会来吃饭的。

他又说，我也想跟你说来着，要是想见她，可以找你，或者约着你一起吃饭。

我吸烟，没有看他，但他的话我听得很清楚。

他说，但我不想麻烦你，我想你跟苏菲也不是天天在一块的，她来这儿都是跟着列昂的，这个老郑都讲过，对吧？

他停下来看我是什么反应。

但我没有反应，我就是没有反应。

他又说，她跟列昂来都是喝酒，我就想认识一下，反正女孩子，我想什么法国中国都一样，多几个人请吃请喝也不是坏事。

他暂时总结了一下说，就是这样的，等着了，今晚。

我直了直身子，我想他讲的也是实话。

他想找水喝，不过他没敢问我，只是动了动面前的茶叶。我不想泡茶给他喝，我跟他说，酒柜那儿有饮料。

老关于是自己取了可乐。

他打开盖子，噗的一声，把他自己吓了一跳。

我又陷在沙发里。

他解了渴，好像精力旺盛了。

他说，那个列昂，揪我的衣领，说可以把我提起来，我没有理他，我不想欺负人，不然我喊一声，多少兄弟啊。

我觉得该制止他一下了。我对老关说，别扯什么列昂，你就讲你自己。

这句话让老关意识到他本来就是来把自己给撇清的，于是他就不讲列昂了。

但老关还是朋友呢，他不能先把自己讲得那么不地道了。

因为发现我居然在家里，而不是和苏菲在一起，所以他就有点感慨了。他说，你也是的，我们不就是都把别人当朋友吗？

我说，朋友倒是。

他眨了眨眼睛，忽然声音小了下去。他说，你不是把她当真吧，这苏菲就是傻，当然，有人讲她纯，有人就是称这种人纯。

我知道老关要讲他的底子了。

老关说，其实我在小淮扬听老郑的服务员讲，苏菲每次都在那儿醉酒，有几次搞得很不像话，服务员在外边都听见他们在里边闹。

他见我是在听他的，又接着说，服务员听了都说差劲，在包间里闹，那个列昂可是个混蛋，倒不是苏菲，人家是个老实孩子。

他见我依然没有反应。

他说，其实大家都是玩玩。

他喝完饮料了，于是站起来，我感到他穷途末路似的，可是他自己也不知道他要说什么了。

于是他又讲到了春，他说，春前几天还在网上问我关于你的事，说你一定跟什么人搞在一块了。

我问老关，你怎么说的？

老关见我问他话了，就有了点兴奋，他坐直了说，我什么也没说，我知道你跟法国姑娘在玩，谁不玩呢？你跟春又没有什么合同，你们，不就是朋友吗？

他好像很为我们以及这个世界在玩的人抱不平似的。

我问他，你到底要干吗？

他被问住了。但他毕竟也是老同志了，已不是小年轻了，他整了整衣服，有些严肃地说，要是你真的是在玩，在玩这个苏菲，我还就真不该这样。

我还能说什么呢！

我没有说什么，不过，这是不是就在表明我确实是在玩呢？

他伸长了脖子，忽然说，我也不是对什么法国姑娘有兴趣，反正想是你的朋友，我总不会太生分的，我也才在那儿等着撞见他们的。

我电话响了，正好是春打来的。

老关听出来了，他似乎有些得意。是啊，大家不要生分，他又不是真的在背后捣鬼。

我跟春说，老关在我这儿呢。

春说她知道。原来老关在来我这儿的路上肯定跟春交代了要来我这儿。春关心了几句，然后就说让我过几天去北京，我问她要不要跟老关讲话，她说不要了。

老关终于不再啰唆了，他站起来要走，我甚至没有站起来送他，其实我自己也很累。他站在那儿有点难堪，他就又冒了一句，苏菲她回哪儿去了？

我突然就发怒了，指着老关说，快滚吧。老关见我这么骂他，他是想还以颜色的，但他忍了。他说，我是怕列昂他们找她。

我说，你走吧，别管外国人的事。

老关又恢复了满脸的阴沉，从我家出去了，这时已经五点，天已经小亮了。

我居然睡着了，其实我应该没有那么困，但我缩在沙发里不想动弹。我知道如果我站起来我就会到客房去，我想在那样的光线下，看不清苏菲的那一双糙手，即使她的嘴里还会冒那股馊气，但我很难保证自己不会凑上去。我就靠在沙发里想，也许我从不讨厌这个女孩，只因为我本来就无法忽视她的那一点存在、那一点无知、那一点逆来顺受，还有就是她的那一点与己无关的生活，还有什么比这个更重要呢？在这个时代，还有什么比这样一种陌生，比这样一种没有关系的历史更加重要的呢？

苏菲就是在这时候走的，可能我有那么一点点感知，但我说不出话来，她清醒了，就从客房爬起来，没有跟我打招呼就走出了我的家。也许她还不承认这就是去了别人的家呢。

稍后过了几天，她跟我讲过当她一醒来，她就很清醒，于是她就走了。她说看见我蜷在沙发里，像一条狗，不过她没有跟我告别就走了。我没有追问，不过后来她还是向我透露她从我家里出去后也没有回自由酷吧，她是去列昂那里了，列昂一直在等她呢。

我明白可能在他们之间，不仅是喝酒，还有法语的谈话，还有故乡，这个就不是我能管得了。

不过，她也应该明白了，她有她自己的一套办法。虽然她只是个法国农民，但她也有足够的能力，能够处理她自己的生活。

但是，这一次，我觉得生活还是好的，假如这种陌生如此重要，那就让它继续陌生好了，我又何必把一切都掌控住呢？

圣诞节到了。

苏菲要我带她去四牌楼那个新建的大教堂，那是一座比较宏伟的建筑。在两三年以前还没有修这座教堂时，那里是一座古桥头，后来市里的宗教局在这里修了教堂。听朋友们说，在古桥头靠左边通向三牌楼的窄巷里本来就是有教堂的。

我跟苏菲说了这个教堂的来历。

我说，你还记得上次带你去的三河吧，那儿曾经是太平天国跟当时清政府几次交火争夺之地，而太平军就是信的你们的洋教，所以从三河往六城，再往北边的淮南，一路都是修了教堂的，太平军统治这个地方前后有六七年呢。

苏菲穿了件很喜庆的衣服，是在江南布衣店里买的，她说她很喜欢那个花色。

我摸了摸料子，还不错。

在圣诞前后，她都跟我在一块。天气很冷了，人也就更严肃一些。既然我们已经这样日常生活在一块了，我们就把彼此当成很重要的人。虽然有时候我觉着有那么一点唐突，但我相信这也没有什么特别的。

男欢女爱，既然都是选择的，谁不能跟谁在一块呢？

照例，她需要什么我都给她买。

她又给她哥哥寄了东西。那是我买给她的，她又寄给了她哥哥，她没有回避这个。我当然也很高兴她这么做。

在那座大教堂里，圣诞气氛很浓，现在许多小年轻对西方的节日很欢迎，从街上那些促销广告就能看出来，人们就是借着这个节日在穷热闹呢。

教堂有五层，当然还不包括朝向尖顶绑上去的那几层。

下边每层都一样宽大，进深也有几十米的样子。

在外边大铁门那儿就有人在散发一些小广告，大概是推销什么烟花之类的。

进去以后，发现人很多，但我看见人们都只是笑。

苏菲一看那么多人，就和我上了二楼，那里有个大屏幕，可以把一楼的活动传上来的，二楼人要少些。

苏菲找了个位子坐下来。

我看到节目单上印了许多内容，但都是一些表演，可以说就是一些口水节目，比如唱诗、吟诵，还有祷告。

我陪她坐了一会儿。但是，我没能坐多久，人就多了，而我烟瘾又来了，我就到外边去抽烟。

到走廊时，才发现飘起雪花了。

原来在一楼，已经有表演了，可能跟上次见过的也差不多，就是一些妇女扎着花束，到舞台上唱诗了。

因为下雪，我就指望这边的活动早结束，好让我带苏菲到广场上去，那儿可能更好玩些，我知道那里有许多人放烟火。

后边的节目就很差了，人越来越多，我进去一趟，差点没找到苏菲，原来她坐的那一排座位又坐了些人，她就被挤到里边去了。

我看见她在里边，她确实是那么安静，好像没有什么反应，看舞台上的表演有些零乱，但她看得很认真。

我好不容易挤到她边上，她挪了挪位子，想让我坐下去。我跟她说我就不坐了，我在外边等她。

我是在催她，但她就是不明了。

我又从里边出来了。

走廊上能看到下边的街市已经堆起了雪，雪不小。我想要是她还不出来，我就打算走了。里边继续热闹，一个表演之后，又接着一个表演，是另一组人在唱诗。那些宗教协会的人，对人们很礼貌，但是因为我一直在抽烟，他们后来还是要请我下楼。我明白里边人多，抽烟是不对的，安防知识早就说过啦。

我没有办法，不得不出去。在一楼那儿，因为有表演的妇女们来回穿行，所以乱了很多。加上本来进出的人就不少，很多小年轻只是进来看个热闹，一会儿就会走；等一会儿，又有新一批人进来，所以乱得够呛。我就在推搡的人群中抽烟。

后来大铁门那边人更多了。

苏菲是在十点多出来的，看来那些表演都结束了，只是要从大铁门那里挤出来也是不容易的。

苏菲说，外边下雪了。

我跟她说，早就下了呢。

人太多，因为四牌楼教堂大门向北边的宿州路是连着淮河路步行街的，那里人山人海，摊贩、游客、市民，在那里已经挤疯了。

雪扫着我们的脸。

在这么多的人中，有时你就会感到更加落寞，我有些发急了，这个圣诞节跟我们有什么关系呢？凭什么在这儿瞎闹呢，回去睡觉不好吗？

我陪着苏菲往外挤。

从大铁门到了宿州路上就好多了，我说带她去看烟火。

在广场那儿，果然有烟火，人们有些聚在一块，有些是散开的，有的烟火在雪地里转,有些往交通银行的楼顶那边飞。

这儿有浓浓的火药味。

苏菲到那群蹦啊跳啊的人中间。

我站在她对面,在那儿抽烟。雪不像先前那样平扫了,而是随风轻轻地飘。我看苏菲很天真地站在那儿,有几个人正在放花蝴蝶,那东西在地上盘旋,却飞不起来。拖着闪亮的尾巴,那光线更加亮了,且是从地面朝上的光。我忽然发现在苏菲的身后有一个人,什么也不干,戴着绒帽,也在吸烟。他把脚踏在花台上,一直盯着苏菲看。

我想起来了,先前从大铁门那儿挤出来时,我就发现这个人,一直挤在苏菲右侧不远处。之所以记得住,是因为他那恶狠狠的样子。

我把苏菲带到交行楼底那块,那里有块大屏幕,有几个人围着手风琴在唱歌。

我看见那个戴绒帽的人也围了过来,只是一直都是在苏菲后边的不远处。

我走过去,但他低下头去,我本想和他说话的,但是我不知这样做有什么道理。那个弹手风琴唱歌的人脸冻得通红。

我搂着苏菲。

在这些时刻,我都觉得,我们真是不赖,我们的革命友谊真是对得起这个世界的。

在广场上,有人在亲吻,我们都看得见,他们脸跟脸贴得那么近。

火焰一腾起,就能看见他们的舌头,伸入了对方的嘴里。

我一直搂着她。她的手环过来,也搂在我腰上。

那个戴绒帽的家伙一直跟在我们后边,直到我们下了停车场才没再见到他。

8

茜说她心情很不好。女人心情不好的时候,她们多半是不会对别人说的,但茜还是告诉了我。不过,我表示其实每个人都过得不好。我没法劝她开心起来,其实我宁愿每个人都能重视自己的那一点点难能可贵的不适。特别是对像茜这样一个在我们这个时代积极生活，已经差不多过上了好日子的女人来说，偶尔有了这样的不适，难道就一定要当成坏事吗？

茜约我到希尔顿去游泳。

我自己还是更喜欢到奥体去游，不过从入秋以来，直至到这个冬天，并没有在游泳池里遇到什么有趣的人。

特别是当外边飘着雪花，年末将至，人心惶惶，再去游泳也没有什么意思。茜还是要我去，她说希尔顿的泳池设在四楼的平台，那儿有巨大的玻璃穹顶，可以望见外边的天空。

希尔顿的泳池我没有去过，其实我也不想去。但茜一再要我去，她说只有在那样的泳池里游泳，你才舒服，比在其他地方都要好。

我知道这没有什么逻辑，可是这个小资情调的茜着实是诚心邀请的。

我们在那平台的池子里游泳，里边没有几个人，水很清净，而且外面没再下雪，天空很晴朗。因为她是上午约的我，我漂在水上都能睡着，其实我已经够困的了。

她老是在我的前边游。

她是女人，女士优先，所以我就游在后边。

我的泳镜非常好，有一种广角的效果，所以她在前边游，我在后边出入水中，能看到她双腿交替打水，腹部入水，再平贴着水面升起的全过程。

穿花泳衣的她，像个精灵一样，她除了到边界，没有转过头。她泳姿很好，比苏菲好多了，而且，只有像她这样的女人，你才能从她泳姿里发现一种特有的傲慢。既像是在与水做斗争，又像是与人，并且充满了独立性，好像她一直是在战胜着什么。

我跟在她后面。她游累了就趴在池沿上。池边围着盆栽植物。茜脱下泳镜，招手让我过去。我游过去，看见她眼睛勒得红红的。茜问我，怎么样？

我说，还不错。只是在这儿游泳，一点江河的感觉都没有了。

她说，最好的游泳感觉就在这里，像在天河里游。

可是，我无法理解什么是在天河里游，我也不太喜欢这样一种傲慢，终究是针对谁的呢？

茜走到那个露台的椅子上去了。

我又游了会儿，抬头看见她在吃东西，还有喝的。

她用毛巾遮在双腿上，但露出她大腿上边的部分。

她有点结实，但恰到好处。我知道她欣赏这样的地方，因为这里人少，不是每个人都习惯花上几百块钱到这个平台上游泳。

我们这个时代就是这样。

我们都明白。

而且，在那水中，当我从水里抬头，沿着这水面的波光逆向看到池边，再顺着她双腿的弧线，看见她臂部和大腿的曲线时，我知道那是有力量的，是她秘密所在之一，那是她孤傲的身体的基础。

她自己也是懂得的。

她永远懂得，只要她一发力，她就可以纵入水中，当她跳回池中，她就更加轻盈了，好像整个时代都劈开了。

我闪了闪，躲向池岸边。

她用的是自由泳，整个池水都被推开了。

她游到我边上，用手在我泳帽上捏了捏。

她说，上边有个角。

我不知道泳帽是个什么形状。

她说，我们上去吧。

池子里还有人，他们游在远一些的地方，虽然泳池是开在楼上的，但它比普通的泳池还要大。它那巨大的圆形，一直既荡漾又收缩，当我们跃出水面，它就在我们那块地方退缩了。

裹着浴巾，坐回椅子里，她脱下泳帽，水珠从她发尖那儿滴下来。她显得那么有力，似乎刚才不是在游泳，而是一次闯荡。

她说，待会儿吃饭我的一位领导朋友要来。

这个我知道，我也认识，就是省里的那个领导。

其实，见什么人倒是次要的，她不过是要跟我强调，她生活在她那个层次里。

她要的也就是这个层次。

就像游泳，她要有力，要闯荡在这个层次里，要撞动它。

她擦着水。我看见花泳衣的上边有一枚金饰，刚好卡在她乳房上边一点的位置，这使得她的乳房和这贵重的金饰之间有了深刻的关联，因为它卡紧了它，而它又顶着它。

她的手腕，看起来有些娇小，但一点也不虚弱。

她不停地擦脸。

我就摸了摸我自己的脸，其实脸上也没有屎呢。

她说，你饿吗？

我说，还不饿，不是等你那个领导朋友来一起吃饭吗？

她是要先吃点东西的。见人就像表演一样，要想演得好，你就要先吃点东西。

我们坐在那儿，看那些盆栽植物在水光的反衬下更加静默了。

她问我，你到底是怎么就喜欢上那个苏菲的？

我动了动，觉得这个问题有一点虚伪，因为这不是问题啊。这不是你应该问我的问题啊，再说，这总得有个前提吧，为什么就是喜欢呢？或者是其他的呢。

我说，如果讲有好感的话，是没有错的。

她说，不是好感。还是好感吗，你和她还仅仅是好感？

我说，我们不过是常常在一起。

她说，我本来以为那个人多没意思啊。

我看了看她充满力量的全身。

我说，我要是喜欢，或者看上这样一个法国姑娘，也许只因为她与我无关，与我们无关，没有过去，也没有历史，没有麻烦。对了，就是没有麻烦，我就是爱上这样一个姑娘，一个没有想起过的人，不要去想起。很陌生，当然她不是外星人，还能够讲话，但什么也牵扯不到，什么也不用怀疑，没有什么担心的，既不要考虑过多，又不是怪物，只是一个陌生人，我就是爱上这个。

我看见茜乳房上的金饰泛着温暖的光。

我很坚定，我说，是啊，就是爱上这个，在这样的陌生面前没有担心，没有情绪，很平实，很现实，跟这个爱，跟这个相处。

她皱了皱眉，好像是在思考我的话。

我没法形容，更不能夸大所谓的爱情。

但是在这酒店的泳池边，我就是这样看待苏菲的，就像面对一种传说，但是传说也会有它的道理、它的逻辑和它的因果。

茜和我直接回了房间。

她说，房间是一直开在希尔顿的，因为老是谈事，会比较方便。她是常住酒店的女人。

她去洗澡了，卫生间的门虚掩着。

我坐在沙发上抽烟，忽然有些冷，一种很钻心的冷。我找被子，围在身上。

她从卫生间出来，头发也吹干了，裹着浴巾，坐到床上。她见我披着被子，笑了笑。

我去卫生间洗了洗，然后我出来，继续坐那儿抽烟。

她穿着睡衣，正在喷香水。她显然精神好多了，她必须永远精神饱满似的。

我看着她。

她说，你掉进你那些东西里了。我知道她要说我的写作了，说我的作品了，这个是我不愿意听到的。我宁愿她说点别的，但她没有。

是啊，她很有力，但她只是一个女人。吹干了头发，喷了香水，穿上精致的睡衣，下边呢？

下边是无限的默然。我知道她是有悲凉的，每个人都有。我说的那一点陌生，谁不曾感受过呢？但是，我们都太熟悉了，知道我们要干什么，以及我们怎样去得到它，就像她在周旋时那样，在商业、男人、权力、利益和金质的陀螺中，谁不在疯狂的旋转中，紧盯着那个欲望的核心呢？

但是，朋友是重要的。我们都知道，朋友，对于这个宇宙，就像隐私一样重要。

我走过去。她抵着我，那羊一样的毛发，温暖地抵在我腰上，我伸过手，紧紧地拥住她。

苏菲说自由酷吧里常来一个年轻人，她很难讲清楚他的样子，她觉得很害怕，那年轻人每次只点一杯酒，坐在那儿，手上把玩着一只打火机，但那打火机看起来也像一把刀。

我告诉她不用害怕，在我们这个地方，其实生活最大的敌人不是所谓的有问题的年轻人，年轻人都是可以面对的，不存在什么你会担心的年轻人。

我晚上走到自由酷吧去。

乐队已经训练得比较到位了，至少他们弹的曲子找着了北，不像刚开业时那样瞎弹。

我听出他们在弹《挪威的森林》。

酒吧的生意并不好，不过现在是冬季，也许在我们这个不南不北的地方，这个时间算是差的。

苏菲依旧系着红白相间的类似西甲马德里竞技队队服的围裙在那儿给客人们端酒。

我坐在比较靠里的位置。我没有带刀子，我想，要是在自由酷吧这样的地方，因为听说有个"有问题的年轻人"，便带了刀子，那我也太没有底气了。

不过，音乐还行，尤其是那个主唱，他很卖力。

自由酷吧里的年轻人很多，这个我倒没有想到，以至于我坐了二十来分钟，居然没有见到那个所谓的年轻人。

苏菲也没空到我这儿来。

倒是那个中国老板的前妻好像在我眼前晃了一下，她可能是跟某个熟人打了招呼，然后就出去了。这天，她没有跟我打招呼。

我要的不是酒，而是一杯碳酸饮料，我已经特别不适应这些所谓的酒了。

为什么不吃菜、不吃饭，却要饮酒呢？

我们几千年以来，很少这样的，我们总要一两样小菜下酒吧，但是，在酒吧里就兴这样，干坐着，听音乐，瞎吹牛。

苏菲忙得差不多了，到我桌边来了。看来她并没有我想的那样担心些什么，因为她还能顾及着更多的人，包括那个在乐队后边踮着脚的以色列胖子，他也拿着一件什么乐器，只是没有发出声响，跟乐队的贝斯在商量着什么。

那个以色列胖子也许是注意上我了，所以我敢肯定他是盯着苏菲的，好像对于苏菲的言行举止，他都很在意似的。

苏菲没有坐下来，又像是点单，又像是在聊天那样的，站在桌边。

我问她，那人呢？你说的那个人呢？

她说，先前还在。

我环顾四周，做出了找人的架势，我觉得我没有必要在自由酷吧搞得那么规矩。

不过，我没有找到。

苏菲指了指进门朝向卫生间的那几排桌子，说之前他就坐那儿的。

那儿现在还有人，就是和他一起来的。

我让苏菲回后边隔间休息去，苏菲往里边走。

我就到进门左手那排木桌去，在那儿没有见到那个所谓的年轻人。

我就往出口那儿去，这时我看到苏菲站在一辆白色的汽车边，而她旁边站着一个人，戴着绒帽。

我马上就反应过来，这个小年轻就是那晚在广场上见到的，因为是圣诞节，我印象特别深。

我走过去，拍了苏菲一下，我让她进去，苏菲扭了一下身子，好像没有反应过来。

我走到这个小年轻面前，我看这个人没有什么特殊的啊，苏菲刚才可能跟他讲了什么，不然他不会这样，好像有一点点挑衅似的。我想起那晚在广场看烟火时，这小子也是这样的。

不过，看起来不像是滋事的年轻人。

苏菲转身往自由酷吧里去了。

我和这个绒帽站在汽车旁边。

我问他，你找她干吗？

他说，不关你的事。

我觉得他很冷静，于是我再问一次，你到底找她干吗？

他说，你是她什么人？

他这话真把我问住了，就像茜也这么问过我一样，这确实也算个问题，我算个什么呢？我是她的什么人？

我说，轮不到你讲这个。

他踢了踢车胎，昂起头，好像夜的冷对他不存在一样。他说，你要不是她什么人，你也就不要问我了。

我伸手在他帽子上拍了一下，这个小混蛋没有避让。我就缩回手，掏了支烟，他索性坐到那辆白色汽车的前盖上，接过我的烟抽了起来。

我说，我们都年轻过，你这路数现在不行了，不兴这样了，在自由酷吧，喝喝酒也就算了，别打歪主意。

他笑了笑。这一笑，我又觉着他好像不是我以为的那么小。

我问他，你这样跑来跑去有多长时间了？

他说，我一开始就来这儿玩。

我说，我问的不是这个，我问的是你跟着她，算怎么回事？

我把烟屁股丢到地上，踩灭了。

我见他挪了挪屁股，没有回答。

我又说，圣诞节那天在广场上，我见到你了。

他好像并不紧张，倒是把我搞得有点紧张了，我又不可能有什么行动，再这么问下去，非痴呆不可。

他手上捏着苏菲跟我讲过的那个打火机，他甚至一开一合打起火来。

外边其实很冷，但这个小子戴着绒帽啊。

他说，没有事，我只是随便转转，是你们太拿这当回事了。

这话说得太轻巧了。

他问我，她是苔丝吗？

我被这话给问住了，这一刻有点像做梦。他把打火机也给合上了，很较真地看着我。我没想到他问这么个问题，才多大的年轻人，搞起西方来了，苔丝？你他妈哪门子学问，拿苔丝来诈唬？

但是，我还是被激烈地冲了一下，讲起苔丝的年轻人，就是这个戴绒帽的小王八蛋，好像很有城府一般。

我说，你别瞎操心，什么苔丝不苔丝的，回家，告诉你，回你自己家去，少来这儿混。

他从车盖上下来，像很过时的痞子一样，因为这样的一些动作，我觉着都是熟悉的。我把他帽子撸了下来，他没有声张，但是头发很凌乱。

他又说，她跟苔丝一样的。

我不知道他到底要讲什么，但是，至少他是有一个形象的设计的，然而他跟苏菲没有这么说。

绒帽往外边走，向一环路的方向，我没有再上前，我觉得他也够乖的了，他回去就让他回去吧。

我返回自由酷吧，里边音乐继续，唱的是甲壳虫的另一首歌，曲调弹得很好，但唱得有那么一点问题。

在我们的腊月，一般是不会对事情做什么大的调整的，一来是因为年关将近，再者可能在腊月做什么重大的决定本身也是不太讲究天时了，不过苏菲所在的那个位于时代商城的amour专卖店还是被迫迁出了。苏菲本来与其关系不大，但毕竟那是她初来中国工作的地方，所以一听老板讲到要撤出时代商城，苏菲就很紧张。以前她一直还是很信任中国老板的，好像他把她从法国带过来是一件挺不容易的事。

不过中国老板并没有放弃这个品牌，从时代商城搬出来以后，他又在步行街街口那儿租下一个铺面，是直接临街的。品牌店得以保留，那天苏菲很高兴。

但她的老板裁掉了良，只留下奈，这样苏菲和奈两个人在经营这个店。因为品牌已经经营了这么长时间，中国员工已经很熟悉工作，所以苏菲也就不再有什么特殊，她变成跟奈一样，轮流值守这个步行街的店面。苏菲白天要在店里，晚上到自由酷吧，一周她只有一个白天能休息，如果轮到她白天看店，连着晚上在酒吧，她的精神就很不好。由于酒吧一般都要凌晨两点打烊，所以轮到她白天在店里，情况就会很糟。

这段时间我很忙，年底还总出去开会，听苏菲讲那个戴绒帽的男孩不仅每晚在酒吧找她，而且有时白天也到步行街的专卖店去。

戴绒帽的年轻人是个发明家，苏菲告诉我。

我倒是吃了一惊。

我问苏菲，那他讲他发明了一些什么？

苏菲被他带到他那儿去过，是个地下室。

苏菲在地下室，看见那个小年轻拥有许多发明装置，至少苏菲跟我转述起来是神乎其神的。

有瓶瓶罐罐，还有各种液体，最重要的是，他还发明一种香精，使得花变色。

花变色？

我问苏菲自己看见没有。

苏菲说，那个绒帽男孩当场就变给她看，只要把那香精向花瓣上一喷，花的颜色就变了，从那种粉红变成深紫。

我觉得苏菲应该没有弄清楚。

但是他带她去那儿干什么呢？

苏菲去的那个地下室，是巢湖在滨湖的那个口，再往南，过一个叫丙子的镇，然后过淮河战役纪念堂，再向前，是一个旧工厂区，那儿以前有工厂的，后来工厂搬走了，留下一大片厂区跟生活区混在一块儿。那块地方我之前是去过的。

苏菲在那个地下室里，听这个绒帽男孩跟她讲他的发明。她说他的发明都很有用，主要是动力学方面的，像花粉香精以及试剂什么的都是一些小儿科，他目前正在研究的是一种集飞碟与潜艇于一身的军事机器。

苏菲回来跟我讲得很玄乎，说小年轻还给她看了样东西，说那个东西还在试验阶段，如果搞成了，就像个降落伞包样的背在身后边，只要一摁按钮，就可以把自己弹起来，上一棵树比猴子要快得多。

苏菲在那个地下室进口见过那个绒帽男孩的姐姐。他的姐姐正要去外边的猪圈喂猪，她刚刚给他打扫过卫生。

我问苏菲到底有没有见到那个所谓又是潜艇又是飞碟的东西。

苏菲说她没有看到，但那个男孩说了，他会在一个晴朗的天气，到巢湖那儿试验给她看。

苏菲在讲这些时，她一直是信以为真的，我倒是有点不解，在之前，难道他不是在为难她，让她害怕？她怎么现在反倒这么有兴趣了？

苏菲在那个地下室待了半天，那个男孩把他所有的发明几乎都跟她吹了一遍，但是她能记住的很少。还有一个发明是用来点烟的，只要把那个东西往烟头上一抹，随后吹气，香烟就能自动点燃。苏菲当场还试了一下，用的是一支中华烟，香烟当然也是那个男孩提供的，还真的吹着了。

我跟苏菲说，他那是在烟头上做了手脚，本来就是着了的。

苏菲说，她摸过烟头，不烫的。

我说，那就没有着。

苏菲对我不相信这个男孩的发明有些生气，她说这个人很帅，确实很有本事。

我担心这个男孩为什么单单要表演这些给她看呢，难道他是为了向她证明什么吗？再说她在他那儿待了整整一个下午，他们有没有做过别的什么呢？

苏菲说，他还发明了一种催眠法。

我这就有点担心了。我心想怎么这个绒帽男孩什么都敢发明呢，莫非是个神人，或者是个隐居的科学巨人？

苏菲说她被那个男孩用手按在椅子上，她说只有他按住她，她才会有一种被催眠的感觉，只要他一松手，她马上就清醒得不得了，然后这个男孩就让她看她正前方的一盏油灯。

什么油灯？我问。

她说，那个绒帽男孩说是一种桐油灯。

桐油灯？我问苏菲，你知道什么是桐油灯吗？

苏菲说不知道。

我说，桐油灯现在很少人用了。

苏菲被那个男孩按在椅子上，桐油灯在燃烧，那火苗一跳一跳的，在更前边有一面镜子，但镜子中间是镂空的。

我想一想都觉得这个镜子够奇怪的。

苏菲说她就盯着桐油灯，然后她又从镜子中的方孔向那地下室的墙上看，她说她看到墙上趴着一只小小的怪物，像是蝙蝠，又像是盘着腿的一座小雕像，她拿不准那是什么。然后，那个男孩的一只手还是按在她肩上，另一只手从嘴里掏出了一个心形的别针，在她眼前晃了晃。

她有点难受。

这时，那个男孩开始唱歌，她说那个调子很苦。

我有点诧异了。

她说，他应该是在唱戏，在他唱戏时，那个镜子中的方孔慢慢合上了。

我赶忙问她，什么方孔合上了？

她说，就是从桐油灯芯上边望过去的那个孔，之前一直是开着的，但是他一直唱，于是那个孔就合上了。

我心想也许那个孔并不存在，只是画了个框子，凭着光线的反射，让你以为是个孔，其实那只是反射后边墙壁上的蝙蝠或者雕像什么的呢。

她说，他唱戏唱得很苦，她全部听得清清楚楚。

苏菲说她能听懂，这个我相信，但要是全部的折子戏，她都能一下子明白的话，那就有点不对了。

再说，这个绒帽混蛋，他像是能唱出全部戏文的样子吗？

我心想也许他不过是在放录音，或者对口型，况且苏菲被他按在椅子上，她不过是在镜子中才能看到他的。

我说，他这哪是催眠啊。

她说，他是在催眠，因为镜子合上了，我就在镜子中看到了桐油灯、我、椅子，还有在后边唱戏的男孩。

我说，他唱的是小刀戏。

她说，对，他讲的是小刀戏，不是上次你讲的庐剧，是小刀戏。

我说，小刀戏跟庐剧牵扯很多，都是我们这个地方的土戏。

她说，他在唱戏的时候，他房间的那些瓶子有时就在砰砰作响，好像有一种东西在跳动。

是什么？我问。

她说，渐渐地，我就不知道了，我只看见镜子中的方孔合上，那个小年轻，他嘴上、脸上挂的全是水。

我想那怕是鼻涕、唾液什么的，唱戏的人都如此，假如他唱的也是戏的话。

她说，他唱得那么投入，后来他就没有按住我了，他好像从后边出来了，在镜子前边，有时拉一下桐油灯，唱得很苦，念白也很多，说的是人间多不容易！

人间多么不容易？我问。

她说，是啊，不过我是被催眠了，虽然能看得见，但慢慢倾斜了，也就是镜子也歪斜了，灯光也歪斜了。

他在那儿像跳着一样。

不过她始终没有完全被催眠，她只是感觉不到自己，但能看到这个年轻人。

我问她，你对那个地下室印象如何？

她说，地下室的霉味很重。

我说，那肯定。那一大块地方可以说是个湿地，要不是打仗，要不是以后建工厂，那个地方本来是只长水草的。

苏菲弄了一下头发，今天她的头发有一点蓬松，不过她没有把它理好，她好像很不在意似的。

我说，他有没有说为什么要催眠你？

她说，那倒没有，他只是证明给我看，他有这个本事。

我问她，他为什么要向你证明？

她说，他本来是想收拾我的，但他又不想这么做。

我听出一点不对了，问她，他有没有说为什么要收拾你？

苏菲大概是有点犯难了，不过她可不笨，她说那个绒帽男孩讲了，有人叫他这么做的，叫他威胁她，叫他治她，因为那个人认识她，看她很不顺眼，所以让他去收拾她。

我说，那他并没有这么做。

苏菲说，是啊，他没有收拾我，他带我去他的地下室，跟我讲他的发明，并且催眠我，然后他说我像苔丝。

这个我倒是知道，因为那晚在自由酷吧外边的停车场，这个男孩也对我这么形容过她。但是苏菲对这个怎么看呢？

我问她，你怎么看，苔丝？

苏菲顿了顿，摇了摇头。她说，我不知道苔丝。

这是真的，她确实不知道什么苔丝。

那是一部英国小说中提到的人物，后来被波兰斯基拍了《苔丝》的电影，这个她也没有看过。

不过绒帽男孩也许是知道的。

她被催眠了，所以她是被他从里边扶出来的。她说他是个科学家。

我说，你这么认为？

苏菲说，是那个男孩自己这么说的。

至于她在那把椅子上坐了多久，以及她歪斜了，被催眠了之后，她是否还在椅子上，还是去了别的什么地方，她都没有说，她也不太清楚，谁让她被催眠了呢？不过，我想，弄清楚这个也许并不难。

9

农历新年刚过，我就到北京去了，一是公司在东北与一个省电视台联合投资的电视剧项目准备启动，另外春也一直催我回北京，说在北京有许多事要跟我讲。在年前，她去了南非。有时我从她的话中听出一种十分虚妄的矫情，好像她对于感情比别人更为投入似的。不过，我自己却始终无法理解存在于我们之间的所谓感情，或者说，即使是作为情人，这又有什么意义呢？

对于一份没有约束、没有责任的关系来说，人到底算个什么东西呢？

可能人比这种关系本身要更不可靠。

她早听说了我在六城的事，我想也许这个并不值得回避。我只是按我自己的方式生活，这是我最好的托词，这差不多也是我唯一可以说得过去，令自己也能解放的托词。

但是，谁能解放自己？谁也不能。

在北京的最后几天，恰好老关也去了北京，见他那样儿，说是流浪到北京的也没准。他们这些人总喜欢喝酒，不过醉得像烂泥一样的老关一直很得春的赏识。她似乎认为他是一个有见地的人。

但是我看不出来。

春和我带老关一起去了一趟康西草原，我们在那儿滑雪，然后我们在北京又喊了几个人，搞了一个聚会。

那次聚会可能拉近了我和老关的关系，我发现老关可能是个不错的人，他很能理解我和春的事。

但是，我也明白，在骨子里他可能认为每个人都是在混，在北京是混，在外省是混，在纽约也是混。

所以，他在喝酒时就劝春，不如跟着老陈到六城去。

可我从没有说过，我没有让她去我们那儿，我不会这样的，这不是我的思路。不论我在哪儿，我不会请一个外地人到我那儿去，即使这个人跟我有爱情，即使这个人是我妻子，即使这个人很伟大，我也不会邀请的。无论我在哪里我都不希望对别人说那个地方好，那个地方适合你，这话我是说不出来的。

况且，现在我对我的生活已经没有太多的兴趣，也就是说我无法把我的生活当成一件光彩的事情。我讨厌那种在生活中找乐子的生活思路，尤其厌恶那些假模假样茁壮成长，借热爱生活来生活的人。我只当生活是生活本身。

我对春就是这么说的，生活就是生活本身。

也许老关跟春透露过我在六城跟那个法国农民姑娘的事，但是春没有再提，可能她也能理解我，为什么要对生活进行修饰呢？为什么不能让生活自自然然呢？

我们在这上边渐渐就会达成一致。

但是老关却告诉我，最近，也就是在年前，他见到了那个列昂，当然还是在那个小淮扬酒家里，只是喝酒的列昂完全失态了，不是在酒后失态的，是喝醉之前就不对了。

老关跟我讲列昂时，春到天安门那边陪朋友去了，难得我们可以随便地扯一扯列昂和约瑟夫那两个酒鬼。

老关说，那次苏菲也在，不过看来他们关系很微妙。

不用说，我也知道列昂是个欠揍的傻子，他其实也只是拿苏菲当个不上路子的女人，但是苏菲乐意啊，她就是乐意跟他喝酒，至少他们都说法语，他们是同乡。

但问题是，他们现在有那么一点点不对劲了。

老关说，那次刚坐下，列昂就扯到了一个人。

谁？我问。

老关说，你恐怕知道吧。

我说，你讲讲看。

老关说，我倒不知道，说是个化学家。

化学家？我很吃惊会有什么化学家。

老关说，说是个很年轻的化学家，躲在郊区那里搞发明。

我马上意识到原来列昂也知道那个戴绒帽的小年轻了。

我说，称为化学家也没什么不妥，反正他比那几个老外有文化。

老关说，化学家可不是随便就能称呼的。

我觉得老关也够迂的了。

老关说，是那个苏菲自己跟列昂讲的，讲一个年轻的发明家最近带她去了一个地方，在那个地方给她催眠。

我说这个我知道，苏菲跟我也说过。

老关有点神秘地说，所以你还是看事情不仔细，你不认真啊，老陈，你还是什么都不放心上啊，人家列昂知道得比你多。

我觉得老关这是在瞎忽悠，他那点心思我知道，如果不是碍于面子，他早就对苏菲下手了。

老关说，苏菲坐那儿不动，但那晚酒喝得很快，马上他们就有些不能控制了，因为喝了酒，情绪就上来了。

列昂居然拍苏菲的头。老关做了个手势，应该是在敲她的头，但苏菲呢，也没有反抗，好像别人怎么做，她都能承受似的。不过，有火药味了，列昂好像是骂了起来，因为用的是法语，具体的没有听懂，但骂得很重。

苏菲被约瑟夫搀扶着出去了。

只剩下列昂跟老关还在小淮扬里。

列昂咆哮了。列昂这个傻子咆哮什么？

老关说，列昂在骂那个年轻的化学家，说他是骗子，说他不过是在骗苏菲，骗苏菲认为他真的是一个发明家，这样，年轻人就能把苏菲弄到手。

我想列昂恐怕也不完全是酒醉了，他应该是从苏菲的被催眠事件里看出了破绽。这个并不难，但问题是，他这是什么心态呢？苏菲是他的什么人？苏菲跟他是什么关系？

老关见我只是吸烟，不接他的话，就有点急了，他又讲起上次夜里到我家去跟我道歉的话，好像他还有话要讲。

于是我就跟老关说，那个列昂不是个东西，一看就是个杂种。

老关说，他动不动就捏苏菲的下巴，灌酒还是次要的。有时服务员还没下去，他就搂着苏菲，好像苏菲是他的掌中玩物一样。

我没有表情，我很难有表情，我也不知道我应该是什么表情。

老关这才问我，你到底跟苏菲怎么样了？你跟她睡过没有？

老关终于问到一个在他看来可能是最重要的问题了。当然我不会回答的，我没有必要回答这样的问题，但是我不回答的话，老关就不能按他的路子来说他的心里话。老关到底还是诚实的。

他说，苏菲这姑娘确实还不赖。

我对老关说，列昂真是个杂种。

老关有点咬牙切齿了，他说老外都是杂种，都很乏味。

我们没有必要骂老外，那不关我们的事，但列昂他怎么对苏菲是我们把握不了的，那是他们法国人自己的事情。但是他很讨厌，这倒是肯定的，这个混在古井和油厂的蠢货很是让人讨厌。

列昂和约瑟夫到自由酷吧去，就是要去见识一下那个发明家的。如果不是年轻人还有点本事的话，他很可能就会被这个法国的傻大个子给唬住了。不过从后边包括苏菲在内的别人的叙述中，我才发现这个戴绒帽的年轻人可真不是个凡角，也因此，我觉得也许我们都落伍了，现在的年轻人不仅过上了一种我们不太熟悉的生活，更主要的是他们看世界、看问题、看女人的眼光跟我们不同了。

但是，列昂照旧要在自由酷吧喝两杯，可能在酒吧里喝跟他在油厂那边的小淮扬酒家是不一样的。在这里，他不是搂着法国同胞喝酒的，他是要去对付那个小年轻的。

他质问那个发明家，问他凭什么说自己能发明？

男孩自然是不高兴，可别忘了，他身边有好几个小家伙，个个都坐在那儿人五人六的。

列昂让年轻人发明一点东西给他看看，他举例说比如你把花瓣变了色。

年轻人一听就知道苏菲跟这个混球儿讲过他给她变的那些戏法，所以他马上就意识到这个人不是真的要看他发明的，这个老外是要来拆穿他的。

年轻人晃着自由酷吧的杯子，一时还没想跟列昂动怒。年轻人现在普遍跟我们有不同的时空观，只是不知道他们的时空是更紧了呢，还是宽了，坍得很大很扁呢。

但是，年轻人是有所谓的。

他对着列昂那张红得像猴屁股的脸看了半天，好像在那儿也能发生一点化学反应。

他对列昂说，化学反应是一种玄妙的东西，是想反应就可以反应，就像对于你，我看你一眼，但我不想跟你有化学反应。

列昂知道他这是在逃避他的话，他觉得对方没有重视他。

列昂也知道在中国，在这个城市，在郊区，这个年轻人是有他的法则的。不过列昂蔑视这个法则。

列昂说，你在郊区那里搞化学反应，搞发明，你有文化吗？

年轻人边上还有年轻人，于是年轻人都笑了，并且都把目光聚焦在列昂的额头上，好像他额头那里有什么。

一个年轻人说，他头上有屎。

另一个年轻人说，只有巢湖的虾头上有屎。

可是戴绒帽的年轻人还是不满意，因为他是个发明家，他觉得大家没有看出列昂头上最重要的化学构成，于是他小声说，他是吃了大便，存在头上的。

年轻人不再说什么巢湖的虾了，他们的意思是这个酒鬼头上有屎，却来跟我们谈文化。

年轻人没有伸手指他，但是他们都不理他，好像是在忽视他，就是说跟列昂没有化学反应，因为他一点也不懂化学，是个头上存放脏物的酒鬼。

列昂被约瑟夫拉了一下，他的这个德国朋友大约总是要理智一些的，所以年轻人没有对他发表看法。

但是列昂就不同了，他不懂化学也就罢了，他为什么总用质问的语气呢？他凭什么可以质问一个发明家的发明呢？

戴绒帽的年轻人说，你还是少喝点吧，别跟我谈文化，村子里有人在喂猪，喂猪也有文化，只是没人跟你讲，因为跟你没有电。

没有电？列昂吃惊地问。

就是没有接触的可能，你在那儿瞎灌酒，谈什么文化，谈什么郊区，你有方位吗？年轻人说，你有方位吗？

列昂是个有性格的人，但糊涂的人也有性格啊，这个不能说明问题。

戴绒帽的年轻人在苏菲穿过乐队台子那边时向她招了个手，这个动作被列昂看见了，列昂于是抬手压住了年轻人的手。就是这个动作，使得年轻人感觉被严重地冒犯了，年轻人一般不喜欢被干扰，特别是在他们抬起手，干他们自己事情的时候。但这个列昂就是不乐意啊，他心想，你们发明什么啊，多落后啊，还在谈化学，世界早已经变了，什么时代了，还化学反应？

但是，年轻人终究是可以有自己的路子的，是边上那个戴眼镜的年轻人先把列昂的手给拿下去的。

戴绒帽的年轻人没有想到这个老外会讨厌到这种程度。

约瑟夫让列昂到外边去，何必在桌子前这样呢。列昂没有理约瑟夫，他还没有跟戴绒帽的男孩顶牛呢。

乐队换了支曲子，是西城男孩的，那个主唱今天扎了头巾，唱得更加卖力。

苏菲在那儿经过一趟之后，就到后堂那儿去了。

列昂又喝了一大杯，他喝的是烈酒，好像只有烈酒才是他愿意喝的。一个年轻人说，你可以喝点饮料啊，喝点碳酸啊，或者就喝点水吧，何必喝酒买醉呢？

列昂问年轻人，你催眠苏菲干什么？

年轻人哼了一声，当然他是特别不屑的：那么隐私的事情何必跟你谈；尽管苏菲跟你说了，但我必须跟你说吗；你是化学热爱者吗，或者说你也懂化学吗？

戴绒帽的男孩吐了个烟圈，他低着头，不想跟他讲了。

列昂说，你是在骗她，你不过是要把她骗到手。

年轻的发明家烟吸得很凶，他当然是有情绪的，这个傻大个子如此诋毁他的发明，他能无动于衷？

他望着列昂。

列昂起劲了，好像他受到重视了，有了讲下去的动力，他就要滔滔不绝了。

但是年轻人可不愿意听任他这样，他只是个酒鬼，只是个配角，只是小人物，一个走卒，还能干什么呢？

头上顶着装屎的壳子，却在这里谈文化？

但是年轻人有定力，不发作。年轻人的沉静终于让列昂找不到讲下去的那点快感了，他忽然有些愤怒了，他终于比年轻人先愤怒了。

大概跟他又灌了几杯酒有关。

他说，你催眠她？你不过是对她有非分之想，你怎么催眠得了她？你没有把你的发明拿出来，你没有真正发明过可以让人都看得见的东西，你怎么能催眠她？

列昂的目光在酒吧里寻找，好像是想把苏菲给喊过来对质似的。

但是苏菲没有出现。

列昂更加愤怒了，他声音也加大了，但是声音只能在乐队唱词的间隙才能被年轻人们听到，况且，他们本来就极度忽视他的讲话。

列昂说，你敢催眠苏菲？

可能就是这句话让戴绒帽的年轻人觉得对方完全疯了，这还怎么对话呢？

戴绒帽的男孩从乐队那边走过，然后从大门那儿出去了。他是一个人出去的，其他年轻人玩着ZIPPO火机，抽着烟，嘲笑着这个酒鬼。

列昂跟出去，他在喊他，似乎在指责他不应该离开酒吧。

约瑟夫跟在列昂后边，不过他没有喊住列昂。

在外边，在停车场拐角那儿，可以拐到一处叫白宫的口子那儿，年轻人站住了。

他叼着烟，站在一个花丛旁边。

列昂突然冲过来，好像愤怒使他变了形，他嘴中还说着催眠什么的。不过他刚扑过来，戴绒帽的年轻人就把他抵住了，也许是他醉了，也许他本来就是个假大空，反正年轻人把他给制住了。他很尴尬，因为没能像愤怒者那样真正疯起来。

年轻人往后退。

从旁边又围过来一些人，但都没有作声，大家不知道他们在干什么。

列昂嘴上还在说，你们也敢玩女人！

他这话立刻在围观的人群中引起了骚动，这话也太不入耳了。

约瑟夫过来扶住列昂。列昂醉得不轻。

戴绒帽的年轻人回酒吧去了。外边的人看着列昂，列昂对那个已经从酒吧里赶出来的以色列老板说，他进去了。

以色列胖子看了看列昂，他没有跟他太客气，他说，你醉了。

列昂打着嗝，对以色列胖子说，那个混蛋睡了苏菲。

以色列胖子朝酒吧门口那儿看了看。

他对列昂说，你还是别再喝了。

列昂又说，他还发明了催眠，催眠还用发明啊，都几千年了。

以色列胖子终于也不能忍受了，他拍了拍列昂的头，对他说，郊区什么事都有，你别在这儿研究，你自己不在郊区，你不懂得郊区的事。

戴绒帽的年轻人在玩火机，在裤腿上划火，火焰跳跃着。

苏菲在乐队那儿又走了一趟，他向她打了个响指。这声音很响，引起其他几个人的共鸣，都朝苏菲看。

老实的苏菲端着盘子闪到后边去了。

他对他们说，她真像苔丝。

阳光灿烂，油菜花在向阳的土坡上已经零星盛开，但还没有连成一片，形成那种花海。有时我跟苏菲开车到郊外去，快接近山南那个地方，我们喜欢在那儿拍照。前几年因为一个高尔夫球项目的事，我跟朋友曾到过跟山南背靠背的聚星乡。

聚星乡的聚星湖，是连六城本地都很少人知道的，一是因为它已经朝向了另一个叫作六安的片区，另外它遮掩在山峦中，很难被发现。

我跟苏菲本来都是不喜欢拍照的，但我给她买了台单反相机，苏菲觉得很不错，她自己从法国带来的那个奥林巴斯的数码相机已经不能用了。

在聚星湖前边的山南镇，我们遇到赶牛的人，他们要去田里干活。苏菲在马路边等我，我到山坡下边去小解。

广播里正播着村里通知村民去干活的通知。

苏菲在我出来后问我，为什么这里干活需要广播喊人？

我说，我们现在的事还必须就是这样。

其实广播里喊的就是社员，而不是村民。

什么叫社员？苏菲问我。

我说，社员就是以前公社的叫法。

苏菲又问我公社，我说公社也是以前中国在农村建立的基层组织，现在都没有了。

我们到聚星湖的那个路口时，刚好有一群人在田里面干活，苏菲就看他们。

苏菲就拿相机给他们拍照。

本来那几个人就对着我们看,苏菲拍了几张后,就待在那儿。

这时那几个人从田里上来,他们围住苏菲,苏菲不知道他们要干什么。

我在车里打电话,不知道苏菲跟他们在说什么。

后来我看见那几个卷着裤脚的人就跟苏菲拉扯了起来,我忙跑过去,问他们为什么要跟一个外国人动手。

他们倒是没有管什么外国人,他们说拍照可以,但要付钱。我跟他们说,她拍照没有什么目的,只是玩玩。

她不是记者,我跟他们说。

他们也不管什么记者,只是说既然拍了照就要付钱。

苏菲像那次为自行车的事情跟我吵架一样,她在那儿嘀咕,为什么你们不看看我给你们拍的照片,却要钱,钱很重要?你们这里的人怎么永远只知道钱?

她的话肯定是把那几个人给惹怒了,不过碍于我的面子,他们没有发作。他们发现我想息事宁人,便跟我交涉,但我听到那几个人中个子最高的那个在边上骂苏菲是个白痴。

我还是付了几十块钱给他们,然后我们开车去了聚星湖。

我们在聚星湖上泛舟,天色很好,春光一片烂漫,不远处的山弯里掩映着半岛,半岛上白鹭成群,苏菲用相机拍着。

苏菲问我,为什么单反相机跟普通数码相机不一样?

我想农民姑娘终究不太懂这些,再说单反相机本身也没有什么,只是她拍的那些照片实在不敢恭维,真是太差了,幸亏那几个田里的人没有看她相机上拍的照片,不然他们见她拍得那么差,会要得更多。

船是电动的,能坐四个人,我们两个人在里边,船也很沉重,行驶速度不快,水鸟在船前边低矮地飞着。

我跟苏菲说,你看,前边石崖上刻着聚星两个字。

苏菲就用相机去拍照。

她是把聚星两个字给拍下来了。

我对苏菲说,这字是李鸿章题的。

苏菲说，又是李鸿章。

她是记起我跟她讲过李鸿章的。我说，你在六城不知道李鸿章是不行的。

她点了点头，但多少有点笨拙。

我说，他那时是个大人物，跟你们西方人打交道，他是中国第一人。

她说，难怪六城人都知道李鸿章。

我说，大家都应该有点文化。

她把相机平端着，好像对我的话有那么一点点触动，她说，是啊，别人也跟我谈文化，总是有人跟我谈文化。

不过我们没有讨论文化，这个怕是没有必要了。

我跟苏菲说，李鸿章从这里招了许多人去天津。

天津？苏菲问。

我说，你知道天津吗？

她说，就是北京边上那个啊。

我说，是啊，李鸿章从聚星这里带走了上万人，到天津，加入军队中去，是清政府军队。

她说，就是淮军，你上次说的淮军。

我说，是啊，你还记得淮军。

我们到了半岛上，从那台阶上去，苏菲回头往湖里拍照。这个湖跟巢湖什么的就完全是两回事了。

苏菲说，聚星，但这里的人都被带出去了。

我们从聚星的山崖往南边看，那里就是山南，山南跟聚星是背靠背的。

在那个崖顶上，能看到聚星湖上波光粼粼。

苏菲在那儿不停地拍照，但我拿过来看，觉得她拍的东西太差，而且没有任何构图的意识。我们又回到船上时，她跟我说到她哥哥，说她哥哥在瑞士很孤单。

我想，可能每个人的孤单都不同，有时我真觉得她有那么一点点问题，怎么连她哥哥的孤单也成了她的事呢，她这个人到底是干什么的？

苏菲已经有几天没到自由酷吧去了，即使去，现在也多半是到后堂厨房那儿去干活，说是那个以色列胖子这么吩咐她的，不过苏菲还是觉得是那个中国老板的前妻安排她这么做的。那个戴绒帽的年轻人总是带几个小年轻在自由酷吧里混，以色列胖子已经警告她好几次了，叫她不要再跟他来往。

我不明白苏菲是怎么看待那个年轻人的。

再说，自从年轻人跟列昂发生那次冲突之后，列昂就到池州去了。苏菲说，列昂很生气，对她很不满意。

我对苏菲说，列昂对你不满意一点关系都没有，他跟你有什么关系呢？他是他，你是你。

苏菲说，列昂怕我被骗。

我问她，你觉得有人在骗你吗？

苏菲摇了摇头，她好像能肯定没有人能骗得了她。她还在不停地拍，她好像是抓拍到了一只白鹭站在浮草尖上的起飞。

上了岸之后，她轻轻地问我，为什么那个男孩说我像苔丝？

我看了看苏菲，其实她多少是有那么一点问题的。

我说，苔丝其实跟你是不一样的，苔丝不是文化不文化的问题，苔丝只是穷得没有办法，才有那些事情。

哪些事？她问我。

我说，苔丝跟男人们啊。

苏菲朝一树桃花走去。

晚上，茜约我，还有杨州，在黄山酒店吃饭，那个省里的领导和秘书也来了。吃饭的氛围很轻松，因为我白天从聚星湖回来，我就跟领导说，现在聚星、山南这些小地方都很有意思，可能是农村人都出去干活了，乡村里草长莺飞，气氛一片祥和。

领导见我说聚星湖，马上表态，那个地方很快也要被开发，一个台湾人要把聚星湖连同刘铭传的故居大圩屋一起改建成一片巨大的生态区。

领导秘书随后报了一大串数据。

我很奇怪那个杨州可真能吃，他好像很不需要面子，因为大家都在谈话时，他却在那儿埋头大吃。

茜问我，是不是跟那个法国女孩一起去的聚星湖？

我说，是的。

茜就在那儿跟领导抱怨起来，说现在不管什么外国人好像都觉得中国舒适似的，跑到我们这儿瞎混。

领导还是有中肯意见的，他不谈什么外国人来中国，他只谈他在国外访问时，对西方留下的美好印象。不过听他的口气，好像即使是个在巴黎、伦敦地铁口弹琴的，也很有修养似的。

茜后边说到了正题，因为她之前也跟我说过她找领导谈的是关于那个三国城的事。

领导大约早就看过那个计划书了。

他让秘书先下去，这样他就很认真地跟茜交代了几样事情，关于选址、投资还有项目的文化理念问题。

杨州一言不发。

我对三国城项目只是之前跟茜交流过几次，既然在无锡已经有了三国城，那我们这儿的就要不同。

茜跟领导谈了一会儿，领导就先走了。领导走之前还特地跟杨州握手，他劝杨州不要吃那么多，容易得糖尿病。杨州没有应承，好像并不太把那个领导放在眼里。

茜在领导走后，就不说三国城的事情了，她再次很热心地跟杨州谈起了梦。

她说她最新的一个梦，在梦里边她忽然头上被蜜蜂蜇了一下。

她说，肿了很大的一个包。

杨州用手在茜的额头上试了试，然后很低声地说，这样的话，就要看是公蜂还是母蜂了。

他应该是摸到了那个刺，至少在表演上是这样的。他看了我一眼，对我说，你气色不太好。

然后，他又跟茜讲起蜜蜂的事情。

他说，蜜蜂蜇了你之后，蜜蜂就会死，所以还是个大事情。

多余的，他就没有往下说了。

杨州这句话，让我对他有那么一点刮目相看了，说得很实在啊，说到本质了。

茜有点得意，她冲我笑了笑，又说，你要注意身体。

我看茜正在用她的手在额上摸来摸去的，末了，她又跟我有些神秘地说，最近没发烧吧？

我说，没有呢。

她说，人的梦都是连在一起的，所有的梦都是连在一起的。

服务员送来了新点的牛排。

茜认真地吃着，嘴上有牛排的血。

杨州不吃牛排，他吃的是猪排。

他的叉子闪闪发亮。

杨州用叉子指了指我说，你上次怎么说的？说是有一次在梦中开车，进一道大水坝，大水坝的水泥上淌着水，你赤脚在上边蹚水过河。

我敢保证我没跟杨州讲过这个，那我想只能是茜跟他说的。

我觉得茜真不应该把我跟她讲的话都跟这个杨州讲。

猪排很酥，所以杨州吃出了响声。

茜很不客气地说，你别跟那个苏菲走得太近了，这女孩白痴得很。

我想茜对苏菲一直是有成见的，尽管这成见怎么来的我一点都不知道。

茜说周日我们到双墩那儿去看为三国城项目预备的圈地。

回家之后，我一直头疼，竟也不自觉地摸起额头来。当然我没有找到被蜜蜂蜇的感觉，而且我回忆起今天茜跟杨州感觉怪怪的。

不过我在落地灯下边突然醒悟了一点，我想我绝没有跟茜讲过什么过大水坝蹚水过河的梦，这不可能，我没有讲过，那这个杨州怎么讲起这个来的？他又是怎么知道的？我确实是做过这样一个梦。

春雨连绵，似乎下得没有个尽头。苏菲一直骑车在我们这个城市中穿行，有一次我开车穿过桐城路那个地下隧道，刚一出来，看到苏菲骑车，正在路口踮脚等红灯。她披了雨衣，不过从她那偏褐色的头发上我还是认出了她。

我觉得她够能忍受的，如果是我，我是受不了的。没完没了的事，一边是帮人看店，为那个所谓能把她带到中国来的老板；另一边是那个所谓的自由酷吧，那个永远只能在夜晚没命地端盘子的乌烟瘴气的地方。但苏菲就是这样，每次打电话，听出她声音很疲惫，但她好像没有退缩的意思。

雨停了两天，我那个在市气象台做观测员的朋友给我发来短信，说是天气从此要晴朗好一阵子，她邀请我有空到她位于机场路的观测站里。她是我认识多年的朋友，看着她从一个小孩成长为一个大姑娘，又成长为一个时代女性和家庭主妇。不知为什么，我总会在天气好转的时候想到她，后来我才明白，原来天气好转的时候，我就会感谢天气，而一想到天气便会想到她，并且想到她就会有联系，一有联系就更会关注天气。于是这个天气预报的事儿，便每每使我想起这个观测员。

我知道观测员少妇是想让我约她到郊外去。

但是，她本来就在郊外工作，也就是说她试图让我去她的机场路的气象观测站，她是一个人在那儿上班的。她上班时我们发过几次短信，因为我们认识很久了，所以彼此是很信任的。自从那个夏天认识了苏菲，我和这个观测站的少妇便断了往来，但可贵的是，她并没有遗忘我，就在这个春雨止住，天气放晴的时候，我们再次热切地联系起来。

不过我向她坦白，我认识了一个法国姑娘。

观测站少妇对此表示理解，她想她是猜对了，一定是有什么人进入我的生活中了。

于是她就问我，假如可能，我们能否去远一点的地方？

她不再邀请我去观测站了。

不过，我拒绝了她，我对这个少妇说，我如果找你，就会到你的观测站去，至于到远处去，以后再说吧。

她说她的婚姻生活很不好。

这一点我并不了解详情，但是，我是看着她成长的，我理应关心她。

我对苏菲说，你不要在这里累成这样，女人太累，就会不可爱了。苏菲的烟吸得比我还要厉害，现在我很少到她在自由酷吧的隔间里去。我跟她说，你在六城时间也已经不短了，应该有一点改变。

她问我，怎么改变？

我告诉苏菲我那个在气象观测站工作的少妇朋友的事情，苏菲很吃惊，她说她很喜欢那样的工作。

不过，我告诉她那个少妇朋友的事情，可不是让她向往那样的生活方式，我只是希望告诉她如果人有机会，就应该尝试着去改变。其实我差不多是在提示她，这样在我们这儿混下去，好像不应该是她应有的生活。

我答应过苏菲，在春天的时候去那个天龙庵的。

于是，我们过了舒城，把车子停在长冲，然后去爬天龙庵。

天龙庵是一座山，很高，在我老家那个地方。说是天龙庵，其实是个主峰，海拔足有一千米，山峰连绵，只是天龙庵最高。我们大约是在十点开始爬山的，山路的下半段还有人，到了上边就没有人了，我们听到过动物的号叫。

苏菲说她爬过很多山，但她从没有见过这样的山，山路平凡，两边开始还有庄稼，后来，也并非那种荒野，而是长满了松树，到处都有人的痕迹。

我就告诉苏菲，在我们这儿就是这样的，到处都是人，到处都是人在生活。

我们差不多是两点上到天龙庵顶上的。

天龙庵的顶峰，我以前没有进去过，再说距上一次来爬山已经有好几年了。苏菲和我进了庵里，原来庵里有个和尚，声音很尖细。

虽然我觉着有点阴森，但苏菲却很感兴趣。

那个和尚有那么一点兴奋，但他强作镇定，尖声尖气地说，我这里还是第一次有外国人爬上来呢。

我对那个和尚说，你一个人在上边孤单得很吧？

和尚说，不孤单，每天都有人爬上来的。

和尚给苏菲点香，苏菲没有什么反应，她不知道和尚的好意。于是我赶紧向和尚表示感谢，我说，她只是爬上来看看的。我跪下朝菩萨拜了拜，并且向那个功德箱捐了几十块钱。

我在磕头时，苏菲已经出去了，原来外边有一只小猫，苏菲跟小猫玩了起来。

那个和尚在我磕完头之后，请我坐那长凳上，他给我倒水，我说我不喝。

他问我，那女的哪个国家的？

我说，法国的。

他说，法国在哪儿？

我说，法国比较远。

他说，我要到法国去看看就好了。

我想他的愿望倒是没什么错，只是法国太远，去一趟也许并不容易吧。

他摸了摸衣服，伸头向外看了看，原来苏菲没有再逗猫，而是朝山下看呢，她用相机在拍风景。

他说，我都好几年没出过舒城了。

舒城只是个县，还有更大的地方。

他接着说，要去就去最远的地方，索性跑远一点。

我说，你这是待在山顶上憋的吧，想跑一跑。

他说，那倒不是，我在天龙庵有什么憋的呢？这是我应该一直待着的地方。但是，我总要跑一跑吧，我要跑的话，就跑远了，既然法国女的都到我们这个场子来，那我也可以跑到她们那里去。

于是我喊苏菲进来。

我对苏菲说，他说他很想到你们法国去呢。

苏菲看了看和尚，她说，我们那儿太远了，还不如你们这儿好玩，你这儿最有意思。

苏菲看那只黑猫从门边跑进来，并且跳到另一个房间去了。苏菲也跟着进去了，我以为那是和尚睡觉的地方，所以我喊苏菲不要追进去。但和尚说不要紧，那是厨房呢。

和尚往门边让了让。

我和苏菲从里边出来。

我们跟和尚告别，他请我们有空再来。苏菲没有和和尚说话，她好像有一点点生气，不过这是为什么呢？

我在下山路上问苏菲怎么了，和尚跟你告别，你连一个字都不说？

苏菲说，待在这么高的地方，又是一个人，有什么意思啊。

我想苏菲何必为这个担心呢，这个天龙庵在这块地方有名得很呢，每天都有人上来，只不过你是唯一一个上来的外国人而已。但是，这也没什么啊，并不因为你是外国人，就让人怎么样了。

她说，他说他想去我们法国？

我说，他那是没怎么出门，急的。

我们下山很快，到长冲开上车子，路上，她总让我放慢车速好让她拍照片，以至于天快黑了，我们还没赶到舒城。

在柏林街，我停好车子，我问苏菲我们晚上住在这儿行不行。

苏菲说行。

于是我们就在柏林街上找了个招待所，这还是我和苏菲认识以来第一次在外边留宿。

当然，我是准备好了的，本来也可以开到舒城，从舒城上合舒高速回去的，但是在柏林街住一晚有什么不好呢？

我们找到的招待所，是以前供销社时期的，现在已经划归私有了。

招待所老板对我们很热情。

我跟他说，要一间朝西头的房子。

招待所老板说，也就只剩那间房子了，还要把里边堆的东西腾一点出来。

不知怎么，也许因为光线太暗的缘故，老板没有认出苏菲是个外国人。我跟老板说，我们只是睡个觉，无所谓房间挤不挤的。

招待所老板大约是喝了酒的，他端着饭碗给我们开锁，然后他老婆从楼下给我们拿东西上来。

苏菲进房间之后，就坐到条桌那边打开背包，要拿笔记本电脑。

老板娘应该看出苏菲是个外国人了，于是脸倒是红了，她见苏菲在那儿弄电脑没有搭理她，于是就跟我小声地说，哪个国家的？

我说，外国的。

老板从房里拿走了几样东西之后，老板娘又拎开水上来，我问她要不要下去登记什么的。

老板娘说，不要登记，听你口音是家门口的人。

我说，是啊，我是家门口的人。

她说，真是大喜事，大喜事，外国人住我们这儿。

我跟老板娘说，你就不要叫了，人家只是来睡觉，又不是干什么，再说你们开招待所都几十年了吧，还没见过外国人？

她在外边栏杆晾衣服，有时还往里张望，不过苏菲一直在弄电脑。

这个老板娘对我小声地说，长得还不丑。

其实我很喜欢这个招待所的院子，下边有小虫子在叫唤，院子里还有狗和鸡，它们倒比较安静；有几个小孩在院里走来走去，玩一种铁箍子转圈的游戏。

老板娘让他们到街上玩去，别在院里闹。不过他们也并没有闹啊。

她问我，今天是下去玩的吧？

我说，上天龙庵呢。

她有点迷惑地问我，到天龙庵上去？带她到天龙庵上去？

我说，是啊，就是带她上天龙庵啊。

她摇了摇头，好像不太相信似的，她问，她也喜欢爬天龙庵？

她那口气好像觉得不太可能似的，于是我就跟她说，那你问问她啊。

老板娘笑了笑，她说，我不问她，我又不懂外语。

我说，她听得懂我们的话呢。

于是老板娘往里边站了站，用手摸着裉子，喊了苏菲一声，喂。

苏菲回头跟她打招呼，把她惹乐了。

她很高兴，但苏菲听不懂她的话，她讲的是本地话。

柏林街是个很奇怪的地方，这里人讲的既不是舒城话，也不是六安话。我以前就听说他们讲一种很冷僻的方言，不过我是听得懂的。

老板娘出去了，她说她要给我们做饭。

我说，要是麻烦就算了。

她说，肯定可以做的，因为住宿钱里边也包含了晚饭的费用。

苏菲听我告诉她老板娘还要给我们做晚饭时，她也很高兴。她在电脑上整理照片，我扫了一眼，发现她依然拍得很烂，可以说大大地浪费了那么好的风景。

只过了三四十分钟，老板娘便用那种红漆的板子把饭菜都端上来了。

老板娘把饭菜在方桌上摆好了，站在那儿看着苏菲傻笑。苏菲问她吃过了没有。

她连忙说她和老板都已经吃过了，是专门给我们做的。

我和苏菲坐下来吃。

但我发现边上有酒。

我问老板娘，这酒是当地的吧？

老板娘说，是老板让我拿上来的，他自己晚上也喝，是我们本地酒，粮食酿的，你们尝尝。

我问苏菲，你今天喝点？

苏菲说，好。

老板娘见苏菲也接过酒杯了，差点就要拍巴掌了，就好像看见猴子喝酒一样，但她克制住了。她说，我真喜欢啊，她能喝酒。

老板娘说的是土话，我讲给苏菲听，苏菲倒无动于衷。

老板在外边楼下咳嗽，好像还在跟人讲话。

老板娘的炒藕做得很好吃，藕能切那么薄，多不容易啊。

苏菲确实能喝酒。

我们一碰就是一大口。

把老板娘乐得不行。她看着我们吃了二十多分钟，终于到楼下去了。她在楼梯上还在说，真喜欢，真喜欢。

房间里是那种有点昏黄的吊灯。

苏菲喝酒，吃菜。板凳有点矮，电视上正在播放本省新闻，苏菲看得很起劲。

我问苏菲，这酒味道怎么样？

苏菲说，好。

我想这酒肯定比她在六城时喝的那些酒要好。

苏菲喝酒，没有什么麻烦。我发现她很能喝酒，这是我们第一次一起喝酒，跟在小淮扬酒家把她弄出来那次完全不一样，她喝得很平静。

只是她那手，还是那么粗糙，而且在春天，还裂着口子。老板娘做的菜很精致。

楼梯上有动静，可能是小孩子要上来玩，但被老板娘拽下去了，我听见她训斥小孩的声音。

过了好一会儿，老板娘又来了。她坐在苏菲边上，看着她的头发。她倒没有把苏菲当怪物，只是不晓得这外国姑娘也能喝我们的酒。

苏菲低头吃菜，她没有跟老板娘多话。

老板娘有点着急似的。

我跟老板娘说，她跟我们都一样，在外国，她也是农民。

她问，她也干活？

我说，是啊，她就是个农村姑娘。

我指着苏菲的手给她看，老板娘这才看苏菲的手。她有点吃惊，不停地点头，在那儿说，在哪儿干活都不容易。

她又说，在外国种田也不容易。

我说，不光是种田，喂猪养牛，哪样活不干？

我跟苏菲用的是老板娘一家为我们提供的那种白盅来喝酒。白盅跟我们在城里面喝酒的酒具是不同的，不过我小时候就用过这种杯子，只是许多年不用了，我不太晓得它每一杯能装多少。

而白酒是用盐水瓶装的，一开始我还知道我们喝的那一瓶有个八九两的样子。后来，老板娘在我的吩咐下，就提上来那种五斤装的塑料桶。我也晓得这种桶是在农村专门用来打酒的。

老板娘小心地从桶里往盐水瓶里倒酒，她几乎一滴都没有漏。

不过，她也不是一直都坐我们旁边，我看见她最后下楼时是拎着那个塑料桶，桶虽没有空掉，但酒已经不多了。

因为是粮食酒，我们从农村出来的人心里都有数，怎样也喝不了多少，但是，你不能单算酒精，那样的话，可能你就会害怕。

白盅在木桌上拿起放下都没有什么声音，不管老板娘在不在我们边上，我发现我跟苏菲聊起农村的事都很带劲。

从种田、采茶，再到发大水，再到赶集，我们农村的事情可真不少。但苏菲只听不讲，她那儿的事，我也想问来着，她好像提了句酿葡萄酒什么的，我打断她，觉得这没有什么意思。

苏菲果然是能喝的，我看不到酒在她身上有什么反应。

我甚至摸了摸她的额头，她一点也不躲。我发觉她额头也不发烫，好像白酒在她身上一点也不烧一样。

老板娘已经下去很久，木桌上除了那个炭火的炖锅之外，其他菜都已经凉了，于是我们就只吃那个炖锅。

苏菲只穿着一件T恤，不过我晓得她里面还有个背心。

我喝多了就想歪倒在椅子上，但苏菲还是那样坐着，她的定力比我要好。

我偶尔侧耳能听到老板娘在楼梯上走动，不过，也许她并不是来听我们说话的，二楼还有好几个房间，说不定她自己也住二楼呢。

吊灯的光线起初我觉得昏暗，后来就发现吊灯在夜里会越来越亮，除了苏菲那双我不太喜欢的手之外，她的其余部分都在灯光下发亮。

她吸着烟。她从不在嘴上叼烟，只有在吸的时候才把烟拿到嘴边，不吸时就垂在下边，她的烟灰就点在地上，她一直都是这样的。

那个炖锅的炭火，后来也快要熄掉了。我问苏菲，好吃吗？苏菲说，好吃。

我就知道她永远会这么说的。

不过，我们不能无休止地吃下去啊。我端起白盅，我想我可能有点醉了，不是这酒喝的，而是这酒拖的，它已经把我拖醉了。我小心地喝着，也许还可以满一杯，但我已经不太那么自主了。苏菲见我没有跟她碰杯，她就自己举起酒杯，跟我嘴前的白盅碰了一下，白盅之间发出沉闷的响声。

然后她就喝了下去。

吊灯在我头顶上，它很稳重。

我跟苏菲说，不能再喝了。

她说，好。

于是我们就把木桌上的东西稍微收了一下，之后，我坐在椅子上，苏菲向床那边走去。

不过床头上还放着纸箱子，想把这个纸箱子拿走可不容易，因为纸箱子上压着一根扁担，扁担那一头还连着挂秤什么的，她试了试，没能把纸箱子弄走。

我这才过去，发现这其实不仅是个客房，也是个仓库呢，最好玩的是屋角还有稻草，不知老板他们是用它来干什么的。

苏菲没有办法了。她这人总是这样，只要有一点事情，她总是显得没有办法。

我说，我们还是要把纸箱子弄走的。

至少用了半个小时，我们总算把纸箱子从床头那儿搬走了。我们发现纸箱子里装满了肥皂，肥皂下边还压着白糖，其实这床足够大，不把这些东西搬走，也足够我们睡觉的。

我们在搬箱子时，那个老板娘可能在外边喊了我们。不过，我没有理她，一是太晚了，另外，我怕她进来收碗什么的太麻烦她。

我还是站在吊灯下边，我很喜欢站在那儿。

苏菲可能嫌有点热，就把T恤脱了，这样就只穿着一件背心。

我看她很有活力的样子，毕竟她才刚过二十六岁啊。

她看着我。我能闻到她的酒气。

我看在门后边有一只痰盂，走过去，解了小手。苏菲见我这样，就在那儿摇头，她说，每个房间都应该有卫生间的。

我说，我们这儿都这样，还有用大桶的。

我回到吊灯下边。

我看见苏菲的身体，这是多好的身材，因为她本是有点偏瘦的，所以她的胸部就更加诱人了。

我看见她想睡下去，因为实在是太晚了。但是，她没有跟我说什么，那我也得睡过去啊。

我喊了苏菲一声。

她这才说，你站那儿干什么？快过来啊。

于是我就过去了，不过我还是站在床前。

床上的被子是土布的，但那种红色令人十分开怀。她坐在被子上，很细心地用手弄着头发。

这在以前是很少见的。

我对苏菲说，你头发真好看。

她说，要是洗洗就更好了。

我从包里拿出毛巾，但房间没有水，她就用毛巾在脸上捂了一下。不过这个动作让我发现苏菲也是有情绪的，不仅有，而且她还是有那么一些紧张的。

我不知该怎么办。

但这一切，都是自然不过的，我们是不是已经犹豫太久了？

于是我就搂住她。以前我也搂过她，以前也曾长时间把手放她身上，但今天却不同，她很紧张，不过，我真不知道该怎么办。

严格说，是我不知道该怎么说。

我一直没有去拉灭吊灯。

她离我太近了，我可以看清她皮肤上的每一个细节。

我们的脸挨着。

然后，我吻了她。

她舌头有一股甜味，这是酒的味道，是喝酒之后的味道。她舌头有那么一点软。

只有吻了这舌头，我才知道原来以前知道的苏菲都不准确。她是一个特殊的女子，这嘴里的一切，这亲吻时的沉稳的力量让我觉得，其实以前我一直都没有抓准过这个法国姑娘。

真好！我只要吻她，她就配合，就亲切地回应。

很久，我们松开一点点，我承认我有那么一点点激动，但更多的是，我想说话。

我为什么总以为自己要说点什么呢？

但是，她那样安静。

她看着我。

我好像是在等待，当然我知道男人在这一刻是犯贱的，是有问题的，是总在考虑什么的。

苏菲忽然说了句，她说，你爱我吗？

她的问话并不出乎意料，其实女人都是这样，在这种场合，在男人面前，恐怕都要这样问。

但是，我能怎么回答呢？这不是个问题。

当然，是爱的，不仅是爱，而且是真正的爱，没有任何问题的爱。假如她还要问别的，问一切问题，我都可以回答，我都可以告诉她我最真实的想法。

我说，苏菲，我爱你，你知道我爱你。

她点了点头。

我又说，苏菲，我爱你，跟一切都没有关系。

她看着我。

我说，苏菲，我爱你，这多好啊。我们本来一点关系都没有，但现在，从认识你开始到现在，我们有关系了，我们的关系就是从一点关系都没有开始的，我们就从那种没有关系的最陌生的时候开始的，我们有了所有这些东西。

她点了点头，我觉得这些话应该不费解。

但是，我还要说，苏菲，你知道我就喜欢这一点，就是这一点。我们俩一点关系都没有，这个本身也没有改变，即使我说我们今天有关系了，我们有爱情了，我爱着你了。但是，其实，我们也还是没有关系的，你还是你，我还是我，我多么喜欢这个。

她看着我。

我看了看房门、吊灯，还有痰盂。

我又说，苏菲，这样最好了，就是既有关系，同时又像最早那样，还是没有关系，一切都随我们，我们就是要这样。

她的手从我腰边抽出来，她又弄了弄头发。她那双很丑的手现在有一只在我背后，另一只插在头发里。

我多么喜欢这丑的手。

但她有多好的身材啊。

她多么可人。她那皮肤、细处，她那头发、胸部，她那乳房，还有内衣，还有大腿，还有脚，还有呼吸。

她多好？要多好，就有多好。

这多好。跟所有别的都没有关系，就是说说种田，说说农村，就是吃点饭，喝点酒，就是在一块，打发时间，讲讲事情，就是一切无所谓，就是这么陌生，但却相识，还要什么？什么也不要，什么也不负担，什么也都包括了，还能怎么样？

我吻着苏菲。我吻得很轻，但我知道我是用力的，我把所有力气都用上了。

我就是要吻这个姑娘，这个法国货，多开心啊，还能怎样？还能干什么？

我就是要吻她，从这舌的细处一点一点，一个细胞一个细胞地吻下去，还能有什么比这更无私？还能有什么比这种爱情更冷静更中立更陌生,而且更加无谓?

没有了。拼命地吻,就像从没有吻过。

我说,就是爱。在吻时,我也说,那么亲吻也还要说话。

她热切地迎合着我。

我有那么一点点头昏。

但我还是站了起来,我走到门口那儿。

我拉灭了电灯。

从窗子那儿挤进的光线还是能照得见房间,苏菲坐在床的正中,她知道我们已经走在一块儿了。

她到门后边去,我听见她坐在痰盂上的声音。

之后,她回来了,她坐在床边,我们不再亲吻。

她问我,你是爱我的?

我说,这个我已经说了,说了很多遍了,说了关系和没有关系,说了认识和不认识,我已经不能再说了,我们已经在一块儿了。

她再次用手弄着自己偏褐色的头发。

我摸着她,她也搂着我。

之后,她躺了下去。借着窗外的光线,我看见她俊俏的脸上,有那么一点冷漠,但是,我看得到眼睛,好像又有那么一点无知。我想对她再说点什么,是啊,不说爱情,说点别的什么,哪怕只是分心呢。

但是,什么都不能说了。

我们已紧紧地在一起了。

10

我得承认女人的身体是令人迷醉的,但是,对于迷醉来讲,又没有比从中拔出的清醒更为重要的了。可以说,那简直就是一个人面对自己时,一种最重要的人性体悟,那种独自一个人才能享有的某种情趣,始终都要强于一种所谓的身体的私情。

当我和苏菲在柏林街的供销社招待所有了第一次关系之后,我才发现我曾经说过的那被我看重的彼此没有关系的近乎陌生的爱情,原来也只不过是一种理想，因为只要你和一个人有关，你就必须面对一个始终绕不过去的问题，那就是除了爱情之外，你们还有什么？

那么，还有什么呢？

也许只是另一种关系，你可以称之为人与人的关系，毕竟我们并不排斥对方，我们无法对别人真正产生反感。

只要是生活，你就必须面对别人。可以说，一切的烦恼也都是来自人的。

所以我们在柏林街上的这个事情，只是个开始，但这个开始又是如此重要，因为从此以后，两人有了关系，两人就像被比较了一样，至少自己是明白的，我们有了关系。

即使你再庸俗，你还是要跟大多数人一样，做同样的事，做同样的人生游戏，你不可能逃脱。

再说，这样也是好的，还有什么比一种所谓的责任更能拴得住人心呢？还有什么比游戏规则更能适应游戏呢？

我不敢说，一从那个柏林街开车出来，我就有了异样感，但至少我知道像我曾经有过的那些关系一样，我和苏菲的关系谈不上任何超越，没有任何特殊。当汽车里响起王菲的歌声，我宁愿坚定地认为存于我们之间的仍是那种革命友谊。

当然，谁也不要小看这种革命友谊，可能只有这种革命友谊才是格外长久的。

她仍那样有些木然地坐在我身旁。

这已经一起沉睡的身体并没有发生任何变化，就像自己的身体一样，完全有可能被更加轻视。

我们从柏林街回来，有三天没有见面，她还是一如既往地忙着。她在步行街的那个店，生意一直不好，苏菲有时就跑到对面的李府去瞎玩。我知道这也是因为我跟她讲过凡是六城人都知道李鸿章，不过她在李府里知道的李鸿章的故事并没有超过以前我告诉过她的。

苏菲在自由酷吧的处境也不好，由于以色列人和那个中国老板的前妻在经营方向上老是争吵，使得酒吧的生意并无起色，加之以色列人在安大那里又雇用了几个人，所以苏菲就更加被冷落了。前些日子，她就主要被安排到后堂那里去，现在已经发展成主要在厨房里帮面点师烹调。

苏菲的烟抽得又凶。听她讲那个以色列胖子对她也很不客气，我就劝苏菲如果在自由酷吧太辛苦的话，就不要再在那儿做了。苏菲倒是坚持还要在那儿做下去，因为那是她那个中国老板的意思，她一直对她的老板言听计从。

在与苏菲没有见面的三天里，我跟茜到双墩那里去了两趟，项目征地已经拿下，她办事倒是特别迅速，她确实是特别能适应我们这个时代。

在那块已经征用，正在开发的地块边缘竖了一块三国城的大牌子，她的宝马就停在路边，现在的女人们真是了不起。茜让杨州给她看这看那，杨州蓄起的胡子向两侧长去，他戴了顶瓜皮帽，显得很神秘。

在那地块上踩来踩去，杨州跟茜都是雄心勃勃，不过，不远处的高速公路像一条黑色的带子，有那么一点隐隐的不安。

杨州说，在这里建起的三国城一定会超过无锡三国城。

我摇头，我觉得杨州过于乐观了。

茜在车上就埋怨我，说我对杨州不够信任。

我看了看杨州，我说我没法跟你们想的一样。茜就说我是被情场的事情冲昏了脑子。

我跟茜说，我跟那个苏菲现在只是朋友。

茜在那儿笑，我明白她的意思。

看来，她知道我在南园那里为苏菲找房子的事。

她轻声地跟杨州说，老陈他到底是要包别人了。

杨州只是笑，虽然我觉得这样很难堪，但是我没有跟他们俩讲我跟苏菲的事情。

汽车从双墩往城里开的时候，杨州又跟茜讲起梦来，杨州说，他在内蒙古那里最有定力。

茜问他这是为什么。

杨州说，我在内蒙古那里，只要放眼草原，就能看得更清楚。

中午，杨州的另一个朋友，大概是从深圳过来的，请我们一起吃饭。

那个深圳人对茜的项目也很感兴趣，并且表示要投资，茜十分高兴，当场就要与人家签合同。

我对茜的事情并不看好。饭还没有吃完，我就要先走了，临走时，杨州跟我讲，你做的梦，其实倒是最好的。我没法接他的话，因为我也没有心思听他乱吹。

那个深圳人看杨州从包里掏出一只蛤蟆样的东西在手上转着。

我实在看不出他是在干什么。

茜笑得不行。

她挥手跟我说，快走吧，快走吧。

杨州倒没有笑，他跟那个深圳人在小声地嘀咕，像是在说三国城的大好前程。

我给苏菲在南园弄了一套房子，苏菲看了房子，她说她太高兴了。她差点没有疯掉，我感到其实她还是很容易高兴的，只是她不轻易高兴而已。

我跟苏菲说，你以后再也不用住在别人家里或者是酒吧里了，你以后有自己的房子住了。

苏菲在房子里转悠，整套家具都已经给她配好了。

她问我，这真是让我住的？

我说，是的。

不过我并不是像茜说的那样是在南园包养一个女人，我没有这个想法。

不过，同样的道理是，我也没有觉得我和苏菲是那种跟别人一样的爱情关系。

虽然她问过我是否爱她，我也说过，承认过我是爱她的，但这只是谈话，只是她问我，我那样回答她而已，在我们之间，并不是别人所一直认定的那种爱情关系。

我只不过是看重这样一种我们之间的无关、没有任何关系的关系。

所以，我是不住在这儿的，虽然苏菲起初以为我是要住在这儿的，但是我跟她说我不住在这儿。我搂着她，她从卫生间淋浴出来，湿淋淋的，我对她说，我去洗一下，然后，我回去睡。

我跟她说，我不习惯跟别人睡在一起。

她没有问我为什么。

但是，我还是要跟她说，我并不需要住在这儿。

她没有追问，她应该什么都不会追问的，这就是苏菲。她甚至没有一点点情绪。

她有了电脑，有了宽带，有了厨房，有了食品，还有酒柜，她什么都有了，假如她愿意，她完全可以不再去上班，假如她愿意，她可以整日在这里吃啊喝啊，累了就去旅游，这都是可以的。

但是，苏菲又不是这样的，她只是住在这儿。她肯定知道我为什么不住在这儿，她去过我家，她知道我有家，我有更大的房子，我不需要住在这儿。

我们之间，没有那种必要。必须干什么的必要，在我们之间似乎是不存在的。

我买了许多书放在那里，她问我是给她看的还是自己看的，我说我们都可以看，也都可以不看，我就是买些书放在这里而已。

苏菲仍然是高兴的，至少她知道我是真正对她好的，她明白这一点。

我几乎每天都来，尽管有时待的时间很短，尽管每一次只要情况允许，我们都要睡一次，但是这样仍然使得我们都保持着相当的平静。

只是她仍然在专卖店和自由酷吧之间穿梭。

我问她是否要给她弄部车子。

她说她还是喜欢自行车，我想她是有道理的。

六月，天气就要转热了，苏菲在南园已经住了一两个月了。她对这个住处还是满意的，每次我来，只要时间允许她都会亲自为我弄一些吃的，但大部分时间，要么是我带一点吃的东西过来，要么就是到外边去吃。吃饭一直是我和苏菲之间保持那种革命友谊的最好手段之一，虽然我们在柏林街发生的关系是喝了酒才有的事，但是，平时我们很少在外边喝酒，当然在南园的房子里喝酒倒是常有的事。

小区里绿树成荫，这是本城最早的商品房小区之一，当时是做生意的广东人在这里购房居多，本城居民根本买不起商品房，当然那是二十多年前的事了。现在的南园小区你还可以看到一些憔悴的妇人，虽然她们在遛狗，但她们的狗跟她们一样也都是打不起精神的。明眼人都看得出来她们便是早年那些广东人在这里购房时包养的情妇。而那些广东人早就因为业务的关系，或者回了广东，或者另有新欢，或者生意失败而无力再金屋藏娇，所以只留下这些妇人在小区里游荡。

但小区里更多的是新来者，我们都知道这个小区还是沿袭着早前的习惯，可以说为了包养女人在这里购房或租房的人十分踊跃。

所以苏菲住在这儿本来也还是很自由的，因为小区里住的都不是那种正常居家过日子的人，可以说它像个外地人的天堂。当然苏菲即使在平时也很少有时间在小区里瞎转，她永远有干不完的事情。

我每次来都是待在房子里的，我没有带苏菲在小区里走走。说实在的，在小区里兴许会遇上熟人，我不过是懒得跟别人介绍，再说我的朋友是个外国人，这要讲起来的话，会比别人多费一点口舌。

但是外面的空气很好，我坐在床头吸烟时看着苏菲那洁白的后背，我在想，要是能够和苏菲永远生活在一起，也许也不是一件坏事，但是如果那样的话，我就要带她出席所有的场合，就要向所有的人介绍她，要跟她讲自己的事，要向她把自己的一切都展开来，那样的话，情况就会很复杂了。当然这也并不是不可能，不过，我怕麻烦，觉得这样就很好，只是我们自己的革命友谊多好，想来就来，想走就走。而且她有这样好的身材，甚至有点瘦削，有那么好的胸部，令人陶醉。虽然她知道的东西太少，她太不了解我的生活，但当我在她身体中时，那又是一种怎样的欢乐，还有什么比这样一种有点突如其来的关系更美好的呢？

特别是当她在厨房里烧东西，当蓝色的火焰映衬着她的身材，再当酒精漫过她的身体，当她安静地睡在身边时，还有什么比这一点更为稳妥呢？

我知道我喜欢这样，这正是我最早在泳池里和她搭话时我就想到过的一种生活，一种革命友谊，是这样一种突如其来的拥有，在她生活的表面，很表面很表面的地方，同时又在她身体实际的中心，拥有着一起的生活。

小区里也有不少外国人，但我和苏菲却不认识，我们也不想认识他们。其实我从没有对我们的关系做出任何规划，有时我出差到北京，和春在一起时，我甚至根本就没有想过在六城的南园，我还有一个朋友苏菲。但是即使如此，也没有什么，因为只要一个电话、一个短信，或者是一句话，我还是可以立刻就为苏菲而活跃起来，可以说我身体里也有一个信号，只要稍一唤起，我就能意识得到。

  在六月中旬的午后，我回到南园时，发现苏菲脸上有一股特别阴郁的神情，我没有问她，因为她本来就不大有好的表情的。我说过我讨厌人生所有的下午，那些下午总是让我无处可去。即使百事缠身，在下午，我也总想立刻昏掉，立刻被这个世界所遗忘。好在已经六月了，只是天气还没有彻底转热，不然我就可以到泳池里去了。

  这个午后，我就是想回来睡一会儿的，想搂着苏菲睡觉，想搂着这个陌生的女人睡觉。

  但是苏菲情绪糟透了，当她解开她的衣服，我发现她脖颈那儿有一道瘀伤，我问她怎么回事。

  苏菲不说。

  我摸了摸那个伤处，显然她还很疼。

  我已经有一周时间没到南园来了，我不清楚这一周时间她发生了什么事。

  我用毛巾擦了擦脸，其实她这样，我还是心疼的，只不过我不太明白谁能对她这样。

  我追问她到底怎么回事。

  外边冬青树上的知了在疯狂地叫着，楼下停着一辆已经报废的旧奔驰，几个小朋友在外边玩耍，踢着皮球，午后的南园并不安静。我等她回答，但我看了一下窗外，一个妇人，模样已经很老了，我不止一次看见她，拖着一条疯狗，花白，有点发黄，正在楼梯口外边的石凳上磨蹭着。

  那个妇人也朝我们的窗口望，我感到有点恼，但又不便发作。我想时间就是这样，这个世界的任何人都不可能知道二十年后会是什么样。

  在二十年前也许她梳着好看的发型，被神秘的广东商人引到南园。

  然而二十年改变了许多事物，包括人，还有所谓的青春。

  其实，我对苏菲没有什么可指责的，我们不可能看那么远，不用说二十年，就是两年，我们也不必考虑的。

  但是，我注意到了这个瘀伤，我必须弄清楚。

  苏菲说，是那个列昂弄的。

  我扯了扯她的内衣，靠近乳房那儿也有。

我问她，你又跟列昂喝酒了？

苏菲说，是列昂和约瑟夫叫她去的。

我说，你可以不去的，油厂那儿那么有趣吗？

苏菲说，我本不想去的，但列昂就要回法国了。

我问她，你这是给他送行呢？

苏菲说，你那个朋友老关不也在吗？

我已经有段时间没跟老关联系了，我不想关心他们在油厂那里像个傻子一样喝酒的事情。

我摸了摸她的脖颈，那个瘀伤有一点奇怪，感觉要是再用力，能把她脖子卡断。

她自己整了整衣服，其实苏菲是很有忍耐力的，很多在别人看来很难承受的事情在她那里好像根本不严重。

她拽住我的头，把我拉近她，她闭着眼睛，我知道只要她愿意，她完全可以立刻遗忘她的伤。

但是我不行啊，我非要弄清楚不可，这是我的弱点。我觉得即便你生活得再为粗糙，你毕竟要爱惜身体的吧。

我摸了摸她胸口上方，那儿有一道血印。

我坐了起来，点上烟。

窗户本没有拉严窗帘，我让苏菲过去拉紧。她身材多好啊，像个精灵，但她太沉默了，她好像从不会让自己活跃起来。

她就坐在旁边。

我问她，列昂为什么要这样？

她叹了口气。

我说，你得告诉我。

她说，列昂说那个男孩在骗我。

我说，你说那个丙子镇巢湖边上的男孩，催眠的那个？

苏菲说，列昂就说催眠是假的，他说那个男孩是在骗我。

我说，那你怎么说的？

苏菲说，我真的是被催眠了啊，没有人骗我。

我也被弄得有点糊涂了，到底有没有骗她呢？其实，也许我也很想问她这个问题，但是，我觉得这首先是苏菲自己的问题，假如她就是被催眠了，又怎么能说得清呢？

但是，这时候，我知道也许我也应该问一下她。我说，谁骗你？骗你什么？

苏菲说，列昂就是这样一直掐着我。

她做着手势，我知道那个混蛋会这样。

但是，每次苏菲都愿意跟她喝酒，他们是朋友，是老乡，他们有共同语言，然而，他为什么要这样对她？

我问她，他在哪里掐你？

她说，在古井啊。

我说，你每次喝完酒都跟他到古井酒店吗？

她说，是啊，我们每次都去，那是他的房间。

我知道她确实是每次都这样的，在异国他乡，跟同乡一起又有什么不对呢？

我说，你可以踢他，他不能这样对你。

苏菲摇了摇头，她说她没有。

那个列昂现在回法国去了。他在池州升金湖的项目已经做完，现在他被调回国内去了。列昂是法国一个基金会雇用的员工，是在升金湖做生态维护测量的。

苏菲微闭着眼，她一直在拉我的头，好让我俯下身去。有时我能感到她的疼痛，但很多时候，我觉得她确实不是那种敏感的人，如果一件事情，她以为它不存在，那么它就可以不存在似的。

外边的知了一直在疯狂地鸣叫，还有狗吠，南园就像个野生动物园似的。

我坐了起来，把空调打开，但是屋子里有一点怪味儿。

我很想对苏菲说，如果可能，我们永远生活在一块。是啊，我很想说这个，这个妄想有那么一点点好玩，但是我终究没有说，我觉得苏菲根本不需要这个。

她到厨房去煮咖啡了。

回来时，她告诉我她哥哥在瑞士洛林镇那儿失去联系了。

我问她什么意思。

她说，哥哥总是这样，每过一段时间，他就要失踪，其实就是一个人住在镇上，什么也不干。

我问她，你父母知道吗？

她说，父亲已经从阿尔及利亚那儿回法国了，他正在老家，马上去瑞士找她哥哥。

我说，你不是才给他寄东西，没听说他有病啊。

苏菲说，他这不是病，不是的，他就是不舒服了，他要自己待一段时间。

苏菲显得很焦虑，我劝她不要太急切，毕竟不是年轻人，都是快三十岁的人了，不会有事的。

苏菲喝着咖啡，又恢复了那种冷漠，这怕是她最常见的表情了。

有那么一刻，我简直觉得她对于世间的一切都是有敌意的一般，同时她又显得那么无所谓，你无法真正看透她。

她说，列昂回法国，也答应到瑞士去看我哥哥。

我问她，你哥哥一直都这样吗？

苏菲点点头说，从上中学起，他就这样呢。他喜欢把自己一个人关在一个地方。

我说，他这是病。

她说，也不是。

她又说，他到现在都没有女朋友呢。

我说，这个倒不是什么问题，没有女朋友也没有什么。

苏菲喝着咖啡，她站到窗前，拉开窗帘，只戴着胸罩，在那儿失神地站着。窗外的树梢上，知了还在鸣叫着。

我说，苏菲你别站在那儿，没穿衣服呢。

苏菲退回来，没有回床上，而是坐在沙发上。她的手插在那偏褐色的头发里。

她说，也许列昂能找到他，列昂是有办法的。

我说，你不用担心，其实找到他没什么用，他要是自己愿意，就让他一个人在瑞士待着好了。

苏菲喝完咖啡又回到床上。

她和我抱着,有那么一刻,我感到她身体有一点抽搐,但我没法体会到更多,这是她自己的身体。但是,慢慢地,慢慢地,她平静了许多,最后她睡着了。

我弄了弄她的头发,觉得她确实与我无关,但是,你又必须承认她是个温顺的人。

苏菲母亲连续发了多封邮件催促苏菲回法国去,因为她的家庭需要她。至少苏菲是这么跟我说的,她母亲跟她父亲之间又吵架了。只要她父亲回到朗斯,他们就会吵架,当然他们之间的关系恐怕不会和别的夫妇之间有更多的差别,但他们为什么总是要吵架呢?

苏菲自己也不明白。

我跟苏菲说那你不如还是回去吧。

苏菲说她不愿意回去,她觉得她待在这儿很好。

我跟苏菲说,在南园这个地方,你看到有许多上了年纪的女人,其实她们住在这里二十年,或者二十多年了,但是她们的生活似乎从没有改变过。

苏菲说,可是我住在这儿,和她们是不一样的。

但是,我该怎么说呢,我总不能说她跟那些女人一样,会有二十年的光阴虚掷在这个小区的世界里。

也许她回到法国,或者随便待在欧洲的某个地方,会过上另一种新的生活。

我曾经问过她,假如可以选择,她会过上一种什么样的生活?

她无法回答这个问题,实际上她是接受,并且喜欢着现在的生活。

周末,她跟她父亲通过一次电话,她父亲之所以跟她母亲吵架,唯一的原因在于是否决定回到他们在戛纳边上的家。

那个家已经没有人居住,当她父亲回来时,他是一个人的。不过她父亲与她母亲不同的是,他从不要求苏菲回去,他不会对她做任何要求,父亲是个沉默的建筑商。

不过,苏菲说虽然他负责工程,但他自己从不懒惰,他从来都是自己在帮别人干活。

但是，总得有人去找她哥哥。

于是苏菲母亲就要求苏菲回去，应该去找她哥哥。

可是，苏菲会怎么做呢？

苏菲说她不会回去的。

我说，如果你不回去，就应该真正在这个地方长久地待下去，但是你能吗？

实际上，我是说你应该有一个理由，有一个充足的理由在这里长住下去。

她很少向我表达她的情感，无论是在抚摸她，在搂着她，在散步，在吃饭，还是在窗前，在床上，在途中，她从没有讲过。我知道她无法说。

所以，我就知道当她一个人在南园那幽静的小路上行走时，她总是心事重重的。

她母亲无法把她弄回去。苏菲说与她母亲后来同居的那个男人是个知识分子，虽然住在朗斯，但是他在从事哲学研究，那是个她母亲崇拜的人。

不过，我并不晓得这样的母亲到底是怎样对待她的孩子的。

她沉默的父亲在老家只待了几天，便启程去了瑞士，但愿她的哥哥能够一切平安。

苏菲收到列昂发来的邮件，说他在瑞士的洛林镇已经打听到了她哥哥的下落，说是住在镇外的一处山边。但列昂过去时并没有找到人。

见过她哥哥的人，说他可能是受伤了，也许是上一季滑雪就受了伤，那时苏菲知道他受了伤，但伤情并不重。

不过，如果只是受伤了也没有什么，只是那样的话，他就行动不方便了，他不会走多远的。

苏菲母亲甚至跟苏菲说，如果过了这个夏天，苏菲还不回去的话，她就要亲自到中国来把她给接回去。

苏菲说，她母亲只是这样说而已，她不会这么做的。

我问苏菲，你为什么不告诉你母亲，你在这边有了新生活呢？

苏菲说，她宁愿告诉母亲她一直在旅行，而在六城，只是待得长一点而已。

为什么宁愿让自己的母亲不了解自己呢？

苏菲说，其实就是这样的。是的，这就是她的生活，她不过是在旅行，工作和生活，挣钱和吃饭，这些都是旅行的一部分。

就像她永远都是在路上。

即使常住在一个地方，即使上班、工作，如此辛苦，但仍然是在路上。

不过这是在怎样的路上？

列昂和苏菲父亲在瑞士洛林镇上还是见面了。

当列昂跟苏菲父亲讲了苏菲在中国的生活后，苏菲父亲仍然没有在意。所以苏菲就跟她父亲说起，其实她永远都可以生活在外边。

生活在外边？我问苏菲，为什么跟父亲这样说呢？

苏菲说，没有什么，生活在外边有什么不好呢？

我陪苏菲给她父亲在洛林镇的地址又寄去了一些东西，是中国产的户外用品。她说这些东西是给她哥哥的，她说列昂和她父亲很快就会找到她哥哥，把那些东西给她哥哥，似乎对苏菲很重要。

她把列昂发给她的邮件给我看，我看出列昂还是很细心的，虽然他跟苏菲之间喝酒以及那有些暴力的事，令人不快，但列昂确实是个很有责任心的人。

通过列昂的信，我才发现其实苏菲的哥哥的确是有问题的。

说明白点，可能就是个有自闭症的人。

不过，我没有跟苏菲去求证这一点。

信上也没有明说，我想也许列昂不想跟苏菲谈这一点。

我问苏菲，你觉得你哥哥这样正常吗？

苏菲说，他一直都是这样的，他上学时从不跟别人一起讨论问题。

我问苏菲，那他关注什么？

她说，他喜欢一个人待着。

但是，他又如何工作呢？

苏菲说，他会制作海报，这是他最出色的地方，他摄影也很好，最重要的是，他会设计，瑞士那些大型的户外广告，经他设计的不少。

我记起苏菲前些天出去时跟我一起拍摄照片，我想也许她哥哥跟她一样，只是喜欢而已，他会做得好吗？

苏菲说，他只是喜欢一个人待着。

列昂的邮件里还传来了他和苏菲父亲在洛林拍的一些照片，从照片上看她父亲是个很老实的人，一副特别无神的样子。

而她哥哥，苏菲说跟她父亲很像。

他们都是沉默的人。

列昂的信写得很好，看得出来他对苏菲是很不错的。因为他供职的那个基金会组织在升金湖项目完成以后，正在落实下一个项目，他有一个长达半年的假期，所以他才有时间帮助苏菲处理一些事情。

我问苏菲，列昂是不是不喝酒时，跟你还是很谈得来的？

苏菲说，我不懂他在做什么。

我说，不就是一些自然环保项目吗？

苏菲只是摇头，她说她不知道。

在列昂给苏菲的信里，讲的都是琐碎的事，比如他和她父亲又去哪些地方了，比如说到他和她父亲喝酒什么的。我常常为苏菲而着急，我觉得闷头做事只是生活的一部分，为什么不能读读书什么的呢？

苏菲是不读书的，无论是她的母语法文书，还是英语读物。至于我们中国报纸书刊她是从来都不碰的。

她很贪恋上网，但是你不清楚她在网上干什么，她有时也玩那种很低级的游戏，很笨拙，有时她跟我说她在网上认识了什么人，说来给我听，都是一些特别不上路子的人。

我不懂她为什么会这样。

六月了，她时常在晚上穿着拖鞋，在小区里边走路边吸烟。我只要有时间，还是会尽量陪着她。

我知道她在为她哥哥的事情发愁。

好在，她在步行街的amour专卖店生意很清闲，而那个奈即使在换班时，只要她不累，也会在那儿跟苏菲一起看店，苏菲有时就到街对面的李府去。

她会在李府里拍些照片。起初她拍得很不好，后来我就跟她说，你拍的都是一些老资料，没有什么意思，这些东西网上都有。

苏菲说，她老是看里边的李鸿章照片，都看得有些腻了。我说那你可以不看的。

　　茜从迪拜回来时，心情特别不好，可以说她已经快要崩溃了，因为和她一同前去的深圳人和杨州并没能一起回来。那个杨州要在迪拜找那个深圳人，所以茜就先回来了，但是等她回了国，才发现杨州也联系不上了。

　　在这么短的时间发生这样的事情，让她无法面对，况且，她现在面临的问题是如何处理三国城项目，那么庞大的资金运作突然就这么中断了。

　　我们在希尔顿泳池。

　　她坐在椅子上，陷入了沉思。

　　旁边的服务生总是给她递水。

　　起初我在池子里游，没有管她，她见我有点游离，就喊我过去。

　　我对她说，没有什么吧，何必这么担心呢？

　　她说，要是杨州也不能信任的话，这个世界也就没有什么可以信任的人了，那可是大师啊。

　　我一边擦水，一边心不在焉地问她，凭什么就是大师？

　　她很愕然，难道见了好几次面，你还不承认杨州是大师？

　　我说，我眼里没有什么大师。

　　她说，你们文化人就这样，目空一切，不在乎别人怎么看你，也不在乎别人。

　　我说，我看那杨州没什么特殊的。

　　茜又跃入水中。

　　我倒是坐在岸边。

　　她穿了件白色的泳衣，全白的。她身材很好，在游泳时有一种优雅和诱惑，但是我看这样的身体总觉得太过熟悉，就像有一种熟透了的饭店地沟油的味道，举手投足，话腔语调之中，总是有一种你一下子就会被触到的熟悉。而这一切在苏菲那儿是没有的，像苏菲那样的女孩，呆头呆脑地杵在你面前时，你一直是不明白的，不知道她在想什么。她没有知识，没有计划，也没有历史，最主要的是，没有和你有关的部分。

　　而眼前的这个女人，这个精致的，被GUCCI、YSL和LV包裹的女人，被香水和资金包裹的女人，一下子就能和这个世界挂上钩，在那个大铁轨上滑行。

当她在水中翘起那优美的臀部，你无法忽略，她始终参与在项目中，始终在谈事，始终在成功，而眼下，就在面前，她显得无比重要似的，好像她总是跟这个时代一起昂首向前。

她从水中露出头，趴在岸沿上，我看到她眼中有那种你无法躲避的渴望，就是要你明白她现在很紧张，她一直很焦虑，因为她始终百事缠身。

当她把泳帽摘掉，细心地用手弄着她的头发时，向外散发着一股和这希尔顿一样的熟稔的气息，一种酒店气息、套房气息，一种房中的植物气息。

我们回了房间。

照例是洗澡、看电视，照例是在床上，在床边，在叹息中，一如既往地焦虑着。

她说，文化人不好。

我说，我不是你说的那种文化人。

她说，不论你是不是，你只是不在乎别人怎么看你，因为你本质上是不在乎别人。

我说，我在乎。

她说，对那个法国姑娘？

我说，苏菲，那是另外一回事。

她说，苏菲是怎么回事？

她突然就发火了，把一个烟盒向我身上砸过来。这间套房的床过于宽大，我们之间足足隔了一两米，尽管之前，我们拥着时像一个人似的。

她为什么就发怒了呢？

我拾起烟盒，抽了一支出来。

她说，你不过是在玩弄一个村姑，一个外国村姑。

我没有说话，只是吸烟，电视上正在播放CNN新闻。

她忽然咆哮起来，我看着她，她头发因为先前挤在被子里，已经乱得很了。

我说，你梳梳头吧。

她说，你真以为文化能干什么？

我说，我没有以为啊，我没有说我一定是个文化人。

她说，文化不能吃饭，不能睡觉，文化一点用都没有。

我不知道她怎么怒成了这样，不过显然她遇到了困难，而且这困难对她来说也许是很大的。

她挺在那儿。

我从大床上几乎是走了过去，我抚着她的乱发。我说，不要担心，不会有事的。

她应该是哭了，但是她没有泪，也没有抽搐。

她问我，你真的爱那么个外国姑娘？

我说，我爱啊，我以前跟你讲过啊，为什么不能爱呢？为什么不能想爱就爱呢？为什么不能说爱就爱呢？

她问，那你爱她的什么？

我说，你就不要逼问我了，这是我自己的事。

她说，你要说，我要听啊，我要听你讲，讲真话吧。

她又说，就看在我们刚才还睡了的分上吧，就看在我们还能睡在一起的分上吧。

我说，可是这又有什么呢，我们不是一直都是很容易就睡在一起吗？我们有难度吗？

她是真正在哭泣的，只是没有泪，也没有抽搐。

我说，好吧，如果一定要回答的话，就是无关，我讲过了，爱什么呢，就是彼此没有关系，不认识，也不是青梅竹马，更不是共同奋斗，不是人生理想，不是激情、感动和心灵，不是这些，不是情操和爱意，不是这些，不是伟大，不是信仰，不是人生信条，都不是。就是无关，彼此陌生，彼此无关，彼此没有什么，就像只见了一面，有了这个想法，就是这样的。

她问，这个想法，什么想法？

我说，这个想法，并不比突然想把一个人弄到房间温暖一下更多，并不比这个更多，并不比赏心悦目，或者两情相悦更多，就是突然一下子，与众不同，自己的事，自己能办，所以这也就成了这样一种爱情。

对，我坚定了，更坚定了一些，是啊，我说，这恐怕就是我的爱情了。

她翻了个身。

她没再哭泣了。

但是她很疲惫，甚至可以说有一点惊恐。

她说，这就是你跟一个法国姑娘的爱情？

我说，真对不起啊，茜，我们还是不说爱情吧，如果一定要说，那也只能是我对她的爱情，就是我对一个法国姑娘的爱了。至于别的，我都不知道，我也不想知道。

茜问，难道你不知道你那个傻姑娘是怎么对你的？

她又问，苏菲对你有爱情吗？

我说，这个多难回答啊。

我拉了拉被子。我们一起吸烟，把烟灰缸放到被子中间。

她什么也没穿。她的肩多美啊，锁骨多美啊。

但是，这太熟悉了，像波音飞机一样熟悉，像五星级酒店大堂地面的光芒一样熟悉。

但是，我也同样爱这样的美。

只是，我羞于在她的面前回答。

再说，人生从不就这个提问。

我对茜说，我真不知道苏菲她怎么看我的呢。

她说，你怕是不想知道吧。

我说，我顾不上这个，也看不上这个，我不知道她怎么看我的，这个对我反而更好。

她说，你不觉得自私吗？

我说，也许。

她的手放在我手上。

她好像有一点发抖。

我按了按她的锁骨。

我说，你锁骨多好看啊。

她笑了笑。她居然能在刚才那样哭泣之后笑出来，她的笑同样是可贵的。

她问，比苏菲好吗？

我说，别这么说，千万别这么说，她只是个陌生人。

她昂了昂头。尽管昂头很困难，但她还是昂起头，很郑重地问我，难道你真的觉得陌生了，就无所谓，就只是私人的了，只是自己的了，跟什么都无关了？

我搂了搂茜，她身材像精致的最高级的弹簧一样，但是这样的弹性和自由，也只是我们熟悉的，我们都喜欢的。我们的人生都一样，都是向前。我们谈得来，有相同的见识，不反感对方，并且总是深有同感。然而，除了这个，我们还有什么呢？

她抬起腿，脚上那精致的指甲油闪着生动的紫黑。

我吻了吻她的面颊。

有一点点冷。

她说，我不再问你了，我什么也不问了，我太累了。

我说，太累，就睡吧。

她说，我不想走，不想离开这儿，我太累了。即使杨州和那个深圳人都不回来了，我也不走。

我说，你是说他们把所有钱都带走的话，你也不走吗？

她说，不走了，不走了，走不动了。

我说，那就睡觉，好好睡一觉。

就是住在苏菲前面那栋楼四单元的有着迷离眼神的妇女跟苏菲谈起她的未来的。说白了，她不过是看见这样一个外国姑娘住在南园，她有着一种难以割舍的同情心，可以说她既是同情苏菲，恐怕也在同情她自己。

我早就注意到这个妇女，不光她因为是个上了年纪但风韵犹存的怪人，主要是她从来无所事事，而我站在苏菲窗前时总会看到她，有时我怀疑她很少回家里边去，她好像总是在楼道口向这栋楼张望。

我有三四次站在窗前时，都能看到她牵着那条雪白的狗向着我们这边来。

她是以苏菲跟她穿着同样的凉鞋而跟苏菲在南园的中心花园那儿搭上话的。

我午后刚从苏菲那儿开着我的车离开，苏菲是去中心花园那儿吸烟，这个妇人才跟过去的。

她问苏菲为什么总穿着凉鞋。

苏菲说,凉鞋舒服。

她让苏菲看她的凉鞋,她们穿的是同一款凉鞋。

她对苏菲说,从你搬来第一天我就注意到你了。

苏菲问,你怎么会注意上我呢?

她说,因为那个为你找房子的人,我知道是怎么回事。

苏菲在告诉我这一点时,一点也不吃惊,好像她认为中国的男男女女都极有本事似的。

我想这个妇人完全是在胡扯。

苏菲说,我住在这儿很好。

妇人说,可你有没有想过,你过的是什么生活?

苏菲吸烟,那个妇人自己也掏烟出来抽,不过她咳了起来。

苏菲说,你咳嗽就不要抽烟了。

妇人说,我无所谓啊,咳嗽也没有什么,但你还年轻。你为什么要住在这里呢?

苏菲说,难道南园是个不好的地方吗?

妇人说,我在这里住了二十年了。

苏菲说,我不知道自己会住多久,我只知道现在住在这儿很好。

那个妇人优雅地吸着烟,她的狗在她腿边安静地趴着。树上的知了还在鸣叫,远处有车子开过,在这中心花园里,她把苏菲看得清清楚楚。

她说,我知道他是不会陪你住的。

苏菲说,这没有什么,我们不需要住在一起。

她说,他现在还来,也许明天也来,也许明年也来,但有一点可以肯定的是,十年之后,二十年之后,他肯定不来了。

苏菲被她说得有点晕了,不知道她要干什么。

妇人向她挨得近了点。苏菲赶忙让了让。

她说,你知道吗,你住的那个房子前边住的人,很不好?

苏菲站了起来,她觉得和这个妇人没有什么值得谈下去的地方。

但是妇人居然按了按她的肩膀,以一种怪异的口吻对她说,你本来不必这样的。

苏菲要走了。

但是这个妇人立刻就变得有点可怜了,她摇了摇她脚下的小狗,强打精神,对苏菲说,你前边住的那个女人,她住了二十五年。

二十五年?苏菲问。

妇人说,是啊,我们都是最早住南园的人,但是直到她搬走,她都没有对这个地方真正了解过。

苏菲问,为什么?

妇人说,只因为她住在这儿,她什么也不需要做,她也不需要出门,她甚至会说广东话了。

苏菲问我,妇人为什么会说广东话?

我说,那是因为广东人在养着她。

那个妇人在苏菲后边走着,因为她们走得很慢,所以妇人还可以继续跟苏菲讲话。她说,可我的那个人,他已经不在了。这还好点,人已经不在了,本也没有什么,可我实在不想搬走了,我总是会想到他。他又有什么错呢,他又不是一个坏人,他不过是个来做事的广东人。好在他死了,不过,我是不会离开这儿了。

苏菲看她走路那么摇晃,小狗也跟着摇晃,但是这个妇人并不太老啊,她应该还有她自己的生活的。

南园的杂木很多,六月的树叶也有提早落下的。苏菲在前边走,妇人跟随在后边。

妇人说,我看见那个人就觉得不对,你们不像,你们甚至比当初我们和广东人还要不像,真不知道,你那么好的一个姑娘怎么会跟这样的人如此?

苏菲想甩掉她。

但苏菲知道她会一直跟在身后的。

苏菲对妇人说,这是我想待的地方,我想待在这儿。

妇人说,我看见这个人进你的房子,我知道他站在窗前时,他也是像我一样看你的。

苏菲说,谢谢你。

妇人把手搭在她肩上,苏菲很不自在,但苏菲没有拿开妇人的手。小狗从她们之间跑到前边去了。

因为妇人刚才跟苏菲谈到她的那个广东人已经死去了，所以苏菲也感到一股很冷清的东西在这个人的手上、身上，还有面额上。她加快了步子，甩掉了这个妇人，尽管这个人还在后边喊，你该走的，不然你会后悔的。

苏菲告诉我这些。

我只是觉得有点讽刺，不是别人在讽刺我们，而是我们一起在讽刺。

我对苏菲说，我们别管那么多，至少你自己决定你自己，你只要过的是你自己的生活，别的就不重要。

苏菲问我，为什么广东人在二十多年前就那样了？

我说，因为他们那时就做生意了，在我们这儿，广东人是最早来做生意的。

苏菲的凉鞋很好看，我知道整整一个夏天，除了运动鞋，她主要是穿这款凉鞋的。

晚上，在南园进口左拐的那个环状阶梯广场放映露天电影，这是放映进社区活动。

苏菲穿着拖鞋去看电影。

我们才从床上起来，我没有追上她，她居然没有冲洗，就匆匆套上裙子去了小广场。

我抽了根烟，也跟着去了。

外边天色刚晚，但西天还有余霞，只是在似有雷雨的天气，人们还是挤在阶梯那儿，看着喧闹的露天电影。

放映的是战争片。

苏菲坐在最上边的阶梯上，还在抽烟。

我看见了她，但我没有走过去。

我没有看银幕，只是在抽烟，中间春发来短信，几个来回，讲北京的一个事情。

后来，外边全黑了，广场边的小树林里的路灯亮了，加上银幕上的光亮，小广场还是热闹的。

电影并不吸引人，所以总有人在往外走，又有人不停地进来，小广场上乱哄哄的。

我看见苏菲前边有一个人。因为阶梯是环形的，所以我在小坡上见着他们是前后的，其实他们是坐在同一圈阶梯上的，是坐在一块的。

那个人戴着眼镜。

我忽然觉得有点面熟。

于是我向那边靠近了一点。这时我才看见原来那个人是她的中国老板。

我已有一段时间没见过这个人了，所以这样一来，就有了点好奇，怎么这个人会在小广场呢？

不过他看电影好像很认真，只是苏菲有时跟他讲话，他才偏头，不然他会一直盯着银幕的。

而苏菲呢，有时吸烟，有时问话。

又看了大约二十分钟，这个老板从阶梯上起来，向小树林那边走，苏菲也跟了过去。

他们站在杂树下，杂树的枝条横在他们边上。

我还站在原地。我不想过去，如果我迈出步子，他们就会看到我，不过，我不想跟这个中国老板打招呼。

苏菲还在跟他说什么。

他不停地摆手，有时推一下他的眼镜。

后来，这个人发现我就站在另一棵树下，原来我们之间不过是隔着一道阶梯。

他很热情，这人总是反应很快，他几乎是猛地从苏菲边上跳到我这边来的。他向我伸手，我们机械地握了手，他说，我刚才就问苏菲怎么没有跟你一起来看电影。

我说，我本没有来，不过我也没有问他为什么会出现在这里，倒是他自己好像非要解释一下似的。

他说，我来就是找你呢。

我说，找我？那为什么不打我电话？

他说，我知道你会在苏菲这儿，再说我没你电话啊，我到苏菲这儿来，打电话让她出来呢，可以向她问你电话啊。

我知道他这人会绕圈子。

苏菲还是站在那棵杂树下。

这个人说,你们这样很好。

他说这话时,我看到他脸色忽然更加开朗了,好像想把谈话弄得更有趣一些。

我问他,那你找我干什么呢?

他说,也没什么事,就是想找时间约你和汪燕他们坐坐,前个月,碰到汪燕,还说到你和苏菲。

他现在是总把苏菲和我挂在一起谈的,我知道他的德行,不过他也没有过分,好像显得很熟悉一般。

我说,你有事就直说吧。

他说,真没有事,就是跟汪燕说到你和苏菲。

苏菲这时从那棵杂树下过来了。

我跟苏菲说,你老板来你这儿了。

苏菲点了点头,看出来她情绪比以往都好。

我说,你该邀请他去你住处的。

这个中国老板马上摇手,好像触了电一样,他再次说,有你在,我们都放心,苏菲住南园,那还有什么不放心的?

我倒不是嫌他虚伪,主要是这样没有意思。

苏菲跟她老板说,去坐坐吧。

中国老板坚决不肯,他对我有点诡秘地说,到汪燕的2008去,到那儿去,随时,这几天晚上都行,你们一起去。

说完,他就告辞了。我看见苏菲跟在她老板身后,两人朝南园大门那儿去。

11

2008酒吧在商之都边上,凡是在这个城市生活的人恐怕没有不知道它的。虽然我跟汪燕认识也有好多年了,但我其实并不清楚她是怎么把2008酒吧办起来的,这个女士据说很有来头,只是我从没有看出她有什么特别之处。

汪燕打电话约我到2008去，我才意识到我已经很久没有到她的酒吧去了。

不用说，是苏菲那个中国老板让她约我去的。

对于这个中国老板突然表现出来的好意，我是有点嫌他怪异的，但汪燕毕竟是好朋友，所以我也就去了。

但没有想到的是，那个中国老板的前妻也在。汪燕给我们准备了一张最大的台子，我去时这对前夫妇已经坐在那儿，模样还挺正式，倒是汪燕好像跟平常有点不一样，我记得她跟我讲过她嫌这对前夫妇比较虚情假意。

汪燕一边跟别的顾客打招呼，一边为我加东西，这样我跟这对前夫妇就不得不面对面了。让人有点奇怪的是，他们还约来了三四个朋友，只是里面比较嘈杂，我不太能听清他们的名字。

这个中国老板先是向我敬酒，把我弄得有点不明白，假如他把苏菲也带来，我想情况可能会好些。但是，苏菲不在场，所以我们多少还是有些尴尬的。

中国老板对我说，你是个文化人，你们文化人好，不像我们搞经营，人很忙碌，没有深度。

我说，你别跟我绕圈子了，你就直说吧，有什么事？

他说，真是没什么事，就是约你出来坐坐。

我说，要是平时也没什么，但现在我真不想耽搁时间呢。

这时，那个中国老板的前妻开始搭话了，她说，你对我们苏菲真是不错，她每次讲到你，我都觉得她是心存感激的。

这个前妻终于讲到苏菲了，不过，她为什么要说"我们苏菲"呢？难道苏菲是他们的？

我对这种说法是反感的，但我没有因这一点跟这个前妻起争执。我想随便她怎么说吧，就看他们到底要干什么，或者他们到底是个什么态度，假如他们还有态度的话。

这时汪燕回来了。原来坐在边上的另外几个人，跟那个旅法的中国老板也很熟悉，不过我不认识而已。

汪燕见中国老板的前妻话很多，就打住她，说人家文化人，跟我们是不一样的。

我一听汪燕怎么跟这个前妻也已经差不多的口气了，我就很不舒服了，他们这是干什么呢？

中国老板再次向我敬酒，他好像有点惋惜的样子，意思是我们本来应该成为更好的朋友。

我真是不想跟这样的人成为朋友，再说所谓做朋友，也不过就是他现在在酒吧里像临时想起来似的，他要干什么？

汪燕的2008酒吧里，也有乐队，不过那是弄打击乐的，声音越来越大，以至于我们的谈话必须改为大喊，才能让对方听到，只有汪燕本人说话可以正常些，大概是她长年累月待在自己的酒吧里，已经适应了。

中国老板大声地说，谢谢你，谢谢你照顾苏菲。

我是听明白了，他这是在谢我，可是这也轮不到他来谢我啊，他算个什么呢？在苏菲和我的关系上，他算什么呢？

再说，我一直就是当苏菲和我之间没有关系，既然我和苏菲自己都是这样彼此无关的，那么怎么会轮到这个流氓这样来看待呢？我对他说，你别讲这个，这个与你无关。

他应该是听见了，但没有明白，也许他只是必须继续讲下去，所以他才说，虽然你们讲文化、有个性，但我是真的要谢谢你。

我记起前些天在南园的中心花园露天电影场那里他见到我的劲头，我想他是早就想好要跟我道谢的。这孙子也太装样了。

但是他越发要表现他的谢意。

他的前妻简直是火上浇油，也在那儿劝酒，对我喊话，说，真是要谢谢你照顾我们苏菲。

她再次把苏菲当他们的。

我快要忍无可忍了。

我把啤酒杯在桌上拍了一下。同来的三四个人好像被惊到了，都望着汪燕。

汪燕有点吃惊地问，老陈，你没事吧？你这是怎么了？

我说，汪燕，你说说，今天这是怎么回事？

汪燕对这对前夫妇笑容可掬，她倒是对我有点嫌弃一般，既然这样，我真不该来。

汪燕很冷地说，你把苏菲弄在南园住着，人家当老板的，表示点关心，有什么不对？

我说，可他们这么说话不对啊，各人是各人的。

汪燕只是笑，还摇头，好像我不可理喻似的。

音乐小了一些。

这样我们讲话就清楚些了。

中国老板喝了一大口啤酒，想伸手过来搂我的肩膀，我看见他镜片后面的眼睛，转得像机器似的。他说，真是谢谢你，你这样不容易，要不是动心了，你也不会这样。

汪燕在边上插话说，老陈这次是动心的。

我一时不想讲了，有什么意思呢？说我动心了。

我问，你们讲我动心是什么意思？

这个中国老板的前妻说，就是你真的对她有了心，你这是明摆的。

我觉得这前妻胆子真不小，不明白她哪来的逻辑，莫非她总是这样，口无遮拦？

我问她，你讲这个想干什么？

她没有答。

我又问，你是恭维，还是庆贺，或者是发现新大陆？

那个中国老板终于意识到我是不愿意听这个了，所以他就在边上试图把谈话变得更加直白些。

他说，你动心与否，倒都明显，我们就是真的感谢你，至少你帮她解决了许多问题。

汪燕说，这个倒是真的，老陈要办个什么事，那不是易如反掌，养十个苏菲不成问题。

汪燕的话也倒胃口极了，不过她的话也没有错，至少她还是明白的，她应该知道是怎么回事，但是，她明显是站在这对前夫妇一方的。

那同来的三四个人也来跟我喝酒，说见我一下不容易。

我能跟他们讲什么？

我只顾喝啤酒了。

那个中国老板见我有点翻脸的样子，就对我说，到外边院子站会儿吧。

我跟他到了院子中。原来他也不是存心要在酒吧里恶心谁的，他只是本来就那种贱相，他这种人，不钻营是停不下来的。

他说，谢谢你是真诚的，你不知道，如果没有你，苏菲指不定在六城会混成什么样呢。

我说，别跟我说她在混什么的，她是在混吗？你还不清楚吗？她是你的员工，你装什么装。

中国老板抬了抬他的眼镜，就像眼睛看不清似的，他说，真不是虚情假意，你即使永远在南园把她养下去，我们也都觉得你是用心的。

他终于讲到这个了，当然我是最不能原谅别人来跟我讲什么包养的话题的，我和苏菲是朋友，是革命友谊。但这种革命友谊又不足与外人道也，我何必要跟你来讨论这个呢？

他今天在那儿，像极了一个致谢的人。

如果不是汪燕即时从酒吧里出来，我可能就要踹他了，但汪燕端个杯子从里边出来了。

她见我在喘气，知道我们在外边不愉快。

我对汪燕说，你叫这人进去。

汪燕于是让这个戴眼镜的人进去了。

我问，汪燕，这是怎么回事？你以前不这样讲他们的，你今天想干什么？

汪燕说，你别介意，他们这真是要谢你，他现在快要撤了。

撤什么？我问。

她说，他要回法国去了。他这是真在谢你，你把苏菲安排得好，对他总不是坏事吧。

我说，我安排苏菲什么？她是个人，人家是个姑娘，跟他们有什么关系？

汪燕在我肩膀上拍了一下说，你别这样看问题，人家苏菲缠他紧着呢。

我先是听得有点发毛，但过后，我还是听明白了汪燕的意思，其实我自己也比较清楚，苏菲对她老板，对这个眼镜男，一直是抱有很大希望的。

汪燕说,老顾现在就要回法国了,他想摆脱她还来不及呢。他这是真的感谢你,认为你跟苏菲要是可以的话,你就真的对苏菲好,你对苏菲好,苏菲问题就会小些。

我想这算怎么回事,我被这帮人当成什么了?

我问汪燕,你这样是干什么?苏菲什么的跟你有什么关系?

汪燕说,你别这么讲,那你跟我总算朋友吧。

我说,就是朋友,也没必要这样。

汪燕用手机在院中的小树上拍打着,好像特别开心似的。她说,都是朋友,其实老顾这一对还是不错的,他们不是坏人。

我完全失望了,本来她是说他们是那种她不喜欢的人,现在成这样了,我是什么?不过,我是什么,也都无所谓了。

汪燕说,你对苏菲是认真的吧?

我不耐烦到顶点了。

她又说,你对人家法国姑娘不能太随便。

我真想立刻走掉。

汪燕说,他们会把自由酷吧转给我,他们不做了。

我说,原来这样,你们在做生意。

她说,生意总是要做的,他们不做了,转给我,所以,我看他们和我还是可以做朋友的,既做朋友也做生意。

汪燕是在帮他接手生意呢。

我对汪燕说,你就跟老顾说,说我说他是个混蛋。

你一定要这么说?

我说,是。

她说,人家老顾对你可不像你对他,他对你评价不错,他还说你会把苏菲安排好的。如果你不安排,他跟我说让我接手自由酷吧后,还让苏菲在酒吧做事呢。

我看到汪燕的黑眼圈,我觉得这些人脑子里可能都有水,这跟我都在扯什么淡呢?

我说,你们都是屁。

我从院子中出来了。

苏菲的中国老板顾先生终于把他在步行街上开了快一年的amour专卖店给关掉了。苏菲从那里拿回了几套衣服，据说是抵给她做工资的。她把那些衣服裹在民工蛇皮袋里搁在南园。

我跟她讲，不如把这些东西扔掉。

苏菲说，老板也是没有办法。

我跟她讲，他关掉他的店是他的事，但他不能这样对你。

苏菲说，老板会管她的，老板还是有办法的。

我在酒吧跟这个老顾以及他前妻见过以后，就知道这个人比鬼还精，当然我是懒得跟苏菲去讨论她老板的。

苏菲的钱包里有一张照片，我以前很粗心，一直没细看，还是她有一次把钱包敞着放在阳台上，我才发现那是她和老顾的合影，地点是在海滩上。

不过，这张合影很能说明问题，以前我一直以为苏菲是个拿得起、放得下的法国乡下姑娘，看这合影，我才知道不是这样的。照片中的老顾穿着一条大短裤，上边是丝质T恤，照样是戴着墨镜，那处海滩应该是在欧洲拍的。

我没有问苏菲，这不是我们应该关心的。

她对他，像对着一个宝似的，而这个人是她的老板。

即使现在店垮了，所谓的代理也已经不存在了，但苏菲还是没有走的意思，关于这个问题我倒是问过她。

苏菲说，老板还是为她安排了的。

我说，他怎么安排你？

她说，不是还有自由酷吧吗？

我没告诉她自由酷吧快要转手的事，我想就让她看看她自己面前的世道吧。自从瞅见苏菲钱包里的合影，我就发现她跟她老板的关系，肯定是她自己无比确信的，她好像一直按她自己的方式在看待这个人。

苏菲不用到步行街那边上班了，在自由酷吧的工作好像也比较清闲，她现在有时晚上十点半左右就从酒吧回来了。她说，酒吧里没什么事，又招了几个服务生，现在她完全可以自由支配时间。

苏菲有时就骑车在城里边乱转，我看出她心里还是装着东西的。

她有时上网上到很晚，她哥哥已经在瑞士洛林镇边上的山上被找到了，只是他不肯从山上下来，那里有一处房屋，是山上护林队的，不知怎么他一直住在那儿。苏菲父亲已经到山上去找他了，但他不愿下来。为此她母亲又打电话来，让她给她哥哥打电话，要他从山上下来。苏菲也没有办法让她哥哥从山上下来。

为此，她父亲跟列昂，以及瑞士当地她哥哥的朋友多次到山上去找他，但他一直住在那儿。

有时，我知道苏菲在撒谎，因为她去了梦雅，并且我再去酒吧时，那个以色列胖子跟我谈起苏菲的近况，总是不住地叹气，好像他确实把苏菲当成一个很大的麻烦。

我只是不明白，如果苏菲真的是个麻烦，你们可以不让她在自由酷吧做下去，但是以色列胖子说，苏菲的麻烦不在别的，她是特别不接受现实。

我跟以色列胖子本来就不是很熟络，加之最初我们认识时，我就很烦这样的生意人，所以我始终不把他当回事，但以色列胖子到底还是诚实的。

他告诉我说，苏菲到梦雅去，又到老顾家里去，她跟老顾总是过不去。

我说，苏菲是他的员工，说什么，他不能不管人家吧。

以色列胖子说，苏菲是要老顾给她承诺。

我问他，她要老顾承诺什么？

以色列胖子说，他要老顾留在中国。

这是为什么？我真不懂。

以色列胖子只是摇头。我这次来，没有见到老顾的那个前妻，以色列胖子一边抽烟，一边有些摇头晃脑的，好像对于别人特别不上心似的。我跟他说，你们不是要把酒吧转给汪燕吗？

以色列胖子说，我也要到上海去了，我没法再在六城待下去了，这儿太排外了，这儿不是外国人待的地方。

我看这以色列胖子操心得很，我能说什么呢。

我说，那你们应该跟苏菲说这些啊。

他看着我，有些惊愕的样子，他问我，她不是跟你同居了吗？你要我们告诉她什么？

我说，听谁讲我们同居的？

以色列胖子说，张谣啊，张谣讲的。

我说，老顾，张谣，这些人包括你，你们都把苏菲当白痴吗？你们以为她是什么人？

以色列胖子不住地摇头。

他说，你可以管她的，你可以的，你们中国人本事大得很。

我看他一边说话，一边调酒，好像生活不过就是这么回事。

他甚至想调节一下气氛，把语调也给变了，他有点狡黠地问我，苏菲怎么样，那个？

我看他并不是真的要说这个，我知道这个以色列胖子聪明过人，他们自己是早就有了退路的，不是拿这个酒吧真的当回事。

他说，老顾生意在上海，在上海呢，在上海才能办事，你们中国人自己也知道，上海才是外国人待的地方，六城不是，永远不是。

我觉得他说得对，不过他告诉我这个干什么呢，我们谁也没有请你，也没有挽留你呢。

但是，他又说，可是你把苏菲留下来了。

我说，没有，那是她自己的事。

不过，我觉得每个人都太坏了，不是哪一个坏，而是所有人都太坏了，包括这个以色列胖子在内。当然也不是哪个人有心要使坏，就是在苏菲这个事上，每个人都实在是太坏了。

酒吧就要转让了，可是没人告诉苏菲，没有人告诉她，她像个白痴一样还在街上晃着呢。

以色列胖子问我还在看奥兹的书吗，因为他上次听我说过奥兹。我说没有再看了，现在我看的美国书多些，不看奥兹的书了。

他哦了一声，没有再说什么。

我回南园时，苏菲刚从外边回来，她告诉我上次找她说话的那个前栋楼的妇女找她吃饭去了。

我对这个倒很感兴趣。

我问她，那个妇人跟你说了什么？

苏菲想了想，我觉得她肯定是有了一些考虑的。苏菲说，那个妇人说了，她说我应该离开南园，她说你把我养在南园就是害了我。

苏菲说得很慢，不过，我明白她说得也很实在。

我倒是想听她自己最真实的考虑。

我问她，你自己怎么看？你要怎么办？

她抽着烟，用她那难看的手弄着她的脚，她整个人盘在沙发上。她的手真是太难看了，如果她这个人一定有什么不幸的话，好像她的手要第一个担责任的一般。

因为她的手，有一种难以言传的粗陋和俗气。

不止这个，还有一些狰狞，这双手搁在你面前。

我说，要是你不愿意，你可以不告诉我，尽管我们在一起。假如你也认为我们这样算是在一起的话，那么你就把我当成一个你可以为所欲为的人吧，你想对我干什么就对我干什么吧。

她抬起头，好像特别蔑视这样的话，但是她又没有反对，她这人永远不会反对什么似的。她问我，你为什么要这么说呢？

我说，因为……因为你从不对我说你是怎么看待别人的。

其实，我本来是想问她是怎么看我的。不过，我知道我是永远不会这么问苏菲的，无论在什么情况下，我都不会问她这个的，我不可能去问她怎么看待我，她怎么对我，以及她是否对我有感情，她是否对我有爱情，她是否对我有好感，这些我都一概不会问的。是啊，我不可能白痴到这个地步，那不是我的生活教育我的，我不管这个！

我让这些问题去死，让这些想法永远不存在问出来的可能。

我只是不住地问她，你难道没有打算吗？

她不说。

其实钱包里的合影可能说明一些问题。

但是，那个老顾是一再感谢我的，他们都明白，他们都知道，但是唯有苏菲自己不明白，至少我看出她是不明白的。

她在那儿，用手小心地玩着她的杯子，好像杯子上有什么机关一样。

我看这南园的房子，窗户很精致，虽然装修有点旧了，但看得出来当初还是很用心地做的。

包括墙纸，那种现在已经不再流行的淡黄色，或许在二十年前，哪怕是在十年前，也还是讨人喜欢的。

我虽然没有待很长时间，但是我感到这套房间有一种非常熟稔的东西。我站到了窗前，此时，我又看到了那个妇人，她和她的小狗一起站在单元门那儿。天气已经转凉了，她戴了个围巾。她马上就发现了我，只是她没有退让，而是向外边站了一些，以表示她是知道我在看她。她仿佛在示威，又像是在戳穿谎言一样有一种胜利感，不然她是不会那样昂头看着我这边的窗户的。

她先前才请苏菲吃饭，应该讲得够多的了，她应该告诉苏菲够多的了，她已经把她对我们这种男人的看法跟苏菲彻底讲清楚了。不过，她更应该知道我也是知道她的。我瞪着妇人。

苏菲还坐在那儿。

我喊她过来。

苏菲过来，我们站在窗前，我搂着她。但是那个妇人忽然从单元门进去了，随后那只小狗发出凄厉的叫声。

苏菲说，我不回去，我就要待在中国。

三个月后，那个中国老板终于离开六城回了法国。

苏菲在南园整整待了十天没有出门。我开始是有点担心她的，我不知道她能不能挨过这个已经挤到面前的秋季。南园里，有那么一点点凄凉，当然这都是苏菲自己的后果，是她自己也没法选择的后果。

但是，苏菲照例还是扛得过去的。

我没有常来，因为我觉得我时常出现也是无济于事，但是，我每隔几天还是要来的。也就是说，我和苏菲还是可靠的，至少我们之间是可靠的。可以说，我们就像什么也没发生一样，其实我们之间本来就不会有什么变化。

苏菲和以前一直和她结伴旅行的那个哈曼又联系上了，他们还一起去了一趟中国的南方。

苏菲仍然没有回去。

她从南方回来时，就已经彻底没有工作了，因为那个自由酷吧已经转给了汪燕，我没有问汪燕她是否会雇用苏菲，我也没问苏菲她是否有这个工作要求，我想，也许她们是不对路子的女人。

苏菲至少还有我，我想至少还有我管着她，我还有这么一点本事，可以让她吃着、住着，让她有一个看得过去的生活。

我们即使在南园的家里也已经很少说话了，她的烟吸得厉害，我又老是要去北京，春和我，在大山子那儿有一个计划，是关于装置的，加之在无锡那里，一个新戏的开拍，我外出的时间占了很多。

但是，只要一回来，我还是会跟苏菲在一块儿。应该说她缺少变化，而不是有什么变化，她这人好像并没有什么真正在意的。

茜已经彻底地离开六城了，听说她去了北方，也听她以前讲过她想到北方待着，那儿空气干燥，也许好些。她的生意彻底失败了，那个深圳人和杨州都已经被抓起来了，但是他们挪用的钱永远也追不回来了。我还记得杨州说过的关于我的那个梦的事，说那是在一个山坡上，是个现实的事儿。

不过，也没有必要跟一个关在牢里的大师去讨论什么所谓的梦了。

照例，我外出还是会跟苏菲说一声，不为别的，只是希望她知道我是一个有点留恋的人，不管在什么情况下，人还都是这样的好，留恋一点现实，留恋一点生活，包括留恋一点身边的他人。

我知道她总会过去的，总会跳过这样的人生，跳过这样一种无谓的过于一成不变的生活，她应该不仅仅是这样的。

后来，我就听她跟我提起，她准备结婚了。

我几乎没有细问她，因为她告诉我时，我们已在亲吻，她那么说话，我如果问是谁，好像有那么一点不合适。

不过，我没觉得有太多的不妥。

同样，我也没有觉得听她讲这个需要有什么心理准备。

她说要结婚的那个人，就是那个住在丙子镇的戴绒帽的年轻人，到现在为止，我都还不知道他的名字。

苏菲说，她就要跟他结婚了。

我什么也没说，没说好，也没说不好。

我想苏菲也是到了结婚的年龄，可以结婚了，而且，我不觉得那个年轻人有什么不好。当然，我记不起他又有什么具体的好表现，反正他跟苏菲认识也已经有一段时间了。

不过，我自己呢？我觉得对于苏菲来说，我应该不是什么问题。

我对苏菲说，祝你如意。

苏菲没有说什么，站在南园的窗前，看着窗外。

我打开门，没有再说什么，下了楼，开着车子，驶向外边的街道。

一年以后，苏菲结婚了，不过和她结婚的并不是那个戴绒帽的年轻人。